Magdalene Imig

Die Klosterfrau

Historischer Roman

emons:

Umschlagzeichnung: Heribert Stragholz
Druck und Bindung: CPI – Clausen & Bosse, Leck
Printed in Germany 2009
Erstausgabe 2008
ISBN 978-3-89705-617-6
Originalausgabe

Für Rolf

»Ich kann freilich nicht sagen,
ob es besser werden wird,
wenn es anders wird:
aber so viel kann ich sagen,
es muss anders werden,
wenn es gut werden soll.«
Georg Christoph Lichtenberg (1742–1799)

Prolog

Das Klostertor fiel hinter Wilhelmine ins Schloss. Christine stand davor und weinte.

»Nicht für lange«, hatte sie ihrer Tochter nachgerufen, »wenn sich alle beruhigt haben, komme ich wieder und hole dich, und dann werden wir sehen, was wird.«

Die Mutter Oberin hatte die Finger vor die Lippen gehalten, Wilhelmines Arm genommen und sie hineingeleitet ins Innere des Annunziatenklosters St. Anna in Coesfeld im Bistum Münster. Vom langen Sitzen in der schaukelnden Kutsche war Wilhelmine noch ganz benommen. Sie wollte nur etwas essen und schlafen. Schwester Ophelia ging vor ihr her und führte sie durch den Klostergang an vielen Türen vorbei, bis zu der, die sie öffnete. Zögernd setzte Wilhelmine ihren Fuß über die Schwelle und betrat den schmalen, sparsam möblierten Raum: ein Stuhl, ein Bett, ein Tisch und zwei Haken. Das kleine Fenster im oberen Drittel warf einen dicken Sonnenstrahl herein, so als wollte der Himmel sie begrüßen als seine Tochter – oder schon als Braut?

»Um halb acht hole ich dich wieder ab zu Vigilien und Komplet. Bis dahin hast du Zeit zur Besinnung, um anzukommen. Schau in dich hinein und höre darauf, welchen Rat dir Gott zu geben bereit ist.«

Wilhelmine setzte sich auf das Bett, eine harte Liegestatt mit rauer Decke, nicht zu vergleichen mit den weichen Daunen daheim. Gegenüber hing das Kruzifix, der einzige Wandschmuck in dieser schmalen Zelle. Sie hob den Rock in die Höhe und griff unter den Hosenbund. Von dort holte sie den zerdrückten Zettel, presste ihn an die Lippen und flüsterte: »Clements, ja – für immer und ewig.« Danach sah sie auf den gekreuzigten Christus, faltete die Hände und betete: »Hilf mir, Herr Jesus, hilf mir und lass mich glücklich werden.«

Die Klosterglocke schlug zweimal, und Wilhelmine, die sich erschöpft auf das Bett gelegt hatte, erwachte. Ihr war kalt. Es klopfte an der Tür. Sie sprang auf und öffnete. Eine junge Frau stand vor ihr, das hübsche Gesicht umrahmt von einem Kopftuch, am Gürtel, von dem das graue Gewand in der Taille gehalten wurde, hing der Rosenkranz.

»Ich bin Magdalena«, sagte sie und lächelte so warmherzig, dass Wilhelmines Frösteln nachließ, dass sie zurücklächelte und flüsterte:

»Komm doch herein.«

Das Mädchen hielt einen Krug in der einen Hand und einen halben Brotlaib in der anderen.

»Mehr konnte ich nicht mitbringen auf die Schnelle«, sagte sie, »die Schwester Köchin brachte gerade die Reste zum Stall. Ich weiß, wer du bist, und ich weiß, dass du leidest.«

Wilhelmine sah sie erstaunt an. »Du kennst mich? Aber woher? Ich bin noch nie in dieser Gegend gewesen ...«

»Ich bin eine Schwester von Ludwig Barthel, deinem Hauslehrer. Einmal warst du bei uns mit deinem Vater, als ihr Ludwig wieder holen wolltet. Erinnerst du dich? Ich öffnete dir damals die Tür. Und meine Mutter bat euch zu Tisch. Aber ihr setztet euch nicht, spracht nur mit meinem Bruder und wart rasch wieder fort. Von Ludwig weiß ich, dass Clements dich liebt und du ihn. Aber sage mir, warum bist du hier?«

»Es ist, als hätte ich jetzt doch eine Schwester bekommen«, sagte Wilhelmine und umarmte das Mädchen. »Ich sollte einen Adligen heiraten, und der sah mich in der Kirche mit Clements. Mein Vater überredete ihn, mich dennoch zur Frau zu nehmen, aber ich wusste, dass ich nur Clements liebe und keinen sonst. Da brachte mich meine Mutter hierher. Nur für eine Zeit lang.«

»Das wird sich zeigen«, sagte Magdalena. »Jetzt stärke zuerst einmal deinen Körper, und später wird sich auch deine Seele hier wohlfühlen.«

Damit verließ sie den Raum. Wilhelmine setzte sich auf den Stuhl an den Tisch, und bei Wasser und Brot bedachte sie ihr Leben. Schwester Ophelia, von der sie später abgeholt wurde, warf einen Blick auf den Krug und die Krümel drum herum und sagte:

»Wir beten jetzt das Nachtgebet, die Abendspeise für die Seele.«

Eine Vielzahl von Ordensdamen hatte sich mit ihr in der Kirche versammelt. Der Orgelklang erinnerte an Clements, wie überhaupt alles in diesem Raum, denn es war ja das Haus Gottes gewesen, unter dessen Dach ihre Liebe wuchs und gedieh.

Die Gebete wurden lateinisch gesprochen, es waren Worte, deren Inhalt sie verstand. Die Mutter Oberin allerdings blickte streng, weil Wilhelmine im weltlichen Gewand erschienen war.

»Die Zeit des Gebetes ist die kostbarste Zeit unseres Lebens«, sagte sie, »und ich bitte dich, ab morgen auch mit dem Äußeren diesem Anspruch zu genügen.«

Ein langes graues Kleid lag auf ihrem Bett und ein weißes Tuch, das die Haare bedeckte. Es gab keinen Spiegel, in dem sie sich hätte sehen können. So fragte sie Schwester Magdalena, wie ihr diese Tracht zu Gesichte stehe, und Magdalena lachte.

»Die Schönheit deines Antlitzes wird durch die Schlichtheit in seinem Glanz erhöht.«

Das Leben bekam seinen Rhythmus. Bereits um Viertel nach vier sollte die erste stille Anbetung beginnen, und sofern es wirklich ein Gebet des Herzens wäre, sollte es in nichts anderem bestehen, als Gott in seinem Herzen gegenwärtig zu glauben und sich ihm liebend zu überlassen. Wilhelmine schlief wenig in diesen ersten Wochen. Ihre Gedanken waren keineswegs geborgen in der Liebe Gottes, sie sehnte sich nach Clements, und die Hoffnung, durch Magdalena mit ihm in Verbindung zu bleiben, bestärkte sie, durchzuhalten. Manchmal hielt sie statt des Rosenkranzes die kleine Porzellanfigur in der Hand und betete statt des »Ave Maria voll der Gnaden« ein »Clements, ich bin voll von Liebe zu dir«. Nach dem Wecken um kurz vor halb sechs war sie gezwungen, gleich aufzustehen, sich anzuziehen, um pünktlich um sechs zu Laudes und Terz in der Kirche zu knien. Anschließend war Eucharistiefeier, und danach ging es in den Speiseraum zum Frühstück. Von Viertel nach acht bis halb zwölf wurde gearbeitet, und was die Schwester Oberin darunter verstand, war für Wilhelmine vorerst eine Zumutung. Sie hatte gehofft, ihre Literatur- und Geschichtsstudien fortsetzen zu können, fremdsprachige Bücher zu lesen und so ihren Geist lebendig zu erhalten für das Leben nach dieser Zeit, stattdessen wurde sie zum Kartoffelschälen geordert, zum Blumengießen oder Unkrautjäten. Oftmals taten ihr bei der Mittagshore die Knie weh oder der Rücken, und als sie zum ersten Mal nach dem Mittagessen während der nachmittäglichen Arbeitszeit für eine Stunde in die Kapelle zur stillen Anbetung entsandt wurde, empfand sie diese Ruhe als Erholung. Schließlich betete sie sogar, nicht, wie die Ordensregeln es vorsahen, als Versenkung in die Liebe Gottes, sondern eher dafür, dass sich die Zeiten bald und eindeutig änderten, damit sie endlich ihr Leben mit Clements beginnen könnte.

Um fünf wurde zur Vesper geläutet, danach liefen alle zum Abendessen, lachend und schnatternd wie junge Gänse, und wenn sie später beim Spülen waren, wurde so erzählt wie damals in Brüssel, als die Freundinnen ihrer Mutter zum Tee kamen, als sie selbst noch ein Kind war und noch nichts davon wusste, wie sich das Leben wenden kann und manchmal gerade dann abknickt, wenn es voller Farbenpracht leuchtet und blüht.

Zur Rekreation ging sie zurück in die Zelle, nahm Zettel und Figur in die Finger, sah durch das kleine Fenster zum Himmel empor und dachte an Clements …

»KÖLN!«, rief Clementine und erwachte. Für eine kleine Weile glaubte sie, in Münster zu sein, in ihrer hübschen Wohnung im Hause des Domkapitels, wo die weiche Wärme ihres Bettes wie ein Schutzschild gewesen war vor dem Rest der Welt. Dann jedoch, als sie die Augen öffnete und ihr Blick auf die Kargheit des Raumes fiel, erkannte sie blitzartig, wo sie sich befand: der alte Holzschemel, der ins Wanken geraten war, gestern Abend, als sie darauf gesessen hatte, um das Habit auszuziehen und sich für die Nacht zu bereiten, und dabei fast auf den Boden gestürzt wäre, auf die rohen Bretter, in deren Ritzen sich Staub und Ungeziefer tummelten. Sie starrte auf einen braunen Käfer, der schnell und ohne erkennbaren Nutzen hin und her krabbelte. Der Schmutz ist es, dachte sie, die fehlende Sauberkeit überall, die treibt die Menschen in Krankheit und Tod. Das müsste man ändern, damit müsste man beginnen …

Gewiss, Münster lag hinter ihr, die schillernde Zukunft jedoch, die sie sich erhofft hatte, in deren farbigem Licht sie aufgebrochen war, hatte immer mehr an Leuchtkraft verloren während der Reden am letzten Abend unten im Schankraum der Herberge, in der sie Station gemacht hatte. »Köln«, das war ihre Antwort gewesen auf die Frage eines jungen Offiziers, zu welchem Ziel sie unterwegs sei. Sie hatte den Namen der Stadt sehr deutlich ausgesprochen und womöglich sehr laut, denn sogleich war das Stimmengewirr, von dem der Raum bislang wie von einem Schwarm Bienen erfüllt gewesen war, verstummt. Der Wirt hatte das halb gefüllte Glas auf den Tresen gestellt, der Benediktinermönch am Fenstertisch sein Besteck auf die Tischplatte gelegt, und ein jeder schien diesem Wort eine Bewertung beizumessen, die sie nicht beabsichtigt hatte und auch nicht deuten konnte. Unter den fragenden Blicken, die hernach auf sie gerichtet waren, hatte sie erneut gefühlt, wie sich ihr Herz verschlug und die Hitze von der gegürteten Mitte ihres Leibes hinaufgeschickt wurde zu den Achseln, zum Hals und unter die Haube zu den Haaren. Gleich zu Beginn ihrer Reise war diese seltsame Glut zum ersten Mal spürbar gewesen. Es ist so weit, hatte sie damals gedacht, auch ohne eines Mannes Ehefrau und Bettgefährtin geworden zu sein – und ohne jedes Kindsgebären beginne ich den Abschied von der Weiblichkeit.

Unsinn, dachte sie jetzt und setzte sich auf, schon vor langer Zeit habe ich Keuschheit geschworen, und meine Seele ist ohne jede Begehrlichkeit. So wird mein Körper sich ihr jetzt angleichen, und mein Leben wird sich fügen unter die Einheit von Leib und Geist.

»Köln?«, hatte der Wirt am Abend zuvor gesagt. »Dort passen Sie nicht hin, verehrte Schwester. Eine Stadt voller Widersinn, ein Gemisch aus stinkendem Abfall, in welchem die Ratten sich suhlen, und dem Weihrauch der prunkvollen Kirchen, aus denen mit stolzem Schritt die Notabeln über die Treppen hinunterschreiten, mit lässiger Hand ein paar Pfennige hineinwerfen in die zerlumpten Rockschöße der Bettlerinnen, von denen es mehr zu geben scheint als Häuser hinter den Stadtmauern und die ihr Gewerbe hüten wie die Geier das Aas. Die angestammten Plätze vor den Kirchentüren verteidigen sie mit wütendem Gekeife und, wenn es sein muss, mit einem Hieb ihres krummen Stabs und vererben sie an ihre Kinder und Enkel wie ein ehrbarer Kaufmann seinen Laden. Und was den Dom betrifft, dieses baufällige Gemäuer, das sie an allen Ecken stützen müssen, damit sein Gestein nicht den Gläubigen in den Rücken fällt, den sollten sie abreißen, auch wenn die großen Geister wie Boisserée mit seinen Kupfertafeln und seinen Schriften einer Vollendung zustreben …«

»… und solche wie Goethe und der Kronprinz bereits Feuer und Flamme dafür sind«, rief die Wirtin, die in diesem Augenblick aus der Küche gekommen war und sich die nassen Hände an der Schürze abwischte, »genau wie ich, Schwester, auch ich würde mich freuen, wenn sie dieses wunderbare Werk vollendeten, und vor allem, wenn ich diesem Ereignis noch zu meinen Lebzeiten beiwohnen könnte.«

»Hast du keine Arbeit mehr?«, hatte der Wirt ihr mürrisch zugerufen und eine Handbewegung gemacht, als wollte er sie aus dem Raum verscheuchen.

»Wie gesagt«, war er danach unbeirrt in seiner Rede fortgefahren, »keine Stätte für eine gebildete Nonne, wie ich meine. Bleiben Sie hier in unserem ordentlichen Düsseldorf.«

»Waren Sie denn schon einmal dort, innerhalb der Stadtmauern?«, hatte der Offizier gefragt und sie dabei angeblickt wie weiland Walter von Merentheim, jener preußische Soldat, der ihr nach den Schrecken in Waterloo seine Hilfe angeboten hatte und doch eher selbst hilfsbedürftig gewesen war.

Diesmal hatte sie gelächelt und den Kopf geschüttelt. »Nein«, hatte sie geantwortet, »aber es interessiert mich, das Leben dort kennenzulernen.«

»Wichtig ist, zu welchem Tor Sie hineingehen ...«, war alsdann eine Stimme vom Nebentisch zu hören gewesen, wo ein Wohlbeleibter aufsprang und doch nicht wesentlich wuchs, begierig, sein Wissen kundzutun, »... davon gibt es neunzehn, und nicht jedes führt in die schönsten Gassen.«

Währenddessen war der Schweiß an ihrem Leib getrocknet, das Herz wieder in ruhiger Gangart, wie bei den Pferden, wenn sie von einer langen Strecke über holprige Wege müde und hungrig vor der Kutsche hertrotten. Sie wäre gern aufgestanden und nach oben gegangen in das Gastzimmer, welches der Wirt ihr zugewiesen hatte, um sich in dieser letzten Nacht ihrer Reise, die vermutlich auch ihre letzte Reise sein würde, vorzubereiten auf die Ankunft in Köln, auf den Beginn eines neuen Lebensabschnitts ... aber dann war der junge Geistliche von seinem Tisch am Fenster aufgestanden und zu ihr gekommen, hatte sich ihr gegenüber platziert und ein Stück weit vorgebeugt, um ihr als Gleichgesinnter, wie er versicherte, einiges kundzutun, das sie dringend wissen sollte, wenn sie unbedingt nach Köln weiterzureisen gedächte.

»Verehrte Schwester«, hatte er feierlich begonnen, und es hatte sich angehört, als bete er das »Gegrüßet seist du, Maria« während der heiligen Messe, »sicher möchten Sie vor allem wissen, wie es mit der Gottesfurcht aussieht, und diesbezüglich kann ich bemerken, dass die Frömmigkeit recht groß zu sein scheint in den Mauern der Stadt Köln, als da sind zweiunddreißig Kirchen und Kapellen, die sich zum Gebet darbieten, und darüber hinweg dreißig Versorgungskonvente. Zum vielfältigen Beten ist die Stadt also auch ohne ihren Dom genügend gerüstet. Allerdings«, nun schlug er die Augen nieder und senkte die Stimme zum Flüsterton, »zwei der Kirchen mussten protestantisch werden, wegen der vielen Preußen, die sich überall breitmachen und unseren heiligen katholischen Glauben unterwandern, vor allem verführen sie unsere frommen Frauen und lassen ihre Kinder womöglich auch in diesem Unglauben aufwachsen.«

»Darüber hinaus gibt es auch noch eine Synagoge für die Juden, die hat man wieder hereinlassen müssen in die Stadtmauern«, hatte der kleine Mann vom Nebentisch gerufen, dessen Stirn sich vor Aufregung oder auch wegen der Wärme ganz rot gefärbt hatte. Auch Clementines Gesicht war wieder erhitzt, und als sie die nassen Tropfen über den Lippen gespürt hatte, war sie rasch aufgestanden und hinausgegangen, die Treppe hinauf in ihre Kammer, hatte sich ein Tropfengemisch aus Salbei und Melisse auf die Zunge gegeben, wovon die Hitze aus ihrem Körper flüchtete und dennoch kein Schlaf hineinfand. Die Gedanken hatten sich schwindlig gedreht und vieles in Frage gestellt, vor allem die getroffene Entscheidung. War sie nicht doch zu alt, um noch einmal ihren Wohnort zu wechseln? Hätte sie nicht früher, wenn überhaupt, diesen Schritt wagen sollen? Noch war Zeit, noch konnte sie umkehren. Zwei Tage höchstens, dann würde sie wieder ins Domkapitel zu Münster einziehen können. Der Kutscher würde die Pferde eindeichseln, sie würde einsteigen und ihm zurufen: »Ich habe es mir anders überlegt.« Die Fürstin vor allem würde sich freuen.

Im Halbschlaf kam sie sich vor wie eine Abenteurerin, die sich mit fast fünfzig Jahren aufmacht, einen Schatz zu finden oder das Glück. Clements huschte durch ihre Träume, Clements, der sie lockte und rief und dem sie sich wieder und wieder versagte. Ihre Augen waren voller Tränen, als sie erwachte. Zufriedenheit will ich finden, dachte sie, einen Ort, der sich mir öffnet, der sich wohlgesinnt zeigt und mir eine Wohnung darreicht und eine

Arbeit, die mich ausfüllt. Ich möchte, dass Köln jener Ort wird, wo ich meine Heimat finde.

Wie zur Bestätigung nahm sie die kleine Lade aus der Schachtel, holte das Heftchen heraus, in dem sie alles gesammelt hatte, was ihr über Köln ins Auge gefallen war während der letzten Jahre, seit sie damals an der Stadtmauer vorbeigefahren war auf ihrem Weg, der eigentlich hatte in Brüssel enden sollen und dann doch in Tirlemont zu Ende gewesen war, wo am südlichsten Kölner Stadttor das kleine Mädchen gelehnt hatte, ein Kind von fünf oder sechs Jahren, das aussah wie sie selbst auf dem Bild, das ihre Mutter hatte malen lassen, als sie noch Wilhelmine genannt wurde und in Brüssel lebte, lange bevor sie nach Jever gezogen waren. Mit beiden Händen hatte das Kind gewinkt, und für Clementine hatte es ausgesehen, als hätte das Mädchen ihr zurufen wollen: »Komm her, hier bist du willkommen.« Nie mehr in all dieser Zeit war ihr dieses Bild aus dem Sinn geraten, es war wie eine federleichte Schnur, durch die sie mit Köln verbunden blieb. Sie blätterte durch die Seiten bis hin zu dem Brief, den der Kronprinz an seine Schwester geschrieben hatte: *»Da endlich lag im rötesten, goldensten Glanz der eben untergegangenen Sonne der Dom und seine Stadt vor uns. … Da bin ich in der heiligen Stadt Köln. Ich sende Ihnen hier für Charlotte eine Kiste Eau de Cologne von Maria Farina, dem Matador aller Kölner, gebraucht und gekauft … Die Damen vom Verein gefallen mir sehr wohl, in Köln gefällt mir alles …«*

Nicht mehr lange, und sie würde mit eigenen Augen sehen, was andere geschaut hatten.

Es regnete, als sie jetzt die Kutsche bestieg, und sie war müde. Die unruhige Nacht hatte keine Erholung gebracht. Sie schloss die Augen und war überrascht, als der Kutscher an ihr Fenster kam mit der Nachricht, sie stünden bereits Köln gegenüber. Die Aussicht auf die Stadt sei von Deutz am schönsten, hatte sie gelesen. Gleich würde ihr Blick sich laben am ruhmreichen Panorama der heiligen Stadt Köln. Sie lächelte, und als der Kutscher die Tür öffnete, stieg sie aus und schaute über den Fluss. Der Himmel war grau, der Strom wild schäumend, das andere Ufer schroff und bedrohlich, ohne den erhofften Willkommensgruß. Der Regen wurde vom Wind durch die Lüfte gejagt und peitschte gegen ihre Stirn. So tief war die Wolkendecke hinuntergeschoben, dass die Sicht kaum noch bis zur Mitte der Schiffsbrücke reichte. Der Kutscher bot ihr an, sie hinüberzugeleiten, damit sie, wie sie gewollt hatte, sich der Stadt zu Fuß nähern könnte. Clementine schwieg. Eine unerklärliche Angst griff nach ihrer Seele und nahm ihr allen Mut. Ja, sie hatte sich der Stadt behutsam nähern wollen, hatte ihren Anblick aufsaugen, ihre Schönheit genießen wollen, nun aber wäre sie am liebsten in die Kutsche zurückgekrochen, hätte die Vorhänge zugezogen und sich in die Decke gehüllt.

Der Gang über die schwankende Brücke, obwohl vom Kutscher gestützt, geriet immer mehr in den Sog einer dunklen Gefahr, die sie nicht zu benennen vermochte, und als sie endlich das gegenüberliegende Ufer erreichte, war sie traurig und hoffnungslos. Was will ich in dieser Stadt, dachte sie, ich, die Klosterfrau Maria Clementine Martin, im fünfzigsten Jahre meines Lebens?

»Wohin darf ich Sie begleiten?«, fragte der Kutscher, aber Clementine schaute ihn nur fragend an.

Schließlich nickte sie und zeigte nach vorn. »Dort«, sagte sie leise, »dieser Gasthof.«

»Zum Großen Rheinberge«, buchstabierte der Kutscher und geleitete sie die wenigen Schritte zur Tür hinein. Man fragte, ob sie vorher Quartier bestellt habe, und als sie verneinte, gab es vielerlei Hin und Her und dann doch eine Kammer im zweiten Stock.

»Und«, sagte die Wirtin, »welch ein Glück, mit Blick auf den Rhein. Sie werden sich daran gewiss entzücken, verehrte Schwester. Zuvor jedoch wollen Sie sich freundlichst eintragen ins Meldebuch.«

»Maria Clementine Martin, Klosterfrau«, schrieb sie, *»angereist aus Münster am 27. Tage des Monats April im Jahre 1825.«*

Dieser Vermerk war am folgenden Morgen im Verzeichnis der gestern angekommenen Fremden zu lesen, das Blatt hatte neben ihrem Frühstücksteller gelegen.

Die Herberge war gefüllt bis zum letzten Platz! Eine halbe

Stunde nach Clementine hatte das Dampfschiff aus Rotterdam im Hafen Anker geworfen und kurze Zeit später eine Flut von übernachtungswilligen Gästen zur Tür hineingespült, von denen die Hälfte nicht unterkam, unverrichteter Dinge hinauseilte, um anderenorts ein Nachtlager zu finden. Sie waren enttäuscht, weil diese Herberge einen Ausblick hatte, mit dem keines der anderen Häuser zu wetteifern vermochte, auch nicht jene, welche mehr Luxus boten und hier und da solcherart illustre Gäste unter ihrem Dach beherbergten wie der Gasthof Zum Heiligen Geist am Thurnmarkt, den Goethe bevorzugte, oder der Kaiserliche Hof, zweifellos der vornehmste Gasthof der Stadt, in welchem, wie der Name schon zeigte, auch kaiserliche Hoheiten abstiegen. Keiner dieser Gasthöfe jedoch hatte jene spektakuläre Aussicht, von der Clementine gleich bei Sonnenaufgang überrascht worden war. Vor ihr, zum Greifen nahe, rauschte im Morgenlicht glitzernd der mächtige Strom vorbei in weiter Windung auf die Niederlande zu. Im Hafen hatte bereits das geschäftige Treiben des Tages begonnen, und auf der Schiffbrücke, die sozusagen vor ihren Füßen lag, spazierten die Menschen von Köln nach Deutz und umgekehrt. Der Himmel war blank gewischt, und es kam Clementine vor, als übertrüge sich diese Klarheit auf ihre Seele. Nichts mehr war zu spüren von Furcht und Sorge, keine Angst mehr vor dem, was vor ihr lag. Mit leichtem Schritt kam sie zum Dom, öffnete die schwere Pforte und ging hinein, geradewegs durch bis zum schimmernden Schrein. Dort verharrte sie eine Weile in tiefer Andacht. Hier war der Herzschlag der Geschichte gegenwärtig, hier, in der erhabenen Größe dieses Gotteshauses, spürte sie, wie sich Demut anfühlt, und plötzlich war sie sich einig mit all jenen, deren begeisterte Worte über den Dom sie gehört und gelesen hatte, die vom himmelan sich wölbenden Chor gesprochen hatten, aus dem jetzt, als sie zu den Glasgemälden des Obergadens blickte, das Sonnenlicht hereinfiel, als wäre es geradewegs aus dem Himmel gesandt. Sie drehte sich hierhin und dorthin und musste sich festhalten, weil ihr schwindelig wurde. Diese Stadt, mit ihrem mächtigen Dom, würde ihre Heimat werden. Hier wollte sie ihre Wurzeln tief in die Erde setzen, daraus sollte ein Baum entstehen, der sich über ihre Jahre hinaus erheben und an sie erinnern würde, wenn ihr Leib längst zu Staub geworden sein würde … Hatte sie diesen Gedanken wirklich selbst gedacht, oder war er ihr eingegeben worden? Wie sollte sie es schaffen, in Erinnerung zu bleiben, wo doch kein Kind oder Kindeskind von ihr würde erzählen können? Dennoch war eine Sicherheit in ihr entstanden, die solcherart zweifelnden Gedanken trotzte, die sich aus höheren und ewigen Erkenntnissen zu speisen schien. Hier in diesem Augenblick war der Plan geboren, etwas zu gründen, das sich als der Erinnerung wert erweisen würde. An jenem sonnigen Frühlingsmorgen im Jahre 1825 ließ eine Ahnung dieser Zukunft sie so beschwingt hinauseilen, durch die verwinkelten Straßen und Gassen dieser Stadt, wo auch der Schmutz und das Grau schließlich farbig erschienen und sich jedes Kindergeschrei in ihren Ohren zur Musik wandelte, vielleicht, weil sich ihr Herz nun endlich zu Hause fühlte.

»Ich bin angekommen«, schrieb sie in das kleine Büchlein, *»jetzt bin ich endlich daheim.«*

Noch kümmerte sich niemand um sie. Keine Fürstin Friederike, die ihren Kutscher schickte, kein Arzt, der nach ihren Heilmethoden fragte, niemand, der sich an ihre Kindheit erinnerte oder an die pflegerische Kraft ihrer Hände, die sie über leidende Körper gehalten hatte, im Hospital in Coesfeld, bei den Bauern in Glane, in den Häusern von Jever und Tirlemont, auf dem Schlachtfeld von Waterloo und schließlich in den Krankenstuben im Domkapitel von Münster. Niemand auch, der etwas ahnte von dem liebenden Mädchen mit Namen Wilhelmine, das sie gewesen war einstmals, dessen Herz zerriss und nie mehr zum Ursprungstakt zurückkehrte. Wo mochte Clements sich aufhalten in diesem Augenblick, als sie sich anschickte, den letzten Abschnitt ihres Lebens zu beginnen? Dachte er noch an sie?

Später stand sie am Ufer des großen Flusses, unbeweglich wie in Stein gegossen, blickte hinüber zu der Festung Deutz und versuchte sich vorzustellen, wie und auf welche Weise sich hier leben lassen würde, wo sie wohnen sollte, welches Tun ihren Tag füllen könnte. Beim frühen Morgentrunk gestern in der Düsseldorfer Herberge hatte die Wirtin hinter dem Tresen gestanden. Sie hatte Kaffee ausgeschenkt und sich dann vor den Tisch gestellt, an dem Clementine saß. »Schwester«, hatte sie gesagt, »seien Sie vorsichtig, es ist gefährlich, als Weib ohne Mann leben zu wollen. Und wenn Sie auch im Nonnengewand einen Schutzmantel über Ihre Schulter gelegt haben, in Ihren Augen sprüht ein Glanz wie aus einem inneren Feuer gespeist, der auf einen Willen weist, welcher sich nicht zu schicken scheint für ein Frauenzimmer in unserer Welt. Köln ist voller Undurchsichtigkeiten, und ich bin sicher, wenn sich jemand von außen hineinwagt, werden sie ihn betrachten, ihn begrüßen, aber wenn er sich mehr vornehmen sollte, als die Stadt zu bestaunen, werden sie ihm die Türen zuschlagen und ihn auf der Straße vertrocknen lassen. Vor allem, wenn dieser Fremde weiblichen Geschlechtes ist und dazu nicht greifbar für Männerhände.«

Clementine war rasch aufgestanden und hatte sich verabschiedet. Sie war in anderen Lebenslagen nicht untergegangen, sie war immer und überall unter Gottes Schutz, wer also sollte sie bedrohen können, wer sollte ihr gefährlich sein? Vor allem hier in dieser heiligen Stadt mit der wundervollen Kathedrale.

Sie atmete tief ein. Die würzige Luft durchströmte ihren Körper, und als sie die warmen Finger der Sonne auf ihrem Gesicht spürte, war es, als ob einer Mutter streichelnde Hände Zuversicht gäben. Wie ein Zuspruch klang auch ein Geläut, das aus dem Stumpf des Südturms kam, dessen Melodie sich rasch wie ein Ruf über die Stadt verteilte, hier und dort eine Antwort fand, sich damit verband und zu einem solch mächtigen Klangdach emporwuchs, als ob sich das Paradies schon jetzt und hier zeigen wollte.

Sie würde sich nicht beirren lassen. »Köln«, flüsterte sie, »du sollst meine Stadt sein, ich will dich entdecken, in dich hineingehen, mich mit dir verbünden mit all meinem Wissen und Wollen.« Sie könnte sich bei Walter Berkenkamp anmelden, zum Unterricht über Pflanzenkunde, der am 3. Mai im Botanischen Garten begann, oder einfach nur jeden Tag in einer anderen Kirche beten, sie könnte die Konvente besuchen und überlegen, dort zu wohnen und zu arbeiten, oder die verschiedenen Sorten Kölnisch Wasser ausprobieren, vielleicht wieder mit einem Arzt zusammenarbeiten. Es gab so viele Möglichkeiten, und wenn ihr nicht in diesem Augenblick eingefallen wäre, dass sie in wenigen Tagen bereits fünfzig Jahre auf Erden wandelte, sie hätte glauben können, ihr Weg begänne erst jetzt.

Sie klopfte an die Tür des Karmeliterinnenordens, voller Hoffnung, dort bleiben zu können, um im Frieden eines Klosters weiterhin an der Kräuterlehre zu arbeiten, zum Wohle der Menschen und im Rhythmus des klösterlichen Lebens. Jedoch anstelle der Schwester Türhüterin stand ein alter Priester am Tor, der sich mit dem Vikar und dem Küster die Räumlichkeiten teilte. Die Kirche würde, sagte er, endlich wieder zum Gottesdienst genutzt und die hinteren Räume als Schule für die Ärmsten der Armen, deren Kinder ja nun auch Lesen und Schreiben lernen könnten oder sogar müssten. Und vielleicht werde ja sie, die ehrwürdige Schwester, in aller Demut sich bereitfinden, hier mitzuhelfen für Gottes Lohn. »Gelobt sei Jesus Christus …«

»… in Ewigkeit, amen«, antwortete Clementine und ging rasch davon. Auch hier hatten die Nonnen vor dem heißen Atem Napoleons fliehen müssen, wie sie selbst, zuerst aus Coesfeld und dann schließlich auch aus Glane. Wie anders hätte ihr Leben verlaufen können, gern wäre sie Mutter Oberin geworden, mit Verantwortung für einen Konvent und die Nonnen darin. So aber war sie wieder nach Jever zurückgekehrt, hatte nach dem Tod der Eltern versucht, eine kleine Schule aufzubauen – drei Tische, sechs Stühle, und jeden Tag waren mehr Kinder gekommen –, gemeinsam mit Ludwig Barthel und Hildegard, die ihr beim Unterrichten halfen, mit Albertine, der treuen Dienstmagd ihrer Eltern, die Bohnensuppe und Mandelpudding kochte, damit niemand hungrig blieb, weder am Leib noch an der Seele. Warum wollte sie jetzt nicht mehr das tun, was ihr vormals wichtig erschienen war? Nachmittags war sie damals zu den Krankenstuben gewandert, oftmals weit draußen vor der Stadt. Die Tage waren dermaßen ausgefüllt gewesen, dass sie abends erschöpft in die Kissen fiel. Wenn sie jedoch dann und wann erwachte mit jener unerklärlichen Sehnsucht im Herzen, hatte sie oftmals beim Morgenlob von Gott wissen wollen, warum ihr Herz nicht zur Ruhe fand.

Anton Zülch, der Wirt des Table d'Hôtel, der ihr am darauffolgenden Tag ein köstliches Fischgericht servierte, tauschte ihre alten Silbergroschen, Düttchen und Böhmenstücke um in die schönen neuen Münzen, damit sie nicht nach dem Präklusivtermin am 1. Oktober, jenem letzten Tag für die Umwechslung der aufgerufenen Banknoten und Münzen, mit ungültigen Geldstücken belastet sei. »Überhaupt«, sagte er, »ist ja die Vermögenslage neben der Gesundheit das wertvollste Gut im Leben, und da möchte ich Ihnen, verehrte Schwester, sofern Sie sich hier niederzulassen gedenken, noch einen guten Rat geben. Vertrauen Sie der Sparkasse, die kurz vor ihrer Gründung steht und ein sicherer Hort werden wird für alles Ersparte. In den Räumlichkeiten des ehemaligen Minoritenklosters, heißt es, soll die Institution untergebracht werden unter der Leitung von Joseph Stern, den ich kenne und bestens empfehlen kann. Er führt bislang mit außerordentlicher Gründlichkeit das Leihhaus und wird ohne Frage unter städtischer Aufsicht agieren. Sie sollten diese Geldanlage unbedingt bedenken.«

Danach hatte sie sich gefühlt wie eine Bürgerin dieser Stadt, zugehörig zu der Klasse ihrer Bewohner, die dem Sparen zugeneigt war, die gewillt war, für spätere Zeiten vorzusorgen, um nicht der Armenverwaltung zur Last zu fallen. Auf dem Heimweg ging sie gerader und so selbstbewusst, wie sie sich vorstellte, dass eine Kölnerin zu gehen gewohnt sein müsste.

Plötzlich stand sie vor der offenen Eingangstür einer Kirche. Das schwarze Angesicht der Mutter Gottes, das ihr vom Altar her entgegenblickte, erschreckte sie dermaßen, dass sie gleich wieder gehen wollte, jedoch hielten die Augen jener Maria sie fest, sodass sie unversehens in einer Bank war, kniend, die Ellbogen auf die vordere Lehne gestützt, die Stirn gegen die verschlungenen Hände gedrückt … Warum war sie vor dem Wunsch des Priesters nach Hilfe davongelaufen? Hatte sie nicht ein Gelübde getan, ihr Dasein auf dieser Welt in Keuschheit, Gehorsam und vor allem Nächstenliebe zu leben? Damals im Kloster Coesfeld, als Ludwig Barthel gekommen war, um seine Schwester Magdalena abzuholen, da hatte sie selbst mitgehen wollen, zu den Barthels, vor allem zu Clements. Clements aber war nach Amerika ausgewandert, hatte es geheißen, aus Kummer und Wut, und für Clementine war die Welt wie aus den Angeln gerissen. Freudlos und ohne jede Hoffnung hatte sie eine Woche lang mit niemandem gesprochen, still war sie zu den Gebeten erschienen, schweigend zur Arbeit und zu den Mahlzeiten. Danach hatte die Schwester Oberin an ihre Tür geklopft. Dass sie schweige, sei richtig, das innere und äußere Schweigen sei ein gutes Mittel, um zu sich selbst zu gelangen und zur Vereinigung mit Gott. Zwei Tage Einkehr waren ihr befohlen worden, ohne Speise und Trank, damit sie sich erforsche und erfahre, welchen Sinnes ihr Herz sei. Clementine hatte sich auf einen Stuhl gesetzt und aus dem winzigen Fenster ihrer kargen Klosterzelle in den Himmel geschaut, bis die Sterne aufblinkten und sie sich einreden wollte, dieses Licht schicke der Geliebte, um ihr Mut zu machen. Sie hatte den Zettel hervorgeholt, auf dem seine Worte standen. *»Für immer und ewig dein Clements.«* War alles vorbei? War sie betrogen worden auch von der Mutter, deren Idee von der Klosterunterbringung als Hilfe verkleidet doch womöglich nur eine List gewesen war, um Clements aus ihrem Leben zu löschen? In der Nacht hatte sie von Brüssel geträumt, von einer Christmette, wo sie die Eltern verlor, nach ihnen schrie, sich verlassen fühlte und voller Furcht. Dann hatte die Orgel zu spielen begonnen, ein Choral, der so laut anschwoll, dass sie sich von den Tönen hochgehoben fühlte, zu schweben schien, und plötzlich war sie frei gewesen und ohne jede Angst. Am nächsten Tag hatte sie wieder auf dem Schemel Platz genommen. Manchmal hatte sie vergessen, wo sie sich befand, und hin und wieder sogar, wer sie war. Zur Mittagszeit war ein Sonnenstrahl in die Zelle gefallen, direkt auf ihre Hände. Sie hatte dies als ein Zeichen gewertet, dass es ihre Hände seien, die etwas schaffen sollten, und als sie die Bibel aufschlug und nach einer Bestätigung suchte, las sie:

»Gott hat dir nicht einen Geist der Verzagtheit gegeben, sondern den Geist der Kraft, der Liebe und der Besonnenheit.«

Während der nächsten Nacht hatte sie kaum Schlaf gefunden, die Zukunft hatte im Dunkeln gelegen, das, was sie vorher darin gesehen hatte, zählte nicht mehr. Hin und wieder war die Angst hoch zu ihrem Herzen gekrochen, zischte und drehte sich um ihren Hals, dass sie glaubte, daran zu ersticken, aber dann hatte die Klosterglocke mit ihrem fröhlichen Geläute die Schlange verjagt. Als die Mutter Oberin hereingekommen war, hatte Clementine demütig ihren Kopf gesenkt und sich bereit erklärt, als seine Magd auf dem Acker des Herrn tätig zu werden. So war sie zur Nonne geworden.

Sie hob den Blick und sah der schwarzen Gottesmutter ins Gesicht. Das Nonnenkleid trug sie noch immer mit Stolz und Freude, würde es für nichts auf der Welt eintauschen wollen gegen ein weltliches Gewand. Warum aber sollte es nicht möglich sein, auch ohne die schützenden Mauern eines Klosters nach den Regeln des Ordens zu leben und dennoch neue Wege zu gehen, etwas von dem weiterzuführen, was sie sich in vielen Lehrstunden hatte aneignen können, diesen Reichtum an Wissen, an Kenntnissen der Kräuterheillehre und ihrer Anwendung, einen Schatz, den sie weitergeben könnte zum Guten für viele Menschen in Krankheit und Not. Es schien ihr, als wäre so etwas wie Verständnis in den Augen der Madonna zu sehen, ein kleines Lächeln auf ihren Zügen, als Bestätigung und Bejahung dessen, was sich Clementine erdacht hatte in den letzten Minuten.

In vielen Kirchen der Stadt wurde tagelang für Seine Erzbischöfliche Gnaden gebetet. Eine Stunde lang hatte Clementine daran teilgenommen, danach war sie sicher gewesen, dass Graf Spiegel in dieser Stadt willkommen sein würde. In Münster war sie ihm zum ersten Mal begegnet. Die Gespräche mit ihm während der abendlichen Einladungen unter dem imposanten Dach des Hauses der Fürstin Friederike hatten Clementine sehr beeindruckt, und schließlich war zwischen ihr und Spiegel so etwas wie eine stille Freundschaft entstanden. Wegen seiner Verdienste um das Gelingen bei der Umsetzung der Bulle »De salute animarum« war ihm das Erzbistum Köln angeboten worden, und bevor er dahin umsiedelte, hatte er ihr eine handschriftliche Notiz zukommen lassen: *»Liebe Schwester Clementine, wollten Sie selbst nicht auch einen Wechsel nach Köln vornehmen? Die Tore sind offen.«*

Daraufhin hatte Clementine das dicke Wolltuch über die Schulter geschlungen und war hinübergelaufen zur münsterschen Kathedrale.

»Ist es das, was ich tun soll«, hatte sie den steinernen Jesus gefragt, »nach Köln reisen, um dort zu bleiben bis ans Ende meiner Tage? Ist dies nur ein Wunsch meines Herzens oder auch dein Plan für mein Leben?«

Sie hatte hochgeblickt zum Steingesicht, wo gerade in diesem Moment ein Sonnenstrahl vorbeiglitt, der den Staub in der Luft sichtbar machte und damit den Augen Lebendigkeit verlieh, sodass es aussah, als hätten sie sich einmal geschlossen und wieder geöffnet. Clementine hatte danach das Vaterunser gebetet und dreimal den Rosenkranz, und als sie auf den Kirchplatz hinausging, hatte der Frost kleine Kristalle an die Bäume gehängt, die aussahen wie Sterne. Sie war dem Ruf des Erzbischofs gefolgt, hatte Münster hinter sich gelassen, war durch die offenen Tore in die Stadt getreten, und es schien ihr nun angemessen, Graf Spiegel hiervon in Kenntnis zu setzen.

»Ich bin angekommen«, schrieb sie, *»und wohne im Großen Rheinberge. Noch bin ich mir nicht schlüssig, wie es weitergehen wird, dennoch fühle ich mich vollends aufgehoben in dieser Stadt und in Gottes Hand. In hoher Verehrung Maria Clementine Martin«*.

Kaum hatte sie den Brief in den Umschlag gesteckt und versiegelt, kam bereits der Laufbursche, nahm ihn und eilte damit zur Tür hinaus. Kurz danach jedoch wäre sie ihm gern hinterhergerannt, um ihn aufzuhalten, denn inzwischen hatte sie in der Zeitung eine Nachricht gelesen von Ferdinand August Spiegel, Graf von Desenberg, Erzbischof von Köln, selbst verfasst und an die Bürger der Stadt gerichtet:

> *»Die vielen schriftlichen Eingaben mehrerer hiesiger Stadtbewohner veranlassen mich, zu erklären, dass wegen der Ant-*

worten, einige Tage nach der Einreichung der Vorstellungen, bei meinem Türhüter nachmittags von 6–7 Uhr nachzufragen ist.
Köln, den 30. April 1825«

Ihr Schreiben würde also möglicherweise ebenso wie alle anderen Briefe an den Sekretär weitergereicht werden, und sie würde sich in den nächsten Tagen einer Antwort wegen an den Türhüter zu wenden haben. Nein! Dann wollte sie lieber ohne die Protektion des Herrn Spiegel bleiben. Sie trank ein letztes Glas Wasser, und als die Wirtin fragte, wie sie sich fühle in Köln und in ihrer Herberge, da nickte sie und sagte: »Gut«, und auf die Frage, wie lange sie vorhabe, in Köln zu bleiben: »Für immer!«, und sie erschrak vor dieser Endgültigkeit, die ihr da herausgerutscht war, denn auf die nachfolgende Frage, wo sie denn auf Dauer zu wohnen und wovon sie zu leben gedächte, wusste sie keine Antwort. In diesem Augenblick kam der Junge im Laufschritt zurück, reichte ihr den großen Umschlag und sagte voller Stolz: »Vom Erzbischof persönlich.« Clementine griff in ihre Rocktasche und gab ihm ein paar Pfennige, dann ging sie hoch in ihre Kammer, öffnete das Fenster, atmete tief durch und las den Brief.

»Verehrte Clementine,
ich bin von Herzen froh, Sie in dieser Stadt zu wissen und desgleichen unter meinem persönlichen Schutz. Daselbst an diesem Tage um die sechste Stunde bitte ich Sie zu Tisch in meinem Hause und hoffe, Sie geben mir die Ehre und machen mir die Freude.
In großer Hochachtung
Ferdinand August Spiegel, Erzbischof von Köln«

Das Palais in der Gereonstraße sei vom Staat aus Privatbesitz gekauft und danach der Kirche als Bischofssitz zur Verfügung gestellt worden, hatte die Wirtin zu erzählen gewusst, und in der Zeitung hatte Clementine gelesen, dass der Preußenkönig, obwohl evangelischen Glaubens, ein frommer Mann sei, auf dessen Wort man bauen könne. *»Kommt mir mit redlicher, treuer und beharrlicher*

Anhänglichkeit entgegen«, hatte er geschrieben, *»ihr werdet gerechten und milden Gesetzen gehorchen. Eure Religion, das Heiligste, was dem Menschen angehört, werde ich ehren und schützen.«*

Es war zweifellos ein Domizil, dessen prunkvolle Ausstattung ein Ferdinand August Spiegel genießen konnte. Denn dass er sich als Erzbischof von Köln einen neuen Lebensstil angewöhnen würde, war nicht zu erwarten gewesen. Er blieb, was er gewesen war, ein Mann Gottes, der sich auch in der Welt auskennt. Genau wie sie selbst. Eine Magd Gottes, vertrieben aus den Klostermauern und nun auf ihrem Weg durch die Welt. Mit geradem Rücken und freiem Blick schritt sie die Treppe hinauf. Vom Türhüter in den Saal geleitet, wurde sie mit großer Herzlichkeit begrüßt und vorgestellt. Es ist, dachte Clementine, eine solche Leichtigkeit im Raum und über dem Tisch, eine wärmende Fröhlichkeit ... und sie meinte, diese Leichtigkeit auch schon vorher in der Stadt wahrgenommen zu haben. Vielleicht war es der Wind, der um den Dom und vom Rhein her wehte und als Geist Gottes die Heiterkeit in die Herzen der Menschen streute. Der Erzbischof saß ihr gegenüber, und es war kaum anders als vormals in Münster, wenn sie bei der Fürstin speisten. Nur war sie hier ausschließlich von Männern umgeben, die meisten davon dem Klerus zugehörig.

»Oberbürgermeister Steinberger hatte auch kommen wollen«, sagte Spiegel.

Der Dompropst lachte. »Wahrscheinlich sitzt er stattdessen mit der Geige bei seinem Orchester zur Probe.«

»Er ist ein sparsamer Mensch«, erwiderte der Erzbischof, »im Ansatz gut, aber schwach, wenn es um die Durchsetzung seiner Pläne geht. Gehorsam und gütig, Familienvater und von inniger katholischer Frömmigkeit.«

»War nicht Jakob von Wittgenstein Oberbürgermeister in dieser Stadt?«, fragte Clementine, um kundzutun, dass sie wohlinformiert war über die Geschicke der Stadt, jedoch schien dieses Thema keinem zu gefallen, und erst nach langem Schweigen antwortete der Vikar.

»Zweimal sogar war er das, einmal fünf Jahre lang in der reichsstädtischen Zeit und dann noch einmal für zwei Jahre unter den

Franzosen. Danach haben sie ihm alles Mögliche angehängt. Vor zwei Jahren ist er gestorben. Man sagt, an seelischer Verstimmung.«

War es wirklich möglich, dass die Seele den Körper zerstörte? War auch die Krankheit ihrer Mutter Christine damals in Jever mehr von der Traurigkeit ihrer Gedanken ausgegangen als vom Versagen ihres Körpers? Die Ärzte prüften nur den Leib und seine Funktion, sie salbten und tröpfelten, sie schnitten und zapften das Blut aus den Adern, und es wäre doch vielleicht wichtiger zu wissen, welcher Art die Gedanken sind, die ein jeder in seinem Kopf und im Herzen mit sich herumträgt. Vielleicht sollten all jene, die mit der Pflege und Heilung befasst sind, solches mitbedenken.

»Vielleicht«, klang es vom anderen Ende des Tisches herüber, »vielleicht hätten sie damals besser den Mylius behalten sollen als Oberbürgermeister, der war ein Träger der alten Traditionen und dennoch Förderer neuer Bestrebungen.«

Die alten Traditionen ehren und dennoch den Fortschritt und das neue Wissen nicht in den Wind schlagen. Das wäre vielleicht eine Grundlage, auf der sich leben und arbeiten lassen würde. Der Kammerdiener öffnete die Fenster, weil ein jeder den Kragen zu lüften begann. War es die Schwüle, die nach dem anhaltenden Frost im März nun während der letzten Apriltage so ungewohnt plötzlich hereinbrach, oder fand auch im Körper der Herren Geistlichen in gewissen Jahren ein Wechsel statt, auch bei ihnen ohne dem entsprochen zu haben, zu welchem ihr Körper in der Lage gewesen wäre, sofern sie sich an die Amtsgebote der heiligen Kirche hielten?

»Ich habe eine Aufgabe für Sie, Schwester«, sagte Spiegel in Clementines Gedanken hinein, »zumindest für den Anfang. Domvikar Gumpertz ist im sechsundachtzigsten Jahre seines Lebens und nicht mehr bei guter Gesundheit. Er braucht eine erfahrene Pflegerin, die seine letzte Zeit hier auf Erden zu einer Gnadenzeit werden lässt. Ich weiß von Ihren Heilkräuterkenntnissen und auch von Ihrer Nächstenliebe. Deshalb hoffe ich, Sie nehmen diese Aufgabe an, als ersten Auftrag Gottes in dieser Stadt. Es scheint mir nicht der schlechteste Anfang zu sein.«

Später in der Kammer auf dem Bett sitzend griff Clementine nach dem Heft, in das sie seit ihren Lehrjahren bei Ludwig Barthel alles Wichtige hineingeschrieben hatte. Dort fand sie nach einigem Blättern einen Text, den Goethe während einer Reise in die Schweiz in sein Tagebuch geschrieben hatte:

»In der menschlichen Natur liegt ein heftiges Verlangen, zu allem, was wir sehen, Worte zu finden, und fast noch lebhafter ist die Begierde, dasjenige mit Augen zu sehen, was wir beschrieben hören.« Und: *»Wer nicht neugierig ist, erfährt nichts.«*

Wieder lag der Anfang eines Weges vor ihr, und die Neugierde darauf, welcher Art er sein würde, belebte ihr Herz.

Andreas Schlebusch hieß der junge Mann, der am nächsten Morgen seine Aufwartung machte, um sie im Auftrag des Erzbischofs hinüberzuführen ins Haus des alten Vikars Gumpertz, Auf der Litsch No. 1. Er klopfte, öffnete die Tür und ging dann vor Clementine her die Stiege hinauf.

»Guten Morgen«, rief er, »lieber Johann Gumpertz, ich bringe Ihnen eine gute Nachricht. Die verehrte Schwester Maria Clementine hat sich bereitgefunden, Ihre Leiden zu begleiten und Ihre Wunden zu pflegen. Sie ist mit der Kräuterlehre sehr vertraut und hat vielerorts Menschen damit von Krankheit und Schmerzen befreit.«

»Soso«, brummte der alte Mann, »sie möge eintreten.«

Als Clementine seine zitternde Hand ergriff, wusste sie, dass sie ihn lieben würde, wie sie ihren Vater hätte lieben sollen, dass sie bei ihm ausharren würde bis zu seinem Ende, um wiedergutzumachen, was sie beim Leiden und Sterben ihres Vaters versäumt hatte.

Zwei Kammern bezog sie im Hause des Domvikars, richtete sich ein mit dem, was sie mitgebracht hatte, und wenigen Möbelstücken, die sie während der nächsten zwei Wochen vom großen

Kaufangebot in der Brückenstraße auswählte: einen Nachttisch, einige Küchendinge ... Bei den Spiegeln geriet sie in Verlegenheit. Natürlich hatte es in den Häusern ihrer Kindheit prächtige Spiegel gegeben, in denen sie sich oft und gern angesehen hatte. Auch in den Zimmern der Herbergen war hier und dort ein Spieglein überm Waschtisch zu finden gewesen, meistens zerkratzt und verschmiert. Dahinein hatte sie keinen Blick geworfen. Im Kloster hingegen lebte man ohne solche Versuchungen, da galt nur Aussehen und Glanz des Herzens und der Seele. Aber nun? Sie lebte nicht mehr im Konvent, sie ging ihren Weg durch eine moderne Welt in einer großen Stadt mit vielen Menschen, die ihrer ansichtig wurden, ohne ihr Inneres zu kennen. Von denen sie ausschließlich nach ihrem Äußeren beurteilt werden würde. Sie hatte die Werbung für ein Buch gelesen, das in achter Auflage erschienen war und Ratschläge gab über Grundsätze und Regeln des Anstandes, der Grazie, der feinen Lebensart und der wahren Höflichkeiten. Darin war die Rede gewesen von Verstand und Tugend, diesen höchst schätzbaren Eigenschaften eines Menschen, die leider im praktischen Leben gewöhnlich zu wenig geachtet würden und sich oft ganz verlören, wenn man nicht vor der Welt mit der Gabe der Liebenswürdigkeit erschiene, das hieß, man sollte Kenntnisse und ein gutes Herz mit einem gefallenden Äußeren verbinden. Wichtig seien im Leben auch Kultur des Blickes, Stellungen und Bewegungen des Körpers, Kleidung, Ausbildung der Sprache und des Tons und vieles mehr. Sollte sie weiterhin darauf hoffen, dass ein jeder sogleich in ihr Herz blickte, oder würde es von nun an löblicher sein, zur Sicherheit hier und da einmal einen prüfenden Blick in den Spiegel zu werfen? Galt es nicht auch, sich seiner selbst bewusst zu werden, die Bewegungen des Körpers zu erforschen und die Kultur ihres Blickes? Zu Hause schämte sie sich solch eitler Gedanken, ließ den Spiegel lange Zeit verpackt stehen und drehte auch später oft seine spiegelnde Seite zur Wand. Immer dann, wenn sie den Eindruck hatte, dass ihr Blick allzu sehr dieser weltlichen Bestätigung bedurfte.

Auf der Hohe Straße beim Notar Bürgers fand sie noch eine Kommode und einen Sekretär, dazu zwei gepolsterte und zwei ungepolsterte Stühle. Sie hängte das Kruzifix übers Bett, zwei geerbte Gemälde übers Sofa und stellte den silbernen Kerzenleuchter, der früher den Esstisch in ihrem Elternhaus so festlich geschmückt hatte, auf die neue Kommode. Danach schrieb sie einen kleinen Dankesbrief an den Erzbischof für diese Vermittlung und dass sie mit Freude an die Arbeit gehen wolle.

»Ich bin schwach auf den Beinen, aber mein Kopf ist klar«, hatte Gumpertz am ersten Abend gesagt, »also Schwester, setzen Sie sich zu mir und erzählen Sie mir, wer Sie sind und woher Sie kommen.«

Clementine hatte gelacht.

»Es gibt nicht viel zu sagen, ich war Nonne in Coesfeld und später in Glane, habe die Kräuter studiert und im Hospital die Kranken versorgt. Währenddessen war ich oftmals im Lande unterwegs, um auch in anderen Konventen die Heilkräuterlehre verständlich zu machen, in Brüssel schließlich, meinem Geburtsort, wurde ich um die Kenntnis eines Geheimrezeptes bereichert, dessen ich mich nun rühmen darf, da es sich hierbei um den wirklich echten Karmeliter-Melissengeist handelt, der in seiner Heilkraft alles andere weit übertrifft. Dann aber, Sie wissen ja, wie es damals ging. Unter Napoleon war es plötzlich aus mit der Ordensgemeinschaft. Ich war froh, mit meinen Kräuterkenntnissen und den Erfahrungen im Hospital ein Wissen erlangt zu haben, welches mich fortan am Leben hält, als Krankenschwester in Jever und Tirlemont wie auch im Dienst auf dem Kampfacker in Waterloo. Zuletzt war ich im Domkapitel Münster. Dort habe ich auch den ehrwürdigen Herrn Erzbischof kennengelernt, und nun hatte er die Güte, mir anzuraten, mich bei Ihnen, verehrter Domvikar, einzufinden, um Ihnen das Leiden zu erleichtern.«

»Wenn Sie mir nicht den Wein verbieten und die Pfeife, will ich mich darauf einlassen.«

Er lachte gern, der alte Gumpertz, und nach einer anfänglichen Widerborstigkeit wurde er mit der Zeit außerordentlich gesprächig.

»Napoleon«, sagte er, »dieser Lümmel. Alles wollte er sich untertan machen, alle sollten nach seiner Pfeife tanzen. Überall hat er seinen Stempel hinterlassen, auch bei uns. Jedoch, das muss man ihm lassen, nicht nur zu unserem Nachteil. Der alte Mief, der sich in der Stadt festgesetzt hatte, wurde regelrecht ausgeräuchert. Das Gerichtswesen ist neu organisiert worden, an die Stelle der Magistratsverfassung ist die Munizipalverfassung getreten, das Schulsystem wurde umgestellt, und dass die Franzosen mit unseren Kunstwerken und den Bibliothekaren so unfein umgingen, hatte letztendlich auch ein Gutes. Die Reaktion hierauf war eine große Sammelleidenschaft. Nur dass er die Klöster schließen ließ, das nehme ich ihm sehr übel, vor allem wegen der wunderbaren Klostergärten, die damit verschwanden. Einzig der Garten des ehemaligen Jesuitenkollegs ist erhalten und zum Botanischen Garten geworden, den müssen Sie sich unbedingt ansehen.«

Dass sie schon da gewesen war, freute ihn, und überhaupt schien ihm nichts erstrebenswerter, als einen Menschen für seine Stadt zu gewinnen.

»Denken Sie nur, Schwester«, sagte er, »der preußische Staatsminister hat dem König gegenüber 104.000 Taler für den Weiterbau des Domes befürwortet. Und unser rühriger Boisserée läuft sich die Hacken ab, um die Honoratioren um ihre Unterstützung zu bitten. Schinkel hat er auch gewinnen können. Ich lebe in der Hoffnung, eines fernen Tages vom Himmel herab der Türme des Domes ansichtig zu werden, und schon jetzt kommen mir Tränen in die Augen, wenn ich an diesen Augenblick denke. Er muss vollendet werden. Dann, liebe Schwester, dann wird Köln zum Zentrum all dessen, was eines Menschen Leben bewegen kann.«

Clementine mischte Essenzen für ihn, salbte seinen Rücken und ließ ihn Kräutertees trinken.

»Es geht mir täglich besser!«, rief er eines Morgens aus. »Bald werde ich wieder zum Dom gehen können, wenn Sie mich geleiten wollen, verehrte Schwester.«

»Noch nicht«, sagte Clementine, »lieber Herr Gumpertz, ein bisschen Geduld braucht es noch.«

Am 3. Mai schickte er sie hinunter zum Domhof, wo im Lembertz'schen Saale abends um sechs das vierte Familienkonzert stattfand, damit sie etwas erfahre vom Leben und Treiben der Stadt. Die Kinder erschienen in Spitzen und Samt, die Frauen im

Festtagskleid und die Männer mit ihrem feinsten Kragen. Voller Bedacht nahmen sie Platz, und nach dem Konzert brauste der Applaus auf, als hätte ein Mozart oder Beethoven dort vorn auf der Empore gesessen und sein Können zum Besten gegeben.

»Nun ja«, meinte Gumpertz und schmunzelte, als sie ihm davon erzählte, »das ist die Mentalität hier. Wer sein Bestes gibt, wird gelobt, egal auf welcher Ebene das Beste sich darstellt und wie gut dieses Beste ist. Aber nicht nur Musik erfreut unsere Herzen, auch die Kunst ist bei uns zu Hause. Letztes Jahr ist Wallraf gestorben. Er war der letzte Rektor der Universität, bevor sie geschlossen wurde. Unter den Franzosen hat er sich vehement für die Rechte seiner Heimatstadt eingesetzt, hat darauf hingewiesen, dass Köln eine kleine, aber sehr alte Republik ist, mit jahrhundertelanger Tradition einer freiheitlichen Verfassung, die von den Franzosen gerade erst erreicht wurde. Er hat der Stadt unzählige Gemälde vermacht und Tausende graphischer Blätter und vieles mehr.«

Um der Nachwelt in Erinnerung zu bleiben, bedurfte es also augenscheinlich nicht unbedingt leiblicher Kinder, wenn sogar das Weitergeben eigenen Besitzes an die Öffentlichkeit zum steten Gedenken zu führen schien.

Am Vorabend ihres Geburtstages saß Clementine im Theater und lauschte den Gesprächen der beiden Liebenden Romeo und Julia. Wenn sie auch hier und da mit den Tränen kämpfte, war es doch tröstlich zu wissen, dass ihre Erfahrung eine war, die Menschen allerorts und zu allen Zeiten auf Erden gemacht hatten und noch machen würden. Beim Heimweg kam sie sich vor wie eine Darstellerin auf der großen Bühne der Weltgeschichte. Nicht Romeo und Julia hieß die Tragödie, sondern Clements und Clementine, nein richtiger sogar Clements und Wilhelmine, denn das war der Name, auf welchen sie getauft war, den sie später beim öffentlichen Bekenntnis während der Weihe abgelegt und umgewandelt hatte, und, welch ein Glück, diese beiden waren trotz aller Traurigkeit noch am Leben.

Das gleichmäßige Schnarchen des Domvikars zog durch das Treppenhaus. So ging Clementine gleich in ihre Kammer und schrieb in das kleine Heft:

»Morgen werde ich fünfzig Jahre hier auf Erden gelebt haben. Wenn ich morgen also erwache und atme, dann werde ich eine neue Zeit beginnen, jenseits der Tragödie des ersten Teils werde ich ein Lebensstück schreiben, dessen Ausgang glücklich sein soll, und ich will hernach vom Himmel meine Früchte betrachten können, hier in der Stadt Köln.«

Sie begann diesen wichtigen Tag wie gewohnt mit dem Gebet in der kleinen Kirche St. Maria im Pesch und der Pflege ihres Schützlings. Ohne Nennung eines Grundes erbat sie sich einen freien Nachmittag, schlenderte zum Rhein hinunter, über die Brücke hinüber zur anderen Seite. Diesmal war die Ansicht so, wie sie es sich bei ihrer Ankunft erhofft hatte. Ihr Rückweg wurde verzögert, weil sich die Brücke für die Schifffahrt öffnen musste, und so blieb sie am Deutzer Ufer und betrachtete weiter das Panorama, so prächtig und von der Sonne beschienen, dass sie zu lächeln begann und eine tiefe Liebe spürte, eine Zuneigung zu den alten Mauern, zu den Toren, zu den Gassen und zu den Menschen, deren Sprache anders war, als sie es aus dem Norden gewohnt war. Es war gut, hier zu sein, sie hoffte, dass ihre Eltern vom Himmel herab ihrer gedächten, und auch, dass Gott keinen Grund hatte zum Verdruss über dieses halbe Jahrhundert seiner Magd Maria Clementine. Fünfzig Jahre waren eine lange Zeit, vor allem für eine Frau. Sie erinnerte sich an das Gespräch mit ihrer Mutter Christine, damals in Jever.

»Die Hoffnung ist vergangen«, hatte Christine gesagt, »die Träume sind verflogen, die Zukunft ist leer. Mein Denken und meine Sehnsucht prallen gegen Mauern, ich fühle eine schwere Last auf meinen Schultern, als müsste ich Säcke tragen, zur Mühle und wieder zurück. Ach, mein Kind, ich bin eine alte Frau, gehe auf die fünfzig zu und bin für niemanden und nichts mehr zu gebrauchen.« Clementine war zu jener Zeit ein Mädchen gewesen, und die Liebe hatte sie froh gemacht. Was hätte sie antworten sollen? Sie war weit entfernt gewesen von diesem traurigen Denken und Fühlen der Mutter, die nichts hatte essen wollen, nichts trinken, im Bett lag und vor sich hin starrte. Nun war Clementine selbst in dieses Alter gekommen, im Gegensatz zu ihrer Mutter hatte sie keinen Mann, der ihre Hand halten, und kein Kind, das ihr hätte zuhören können, und dennoch fühlte sie, dass die kleine Last, die sie in letzter Zeit manchmal auf ihren Schultern gespürt zu haben glaubte, dass dieses Gewichtlein längst hinuntergerutscht war. Sie war fünfzig Jahre und fühlte sich trotz der Fülle der Lebensjahre nicht alt und verbraucht. Sie spürte noch Kraft in sich. So vieles würde sie tun können. Und wenn Gott ihr genügend Zeit und körperliche Frische gäbe, hoffte sie ein jegliches auf seinen Weg und zur Ernte bringen zu können ...

Die Luft war voller Frühlingswürze, und Clementine fühlte sich hungrig. Fünfzig Schritte wollte sie gehen und danach in das nächste Haus treten, das zum Speisen sich anböte. Sie machte zierliche Schritte und brauchte dann doch fast doppelt so viele, bis sie endlich in der Römergasse zum Speisewirt Canisius hineinging und sich ein köstliches Mahl schmecken ließ. Er habe sie bereits durch die Stadt gehen sehen, sagte der Wirt, sie sei doch die, welche den Erzbischof kenne und den alten Gumpertz pflege und aus Münster komme und sich mit den Heilkräutern auskenne. Er habe so manches Mal geschwollene Füße, und vielleicht könne sie ihm zumindest einen Rat geben oder mehr ... Clementine reichte ihm ein Fläschchen, eines von jenen, deren Inhalt gegen vieles half und von denen sie immer zwei in der Habittasche trug. Sie riet dem Wirt, seine Füße hin und wieder damit einzureiben und sich gleich danach hinzulegen, auf das Canapé, mit zwei gerollten Decken am unteren Ende, damit die Füße höher zu liegen kämen als das Herz, damit das Blut und der falsche Saft daraus wieder zurücklaufen könnten.

Canisius bedankte sich, und als sie aufstand und bezahlen wollte, protestierte er heftig. Er hoffte, sie noch öfter als Gast bei sich zu sehen.

»Gott segne Sie«, sagte Clementine und ging heim. Jetzt hatte sie doch ein Geburtstagsgeschenk erhalten, wenn es dem Geber auch nicht bewusst geworden war.

Kaum aber hatte sie die Tür aufgeschlossen, hörte sie die Stimme des Domvikars, der durchs Haus rief:

»Wieso kommen Sie erst jetzt? Der Nachmittag ist längst vergangen. Warum saßen Sie nicht am Tisch, um mit mir zu speisen? Jetzt hat das Mädchen Ihren Teller leer gegessen, wäre ja auch zu schade gewesen, alles wegzuschütten oder den Schweinen der Bauern in der Weidengasse zu verfüttern.«

Clementine trat ein und lachte ihn so fröhlich an, dass er innehielt und erstaunt ausrief:

»Was ist denn mit Ihnen geschehen? Sind Sie der Mutter Gottes begegnet, oder wer sonst hat Ihnen diesen hellen Schein ins Gesicht gezeichnet?«

»Lieber Herr Gumpertz«, sagte Clementine, »heute ist ein besonderer Tag, und ich habe ihn mir geschenkt, das hat mich so fröhlich gemacht. Ich habe Geburtstag. Vor genau fünfzig Jahren bin ich in Brüssel zur Welt gekommen. Damals noch Heiliges Römisches Reich Deutscher Nation, alles in Reih und Glied, kein Revolutionsgeschrei, keine Guillotine, kein Napoleon und auch sonst noch manches in anderem Kleid.«

»Vor allem Sie werden damals anders gekleidet gewesen sein«, sagte Johann Gumpertz lachend.

»Dann werden wir jetzt anstoßen auf den Beginn einer segensreichen Zeit für die Klosterfrau Maria Clementine hier in Köln. Wissen Sie, dass man erst im Alter wirklich frei wird? Dann, wenn die meisten Dinge nicht mehr von Interesse sind, wenn sie einen nicht mehr fesseln, wenn man sich auf die paar Jahre besinnt, die einem noch bleiben, dann wird diese kleine Zeit so wertvoll, wie vorher nichts wertvoll gewesen ist. Und wenn ich noch mal alles zu tun hätte, würde ich schon mit zwanzig diese Freiheit wählen. Aber sehen Sie, die wahre Jugend erfährt man eben erst im Alter.«

Als Clementine sich zum Schlafen begab, ließ sie noch eine Weile das Licht an. Sie hatte die Kölnische Zeitung dieses Tages mitgenommen und las sich durch vielerlei Berichte von Sterben und Leben.

»Baumwollmanufakturen und Handel, vor allem aber die Kattundruckerei ist eine Kunst, deren Betrieb und Flor sehr zu bestreben ist«, las sie auf der ersten Seite unter der Überschrift *»Preußen«*, *»und Baumwollmanufakturen geben einen hohen Gewinn und sind wichtig und nützlich für das Land.«*

Auch Clements betrieb eine Tuchfabrik, fuhr vielleicht hohe Gewinne ein und war nützlich für sein Land. Wie mochte er sich fühlen, jetzt im Herbst seines Lebens? War er glücklich oder gebrechlich oder gar schon tot? Sie erschrak. Von wem würde sie erfahren, wenn er stürbe?

Nein, daran wollte sie festhalten. Clements lebte, eines Tages, das fühlte sie sicher, eines Tages würde sie ihm noch einmal gegenüberstehen, hier in Köln, in einer Stadt, wo sich viele trafen, Händler und Bankleute, Handwerker und Professoren, Geistliche, Juden, Protestanten, Kaiser und Könige. Warum sollte nicht auch einmal der Baumwollhändler Clements Barthel aus Brüssel seinen Weg hierhin lenken? Beim Einschlafen fiel ihr ein, dass am späten Nachmittag im Dom, während sie über ihr Leben nachdachte, ein Mann neben ihr gekniet hatte, der auffallend oft sein Gesicht zur Seite und ihr zugewandt hielt. Vielleicht war dieser Jemand Clements gewesen? Ab morgen, das nahm sie sich vor, ab morgen wollte sie jedem Menschen ins Gesicht schauen, ab morgen würde sie mehr lachen und sich frei fühlen, so frei, dass sie sich demnächst zum Rathaus begeben würde, um sich ins Bürgeraufnahmebuch eintragen zu lassen, um sich alsbald eine Bürgerin dieser Stadt nennen zu können.

Zunächst allerdings war die Gesundheit des Domvikars so zu erhalten, dass er Hoffnung hegen konnte, bei der offiziellen Inthronisierung des neuen Erzbischofs im Dom anwesend sein zu können.

»Die Kräuter der verehrten Schwester haben aus mir keinen jungen Mann machen können«, erklärte er jedem Besucher. »Ich bin ein Greis geblieben. Nur meinen Blick habe ich gehoben, nicht mehr auf den Boden schaue ich, sondern auf den Tisch und zur Tür und zum Fenster hinaus. Und als sie mich kürzlich am Arm griff und hochzog und mit mir drei Schritte gegangen ist, da hätte ich ein Loblied singen wollen, wenn nicht Aufregung und Anstrengung jeden Atemzug für sich in Anspruch genommen hätten. Sofern ich wirklich am 11. Juni wieder im Dom sitzen werde und die Orgel höre und den Schrein anblicken darf, gehe ich vielleicht dann auch noch zum Rhein hinunter …«

»Oder nach Deutz hinüber«, sagte Clementine und träufelte

ihm schnell ein paar Essenztröpfchen in den Mund, den er bereitwillig aufhielt, lächelnd und voller Vertrauen.

Die Herren des Klerus, jeder ein Meister im Debattieren, der eigenen Qualitäten wohlbewusst und oftmals zerstritten, stimmten in einem Punkt überein: Die Klosterfrau beim alten Gumpertz ist nicht nur freundlich und fromm, sondern besitzt auch viele Heilskenntnisse, und sie ist bei Weitem nicht so aufs Geld aus wie die ausübenden Ärzte oder ihre Kollegen, die Wundärzte. So kamen denn auch andere, um bei ihr die Sorgen auszuschütten. Matthias Emans, der Küster des Doms, der im Haus No. 4, Auf der Litsch wohnte und damit nur einen Steinwurf entfernt, klopfte fast täglich an die Tür, nur für ein Viertelstündchen, wie er stets beim Eintritt versicherte, und nur, um zu sehen, wie es dem alten Gumpertz gehe, dann blieb er meist zum Essen und darüber hinaus. Seltener, aber regelmäßig, ließen sich die Herren Isenkrahe und Esser blicken, beides ernst blickende Domvikare, die am Domhof wohnten und derzeit in höchster Anspannung lebten, ging es doch um die nach vielen misslichen Jahren nun endlich wieder ordnungsgemäße Erzdiözese Köln und dabei um den feierlichen Akt der Einführung des neuen Oberhirten. Clementine spürte die Erregung, und jedes Mal gelang es ihr, die beiden Herren mit ein paar guten Worten und wohlriechenden Essenzen zu versorgen, sodass sie nach einer Weile wohlgemut und sichtlich gestärkt über die Straße zu ihren Häusern gingen, vom alten Gumpertz mit spöttischem Lachen begleitet.

»Ha, der Theodor und der Bernard, als ich so alt war wie ihr, da bin ich noch über Tische und Bänke gesprungen ohne Heilkräuter und Krankenschwesterpflege …«

Clementine machte schnell das Fenster zu und drohte ihm mit dem Finger und einem Augenzwinkern. »Fordern Sie nichts heraus, lieber Gumpertz, ein jeder ist so, wie er ist und wie Gott ihn gewollt hat.«

»Und Sie, Clementine, sind wahrscheinlich einer seiner Engel, die er hin und wieder auf die Erde hinunterfliegen lässt, zum Guten der Menschheit.«

Nachmittags, wenn Gumpertz sich ausruhte, erkundete Clementine die Stadt, damit sie in der Lage wäre, als zukünftige Kölnerin auch die Häuser und Plätze der Stadt mit Namen zu benennen, damit sie erführe, welcher Art die Menschen waren, die hier wohnten, ob es Unterschiede gab zwischen jenen, die in der Salzgasse hinter roten Hausnummern lebten, und jenen mit weißen Schildern südwärts von der linken Ecke der Schildergasse bis zum Severinstor oder gar solchen mit den blauen Zahlen, die vom Eigelstein bis zum Hahnentor die Haustüren zierten. Bei ihren Spaziergängen versuchte sie sich vorzustellen, wer sie geworden wäre, wenn sie hier geboren wäre und immer hier gelebt hätte. Die Stadt war schön, und selbst der Unrat auf den Straßen schien niemanden zu stören. Die Fremden kamen wegen der römischen Altertümer, wegen des Doms und der vielen anderen Kirchen, des Rathauses, des Botanischen Gartens, des Museums und der wissenschaftlichen Sammlungen im Jesuitenkollegium, sie hatten so viel zu schauen, zu betrachten und zu bestaunen, dass kein Blick übrig zu bleiben schien für die staubigen Straßen und den Unrat darauf, und die Kölner Bürger blickten stolz darüber hinweg. Sie engagierten sich für anderes, Besseres, wie das große Hospital, das Gebär- und Waisenhaus, für Wartenonnenkonvente zur Pflege und Versorgung der Hauskranken aller Stände, Dreifaltigkeit beispielsweise, St. Elisabeth und in der Komödienstraße St. Magdalena zur Zelle.

Gumpertz wusste viel und erzählte gern. Einmal dozierte er über die Geistlichkeit in der Stadt, über deren frühere Gepflogenheiten und darüber, dass es mittlerweile wegen der drei verschiedenartigen Strömungen drunter und drüber gehe, und als Clementine sich dafür zu interessieren schien, ging er in die Tiefe.

»Zum Ersten gibt es die alten Bruderschaften, aber die sind zu verkrustet, um über den Tellerrand zu blicken. Sie pochen auf die Einhaltung aller Traditionen der Glaubenspraxis und vor allem der Moral. Wer weiß, was sie darunter verstehen. Die Zweiten sind die »aufgeklärten Priester«, das sind diejenigen, die sich unter den Franzosen weitergebildet haben und sich nun für die Neuzeitlichsten halten, obwohl die Franzosenzeit mit all ihren Turbulenzen ja nun auch schon einige Jahre zurückliegt, woran man wieder einmal erkennen kann, dass jedes menschliche Tun von Vergänglichkeit geprägt ist. So ist das auch mit den Armen in dieser Stadt. Viele, das sage ich Ihnen im Vertrauen, ich weiß es aus meiner Pfarramtszeit, viele Arme sind einfach zu träge, um sich zu wehren. Sie werden ausgenutzt und halten still. Da nutzt es nichts, wenn wir uns mit der Armenverwaltung brüsten, die ihre ausgewiesenen Fonds treulich verwaltet und in den zehn Armenbezirksvereinen in gerechter Weise durch eine Auswahl an Armenvätern geeignete Hilfsmittel an die Notleidenden austeilt. In den Jahren 16/17, da war plötzlich fast die Hälfte der Kölner notleidend, das war ein Stöhnen und Jammern, aber trotzdem hat die Stadt für den Empfang des Königs damals fast zwanzigtausend Franken aufgebracht, selbst auf die Gefahr hin, dass der König darüber empört sein könnte. Eine Kunstausstellung wurde präsentiert, herrlich anzusehen, die ganze heimische Kunst. Und auch das Volk konnte sich schließlich gegen ein bisschen Eintrittsgeld daran erfreuen. So ist das hier in Köln. Man hilft sich gegenseitig, und das gehört zum Überleben. Wir fühlen uns zuerst als Kölner und dann erst als sonst was.«

»Und wer gehört zur dritten Gruppe der Geistlichkeit hier?«, fragte Clementine.

»Wie bitte?«, sagte Gumpertz.

»Sie erzählten am Anfang, es gebe drei Gruppen hier in der Geistlichkeit: die Bruderschaften, die Aufgeklärten, aber wer sind die Dritten?«

Gumpertz dachte einen Moment nach, als hätte er Schwierigkeiten, wieder auf diesen Weg seiner ersten Worte zurückzukehren, dann schien er den Faden gefunden zu haben, der ihn weiterführte.

»Die Dritten«, sagte er, »das sind die ganz jungen Priester, gerade von der Bonner Universität gekommen. Eine Schande, dass sie nicht in Köln studieren können. Keine Universität, keine Kunstakademie, kein Oberpräsidium haben wir in unserer Stadt.«

»Was ist denn nun mit den jungen Priestern?« Clementine ließ nicht locker.

»Die haben sich weitgehend diesem Georg Hermes angeschlossen, wollen den Gläubigen die Messe und alles erklären, womöglich sogar auf Deutsch, ja wo kommen wir denn da hin? Sind wir etwa Lutheraner? Haben wir nicht genügend von diesen protestantischen Preußen hier im heiligen Köln und müssen uns mit deren missionierendem Hochmut herumschlagen? Ich bin noch vom alten Schlage. Priester sind geweihte Männer, die das Evangelium kennen, das Volk braucht nur zuzuhören und zu glauben, was wir Priester sagen.«

»Es soll auch sehr fromme und gebildete Protestanten geben, beispielsweise habe ich gelesen, dass Joseph DuMont seine Tochter in ein gemischtkonfessionelles Pensionat schickt und seine Frau dem Kind gesagt haben soll, dass fromme Protestanten genauso gut gerettet werden können wie Katholiken«, sagte Clementine und erntete nur ein spöttisches Lachen, womit der alte Herr sich abwandte und ihr zu verstehen gab, dass er müde sei.

Wenn Clementine Kräuter brauchte für die Zubereitung der Essenzen, ging sie gemeinsam mit dem Dienstmädchen einkaufen, und dabei traf sie eines Tages beim Gemüseeinkauf in der Weidengasse auf eine junge Frau, bei deren Anblick sie zusammenzuckte. Es kam ihr vor, als sähe sie sich selbst in die Augen, aber gleichzeitig auch, als hätte sie bereits einmal dahinein gesehen. Blitzschnell berechnete sie, dass es ungefähr vierzehn Jahre her sein müsste, seit sie zum ersten Mal an Köln vorbeigefahren war und dieses winkende Mädchen am südlichen Stadttor gestanden hatte.

»Wie alt bist du?«, fragte Clementine, und das Mädchen sagte, ohne zu zögern:

»Neunzehn Jahre bin ich auf dieser Erde.«

Im diesem Augenblick kam eine kräftige Frau aus dem Garten, die sich als Sophia Wisdorf vorstellte und die Mutter des Mädchens zu sein schien. Sie putzte die Hände an der Schürze ab und sagte mit strenger Stimme:

»Was stehst du hier rum, Juliane, es gibt doch genug zu tun!«

Juliane heißt sie. Sie könnte es gewesen sein, dachte Clementine. Damals, auf dem Weg von Jever nach Brüssel, der in Tirlemont wegen Achsbruch der Kutsche unterbrochen und durch Clements ganz beendet worden war. Es war später Nachmittag gewesen, als sie am Rhein angekommen waren. Das Fährschiff war noch auf der anderen Seite verankert gewesen, und es würde sicher noch eine Weile dauern, bis die Kutsche hinübertransportiert werden konnte. Clementine war ausgestiegen, hatte gegähnt und danach tief und kräftig eingeatmet. Es war ihr vorgekommen, als wäre die Luft dort am Wasser klarer und würziger als über den Wiesen und Wäldern des Landes, das sie durchquert hatten. Sie hatte den Rücken gestreckt und den Kopf nach links und rechts gedreht, um die Steifheit aus dem Körper zu jagen. Die Straßen waren holprig gewesen und voller Querrinnen, in den Wäldern hatten sich die Pferde im Dickicht verheddert und waren danach erschreckt wiehernd davongestoben, so heftig und ungestüm, dass die Kutsche sich manchmal von einer Seite auf die andere legte, gleich einem dicken Bauern auf dem Tanzboden beim Dorffest. Und oftmals hatte Clementine gemeint, gleich werde das Gefährt mit allem darin zu Boden gehen, so wie auch mancher trunkene Bauer stolpernd zu Boden ging, obwohl doch die fürstliche Kutsche bequem gepolstert war und Clementine überdies das große Privileg besessen hatte, hierin als einziger Passagier zu reisen, sich ausbreiten zu können, wie sie wollte. Natürlich hatte es auch gerade wegen der fürstlichen Kutsche Erschwernisse gegeben, immer dann, wenn sie in unwegsames Gelände gekommen waren, in Waldlandschaften oder in die Nähe der Sümpfe, dort, wo sich das Gesindel herumtrieb und Kutschen auflauerte, sie überfiel und die Reisenden ausraubte. In so einer feinen Kutsche gibt es feine Leute und feines Zeug zu stehlen, werden sie vermutlich gedacht haben. Aber wenn sie dann die Tür aufrissen, um das Gepäck herauszuzerren, hatten die finsteren Gesellen bisweilen sehr ratlos geguckt. Die eine Schachtel, die dort auf dem Boden stand, schien ihnen nicht der Mühe wert zu sein, und außerdem war es unchristlich, eine Nonne auszurauben.

»Willst du womöglich auch noch gleich mit einem Schiefhals oder Buckel vom Allerhöchsten bestraft werden, wenn du dich an seiner Braut vergreifst? Lieber nicht.«

So hatten sie ohne große Aufenthalte und vor allem ohne Blessuren und Verluste zur nächsten Relaisstation flüchten können, um den notwendigen Pferdewechsel vorzunehmen. Abends, wenn sie in den Gasthöfen Quartier machten, hatten die Kinder gaffend um den Wagen herumgestanden, aber wenn dann anstelle einer Fürstenrobe ein Nonnenkleid zum Vorschein kam, stoben sie enttäuscht auseinander. Warum bleibt ihr nicht?, hatte Clementine gedacht. Die Wirte allerdings waren zufrieden gewesen mit dieser Nonne, die fürs Speisen bezahlte und auch für die Nachtruhe und nicht wie manch andere ihrer Zunft die Hand aufhielt und mit nicht mehr als einem Gebetsversprechen ihren Napf leer schlürfte.

Dort am Rhein hatte sie also damals gestanden und ans andere Ufer geblickt, die große Kathedrale gesehen und den Kutscher gefragt, ob das nicht die berühmte Stadt Köln sei, und als er nickte, hatte sie vorgeschlagen, dort Station zu machen.

»Um Gottes willen, nein!«, hatte der Kutscher ausgerufen, unterm Sitz ein Heftchen hervorgeholt, darin geblättert und es ihr schließlich hinübergereicht.

»Die Straßen und Einwohner sind gleich schmutzig und finster. Köln ist in jedem Betracht die abscheulichste Stadt von Deutschland. Köln ist wenigstens noch um ein Jahrhundert hinter dem ganzen übrigen Deutschland zurück«, hatte Clementine dort gelesen, und auf dem Titel standen: *»Briefe eines reisenden Franzosen«* und die Jahreszahl *»1784«*. Als sie wieder hochblickte, hatte die Sonne hinter dem Dom gestanden, sodass seine Mauern und Fenster wie von innen erleuchtet schienen, und während sie dieses Bild in sich aufnahm, war vom Kirchendach eine Taube geflogen, hinauf in den Himmel.

»Das ist lange her«, hatte sie dem Kutscher erklärt, »es mag sich doch währenddessen vieles geändert haben.« Als sie am anderen Ufer wieder in die Kutsche gestiegen war, hatte sie am Stadttor dieses kleine Mädchen gesehen, klein und schmal mit dunklen glatten Haaren …

Der Kutscher allerdings war nicht umzustimmen gewesen. Er war um die Kölner Stadtmauern herumgefahren und hatte in Jülich Station gemacht.

Juliane, dachte Clementine, sie sieht tatsächlich aus wie ich in meiner jungen Zeit.

Hin und wieder fällt auch die sparsame Garderobe einer Klosterfrau der irdischen Vergänglichkeit anheim, und diesmal war es das Nachtkleid, welches aus den Nähten riss und erneuert werden sollte. Mit einem Baumwolltuch aus dem Kaufhaus Gürzenich betrat Clementine Schneider Mummers Stube mit dem Auftrag, er möge es weit nähen und ohne Anprobe anfertigen.

»Wenn die hochverehrte Schwester mir darob noch ein wenig Garn und Knöpfe bringen könnte, sie wird sie in reicher Auswahl bei der Jungfer Görres am Domhof 1 finden.«

Annemarie Görres war in Clementines Alter, auch ohne männlichen Schutz, aber dennoch standfest und voller Lebensfreude.

»Hier in dieser Stadt«, sagte Annemarie, »sind die Frauen mehr wert als anderswo. Das liegt an der Gründerin damals, der Agrippina, ihre Stärke liegt uns Kölnerinnen im Blut. Ob man Wirtin ist oder Kaufmannsfrau oder, wie ich, mit kurzen Waren handelt, man wird akzeptiert, und niemand pfuscht einem hinein, solange man ehrlich ist und fleißig. Auch bei den feinen Damen der Gesellschaft geht das Interesse über das äußerliche Erscheinungsbild und dessen Verschönerung hinaus. Manche der feinen Kölnerinnen tätigt tagsüber die Buchführung in der Firma des Mannes, den sie geheiratet hat. Die Bezeichnung ›Kauffrau‹ ist uns sehr wichtig, auch die Gattinnen der Notabeln begnügen sich nicht mit der sonst allgemein üblichen Zeichnungsvollmacht. Hier in Köln gibt es Witwen, die die Geschäfte des verstorbenen

Ehegemahls eigenverantwortlich und allein weiterführen, die ihren Witwenstand nicht nach alten Mustern leben in Abgeschiedenheit oder höchstens mit Freundinnen beim Tee, sondern aktiv und voller Lebensfreude.«

»Solche Frauen sind der Inbegriff der Kölnerin«, hatte Annemarie Görres zum Schluss gesagt, und diese Worte klangen wie ein Credo, geboren aus einer stolzen Erkenntnis, die sehr bald in Clementine Wurzeln schlug, sie befreite und beflügelte. Das wollte sie sein, eine aktive freie Frau im Sinne dieser Kölnerinnen, die sich in diesen Tagen eifrig darum bemühten, ihre Stadt würdig zu bereiten, wenn nach langer Zeit endlich wieder ein Erzbischof einzog. Die Straßen der Stadt schienen sich zu verbreitern, obwohl ihr Maß nirgendwo zehn Meter überstieg. Alles schien zu leuchten, zu strahlen, so als legten sich die fünfhundert Öllaternen, die sonst nur spärlich die engen Gassen zu erhellen vermochten, wegen des besonderen Anlasses kräftig ins Zeug. Jede Pfarrei hielt eine Messe, jede Hausfrau schmückte ihr Haus, und selbst die Protestanten schienen etwas übrigzuhaben für diese Art von Glaubensritualen.

Ende Mai wurde das erzbischöfliche Domkapitel wieder eingesetzt. Zu diesem Festakt war der gesamte Klerus der Stadt geladen, und der alte Gumpertz schlief die beiden Nächte davor kaum oder gar nicht, weil ihn die Aussicht, endlich wieder im Ornat mit seinen Kollegen am richtigen Ort auf seinem Platz sitzen zu können, schwindlig machte und er fürchtete, an jenem Morgen aufzustehen und tot umzufallen. Clementine hatte viel Überzeugungsarbeit zu leisten, um ihm stets aufs Neue klarzumachen, dass er kräftig genug sei und im Vollbesitz seines Geistes und es unmöglich Gottes Wille sein könne, ihn just an diesem wichtigen Termin in seine himmlische Herrlichkeit abzurufen.

»Obwohl es dort prachtvoller zugehen soll als hier im Dom«, sagte Gumpertz, »aber das kann ich mir auch noch später ansehen, nicht wahr?«

Um halb neun stand er zitternd vor ihrer Zimmertür.

»Clementine«, rief er, »wenn Sie nicht sofort kommen, werde ich den Einzug verpassen.«

Tatsächlich versammelte sich die Kölner Geistlichkeit erst um halb zwölf im Chor der hohen Domkirche, und dort zwischen den Alumnen des erzbischöflichen Seminars, den Akolythen mit dem Kreuz, den Psalteristen, dem städtischen Klerus, inmitten seiner Kollegen Schlebusch, von der Bank, Heuter, Isenkrahe, Nallet, Dilschneider und Esser saß er schließlich, hochaufgerichtet im gewohnten Feiertagshabit, der alte Domvikar Gumpertz, endlich wieder daheim in seinem Dom. Als Clementine seine Hand losließ, hatte er sie angesehen wie ein Kind, das zum ersten Mal ohne seine Mutter auf Reisen geht, aber dann hatten die Herren Isenkrahe und Esser ihn so herzlich begrüßt, dass Clementine sich fortschlich, quer durch das Mittelschiff und die Menschen, die hier dicht gedrängt standen und warteten. Sie reihte sich ein, als Bürgerin unter Bürgern, ein bisschen wehmütig vielleicht, weil sie gehofft hatte, einer der hohen geistlichen Herren hätte ihr irgendwo einen besonderen Platz reserviert, aber hier, das merkte sie schließlich sehr deutlich, hier im Dom war die Männerwelt der heiligen katholischen Kirche alleiniger Bewohner und Herrscher. Hier würde auch der Erzbischof nichts für sie tun können oder vielleicht auch nicht wollen. Die Honoratioren der Stadt hatten im Chor Platz genommen. Auf der Galerie saßen die Schüler des Gymnasiums und des Karmeliterkollegiums, dahinter im Säuleneingang stellten sich die Schüler der Elementarschulen und die Bruderschaften mit ihren Fahnen auf. Schließlich machten sich die Würdner und Domkapitulare mit dem Chorhemde über dem Arm auf ihren Weg zum erzbischöflichen Palais, um von dort aus den Erzbischof zum hohen Dom zu begleiten. Als das Glockengeläut begann, wusste Clementine, dass Spiegel jetzt seine Residenz verlassen hatte und mit großem Geleit zur Kathedrale fahren würde. Inzwischen war eine der Karmeliterinnen zu Clementine vorgedrungen und hatte sie mitgenommen auf die rechte Seite der Galerie, wo außer ihr noch einige Nonnen saßen. Voller Dankbarkeit nahm Clementine dort Platz und war plötzlich doch wieder eine Nonne unter ihresgleichen. War sie so wandelbar? Wie ein Bild, dessen Rahmen ständig wechselt?

Beim Eintritt des Erzbischofs in den Dom begannen gleichzeitig Orgel, Pauken und Trompeten, und als danach der Chor den Psalm »Misericordias Domini« anstimmte, füllte sich der gesamte Kirchenraum mit Klängen, die sich hochschraubten und wieder herunterfielen, sich um jeden der darin befindlichen Menschen herumzuschlingen schienen und in ihn eindrangen. Clementine hielt den Atem an, sie fühlte sich so eingebettet in dieses Ereignis, als wäre sie ein Teil dessen und gehörte für immer dazu. Vorn im hohen Chor kniete der Erzbischof vor dem Faldistorium und betete. Als er dann auf seinem prachtvollen Thron Platz genommen hatte, begann der würdevolle Akt der Wiedereinsetzung des Domkapitels. Wieder schwangen sich Pauken und Trompeten zu den Kirchenfenstern empor, und als der Musikchor das »Alleluja« anstimmte, stieg Spiegel von seinem Thron, ging wieder zum Faldistorium und lud die Dignitare und Domkapitulare ein, vor ihn hinzutreten, um das Glaubensbekenntnis abzulegen. Als der Dechant mit dem Chorhemd bekleidet zum Altar schritt und in der Mitte der Leviten den ambrosianischen Lobgesang »Te Deum« anstimmte, war dies wie die Vorstufe zum Paradies, der Klerus, die Alumnen, die Schüler der Lehranstalten und der Musikchor sangen so sphärisch und so erhaben, als wären es die Stimmen der Engel, die sich hienieden versammelt hätten, um dieser Feierlichkeit den richtigen Rahmen zu geben. Bevor Spiegel den Dom verließ, sprach er ein kurzes Gebet und ließ sich dann hinausgeleiten.

Im allgemeinen Gedränge, das schließlich einsetzte, verlor Clementine jede Orientierung, die äußere wie auch die innere. Noch klangen die Gesänge in ihrem Herzen ... plötzlich aber fiel ihr Gumpertz ein, der vermutlich auf seinem Stuhl sitzen geblieben war und auf ihre stützende Hand wartete. Sie war schon im Sog zum Ausgang, drehte sich um und versuchte zurückzugehen, was ihr bei aller Anstrengung unmöglich wurde. So beschloss sie schließlich, draußen zu warten, bis der Dom sich leerte, und dann zurückzueilen, um den alten Herrn zu holen. Hoffentlich ging es ihm noch gut, hoffentlich hielt er durch und hatte genügend Kraft, auf sie zu warten. Dann erblickte sie ihn. Zwischen Isenkrahe und Esser und von beiden kräftig gehalten schritt Johann Gumpertz hochaufgerichtet an ihr vorbei, winkte, als sie ihn rief, und verkündete nicht ohne Stolz:

»Wir gehen noch alle zum Erzbischof. Holen Sie mich dort in zwei Stunden ab. Seien Sie pünktlich.«

Ein Tonfall, der keine Widerrede duldete. Wie eine Dienstmagd hatte er sie behandelt. Clementine war empört und darüber hinaus wütend und enttäuscht. Sie hatte ihn aufgepäppelt, damit er dieses und das nächste Fest erleben konnte, und nun, wo sie geglaubt hatte, er könnte ohne sie nicht überleben, schien er sich auf eigene Füße zu stellen und über ihre Hilfe zu befehligen. Die eben noch jubelnde Hochstimmung fiel zusammen wie ein abgebranntes Stück Papier. Von einem Moment zum anderen fühlte sie sich klein und unbedeutend. Als sie in der Kapelle Maria im Pesch niederkniete, war sie voller Bitternis. Von einem einzigen Satz eines alten Mannes hatte sie sich des Glanzes dieses wunderbaren Erlebnisses berauben lassen ... Warum? Was war daran so furchtbar, wenn der alte Gumpertz sie bat, ihn in zwei Stunden abzuholen? Kränkte es sie, dass er ohne sie auskam? Oder fühlte sie sich als Frau zurückgesetzt, nicht dazugehörig, obwohl sie Nonne war und darüber hinaus hochgebildet? Zuvorderst hatte er sie nicht gebeten, sondern ziemlich harsch befehligt. Clementine steigerte sich weiter in eine wütende Stimmung, von der ihr Herz derart in Wallung gebracht wurde, dass der Kopf dröhnte und die Hitze hinter den Augen den Blick zu trüben begann. Als sie endlich die Augenlider senkte, schien das Feuer zu weichen. Dennoch schweiften ihre Gedanken weiterhin zum Dom, zum Palais des Erzbischofs und zurück. Sie presste die Hände fest zusammen, bis es wehtat, und plötzlich begann sie sich ihres Hochmutes zu schämen. Ja, es war die Sünde des Hochmutes, der sie unterlegen war. Nur davon hatte sie sich vorgaukeln lassen, sie wäre etwas Besonderes, eine, die mit Ehrfurcht behandelt werden müsste, mit Ehrerbietung. Was war sie denn? Nichts als ein törichtes altes Frauenzimmer. Es schien ganz so, als wäre die Keuschheit zur Geißel geworden, eine Traurigkeit, ausgelöst durch das Fehlen der Liebe, eine Sehnsucht, die ihren Ersatz nun zu suchen begann etwa bei dem Domvikar Gumpertz, für den sie unentbehrlich werden wollte.

»O mein Gott«, rief sie zum Kreuze empor, »erlöse mich von

dieser Sünde! Schenke mir die nötige Demut, Herr, Demut und Bescheidenheit fehlen mir am meisten.«

Pünktlich um Viertel nach vier machte sie sich auf den Weg zum erzbischöflichen Palais. Der Türhüter behandelte sie mit einer solchen Höflichkeit, dass sich der eben verscheuchte Hochmut gleich wieder ins richtige Licht zu setzen versuchte.

»Verehrte Schwester, ich führe Sie in den Festsaal.«

Dort stand sie im Türrahmen und wusste nicht, wohin. Das gefüllte Glas, welches ihr ein Livrierter gereicht hatte, schickte sie unschlüssig von einer Hand in die andere. Man schien von ihr zu erwarten, dass sie in den Raum hineinging und sich dort unter die Festgemeinde mischte, um mitzufeiern.

»Schwester, warum kommen Sie erst jetzt?«, sagte der Erzbischof, der unversehens hinter sie getreten war.

»Oh«, sagte sie in Erinnerung an die Bescheidenheit, die sie eben noch zur Begleitung eingeladen hatte, »Hochwürden, ich hatte nicht die Absicht, mich einzumischen in eine Gesellschaft, zu der ich keinen Zugang kenne.«

Der Erzbischof lachte.

»Ich weiß, immer distanziert und formvollendet höflich. Im Ernst, wahrscheinlich sind Sie gar nicht meinetwegen hier, sondern wollen Ihren Schützling abholen. Für den wird es auch Zeit, mir scheint, er hat sich ein bisschen übernommen, in allem, möchte ich sagen.«

Clementine eilte zum Tischende an der linken Seite den Türen gegenüber, und als Gumpertz ihrer ansichtig wurde, seufzte er und sagte:

»Endlich, Schwester. Ich habe auf Sie gewartet. Ich will umgehend nach Hause.«

Die Kutsche des Erzbistums stand vor der Tür, denn selbst für diese kurze Strecke hatten seine Beine keine Kraft mehr. Als Johann Gumpertz endlich mit allerlei Medizin und Salben, den Kräutertees und Essenzen versorgt in seinem großen Bett lag wie ein frisch gewickeltes Kind, da fühlte sich Clementine tatsächlich eher wie seine Mutter, und so schimpfte sie auch ein bisschen über seine Leichtherzigkeit, die ohne jeden Verstand sowohl dem

Körper als auch dem Geiste ein gerüttelt Maß zu viel zugemutet habe, und Johann Gumpertz nickte wie ein schuldbewusster Knabe nach der mütterlichen Litanei.

So hatte dieser Tag an seinem Abend wieder zur Harmonie zurückgefunden, und Clementine, die später in ihrem Wohngemach noch ein wenig in die Zeitung blickte, ermahnte sich mehrmals, die Demut von nun an fest an sich zu binden, damit der Hochmut keinen Raum mehr fände, den er in ihrer Seele besetzt halten könnte.

»Sollte jemand ersonnen sein, ein Destillationsgeschäft von echtem Kölnisch Wasser anzulegen, so erbietet sich ein in diesem Fach bewanderter junger Mann gegen ein angemessenes Honorar die Einrichtung nicht allein, sondern auch den Debit dieses Artikels gemeinschaftlich zu übernehmen. Die Expedition sagt, wer.«

Inmitten der vielfältigen Angebote und Bekanntmachungen standen diese Zeilen. Wie ein Ufer blinkte dieser Satz, wie ein Hafen, in dem sie sicher vor dem Sturm und den Wellen würde leben können und arbeiten, gemeinsam mit diesem Menschen, der sich da so frank und frei anbot. Sie träumte in dieser Nacht von einem See, in dem sie badete, ohne Nonnenkleid, mit ihren langen Haaren, die hinter ihr herschwammen, und während ihr bewusst wurde, dass sie nichts am Leib trug als diese Haare, mit denen sie sich vielleicht würde bedecken können, fühlte sie ein Glück in sich aufsteigen, das noch beim Erwachen spürbar war und den folgenden Morgen durchdrang.

Kurz vor dem Mittagessen lief sie hinüber zu Annemarie Görres, der Kurzwarenhändlerin, die gerade eine Schublade mit Knöpfen durchwühlte.

»Hier, lesen Sie das«, sagte Clementine.

Annemarie schob die Zeitung zur Seite. »Lesen Sie mir vor«,

sagte sie, »ich bin des Lesens nicht kundig, aber es geht ja auch ohne.«

Schnell versteckte Clementine ihr Erstaunen hinter den Worten der Anzeige und der brennenden Frage, was Annemarie davon hielt.

»Ach mein Gott«, sagte Annemarie, »Eau de Cologne wird doch schon an jeder Ecke destilliert. Ursprünglich gab es ja nur diese Farinas gegenüber dem Jülichplatz, die vor mehr als hundert Jahren aus den Ölen von Zitrone, Orange, Bergamotte und noch anderen Früchten und Kräutern einen Duft gemacht haben, den sie in den Französisch-Kram-Läden verkauften. Bei uns zu Hause war niemand in der Lage, sich einen derartigen Luxus zu leisten, aber manchmal standen wir Kinder davor und schauten sehnsüchtig zur Tür hinein, wo die Seiden und Spitzen, die verzierten Peitschen, die Spezereien verkauft wurden, und wenn dann die Notabeln mit den parfümierten Handschuhen hineingingen, dann schnüffelten wir dem Duft hinterher. Die alten Farinas waren übrigens feine Leute und verstanden ihr Geschäft. Kein Wunder, sie gehörten ja von alters her zur Dynastie der berühmtesten italienischen Aromateure schon im siebzehnten Jahrhundert. Oje«, sagte Annemarie, »jetzt habe ich doch nur elf von diesen großen braunen Knöpfen gefunden, ich brauche aber zwölf.«

»Soll ich helfen?«, fragte Clementine und hoffte, Annemarie würde währenddessen noch weiterhin über die Destillateure erzählen.

Als sie schwieg, fragte Clementine, wieso sie am Anfang gemeint habe, dass das berühmte Eau de Cologne an jeder Ecke hergestellt werde.

»Ja, schauen Sie doch nur mal durch die Gassen. Es hat den Anschein, dass halb Italien mit dem Namen Farina gesegnet ist, und die meisten davon sind verkäuflich.«

»Wer, die Menschen?«

»Na ja, eigentlich die Namen, aber die Menschen, die den Namen tragen, kommen hierher, verknüpfen sich mit irgendeinem Kaufmann, der ein Destillationsgerät besitzt, und so heißt schon wieder eine Firma Farina. Vor etlichen Jahren waren es, glaube ich, fünfzig oder sechzig Firmen mit diesem Produkt.«

»Alles Farinas?«

»Nicht alle. Aber viele, Carl Anton, Johann Anton und Theresia. Natürlich gibt es auch noch andere, wie den Wilhelm Mühlens, den Hennekens und den Joseph Luzzani.«

»Was meinen Sie, wäre es nach allem, was Sie sagten und wissen, eher unvernünftig, wenn ich mich auch damit beschäftigen würde, also ich meine, einen Destillationsbetrieb aufmachen würde …? Ich habe ja schon ein bisschen Erfahrung darin und mit kleinem Dampfgerät schon früher gearbeitet …«

»Also«, meinte Annemarie, »ganz ehrlich, das würde ich beim besten Willen nicht machen.«

Die dampfende Suppenterrine stand unberührt auf dem Esstisch.

»Der Herr Domvikar ist zu müde«, sagte das Mädchen, nahm die Kelle und füllte den Teller. Beim ersten Löffel verbrannte sich Clementine den Mund, und der Schmerz auf den Lippen gewährte endlich den Anlass für die Tränen, die sich kaum zurückhalten lassen wollten nach der Enttäuschung, die Annemarie Görres' unumwundene Abweisung ihrer hoffnungsfroh vorgetragenen Planung ausgelöst hatte.

Vordergründig um der Frage willen, wie es dem alten Kollegen gehe, kamen am Nachmittag die Herren von nebenan, wohl aber auch, um sich selbst mit einem Stärkungsmittelchen der kundigen Klosterfrau einzudecken, denn für jeden von ihnen war der ereignisreiche Vortag anstrengend gewesen, gelinde gesagt. Bei einem Gläschen Wein blieben sie schließlich noch eine Weile sitzen, ließen die Vortagszeremonie erneut aufleben und hielten sich bereits lebhaft die nächste Veranstaltung vor Augen, am 11. Juni, wenn nun wirklich der Erzbischof inthronisiert würde.

»Haben Sie«, fragte Esser, »von jener Eifeler Nonnenkirche gehört, die vom Blitz getroffen ward? Der Turm zerschmettert und der Priester, ein Greis von zweiundsiebzig Jahren, der soeben das Messopfer verrichtet hatte und die Kommunion vollbrachte, hinweggeschleudert, ohnmächtig vor dem Altar liegend, Schuhe und Messgewand verbrannt, aber er lebte, entgegen manch anderen, die schwer verletzt oder gar tot daniederlagen.«

»Schlimme Sache, so etwas«, sagte Isenkrahe. »Stellen Sie sich vor, während der Inthronisierung geschieht solch eine Heimsuchung bei uns hier im Dom. Nicht auszudenken!«

Clementine hatte schweigend zugehört. War auch darin der Wille des Höchsten zu sehen, wenn bei einem Gottesdienst ein solches Unglück geschah, oder waren die Menschen nicht bei der Sache gewesen, hatte vielleicht sogar Zank und Neid zwischen den Reihen rumort und die heilige Handlung gestört? Indes war die Eifel weit entfernt und sie selbst mit anderen Fragen befasst. Sie setzte sich gerade, faltete die Hände und begann nach einem kleinen Räuspern:

»Als zukünftige Kölnerin teile ich Ihre Freude über den neuen Erzbischof und seine baldige Inthronisierung. Für mich selbst jedoch und mein zukünftiges Sein in dieser Stadt stellt sich mir eine große Frage, und da Sie von alters her hier ansässig zu sein scheinen und in Kenntnis vieler Einzelheiten sind, wage ich es, Sie um Ihre Meinung zu bitten.«

Erneut musste sie sich räuspern, aber Herr Esser hatte bereits eine Antwort parat:

»Sicher möchten Sie wissen, ob Gumpertz sich wieder erholen wird bis zum 11. Juni. Aber da sind wir dank Ihrer pflegerischen Fähigkeiten ganz sicher ...«

Hier allerdings wurde er von Theodor Isenkrahe unterbrochen.

»Mein lieber Bernard, ich habe den Eindruck, wir haben die Frage bislang noch nicht zu Gehör gebracht bekommen, und daher können wir noch keine Meinung kundtun, bitte sehr, Schwester, welches Anliegen wollen Sie uns unterbreiten?«

»Es ist«, sagte Clementine und senkte den Blick, »mein eitles Wesen, welches mich immerfort weitertreibt und Großes erreichen will. Ich habe gut fundierte Kenntnisse in der Kräutermedizin und Erfahrungen mit der Verabreichung von Heilessenzen an Kranke in den Hospitälern und in den heimischen Stuben. Destillieren ist mir nicht unbekannt. Was halten Sie also davon, wenn ich mich mit diesem meinem Wissen einmische in die Fabrikationstradition des Kölnisch Wassers, Eau de Cologne oder Aqua mirabilis? Bitte, geben Sie mir Ihren ehrlichen Rat.«

Die Herren schwiegen für eine geraume Weile. Sie schienen in ihrem Inneren das Für und Wider gegeneinander abzuwägen.

»Einerseits«, sagte Isenkrahe, »gibt es bereits viele solcher Firmen, die auf- und hast du nicht gesehen wieder zugemacht haben. Natürlich waren das Strohfeuer, die man rasch auspusten konnte. Ihnen hingegen traue ich da mehr Standfestigkeit zu. Allerdings sind Sie eine Frau, und es werden sich Ihnen auch hierdurch bedingt eine Fülle von Hürden in den Weg stellen, über die Sie womöglich mit Ihrem schönen langen Nonnengewand gar nicht hinwegschreiten können. Insofern ... Ich weiß nicht, ob es vernünftig ist ...«

»Aber mutig«, sagte Bernhard Esser, »außergewöhnlich mutig und insofern empfehlenswert, liebe Schwester. Ich werde Ihnen mit meiner Hilfe stets zur Seite stehen.«

»Ich danke Ihnen sehr«, sagte Clementine später, als sie die beiden hinausbegleitete. »Sie haben mir viel Kraft geschenkt.«

Die vermeintliche Stärke jedoch war in der Nacht schnell verbraucht, und die Gedanken galoppierten erneut von einem Ende der Möglichkeiten zum anderen. Natürlich wusste sie, wie destilliert wurde, jedenfalls im Kleinen, geringe Mengen, und immer nach und nach. Damals im Kloster waren die Preise nicht auf Gewinn kalkuliert, sondern lediglich kostendeckend. Derart würde sie nicht rechnen können. Immerhin wollte sie davon leben, wollte ein Dach überm Kopf haben und heiße Suppe im Topf. Sie spürte, wie tief sie in den Sog der Welt geraten war, dort, wo sich das meiste um Wohlergehen und Gewinn drehte, und wusste doch sehr wohl, dass die Lilien auf dem Feld ohne jede Mühe das schönste Kleid trugen und dass auch sie selbst unter dem Schutz des Himmels ohne Sorge sein sollte. Dennoch hörte das Hin-und-Her-Denken nicht auf, und mit dem Fortschreiten der nächtlichen Stunden führte der Gedankenüberschuss zu einem stechenden Kopfdruck, der den Schlaf endgültig vertrieb und Clementine immer tiefer hineinschob in das Labyrinth von Auf und Nieder, vom Für und Wider einer solchen Entscheidung.

Im Morgengrauen versuchte sie die Grenzen abzustecken: Noch immer war sie Nonne, eine Braut des Himmels, ein Gast hier auf Erden, doch auch verantwortlich für den Inhalt, den sie den folgenden Jahren geben sollte. Gewisslich war die Krankenpflege eine ihrer freudvollsten Aufgaben gewesen, im Hospital wie auch in den Stuben von Jever oder Tirlemont. Selbst hier in Köln war sie zu den Verlorenen gegangen, zu den ganz Armseligen, von denen ihr der alte Gumpertz erzählt hatte, denjenigen, welche in den schmutzigsten Gassen und den schmalsten Häusern wohnten, manchmal zu fünft in einer Stube oder noch mehr. Hustende, stöhnende, schnarchende und windablassende Kreaturen, in deren Umgebung selbst Clementine den Atem anhielt. Dennoch hatte sie Wunden gesalbt und offene Beine gewickelt … nicht regelmäßig und gewiss nicht oft genug, »weil ich zu viel mit dem alten Gumpertz um die Ohren hatte«, verteidigte sie sich vor sich selbst. »Und darüber hinaus bin ich selbst auch nicht mehr die Jüngste …«

Schließlich, als der Tag begann, war sie der Lösung ein gutes Stück näher gekommen. Die Halbherzigkeit, so hatte sie entschieden, sie war aller Tugend Untergang, und auch bei einer Lebensplanung mussten Seele, Herz, Körper und Gedanken in ihrer Gänze eingesetzt werden. Darüber hinaus bedurfte es bei jedem Tun vor allem der Liebe, sie war es, die das rechte Maß bestimmte, welches den Menschen zum Glück gereichte. Davon wollte sie sich leiten lassen, dafür würde sie nicht nur Kraft brauchen, sondern auch finanzielle Mittel, und das alles ließe sich mit Vertrauen in die himmlische Führung und einem Destillationsbetrieb ohne Zweifel herbeischaffen oder bewerkstelligen.

Am Morgen während des ersten Gebetes vor dem Altar von Maria im Pesch versuchte sie tief in sich hineinzuhorchen, um dort eine Weisung zu hören, zu fühlen, wo der Weg beginne, welche Richtung zu nehmen sei, und als sie die Augen öffnete, schien die Sonne, sodass die alten Steine wie frisch poliert glänzten. Nach einem Wimpernschlag oder zweien atmete sie einen Duft ein, der sich wie ein Kissen unter ihre Gedanken legte, sie weich bettete und ihnen ein Lager bot, in dem sie sich fortan wohlfühlen würden. Ja, so würde es sein. Die Destillation wäre die Notwendigkeit, um die Mittel zu erwirtschaften zum eigenen Leben und zum Dienste am bedürftigen Nächsten. Lächelnd stand sie auf. Beim Hinausgehen sah sie auf der anderen Seite der Kirchenbänke ganz hinten eine Dame sitzen, mit Hut und edlem Kleid, eine ungewöhnliche Erscheinung in dieser kleinen Kapelle, die eher dem Gebet der Hausangestellten Raum bieten sollte. Von jenen Notabeln war der Duft gekommen, der sie betört hatte. Clementine seufzte. Wieder konnte sie nicht sicher sein, wer dieses Duftkissen gestiftet hatte und ob sich des Himmels oder der Hölle Botschaft darin verborgen hielt.

Die Müdigkeit aus der schlafarmen Nacht legte sich nach dem Mittagsmahl wie ein Mehlsack auf ihre Schultern. Nur ein Gang durch die klare Luft unter dem blauen Firmament würde sie beleben können, obwohl sich ja auch ein blanker Himmel von jetzt auf gleich ändern konnte. Kürzlich, an jenem wunderbaren Tag des Domspektakels, hatte in Berlin ein Gewitter getobt, das mit einem halbstündigen Blitz, dem ebenso langen Donnerschlag zusammen mit stürmischem Hagelschauer unerwartet und plötzlich zu einer Schneise der Verwüstung geführt hatte, jedenfalls in einem Teil der Stadt. Die königlichen Gärten waren ausgespart geblieben. *»Glücklicherweise«*, hatte in der Zeitung gestanden, so als ob die Schäden im Armenviertel weniger schwer wögen. Eine ähnlich unbegreifliche Erscheinung hatte es auch schon im letzten April gegeben, wo in einem Ort in Rheinhessen nachmittags um zwei ein Wetterstrahl aus dem klaren Himmel heruntergefahren war, die Sonne ausgelöscht hatte und sich nahe der Erde in zwei Feuermassen teilte, wovon einem Mann die Pfeife aus dem Mund geschlagen wurde und derselbe vom anschließenden Schwefelgestank so durchdringend betäubt worden war, dass er ohnmächtig niederfiel. So zeigte sich, dass auch der stillste Nachmittag zu einer Vorstufe der Apokalypse werden konnte.

Wieso fielen ihr zu diesem Zeitpunkt solche Geschichten ein? War es erneut der Teufel oder das Böse, das sich in ihre Seele schlich, um sie mit Angst zu füllen? Clementine blieb stehen, atmete tief durch und versuchte zur Ruhe zu kommen.

Vor ihr, am Rathaus, direkt neben dem Spanischen Bau, bot eine Frau aus großen und kleinen Körben landwirtschaftliche Güter feil. So könnte sie es selbst doch auch anstellen, ein Stuhl und ein hübsches Behältnis, aus dem sie auf den Plätzen der Stadt dem verehrten Publikum ihre Essenzfläschchen offerierte.

Die Fortführung dieser Idee wurde unversehens unterbrochen von zwei Kutschen, welche in schneller Fahrt holpernd über das Pflaster jagten, die Pferde angstvoll oder fröhlich, das konnte Clementine so rasch nicht ergründen, jedoch so laut wiehernd, dass ein elegant gekleideter Herr kopfschüttelnd stehen blieb und ausrief:

»Fast hätten sie die Bauersfrau umgefahren mitsamt ihren Körben«, und als Clementine an ihm vorbeiging, zog er seinen Hut, verbeugte sich leicht und sagte: »Guten Tag, Schwester Clementine, haben Sie sich eine Mußestunde genommen? Das Wetter ist dazu angetan, die Lungen mit Sauerstoff zu füllen. Ich nehme an, mein Onkel ist nicht der einfachste Patient und fordert Ihnen viel ab. Ich bin übrigens Herrmann Gumpertz. Darf ich Sie ein Stück des Weges begleiten?«

Dies also war der Neffe, von dem der alte Gumpertz ihr bereits berichtet hatte. Ein Fabrikant und vermögend, dazu mit einer schönen Frau und braven Kindern gesegnet.

»Gerne«, antwortete Clementine und versuchte, ihren Schritt dem seiner langen Beine anzupassen. Gemeinsam gingen sie weiter, eine ausgedehnte Wegstrecke, währenddessen Herrmann Gumpertz zu einem unterhaltsamen Begleiter wurde, der viel über diese Stadt zu berichten wusste.

»Hier auf dem Alter Markt«, erzählte er, »hat die Kölner Bürgerschaft vor mehr als vierhundert Jahren die Herrschaft der Patrizier außer Kraft gesetzt und im Verbundbrief die neue demokratische Verfassung für die Stadt verkündet. Von da an trugen die Zünfte und später die Gaffeln die Verantwortung.«

Clementine blieb stehen und schaute sich um: Bürgerhäuser eng aneinandergebaut, dort drüben das Leinenkaufhaus und die Feuerwache. Auf den Dächern hingen schlaffe Wetterfahnen, es war so windstill, dass die Männer hier unten auf den Bänken Platz nahmen und lachend und sorglos ein Bier oder auch mehr genießen konnten. Mit dem Korb auf dem Rücken, einer Pfeife im Mund und dem Wanderstab in der Hand kam ein junger Mann daher, setzte sich an die Wasserpumpe und ließ das kühle Nass über seine Hände träufeln, dahinter tauchte wie zufällig ein Mädchen auf und setzte sich ihm gegenüber, hielt die Hand unters Wasser zögerlich, bis sie die des Mannes traf …

»Juliane!«, rief Clementine. Das Mädchen drehte sich um, sprang auf und lief in die andere Richtung davon.

»Ja«, sagte Gumpertz und lachte, »es gibt vielerlei Leben in dieser Stadt. Aber schauen Sie drüben, die Laubengänge am Rathaus, dort wurden früher Gerichtsverhandlungen abgehalten, und morgens trat der Bürgermeister auf den Balkon, um in der sogenannten Morgenansprache die vom Rat gefassten Beschlüsse öffentlich kundzutun. Übrigens, seien Sie vorsichtig und halten Sie alles Wertvolle immer fest an sich gepresst. Diebe gibt es hier wie überall. Sie sind so flink im Entwenden, dass man oftmals das Fehlende erst zu Hause vermisst. Mit diesem Problem sind nicht mal die Franzosen fertig geworden.«

Wie ein Fremdenführer ging er mit Clementine durch die Stadt, beschwingt und heiter, ähnlich einem Sohn, dessen Mutter zu Besuch gekommen ist.

Währenddessen waren sie über den Heumarkt gewandert, an hochbeladenen Heuwagen vorbei hinunter zur Rheingasse, wo Gumpertz auf das Overstolzenhaus zeigte.

»Bürgerliche Profankunst, romantisch, vornehm und reich«, sagte er. »Ein Patrizier hat es gebaut, etwa 1240, aber schauen Sie mal nach ganz oben. Die letzten vier Stockwerke sind ohne Hintergrund, alles nur Schein, um den Neid anzustacheln …«

»Ja, so waren sie früher, die Leute«, fuhr Herrmann Gumpertz fort. »Übrigens könnten wir von hier aus«, er zeigte zum Rhein hinunter, »am Ufer entlang bis nach Rodenkirchen gehen. In früheren Zeiten, wenn die Kölner Kaufleute sich aufmachten, mit dem Schiff nach Frankfurt zur Messe zu fahren, gingen die Familien am Ufer entlang mit, begleiteten den Reisenden, so lange es ging, und waren niemals sicher, ob er je zurückkehren würde. Jedenfalls machten die Kaufleute vorher ihr Testament. Obwohl doch der heilige Nikolaus dort drüben am linken Turmsockel des Belfried schon immer seine schützende Hand über die Rheinschiffer gehalten hat.«

Am Dreikönigenpförtchen setzten sie sich auf eine Mauer,

und Herrmann Gumpertz riet Clementine, unbedingt einmal zur anderen Seite aus der Stadt hinauszugehen, dort, wo hinter dem Eigelsteintor die lange Straße begann, die nach Nippes hineinführte, »wo sich viele der Notabeln ihre repräsentativen Landhäuser gebaut haben. Und überhaupt gibt es immer mehr Spekulanten, die sich vor den Stadtmauern niederlassen, da, wo es mit den Preisen reeller zugeht und das Land weit genug reicht, um Garten und Haus in eine großartige Form zu bringen. Sie kalkulieren und parzellieren, durchbrechen alte Klostergüter und bauen neue Straßen aus, und bei allem Protest, den es zuweilen dagegen gibt, in manchem wird es auch Nutzen bringen, denn in den Elendsvierteln wohnen vier Menschen in einem Zimmer, und erst bei Familien mit sieben und mehr Personen werden zwei Räume genehmigt.«

Vor ihnen lag die Kirche Maria im Kapitol, die, so hatte Herrmann Gumpertz erklärt, aus einem adligen Damenstift entstanden war. Clementine war berauscht von allem Gehörten und Geschauten, und hier inmitten von Bäumen und freundlichen Menschen fühlte sie sich so wohl, dass sie gerne noch eine Weile sitzen geblieben wäre. Plötzlich fasste sie den Entschluss, diesem klugen und lebenserfahrenen Mann ebenfalls die Frage zu stellen, die ihr zu diesem Zeitpunkt so heftig auf der Seele brannte. Diesmal jedoch begann sie anders.

»Wie Sie vielleicht wissen, bin ich viele Jahre in der Klosterheilkunde ausgebildet worden und in Hospital und Krankenpflege tätig gewesen. In Brüssel war ich eine Zeit lang bei den Karmeliterinnen, und dort sind mir deren geheimste Rezepturen anvertraut worden. Ich verstehe mich aufs Destillieren und weiß die Kräuter zu unterscheiden, und nun trage ich mich mit dem Gedanken, eine Fabrikation zu beginnen ...«

»Sie wollen Fabrikantin werden?«, rief der junge Gumpertz erstaunt. »Sie, eine Frau und Nonne, wollen sich mit Produktion, Vertrieb, mit Kalkulation und Buchhaltung herumschlagen und mit dem Neid der Konkurrenten?«

Clementine antwortete nicht, sie sah ihn aus den Augenwinkeln an und wartete, ob seine Antwort vielleicht doch noch eine Wendung nähme ...

»Aber sicher«, sagte Herrmann Gumpertz nach einer Weile, »warum nicht. Es wäre den Versuch wert. Vielleicht gerade weil Sie eine Frau sind und Nonne und sich insofern vom Mittelmaß abheben. Denn davon, vom Mittelmaß, haben wir reichlich, und nur wer sich wirklich mit der Materie beschäftigt, hat die Chance aufs Überleben und dazu, vielleicht mit einem Quäntchen Erfolg, auf Gewinn sogar. Sehen Sie, diese Stadt ist so verschuldet gewesen, dass sie stets versuchte, sich an anderen zu bereichern. Jetzt, wo der Stapel seit dem Wiener Kongress nicht mehr wirklich funktioniert, hat man sich einfach mal daran begeben, den gesamten Schuldenberg anzusehen ... denken Sie nur, es sind zusammen mit den aufgelaufenen Zinsen mehr als dreihunderteinundzwanzigtausend Taler ... und nun hat man sich auf fünfundzwanzig Jahre Tilgungsfrist festgelegt. Wer weiß, ob wir dann noch am Leben sind. Immerhin aber gibt es jetzt tatsächlich einen Posten im Stadtetat, der für die Schuldenverwaltung festgesetzt wird. Natürlich muss das Geld von irgendwoher kommen, und so verfiel man wieder auf die Schlacht- und Mahlsteuer, die zwischen fünfundzwanzig und fünfzig Prozent beträgt, und weil das nun wieder am meisten die Armen belastet, gibt es inzwischen eine neue Lustbarkeitssteuer, die den Menschen das Feiern verleiden soll, und nur diesen verbiesterten Preußen kann es einfallen, im Rückgang von Tanzveranstaltungen ein Wohl für die Bürger der Stadt zu sehen ... Sie werden denken, warum erzählt er mir das, ich gehe nicht tanzen und will auch nicht schlachten oder mahlen, jedoch ist das ja nur die eine Seite der Medaille, denn sobald Sie Ihre Riech- oder Heilfläschchen ein bisschen den Rhein hinauf- oder hinunterschicken wollen, werden Sie es mit den Zöllen zu tun haben; denn wenn es im Moment auch so aussieht, als hätten wir Ruhe vor denen, die uns drangsalieren, als wäre der Freihafen gesichert und der Fluss ein freies Gewässer, irgendwann werden sie wieder damit anfangen, dann wird den Niederländern erneut einfallen, dass sie allein, weil sie an der Mündung des Rheins beheimatet sind, auch seinen Schlüssel in der Hand halten, und gleich gibt es wieder Zölle auf die Beförderung von Gütern.«

Herrmann Gumpertz sah sie an.

»Interessiert Sie das überhaupt?«, fragte er, aber Clementine nickte nur, und so fuhr er fort.

»Sie sollten wissen, dass unter den Notabeln der Stadt immer noch der Weinhandel der wichtigste Zweig ist. Selbst die Bankiers befassen sich damit als Nebengeschäft, und weil die Großhändler zollfrei einlagern können, gehen immer mehr kleine den Bach hinunter, solche nämlich, die keine großen Fassmengen kaufen. Die Tabakindustrie muss sich auch mit zehn bis fünfundzwanzig Prozent Belastungen herumschlagen, und die Baumwollgeschäfte laufen längst nicht mehr so wie früher, seit der Baumwollsammet aus Manchester vor allem auf dem Land Erfolge feiert. Einzig die Papierindustrie im Bergischen scheint sich gut zu rentieren. Die Parfümhersteller jedoch sind eine Gruppe für sich, immer im Streit um die ältesten Rechte, laufen sich den Rang ab und machen sich die Kunden streitig. Insofern werden Sie eindeutig mit der schwierigsten Seite des Geschäftslebens zu tun haben. Vielleicht denken Sie insgeheim, so schlimm kann das nicht werden, und vielleicht haben Sie schon die Absicht ins Auge gefasst, Kontakt aufzunehmen mit einem der Kölnisch-Wasser-Hersteller, um sich von ihm beraten zu lassen.«

Clementine nickte, ja warum eigentlich nicht, es galt doch ein gutes Miteinander zu erzeugen, dann würde der Neid sich in Grenzen halten und die Konkurrenz nur mit wachem Auge darauf sehen, dass alles Neue dem alten keine Schande mache, aber Herrmann Gumpertz schien von den Plänen zu wissen, denen ihr Kopf Platz zum Wachsen darbot.

»Glauben Sie mir, Schwester«, fuhr er fort, »die würden Ihnen irgendeinen Kokolores erzählen, damit Sie entweder Ihren Entschluss sofort und ohne Ersatz zu Grabe trügen oder dank der listigen Falschinformationen gleich wieder bankrottgingen.«

Es war spät geworden, Clementine stand auf. Sie war in der Tat ein bisschen verwirrt, und das schien Herrmann Gumpertz auch zu bemerken.

»Habe ich Ihnen zu viel zugemutet?«, fragte er besorgt. »Habe ich Sie womöglich verunsichert? Das war nicht meine Absicht, jedoch war ich bemüht, Ihnen klarzumachen, dass Sie außer dem Wissen um Rezepturen auch noch Destillieren und Flaschenfüllen sowie Buchführung, Kalkulation, Vertrieb und Werbung erledigen müssen und darüber hinaus viele kleine Nadelstiche und Schlimmeres erleiden werden, weil die anderen Ihnen am liebsten nichts oder höchstens ein ganz kleines Stückchen von der großen Torte abgeben möchten.«

Er griff nach ihrem Arm und führte sie über das holprige Pflaster.

»So«, sagte er, »jetzt begleite ich Sie zurück zu meinem Onkel. ›Auf der Litsch‹, wissen Sie, woher dieser Name kommt? Nein? Weil die schmale Gasse, die an der Westfassade des Doms vorbeiführt, ein bisschen abschüssig verläuft, litschig sozusagen, und der Dom hat die Adresse: Auf der Litsch No. 2. Sie wohnen also in bester Nachbarschaft, dem Dom hatten die Franzosen übrigens damals die Nummer 2583 ½ gegeben, die Kennzeichnung für öffentliche Gebäude, für die keine Steuer zu entrichten war. Demgegenüber bekam die im Nordturm gelegene winzige Küsterwohnung die Nummer 2583, und dafür musste Steuer gezahlt werden.«

Ihre Begleitung indes bewahrte Clementine vor einer äußerst mürrischen Begrüßung, denn dass sich sein Neffe Herrmann sehen ließ, überraschte den alten Domvikar dermaßen, dass er vergaß, sich über Clementines späte Heimkehr zu beschweren, stattdessen streckte er seine Hände aus und wollte den Gast unbedingt zu einem Glas Wein dabehalten.

Noch vor seiner Inthronisierung begann Graf Spiegel damit, die meisten der Amtshandlungen eigenhändig zu übernehmen, und bat darüber hinaus darum, jegliches Ersuchen, wenn es um die Verwaltung des Erzbistum gehe, an ihn persönlich richten zu wollen, eine Anweisung, die in der Bevölkerung mit großem Wohlwollen angenommen wurde. Steckte auch der Verlust der Universität noch wie ein Stachel im Standesbewusstsein der Stadt, das Erzbistum gab ihr die Ehre zurück. Ein Ruck ging durch die

Straßen und Gassen, es sah aus, als hielten die Bürger ihre Schultern straffer und den Blick gezielt geradeaus, als wollten sie rufen: Seht uns an, wir gelten wieder etwas im Land, wir gehören wieder dazu.

»Es wird einen Wandel geben«, meinte auch Gumpertz, »die Stadt wird aus ihrem Dornröschenschlaf aufwachen, jetzt, wo der Prinz gekommen ist. Sie wird wieder zum wahren fröhlichen und gottgefälligen Leben erblühen. Es geht weiter aus dem mittelalterlichen Muff hinaus in die Neuzeit.«

Clementine sah ihn erstaunt an. Er, der immer von Traditionen gesprochen hatte, von den alten Ritualen, schien nun eine Vision vom Kommenden in sich zu tragen.

Am Tag vor dem großen Ereignis der Inthronisation war alles gerichtet. In der Kirche Mariä Himmelfahrt sollten die Feierlichkeiten stattfinden, und diesmal hatte der Erzbischof eine persönliche Einladung geschickt, adressiert an die »hochverehrte Klosterfrau Maria Clementine«. In froher Erwartung dieses Tages bat er um ihre Teilnahme, auf der rechten Galerie in zweiter Reihe. Gegrüßet mit dem Segen des Herrn. Wie ein Kleinod hütete Clementine dieses Schreiben. Gumpertz gegenüber hatte sie kein Wort darüber verloren. Er lebte in seiner eigenen Vorschau und trieb sie an, sich nur ja bereitzuhalten, ihn zur Marzellenstraße zu begleiten, und früh genug! Am Morgen des 11. Juni allerdings ging es dem alten Herrn so schlecht, dass er nicht mal das Bett verlassen konnte, geschweige denn das Haus. In seinem Kopf schien ein Karussell zu sein, das mit seinem Gehirn herumsauste und ihn außerstande setzte, offenen Auges hinauszusehen.

»Clementine«, stöhnte er, »tun Sie etwas, erlösen Sie mich von diesen Qualen.«

Das Vortagsessen quoll ihm stinkend und säuerlich aus allen Öffnungen, und danach fiel er erschöpft in die Kissen zurück, nur noch leise jammernd, dass er nun diesen wunderbaren Augenblick nicht werde miterleben können, diesen Moment, wo der Himmel den Segen geben würde, dem Erzbischof, dem Dom und der Stadt.

Natürlich war Clementine bei ihm geblieben, und erst am Abend, als es ihm schon wieder besser ging und er sich an den Esstisch wagte, zu einem Stück trockenen Brotes und einer klaren Brühe, legte sie wie zufällig den Brief vor sich hin, starrte versonnen darauf, bis Gumpertz fragte, ob das nicht das erzbischöfliche Siegel sei und was der Erzbischof ihm geschrieben habe.

»Nicht Ihnen«, sagte Clementine leise, »mir hatte er geschrieben und mich persönlich eingeladen zu seiner Einführung heute Morgen.«

Gumpertz erwiderte nichts. Später, als sie ihn zur Nacht versorgt hatte und zur Tür hinausgehen wollte, rief er:

»Clementine …«, und als sie sich zu ihm umdrehte, hob er die Hand und sagte: »Danke für dieses und überhaupt für jedwedes Tun …«

Mit sanfter Hand drückte Clementine die Tür ins Schloss. Alles war gut. Sie war ausersehen gewesen, teilzunehmen, jedoch hatte sie sich stattdessen um das Wohl des ihr Anvertrauten gekümmert. Nächstenliebe und Christenpflicht. Es war gut zu wissen, dass Graf Spiegel ihrer gedacht hatte, das machte sie froh und überdeckte die kleine Traurigkeit, dass der verflossene Tag gänzlich anderes in seinen Händen gehalten hatte. Sie war auf ihrem Weg, und binnen Kurzem würde sie die Entscheidung treffen, für das Neue, dem sie entgegenfieberte, wie ein Kind dem Tag der Erstkommunion.

Der alte Gumpertz allerdings war über ihre Idee, eine Duftwasserfabrikation zu beginnen, entsetzt.

»Und ich?«, rief er entrüstet. »Was wird aus mir? Soll ich wieder mit einer dieser Wartenonnen vorliebnehmen, die mich anherrschen, wenn sie merken, dass ich nicht so funktioniere, wie sie mich haben wollen? Nein, Clementine! Ich will Sie hier bei mir und nicht irgendwo am Destillationsgerät oder beim Abfüllen, Beschriften oder Verkaufen von irgendwelchem Zeug. Es gibt doch schon so viel Gedufte in der Stadt. Mischen Sie Ihre Essenzen für mich und für den Herrn Erzbischof, vielleicht noch für den einen oder anderen der Herren vom Klerus. Damit dienen Sie Gott mehr als mit einer … Fabrikation!«

Natürlich, das hätte sie sich denken können. Gumpertz dachte in seine Richtung, und nur dahin. Vielleicht war er auch zu alt, um sich mit einem solchen Unterfangen auseinandersetzen zu können.

Die Zeitung hatte den angemessenen Glanz und die vorzügliche Würde beschrieben, in dem die feierliche Handlung der Inthronisierung durchgeführt worden war, und dass dies bei den Bürgern einen tiefen gläubigen Eindruck bewirkt hätte, »indem dadurch die lang ersehnte Wiedererhebung des alten Erzbischöflichen Stuhles Köln auf die schönste Weise in volle Wirklichkeit getreten sei«. Jemand hatte in aller Eile die Geschichte aller Erzbischöfe Kölns zusammengetragen und darin auch die letzten Feierlichkeiten einbezogen, und verschiedene Maler rühmten sich, jeder für sich, der Einzige zu sein, dem der Erzbischof stundenlang zum Porträt gesessen habe, und sie boten nun in bescheidenster Weise diese Bilder und deren Vervielfältigungen an. Ludwig Hagholt ging noch weiter, er nehme sich die Freiheit, so schrieb er, einem geehrten Publikum die ergebene Anzeige zu machen, dass er vor allen hiesigen Künstlern zuerst das Glück hatte, Seine Erzbischöfliche Gnaden zu bewegen, ihm zu verschiedenen Malen während mehrerer Stunden zu sitzen, wobei es ihm gelungen sei, »höchstdessen allgemein gewünschtes Porträt auf eine glückliche Art in Wachsmasse zu gießen, dass er sich kühn mit der Hoffnung schmeicheln dürfe, jeder Kenner werde diesem schwierigen und doch so gut gelungenen Unternehmen seinen vollen Beifall schenken«.

Das Wetter blieb weiterhin freundlich und unterstützte damit die Feierlaune der Stadt wie auch die allerorten angesetzten und zweifellos gut besuchten Tanz- und Weinfeste. Trotz der Lustbarkeitssteuer.

Clementine hörte die Musik und das Lachen. Einmal war auch sie zum Tanzen gegangen, damals auf dem Schlossball zu Jever. Sechzehn Jahre war sie gewesen, voller Freude auf das Leben, das Herz gefüllt mit der Liebe zu Clements, der keineswegs damit einverstanden sein wollte, dass ihr Leib von irgendwelchen Lackaffen beim Tanzen berührt wurde. Hildegard jedoch, Gouvernante und heimliche Wegbereiterin der Verbindung zwischen ihr und Clements, hatte zur Mäßigung geraten. Clementine würde alles in Gefahr bringen, wenn sie sich weigerte, den Ball zu besuchen, denn was glaubte sie denn, würde passieren, wenn sie ausgerechnet jetzt in diesen aufgeregten Zeiten und bei dieser politischen Lage und vor allem bei der Einstellung ihres Vaters eine Liebe zu diesem unbedeutenden Jungen zugab?

»Unbedeutend?«, hatte Clementine gerufen. »In ihm liegt für mich die Bedeutung des ganzen Lebens.«

»Ja, ja«, hatte Hildegard erwidert, »ich weiß. Aber wir wollen die Dinge nicht erschweren.«

Also war Clementine, wie es sich schickte, zwischen ihren Eltern über die breite Schlosstreppe hochgeschritten, von vielen bewundernden Blicken begleitet. Das Haar geflochten und kunstvoll gesteckt, und zum ersten Male hatte sie das Collier tragen dürfen, ein Schmuckstück ihrer Großmutter, einer von Mergenthal, das seines unschätzbaren Wertes wegen bis dahin im verschlossenen Etui und ganz hinten in der Schatztruhe aufbewahrt worden war. Sie war sehr aufgeregt gewesen. Als sie den prunkvollen Audienzsaal betreten hatte und auf die roten Vorhänge blickte, auf die schweren Gobelins und die eindringlichen Porträts, war sie überwältigt gewesen von dieser Pracht, aber ebenso von der Geschichte jenes alten Gebäudes. Sie hatte sich wie eingereiht gefühlt in das Kommen und Gehen von Generationen, die hier gelacht hatten und gelitten, die geboren worden waren und gestorben. Sie hatte gespürt, was es heißt, mitten im Leben zu sein. Als nach dem Essen die Musik erklungen war und sie die Erste war, mit der getanzt werden wollte, war sie herumgeschwirrt wie ein Schmetterling, der beglückt in der Sonne taumelt. Carlos di Gianello war kein Lackaffe gewesen. Er nicht. Viele andere hatten sich durch ihre dekadenten Reden bemerkbar machen wollen, hatten sie beeindrucken wollen durch die verbale Präsenz der zurückgelassenen Vermögen, die sie aber bald wiederzuerhalten gedächten. Carlos hingegen hatte ihr die wertvolle Kassettendecke gezeigt, hatte ihr erzählt, dass vor zweihundert Jahren eine junge Frau mit Namen Maria diesem Schloss seinen herrschaftlichen Rahmen gegeben hatte. Er war von der Schönheit alter Werke begeistert, und während dieses Abends war kein Wort gefallen, weder über seine Herkunft noch über Art und

Höhe seines Vermögens. Das allerdings hatte gleich am folgenden Tage der Vater in Erfahrung gebracht, und das Ergebnis war derart gewesen, dass er sich Carlos di Gianello zum Schwiegersohn wünschte. »Ein wunderbarer Mensch«, hatte der Vater gesagt, »sehr höflich, sehr intelligent und sehr vermögend.« – »Und er sieht auch noch sehr gut aus«, hatte die Mutter lächelnd hinzugefügt, und so war Carlos zum Tee geladen worden, und oftmals, wenn die Eltern erstaunlich unversehens abgerufen wurden, war Clementine mit ihm allein geblieben. Er hatte ihr von Paris erzählt, von den Kämpfen des Pöbels, davon, wie diese Leute sich aufgeführt hatten, als ob sie jedem Adligen an die Kehle wollten, welches Geschrei sie gemacht hatten, wie wenig Stil sie besäßen und dass man davon ausgehen könne, sie schnell wieder los zu sein, »diese Herren von der Nationalversammlung mit ihren Gleichheitsprinzipien, je schneller, desto besser.«

Clements dagegen hatte gejubelt damals, als die Revolution begann, die er als Sieg des einfachen Volkes gewertet hatte. Für ihn ging es um Freiheit, Gleichheit und Brüderlichkeit. »Wir sind die Nation«, hatten die Leute gerufen, endlich hätte das Volk seine Überlegenheit über die ersten Stände bewiesen, hatte Clements gesagt, und dass jeder Mensch geboren werde und sein Leben in gleicher Weise begänne, und wenn er stürbe, wäre wiederum der Bauer ebenso tot wie der Kaiser. »Die Zukunft liegt vor uns, in Sonnenlicht getaucht, wir werden frei sein und gleich und uns wie Brüder gegenseitig stützen und helfen.« Clementine hatte mit ihm in der Sakristei gestanden, da, wo er seine Noten aufbewahren durfte, seit er hin und wieder die Kirchenorgel spielte, und hier an diesem Morgen wollten sie endlich die Weichen stellen für ihr gemeinsames Leben. Er hatte sie in seine Arme genommen, sie angesehen und geflüstert: »Ich liebe dich von ganzem Herzen«, und dann hatte er sie geküsst, so wild und leidenschaftlich, dass Clementine meinte, seine Liebe bis in die letzten Winkel ihres Körpers zu spüren, es bebte, pulsierte und pochte in ihr. Schließlich war sie hinausgerannt in den hellen Tag, wo Fräulein Hildegard sie auffing, ihren fliehenden Puls spürte und sie anflehte, sich um Contenance zu bemühen, damit sie nicht in diesem Zustand daheim ankomme.

Carlos hatte nur einen Hauch seiner Lippen über ihre Hand streifen lassen und gesagt:

»Bald hoffe ich, wieder in meine Heimat Italien zurückkehren zu können und vielleicht gemeinsam mit einer schönen jungen Frau ...« Da hatte ihm Clementine rasch die Hand entzogen, etwas von Kopfweh und Schwindel geflüstert und sich zurückgezogen.

Nie mehr danach war sie tanzen gewesen, obwohl es oftmals in ihren Füßen zuckte, obwohl sie oftmals Musik in sich hatte, die zum Dahinschweben gemacht war.

Und sicher würde sie auch in Zukunft nie mehr zum Tanzen gehen. Inzwischen war sie eine Frau von fünfzig Jahren, und eine solche würde sich in jedweder Situation eher auf dem Stuhle halten, als durch den Saal zu schweben.

Einen halben Tag wöchentlich nahm sie sich frei, verbrachte ein paar Stunden mit sich allein, ging zum Speisen in ein Gasthaus, und wenn hier und da der Wirt an ihren Tisch kam, erfuhr sie viel über die Klagen des »kleinen Mannes«, über die strengen Sitten, mit denen die Preußen sein Leben erschwerten. Alles wurde geahndet, mit einem Taler beispielsweise, wenn das Fremdenbuch nicht ordnungsgemäß geführt war.

»Denken Sie nur, Schwester«, erzählte einer, »letzte Woche haben sie mich bestraft, weil ich über die Polizeistunde hinweg geöffnet hatte. Wo doch der Polizeipräsident selbst unter den späten Gästen weilte. Jedoch hatte sich derjenige rasch durch die Hintertür verdrückt, und ich, der ich dachte, mit dem im Haus kann mir nichts geschehen, musste die Suppe auslöffeln. Meinen Onkel Jupp haben sie bestraft, weil er aus einer ungedeckelten Pfeife rauchte, dabei war er nur der Verdauung wegen vors Haus getreten und die Straße fünf Schritte rauf- und fünf heruntergegangen. Zeiten sind das!«

Bevor sie mit der Fabrikation begann, würde sie sich kundig machen müssen, damit sie nicht ungeschützt in die Fallen der Gesetzlichkeit lief.

An einem dieser freien Nachmittage kam sie auf dem Heimweg an der Stadtmauer vorbei, wo ein Paar in enger Umarmung gestanden hatte, dann auseinanderstob. Wieder war es Juliane, die nun wie angewurzelt stehen blieb, angstvoll zu Clementine blickte und flüsterte:

»Bitte, Schwester, sagen Sie nichts zu meiner Mutter. Ich weiß nicht, was dann passiert.«

»Was hast du denn Unrechtes getan«, fragte Clementine, »und wer ist der junge Mann dort?«

»Das ist Heinrich Fusen. Sein Vater hat auch eine Gärtnerei, bei uns in der Gasse. Aber meine Mutter will nichts mit ihm zu tun haben, weil sie ihn als habgierigen Konkurrenten sieht, als einen, der sie kaputtmachen will.«

»Das will er doch gar nicht«, rief der junge Mann und kam näher. »Jedoch lässt deine Mutter ihn nicht mal einen Gruß anbringen, so hocherhobenen Hauptes geht sie an meinem Vater vorbei und auch an mir.«

»Eben«, sagte Juliane, »und wenn sie wüsste, dass Heinrich und ich ... sie würde mir den Hals umdrehen oder mich einsperren oder ich weiß nicht was. Jedenfalls darf sie auf keinen Fall etwas davon erfahren.«

»Ich werde euch nicht verraten«, sagte Clementine mit einem Lächeln. Und ihre Hände waren leicht auseinandergegangen und in die Höhe, so als wollte sie die beiden segnen.

»Geht jetzt heim, ein jeder für sich, und glaubt daran, es wird alles gut, so oder so, ihr seid immer auf eurem Weg.« Sie dachte wieder an Clements und ihre heimlichen Treffen. Nun war sie eine alte erfahrene Frau und sollte vielleicht die Hüterin eines Geheimnisses werden. Es wird alles gut, hatte sie gesagt. Das wusste sie doch gar nicht. Vielleicht endete dieses Mädchen auch im Kloster oder im Arbeitshaus in Brauweiler oder wer weiß wo. Mehr als dreißig Jahre waren vergangen, und noch immer gab es nicht die Freiheit, nach der sie sich damals in Jever so sehr gesehnt hatten.

In dieser Nacht träumte sie von Clements, aber am Morgen konnte sie sich an keine Einzelheiten mehr erinnern.

»*Wir*«, schrieb Graf Spiegel in seinem ersten Hirtenbrief, der in der Zeitung als Fortsetzungsgeschichte zu lesen war, »*Ferdinand August, durch Gottes Erbarmen und Gnade des Heiligen apostolischen Stuhles Erzbischof von Köln, desselben apostolischen Stuhles geborener Legat Graf Spiegel zu Desenberg und Canstein, Königlicher Wirklicher Geheimer Rat, Ritter des roten Ordens erster Klasse, entbieten den ehrwürdigen Uns in Christo geliebten Propste Dechant und Kapitel der Kollegiatkirche zu Aachen, den Dechanten Pfarrern und übrigen sowohl Welt- als Ordensgeistlichen der Stadt und unseres Erzstiftes ewiges Heil in dem Herrn.*«

Welche eine weihevolle Anrede. Es kam Clementine vor wie die pharisäische Seite des Christentums, wo sich Menschen in nicht zu überbietender Würde über andere erhaben wähnten … Aber dann las sie weiter:

»*Unser Herr Jesus, als Er seine auserwählten Jünger in die ganze Welt hinaussandte, jeder Kreatur das Evangelium zu predigen, sah wohl voraus, wie große Hindernisse sich dem im Herzen der Menschen zu befestigenden Reiche der Himmel entgegenstellen würden, und um jene Schwäche zu heben oder jene Bösartigkeit zu besiegen, welche aus der Begierde des Fleisches oder aus der Hoffart des Lebens entstehen, gab Er den Aposteln den Heiligen Geist.*«

Genügte das? Der Heilige Geist? Und warum gab es dann trotz allem unter dem Klerus Zank und Streit, Konkurrenz und Neid? Warum drehte sich nicht alles nur um den Glauben, sondern auch um die Macht und den Reichtum? Warum war die Begierde des Fleisches trotz des Heiligen Geistes so stark, dass die Zahl der klerikalen Väter von Jahr zu Jahr stieg? Und auch die Hoffart bot wohl dem Geist die Stirn, denn der Gewänderkult in den Kirchen hielt die Demut in Fesseln. Clementine erschrak. Es kam ihr vor, als spräche eine Protestantin aus ihr, dabei war sie doch Nonne und gläubige Katholikin und eine gute alte Freundin des Erzbischofs. Sie wollte weiterhin kein spöttisches Denken zulassen, sondern sich zur Freude bekehren, an den wohlfeinen Worten, in denen es weiter hieß:

»*Es vergehe deshalb kein Tag, ohne dass ihr vor Gott strenge Rechenschaft von euch selbst fordert und in eurem Gewissen erforschet.*«

Der Schluss dieses Hirtenbriefs wurde am 23. Juni gedruckt, und diese Passage war dazu angetan, Clementine mit allem Vorherigen zu versöhnen.

»Selig, die reines Herzens sind, denn sie werden Gott schauen«, schrieb der Erzbischof und weiter: *»Lasst uns schreiten zu dem Werke, zu dem wir berufen sind. Nicht um eine vergängliche Krone, sondern um eine unvergängliche wetteifern. So können wir alle, indem wir eines Sinnes in Jesu Christo sind, mit völliger Zuversicht hoffen, dass der, welcher in uns das gute Werk angefangen, es vollenden werde.*

Die Gnade unseres Herrn Jesu Christi sei mit Euch allen. Amen.

12. Juni 1825, Ferdinand August, Erzbischof von Köln«

Es war der Moment, in dem sie sich entschloss, nur noch einem einzigen Menschen ihre Frage vorzulegen und der sich daraus ergebenden Antwort bedingungslos Folge zu leisten.

Nachdem die Wohltätigkeitskommission aus Aachen mit ihrer Aufwartung beim Erzbischof höchst freundlich aufgenommen worden war und die Herren anschließend mit freudiger Rührung zurückgefahren waren, würde auch die Klosterfrau Maria Clementine sich anmelden dürfen beim Erzbischof, um ihm ihre Glückwünsche, wenn auch spät, so doch in tiefster Ergebenheit überbringen zu können.

»Wie hat es Ihnen denn gefallen?«, fragte der Erzbischof, und gleichzeitig bat er den Kammerdiener um etwas Obst und »vielleicht Kaffee?«.

Clementine nickte. »Ich war nicht dabei«, sagte sie leise. »Johann Gumpertz war so krank, ich konnte ihn nicht allein lassen. Ich habe es sehr bedauert, diesen Ihren ersehnten und höchsten Augenblick nicht miterlebt zu haben.«

»Es war wieder viel Brimborium«, sagte der Erzbischof. »Sie jetzt hier zu sehen, ist wesentlich ehrlicher als dieses und jenes, was an einem solchen Morgen zelebriert und geredet wird.«

»Ich habe Ihren Hirtenbrief gelesen.«

»Ach ja«, sagte der Erzbischof, »auch das ein aufgezwungenes Muss, dem ich wenig von mir und meinem Glauben beifügen durfte. Zwänge überall. Aber erzählen Sie, wie steht es mit Ihren

Kräutern, Ihrer Heilkunde, haben Sie das Buch fertig, das Sie damals in Münster begannen? Übrigens hat Münster nun auch wieder einen neuen Bischof: Kaspar Maximilian Freiherr von Droste zu Vischering. Der Herr verleihe auch ihm Kraft und Gesundheit zur Führung seines Amtes.«

»Das Kräuterbuch ist fertig«, antwortete Clementine, »jedoch noch nicht gebunden. Das werde ich demnächst in Angriff nehmen.«

»Und wie sieht es sonst aus mit dem Einleben in Köln?«, fragte Graf Spiegel.

»Die Stadt ist mir äußerst gewogen«, antwortete Clementine.

»Es ist eine liebenswerte Stadt.« Der Erzbischof lehnte sich zurück. »Die Bürger vielleicht ein bisschen schwerfällig und nicht immer einfach zu verstehen. Sie sind stolz auf alles Gewesene und hängen daran, sodass die Neuerungen zuerst scheu und voller Widerwillen beäugt werden und oftmals gleich unter die Erde kommen, damit sie keiner mehr sieht oder an sie denkt. Zudem gibt es immer noch zu viele hilfsbedürftige Personen, wenn auch nicht in dem Maße wie in früheren Zeiten. Jetzt sind wir darauf aus, dass in der offenen Armenverwaltung kein Pfleger mehr als fünfzig Familien unter sich hat. Jedoch ist die Stadt arm und weiß nicht, wo das Geld herzuholen sein könnte. Es liegt an der schlechten Kalkulation und auch daran, dass die Armenausgaben sich immer nach der Notlage richten müssen, und die ist und bleibt nicht berechenbar. Sehen Sie, in diesem Jahr ist durch die Hagelwetter im April etliche Ernte vernichtet worden, das kann auch wieder Auswirkungen haben, die heute noch nicht kalkulierbar sind. Aber wir dürfen nichts verringern, vor allem nicht die Waisenhausleistungen, die Kinder müssen wir unterstützen, sie müssen in ordentlichen Heimen untergebracht werden. Ach Schwester, manchmal ist mir das Herz schwer von den ungetanen Dingen. Können Sie das nachfühlen?« Clementine nickte.

»Ich wünschte«, fuhr er fort, »die Wohlfahrtspflege käme mehr unter meine geistliche Obhut. Leider aber befürchte ich, dass jenes, was mir einst in Münster glückte, hier in Köln vergebliches Mühen bleiben wird, denn insgesamt fehlt es hier in der Stadt an einer gemeinsamen Haltung, einem Gemeingeist, der sich aufmacht, den frommen Zwecken sich aufopfernd hinzugeben. Daran scheint mir das Franzosentum schuld zu sein.«

»Aber auch Sie selbst waren doch bei den Franzosen …«, warf Clementine ein.

»Ja, ja«, erwiderte der Erzbischof etwas unwirsch, »das ist ja auch schon lange her. Zurzeit aber steht hier die Armenverwaltung in Opposition gegen die Stadtverwaltung, denn die greift wie ein Dämon in die Armenfonds und will sich daran bereichern, natürlich muss sie auch irgendwo Geld einnehmen, um von ihrem Schuldenberg herunterzukommen. Dafür stützt sie sich jetzt plötzlich wieder auf die französischen Gesetze, die sie zur Eigentümerin machten, wo sie früher Schuldnerin war …«

… daher müsse er nun die wenigen Nonnenklöster, die als Anstalten der Krankenpflege der Auflösung entgangen waren, gegen die Regierung aufrechterhalten. Die Protestanten, so doch auch Christen, wie man meinen sollte, fielen ihm hierbei in den Rücken, indem sie ihn von der Verwaltung fernzuhalten suchten. Dabei sei es doch so, dass die Armenverwaltung sehr wohl froh sei über seine Vorschläge und genau wie er selbst empört, dass solche hernach von der Regierung regelmäßig abgelehnt würden.

»… und obwohl ich mir die allerheiligste Mühe gebe, mit den Preußen in gutem Einvernehmen zu leben, kann ich in dieser Stadt nicht das Große vollbringen, das ich mir vorgenommen habe, solange ich mich fühle, als wären mir die Hände gebunden«, seufzte er und schenkte frischen Kaffee nach.

»Jedoch, ich rede und rede und lasse Sie nicht zu Wort kommen.«

»In Ihrem Hirtenbrief haben Sie so wunderbare Worte gefunden für das, was unsere Aufgabe ist hier auf Erden, Hochwürden, lieber Graf Spiegel. Jedoch, verehrter Erzbischof, ist es nicht Höheres, welches Ihre Aufgabe sein sollte, als mit der Regierung um die bessere Position in der Armenfrage zu ringen? Sind es nicht eher die Seelen der Menschen, die Sie erreichen wollten, um die Schafe wieder zu sammeln und an die Heimat der katholischen Kirche zu binden?«

Der Erzbischof blickte eine Zeit lang zum großen runden Fenster hinaus. Er räusperte sich, bevor er antwortete.

»Ich bin Erzbischof, aber auch Prälat und Verwaltungsmann. Glauben Sie mir, ich bemühe mich nach Kräften, meines Amtes würdig zu sein, aber die katholische Kirche in dieser Stadt erfährt durch die Preußen eine nicht zu unterschätzende Unterwanderung, der wir uns stellen müssen. Darum bin ich so sehr dafür, mich mit dem einfachen Volk zu verbünden. Besser ist es, dass die Grammatiker uns Vorwürfe machen, als dass das Volk uns nicht versteht. Natürlich heißt es in den staatlichen Erklärungen stets, es herrsche tiefer Frieden und wechselseitiges Einverständnis der Konfessionen.«

»Ich finde dieses gegenseitige Annehmen von Andersdenkenden wichtig«, antwortete Clementine mutig, »es erweitert den eigenen Gedankenfluss. Und wenn selbst Sie sich nun mit den modernen Vorschlägen der Messeerklärung auseinandersetzen, wie es die Professoren in Bonn für notwendig halten, dann ist doch auch die katholische Kirche auf einem guten Weg, scheint mir. Verzeihen Sie, Hochwürden, dass ich, eine arme unwissende Magd am Hofe des Herrn, mir zutraue, solche Gedanken zu äußern.«

Der Erzbischof lachte.

»Das gefällt mir, liebe Clementine. Endlich mal wieder ein mutiges und offenes Gespräch zu führen, ist in meiner Position nicht gerade üblich. Alles wird eher verklausuliert. Ich will ja gar nicht behaupten, die Protestanten seien allesamt in der Hölle zu Hause, aber sie haben solch ein stolzes Gehabe, und es zeigt sich ja tatsächlich, dass sich die reichere und gebildetere Schicht der Kölner Bürger immer mehr aus den Reihen der Lutherischen rekrutiert, sei es auch nur, weil sie sich mit den alten Familien verbandeln und somit hier und dort den Glanz des reinen katholischen Diamanten irgendwie eintrüben ... Oftmals haben diese Andersgläubigen so eine engmaschige Art, lassen nicht ab von Gewohnheiten, und jetzt fangen sie schon an, ihre eigenen Bibeln zu verteilen. Wenngleich da ja wohl auch nichts anderes drinstehen sollte als bei uns, will ich jedenfalls hoffen.«

Nur in einer Sprache geschrieben, die vom Volk verstanden

wird, hatte Clementine sagen wollen, jedoch schwieg sie höflich und wartete eine Weile. Der Nachmittag war fast vorüber, es wurde Zeit, sich auf den Heimweg zu machen. Ihre Frage hatte sie bislang noch nicht vorbringen können. Keine Gelegenheit? Oder eher die Angst vor der Antwort, der sie in jedem Falle Folge leisten wollte, dem Abkommen gemäß, das sie mit sich selbst getroffen hatte. Sie richtete sich gerade auf, nahm noch einmal die Tasse zur Hand, trank den letzten Tropfen Kaffee, der mittlerweile kalt und bitter schmeckte, und war drauf und dran, aufzustehen, das Gespräch zu beenden, sich zu verabschieden und die Entscheidung noch eine Weile hinauszuzögern. Das Lächeln, welches der Erzbischof in diesem Moment zur ihr herüberschickte, erschien ihr voller freundlicher Zuneigung, und plötzlich glaubte sie zu wissen, dass er sie verstehen würde.

»Es ist da noch etwas«, sagte sie leise, »etwas, das ich gerne mit Ihnen, Hochwürden, besprechen möchte. Eine Unmöglichkeit zwar, Ihre kostbare Zeit mit meinen Nichtigkeiten in Anspruch zu nehmen, dennoch hoffe ich auf Ihre Geduld und einen Rat, dem ich bedingungslos Folge leisten werde. Sie sprachen eben von der Heilslehre und den Kräutern, und nun habe ich die vielleicht für Sie befremdliche Vorstellung, es könnte mir gelingen, die Fabrikation von solchen Essenzen und dem so beliebten Aqua mirabilis zu beginnen. Ich will sagen, es wäre mir finanziell möglich, ein Destillationsgerät zu erwerben und mit der Produktion anzufangen. Halten Sie das für eine Möglichkeit, die mir als Klosterfrau zu Gesichte stünde, oder sollte ich besser in einen Konvent zurückkehren und dort als Wartenonne in den Krankenstuben Dienst tun, wenngleich ich auch sagen muss, dass mein Alter fortschreitet, meine Beine nicht mehr so beweglich scheinen, die Knie steif werden und der Rücken allmählich in die erste Rundung geht …« Hier verstummte sie so plötzlich, dass der Erzbischof zu lachen begann.

»Nur zu«, sagte er, »was haben Sie noch auf dem Herzen? Hier ist der Platz und die Zeit für die Wahrheit.«

»Nein«, sagte Clementine. »Hochwürden mögen mir verzeihen, ich möchte nur diese eine Antwort von Ihnen. Soll ich diesen Entschluss in die Tat umsetzen oder nicht?«

Jetzt kam es darauf an. Clementine merkte, wie plötzlich jene altbekannte heiße Welle über ihren Körper schwappte, wie es zwischen Haube und Haaren überlief, und sie hoffte, sie werde nicht eine feuchte Spur auf dem kostbaren Sessel des Erzbischofs hinterlassen und sich damit vielleicht als Unberührbare darstellen, die fürderhin keinen Zutritt mehr zu den eleganten Räumen der Erzdiözese bekäme ...

»Tun Sie es«, sagte Ferdinand August Spiegel in diesem Moment. »Im Namen Gottes, liebe Clementine, tun Sie, was in Ihren Kräften steht. Geben Sie Ihrem Leben einen neuen Rahmen. Sie sind so voller Kraft und mit vielen Talenten ausgestattet. Ich spüre, dass Gott noch viel mit Ihnen vorhat. Beginnen Sie bald, damit das Feuer, das in Ihnen brennt, nicht verlöscht, lassen Sie sich nicht verunsichern von so manchem, der Ihnen vielleicht weismachen will, so etwas schicke sich nicht für eine Klosterfrau. Und denken Sie daran, was einstmals Goethe schrieb: *›Erfolgreich zu sein, setzt zwei Dinge voraus: Klare Ziele zu haben und den brennenden Wunsch, sie zu erreichen.‹* Beides, so ist meine Meinung, ist in Ihrem Herzen vorhanden, verehrte Clementine.«

Er stand auf und reichte ihr die Hand.

»Leben Sie wohl, Clementine, gehen Sie hin im Frieden des Herrn, und ich freue mich auf weitere Gespräche mit Ihnen.«

Als sie wieder auf die Straße hinausging, klangen diese letzten Worte wie Orgelmusik in ihren Ohren. Ihren Körper versetzte das in solche Schwingungen, dass die Füße ganz leicht über das Pflaster zu schweben schienen, geradewegs, als hinge sie doch noch einmal am Arme eines jungen Gardesoldaten und tanzte durch den Ballsaal des Schlosses ...

An diesem Abend ging sie nach dem Essen und ihrem Nachtdienst an Gumpertz noch einmal hinaus, hinunter zum Rhein. Wie eine weiche Decke legte sich die Dämmerung sanft und zärtlich über die Dächer und Gassen und wiegte den Fluss in ihren silbernen Armen. Während dieses Sommers blieben die Herzen auch während der kurzen Dunkelzeiten warm und voller Leben. In der Stadt war der Schlaf zur Nebensache geworden. Die Tage schienen gleichsam so in die Länge gezogen, als ob es nur ein kurzer Atemzug wäre zwischen dem Sonnenuntergang am Abend und ihrem strahlenden Aufgang im Morgenlicht.

Clementine wanderte hinunter an Groß Sankt Martin und dem Fischmarkt vorbei zum neuen Bollwerk. Auf der Spitze zum Rhein hin stand der achteckige Turm, und darunter an der Uferstraße zwischen zwei Toren befand sich die Anlegestelle für Reiseschiffe. Hier betraten die vielen Fremden zum ersten Male den Kölner Boden. Sie selbst war damals über die Schiffbrücke auf diese Uferseite gestolpert, unsicher und mit großer Angst im Herzen hatte sie dagestanden, nicht wissend, ob sie die richtige Richtung für ihr weiteres Leben gewählt hatte, ob dieser Ankerplatz der letzte sein würde und bis zu ihrem irdischen Ende zur Heimat werden würde. Nun war alles klar. Sie gehörte hierhin, und demnächst würde sie sich als Bürgerin dieser Stadt einen Namen machen, der keinem verborgen bleiben sollte.

Der nächste Morgen begann mit einem Aufruhr. Am Domhof, direkt vor dem Haus des Herrn Lempertz, standen vier Beamte des Königlichen Hauptsteueramtes, die sich anschickten, wohlfeine wollene und baumwollene Waren auf die Straße zu bringen, um sie dort auf notdürftigen Holztischen auszubreiten und den eilig herbeieilenden Leuten öffentlich anzubieten.

»Nur gegen Barzahlung«, riefen sie dann und wann, wenn der eine oder andere einen Kredit vorschlug. Wer war dort in diese missliche Lage geraten? Und was mochte Lempertz damit zu tun haben, Lempertz, in dessen Hause sich zu anderen Zeiten Künstler die Ehre gaben, mit Gesang oder mit der Violine das Herz der Zuhörer zu erobern. Einer jener Vortragenden hatte Engels geheißen, und dessen erinnerte sich Clementine sehr genau. Darüber hatte sie nachgedacht, ob jemand mit diesem Namen sich behüteter fühlen mochte als einer mit Namen Müller oder Schmidt. Warum jedoch wurden jetzt hier diese Waren in Beschlag genommen? Wer war ihr Eigentümer, und was hatte sich derjenige zuschulden kommen lassen?

Niemand wusste etwas Genaues, und die Beamten verwiesen nur auf die Anwendung des Gesetzes vom Mai 1818.

Lempertz ließ sich nicht blicken. Vorne stand Annemarie

Görres und suchte nach Kordeln und Knöpfen, vergeblich, wie sie bald feststellte. Als sie Clementine erblickte, hellte sich ihr Gesicht wieder auf.

»Schöne Schande«, sagte sie, »aber sehen Sie nur, wie sich alle auf die Sachen stürzen, wie die Geier auf das tote Schaf.«

Plötzlich gab es einen kleinen Tumult. In der ersten Reihe schien etwas passiert zu sein.

»Ist ein Arzt in der Nähe«, rief jemand, »oder eine Krankenschwester?«

Wortlos ging Clementine dorthin. Ein junges Mädchen war in sich zusammengesunken und ohnmächtig über den Baumwolltisch gefallen. Clementine hielt ihr ein Riechfläschchen unter die Nase, gefüllt mit der von ihr kreierten Notfallessenz, flüsterte ihr ein paar Worte ins Ohr und massierte ihren Nacken. Ein leichter Lavendelduft breitete sich aus, und das Mädchen öffnete die Augen.

»Was ist mit mir?«, fragte sie und richtete sich auf.

Im gleichen Moment kam ein Mann dazu, aufgeregt mit beiden Händen fuchtelnd, hatte er sich durch die Reihen gedrängt.

»Annabel!«, rief er. »Kind, was ist dir geschehen?«

»Nur eine kleine Ohnmacht«, antwortete Clementine und stellte sich vor.

»Danke, Schwester«, sagte der Mann. »Wie kann ich Ihre Hilfe gutmachen?«

»Es war meine Pflicht als Nonne, als Christ und als Mensch, und darüber hinaus schlage ich vor, das Mädchen in die Kühle zu geleiten. Vielleicht gestattet man uns, ins Lempertz'sche Haus einzutreten, und bietet uns dort einen Sitzplatz?«

Die Frage war an die Beamten gestellt, die sich bereitwillig zur Seite bewegten, um die Schwester, den ihnen offensichtlich bekannten Mann und das Mädchen durchzulassen.

Allmählich war das Blut in ihren Kopf zurückgekehrt und hatte Annabels Gesicht in eine gesunde Farbe getaucht.

»Sie ist bei mir sozusagen in der Lehre«, sagte der Mann, »kommt aus Belgien und ist die Tochter eines Geschäftsfreundes dort. Ihm zuliebe habe ich sie bei mir aufgenommen, aber jetzt bin ich froh, weil sie mir das Leben heiter macht und die Ängste vertreibt. Ich bin übrigens Gerhard Wermeskirchen, handele in

Samt und Seide und stehe dem Rat der Gewerbeständigen als Präsident vor.«

»Ich bin Clementine Martin«, sagte Clementine und streckte dem Mädchen die Hand hin. »Vielleicht sehen wir uns noch mal auf andere Weise, jetzt aber rate ich dir, einen Hut anzuziehen. Unter den starken Sonnenstrahlen trocknet der Kopf schnell aus und bekommt dann keine Kraft mehr.«

Als Clementine sich verabschiedete, versicherte Wermeskirchen ihr, sofern sie einmal Hilfe brauchte, werde er für sie da sein.

»Danke, Schwester Clementine«, rief Annabel, stand auf und ging mit Wermeskirchen davon.

Herrmann Gumpertz hatte recht gehabt. Die Fabrikation und ein florierendes Unternehmen ließen sich nicht allein mit Glaube, Hoffnung und Liebe führen. Vieles mehr würde zu bedenken sein, wenn sie sich mit Vorsicht und den Bestimmungen des Zolls, der Steuern, der Reklame und sonstigen Aufgaben im Sinn anschicken wollte, ein Unternehmen zu gründen. Am Abend dieses Tages begann sie noch einmal mit der Prüfung des Kräuterbuches, denn das hatte sie schon in ihrer Kindheit gelernt: Es galt zuerst, ein Ding zu Ende zu bringen, ehe man das nächste in Augenschein nahm. Sie las alles mit Bedacht, Seite für Seite, auf denen sie die Kräuter und ihre Fähigkeiten beschrieben hatte: die ätherischen Öle, wie Pfefferminze, Thymian und Kamille, die krampf- und schleimlösend die Nieren zur Arbeit anregten und auch den Harnfluss bewegten, daneben Enzian, Mariendistel und Löwenzahn, die bitteren Pflanzen, unter deren Einfluss sich schwere Speisen besser verdauen ließen, sodann der Zusammenfluss von Hagebutte und Heidelbeere zur Wundheilung, auch als Kraftspender für die äußere Körperhülle. Wie Seife schäumten im Wasser Holunder und Süßholz, und sehr rasch lösten sie die Verschleimung bei festem Husten, wohingegen sich der Spitzwegerich bei Reizhusten als hilfreich erwies. Daneben hatte sie beschrieben, wie Kräuter in erhitztem Wein bei vielen inneren Leiden angewendet wurden seit den Zeiten der Hildegard von Bingen, die schon vor vielen hundert Jahren ihre Empfehlung in Worte gefasst hatte: *»Wer im Herzen, in der Milz oder in der Seite Schmerzen hat, koche Petersilie in Wein, füge etwas Essig und genug Honig bei, seihe es durch ein Tuch und trinke es oft, und es heilt ihn.«* Gerade das Zusammenwirken von Wein und Kräutern hatte den Domvikar Gumpertz so beglückt. Ein Leben ohne seinen Wein war ihm bei aller Demut vor dem Herrn undenkbar gewesen, und doch war dies von den Doktoren und den Wartenonnen oftmals moniert oder sogar verboten worden. Wein sei auch eine Gabe Gottes, pflegte Clementine zu sagen, wenn sie ihre Heilpflanzen damit vermischte, dennoch hatte sie den Vikar vor dem allzu üppigen Genuss des Rauschmittels gewarnt und immer ein Auge auf das Maß, welches ihm zuträglich wäre. Spät in der Nacht klappte sie das Buch zu, nahm ein neues Blatt zur Hand und machte einen Plan:

»Für die Gründung eines Unternehmens zur Fabrikation von Kölnisch Wasser und echtem Karmelitergeist.«

Ihr erster Weg am nächsten Morgen führte in die Weidengasse zur Witwe Wisdorf. Dort hatte sie ein kleines Stück Garten gepachtet, die Kräuter aus Münster in die Erde gesteckt, und jetzt ging es darum, eine Auswahl zu treffen. Während sie im Garten stand und sich über die grünen saftigen Pflanzen freute, kam auf leisen Sohlen Juliane heran, legte einen Finger auf die Lippen, um die Heimlichkeit ihrer Gegenwart zu unterstreichen.

»Schwester Clementine«, flüsterte sie, »ich flehe Sie an, sprechen Sie mit keinem darüber, dass Sie davon wissen, was Heinrich und mich verbindet.«

»Aber nein«, sagte Clementine, »ich habe es dir doch schon an jenem Abend zugesichert, warum also ängstigst du dich noch immer?«

»Weil ich glaube«, flüsterte Juliane, »dass meine Mutter eine Ahnung hat, dass etwas hinter ihrem Rücken geschieht, von dem sie nichts weiß. Und das bedeutet, dass sie mich nicht mehr aus den Augen lässt.«

»Sie ist nur besorgt«, entgegnete Clementine, »sie will das Beste für dich, und vielleicht hat sie vor, dich in andere Kreise zu verheiraten. Versuche, sie zu verstehen.«

»Aber«, stotterte Juliane, »was soll ich denn tun? Ich liebe ihn und er mich, ich will niemanden sonst, und wenn sie mich zwingt, gehe ich ins Kloster oder in den Rhein.«

Clementine zuckte zusammen. Ins Kloster war auch sie gegangen aus ebensolchen Gründen, aber war das auf gleicher Ebene zu sehen, wie ins Wasser zu gehen und dem Leben ein Ende zu setzen?

»Beruhige dich doch, Juliane, bitte Gott, dass er euch helfen möge. Stelle Kerzen auf und lebe in Demut nach den Geboten Gottes und deiner Mutter ...«

O Gott, was redete sie da, wie ein Priester oder eine Äbtissin, und war doch selbst ein schwaches Weib, in dessen Herz es noch immer nach jenem Geliebten dürstete, dem sie hatte entsagen müssen, aus ähnlichen Gründen.

»Ich werde dir helfen«, sagte sie nun in plötzlicher Entschlossenheit und entwickelte im gleichen Moment eine Strategie, die wohl aus dem Erbe ihres Soldatenvaters stammen musste.

»Hör zu«, begann Clementine, »ich werde deine Mutter bitten, dich hin und wieder als Gehilfin zu mir holen zu dürfen, damit du mir beim Zupfen, Säubern und Trocknen der Kräuter zur Hand gehen kannst.«

»Und ...«, fragte Juliane atemlos, »soll das heißen, ich kann mich unter Ihrem Schutz mit Heinrich treffen ...?«

»Das kann und will ich nicht öffentlich bestätigen«, erwiderte Clementine, »ich überlasse es dir, wie du damit umgehst.«

Wie eine Katze huschte das Mädchen ins Haus zurück, und Clementine blickte nachdenklich auf die Kräuter unten im Beet. Es schien sich alles zu wiederholen. Diesmal jedoch würde sie ihre Kraft daransetzen, um der Liebe Bestand zu geben und eine Zukunft.

Später, als sich Clementine bei Julianes Mutter für die großartige Pflege der Pflanzen bedankte, seufzte die Witwe vernehmlich, und als Clementine fragte, was sie denn so bedrücke, erfuhr sie die Geschichte aus anderer Sicht. Das Mädchen sei hübsch genug, um in bessere Kreise zu gelangen. Es gebe einen studierten jungen Mann, der immer öfter in den Laden hineinstolziere, nach dem Geschmack der Äpfel frage oder die Kirschen probiere und immer nach hinten äuge, wo Juliane meist mit dem Sortieren und Abwiegen beschäftigt sei.

»Da fuchtelt er so gekonnt mit dem Stöckchen herum und sieht dabei so elegant aus, dass ich ihn am liebsten gleich fragen würde, ob er nicht um die Hand meiner Tochter anhalten will. Wissen Sie, Schwester, im Vertrauen gesagt, es gibt so viel Schlechtes auf der Welt, selbst den Büchern ist nicht mehr zu trauen, auch dort gibt es Scharlatane, die als biblische Geschichten getarnte Regeln verbreiten, die nicht mit der Würde und Heiligkeit des Glaubens zu vereinbaren sind. Ja, woran soll man sich denn da noch halten können? Und gerade für mich als Witwe, ohne die strenge Hand eines Vaters, Gott hab ihn selig, ist es nicht einfach, ein junges Ding auf geradem Wege zu halten.«

»Juliane könnte mir hin und wieder zu Hilfe kommen«, sagte Clementine leise, »ich habe vor, eine Fabrikation zu beginnen, und da gibt es reichlich zu tun. Also, wenn Sie Ihre Tochter dann und wann entbehren könnten, würde mich diese Hilfe sehr erfreuen.«

»Von Herzen gerne«, sagte Frau Wisdorf, »dann wüsste ich, dass sie in guter Umgebung weilt.«

Vor ihrem dankbaren Blick flüchtete Clementine aus der Tür und spürte, wie ihr Herz klopfte, und mahnte, sie messe mit zweierlei Maß. Warum hatte sie nicht mit der Witwe Wisdorf über die Heiligkeit der Liebe gesprochen, die es zu bewahren und zu fördern gelte, weil sie das Größte sei, was das irdische Leben zu bieten habe?

Am Abend in ihrem Zimmer auf dem Bett sitzend, schlug sie die Bibel auf und las im Korintherbrief über den Preis der Liebe:

»Wenn ich mit Menschen- und mit Engelszungen redete und hätte der Liebe nicht, so wäre ich ein tönend Erz oder eine klingende Schelle.
Und wenn ich weissagen könnte und wüsste alle Geheimnis-

se und alle Erkenntnis und hätte allen Glauben, also, dass ich Berge versetzte, und hätte der Liebe nicht, so wäre ich nichts. Und wenn ich alle meine Habe den Armen gäbe und ließe meinen Leib verbrennen und hätte der Liebe nicht, so wäre mir's nicht nütze.
Die Liebe ist langmütig und freundlich, die Liebe eifert nicht, die Liebe treibt nicht Mutwillen, sie blähet sich nicht, sie stellet sich nicht ungebärdig, sie suchet nicht das Ihre, sie lässt sich nicht erbittern, sie rechnet das Böse nicht zu, sie freut sich nicht der Ungerechtigkeit, sie freut sich aber der Wahrheit, sie verträget alles, sie glaubet alles, sie hoffet alles, sie duldet alles.
Die Liebe höret nimmer auf, so doch die Weissagungen aufhören werden und die Sprachen aufhören werden und die Erkenntnis aufhören wird. Nun aber bleibet Glaube, Hoffnung, Liebe, diese drei, aber die Liebe ist die größte unter ihnen.«

Clementine ließ das Heilige Buch auf ihre Knie sinken und schaute zum Fenster hinaus. Sie dachte an Juliane und ihren Heinrich, an Clements, an ihren Vater und ihre Mutter, an Ludwig Barthel und Hildegard, an den Soldaten Mergentheim und auch an Carlos di Gianello. Alles hatte mit der Liebe zu tun gehabt, versteckt manchmal oder nur gedacht, aber stets gegenwärtig, ein Gefühl, das alles andere überdeckte. Ihre Liebe zu Clements würde in ihrem Herzen wohnen bleiben, so lange sie lebte – »*... sie höret niemals auf, sie duldet alles, sie hoffet alles ...*« –, mit fester Hoffnung, dass zwischen ihr und Clements noch nicht alles zu Ende war, dass er ihr noch einmal gegenüberstehen würde, sie ansähe und vielleicht sogar in den Arm nähme, damit sich die Liebe fortsetzen könnte, die Liebe jenes Tages, an dem sie vierzehn geworden war, damals in Jever, als sie noch das Mädchen war und Wilhelmine hieß.

An Fräulein Hildegards Arm war sie hinausgehüpft, hatte sich froh gefühlt und leicht, als ob sie Flügel hätte. Den Schal, den die Mutter ihr zum Schutz vor der Abendkühle über die Schultern hatte hängen wollen, warf sie zurück über den Gartenzaun.

Hinterm Glockenturm hatte das Glück auf sie gewartet, ein Glück, das sich wie ein Mantel um sie legen würde, wärmend wie nichts sonst auf der Welt.

Clements hatte vor der Linde gestanden, die Hände auf dem Rücken verschränkt, und als sie ihn gesehen hatte, seine Augen, seinen Mund, als sie seine Stimme gehört hatte, wie er »Ich wünsche dir Glück zum Geburtstag«, sagte, da war sie so sicher gewesen wie jedes Amen in der Kirche, so sicher wie die Auferstehung Jesu Christi, so sicher wie ihr Glaube an die Dreieinigkeit Gottes, an die Jungfrau Maria, so sicher wie die Tatsache, dass es sie selbst gab, sie, die hier stand und atmete und lächelte, deren Herz klopfte wie der Hammer beim Schmied, so sicher war sie gewesen, dass nichts sie je würde trennen können von der Liebe zu Clements, dem Jungen aus dem Volke, der sie mit einer Hand an sich gezogen hatte, während die andere ihr ein Päckchen darbot, aus dem sich eine Porzellanfigur herausgewunden hatte, ein Mädchen und ein Junge, eines den anderen umarmend und zusammen von Rosen umschlungen. »Wo hast du das her?«, hatte sie fragen wollen, aber sie hatte geschwiegen, ihn angesehen und »Danke« geflüstert. »Das sind wir«, hatte Clements gesagt, »und so wird es für immer sein, du und ich von Rosen umschlungen, nie mehr werde ich dich loslassen, du bist mein und ich bin dein.«

»Bis dass der Tod uns scheidet«, hatte Clementine geantwortet, worauf Clements sie erneut und nun fest mit zwei Armen an sich gepresst hatte und mit lauter Stimme ausrief: »Unsere Liebe wird niemals sterben, wir werden später zu Tauben werden und so weiterhin turtelnd beisammen bleiben.«

Genau in diesem Moment hatte sich eine Wolke vor die Sonne geschoben, ein kalter Windzug hatte Clementines nackte Arme gestreift, denen nun Mutters Schal zu fehlen schien. Plötzlich war ihr kalt geworden, aber später hatte sie manchmal geglaubt, es könnte vielleicht eine Ahnung gewesen sein, von den Ereignissen, die ganz Europa aus den Fugen reißen würden, deren Turbulenzen man noch unter Kontrolle zu halten gedachte, als die Generalstände im Residenzschloss von Versailles in festlicher Förmlichkeit ihre Sitzung eröffneten, im Grande Salle des Menus Plaisirs, genau an jenem Tag, als Clementine vierzehn wurde. Die

Sonne hatte an diesem späten Nachmittag rasch wieder die Frontposition erreicht, der Wind sich verflüchtigt, und Clementine war zurückgekehrt zur Liebe und dem Glück, das ihr Clements in vielfacher Weise versprach. Ja, sie würde ihm gehören, sie würden heiraten und viele Kinder bekommen und zeigen, wie frei das Leben sein konnte.

Schließlich aber war Fräulein Hildegard hüstelnd hinterm Pavillon hervorgekommen, wie zufällig vorbeigeschlendert, und Clementine hatte sich ihr angeschlossen, sich untergehakt und war die Straße nach Hause gehüpft wie ein unbeschwertes fröhliches Kind …

Sie klappte die Bibel zu, legte sie auf die Vitrine am Fenster und blickte hinaus in den nächtlichen Himmel. Nichts von dem damals Gewünschten hatte sich erfüllt. Wenige Tage später waren die ersten Kuriere aus Frankreich gekommen mit Meldungen, die niemand wirklich einzuordnen verstand. Clementines Vater hatte gefragt, ob die Franzosen vom Teufel getrieben wären oder warum sie sich aufführten wie die vom Satan oder von Dämonen Besessenen. Hildegard hatte die Hände gefaltet und den Rosenkranz gebetet, hinauf und hinunter. Und Clementines Mutter war in einer stillen Fröhlichkeit umhergegangen, vielleicht weil sie Hoffnung hatte, ihr verloren geglaubtes Leben geriete nun doch noch durch jene Revolte in Bewegung. Revolte, so nannte man es, und so hatte es vorerst auch ausgesehen. Ludwig Barthel hatte seinen Unterricht fortgeführt und zu den aktuellen Ereignissen geschwiegen.

»Heute will ich mich kundig machen, wie ich vorgehen muss, um eine Unternehmerin zu werden«, sagte Clementine am Morgen zu einem unsichtbaren Gegenüber mit lauter Stimme, die eine Art von Beschwörung in sich trug, als gälte es, die Angst zu bannen und die Zweifel zu verjagen, um festen Schrittes und voller Mut einen Pfad zu begehen, der ihr trotz der Zustimmung des

Erzbischofs wie eine Abenteurerreise vorkam, ihrem immer noch nicht aufs Altenteil verbannten Geiste entsprungen, so als säße sie noch mit Ludwig Barthel in der Studierstube und lernte, dass der Geist frei sei und sich entfalten könne ... und nie hatte Ludwig Barthel von einer Altersbegrenzung gesprochen, oder war ihm zu jenen Zeiten und aufgrund ihrer Jugend eine solche Warnung gar nicht in den Sinn gekommen?

Domvikar Gumpertz allerdings war nicht erfreut, als Clementine ihm nach dem Frühstück eröffnete, sie werde sich jetzt beim Gewerbeamt erkundigen, wie sie sich am besten in die Reihe der Kölnisch- und Heilwasser-Fabrikanten einfügen könnte.

»Nun geht sie doch diesen Weg in die Weltlichkeit«, rief er und hieb dabei mit der Faust auf die Tischplatte vor sich, dass die noch darauf befindlichen Tassen zum Veitstanz ansetzten.

»Hat ihr womöglich mein Herr Neffe einen Floh ins Ohr gesetzt, schämen sollte sie sich, eine Klosterfrau, die sich Gott geweiht hat und nun mit Kalkulationen und der Vermarktung von Duftwassern auf die Straßen gehen wird. Bald wird sie das Nonnengewand gegen eine gewöhnliche Bürgerrobe eintauschen und sich auf den Markt stellen und herumschreien: ›Mein Wasser ist das Beste!‹«

Clementine erschrak vor seinem unbändigen Zorn, der sie zurückhalten wollte. Aber gewiss nicht aus Sorge um die Reinheit ihrer Seele, sondern eher aus Angst, sie könnte ihm als Krankenschwester verloren gehen. Egoistisch war er, es war eine Rede der Selbstsucht und kein väterlicher Ratschlag. Und was würde der gute alte Gumpertz wohl sagen, wenn sie ihm erzählte, dass sogar der hochverehrte Herr Erzbischof ihren Entschluss gutgeheißen hatte?

Dennoch verkroch sie sich zunächst wieder in ihr Zimmer und betete. Wenn sie allerdings gedacht hatte, der Himmel schenke ihr sofort und ohne Umschweife eine von Gottvater unterzeichnete Zustimmung und vielleicht noch dazu eine Gebrauchsanweisung, welche Richtung einzuschlagen sei, um auf schnellem Wege zur erfolgreichen Unternehmerin zu werden, dann wartete sie vergebens. Die Wolken, die seit dem Morgen schwer und schwarz über der Stadt gehangen hatten, verharrten dort, sosehr sie auch emporstarrte und darauf hoffte, dass irgendwo unversehens eine kleine

Lücke entstehe und ein Sonnenstrahl hinunterfalle, den sie dann sofort als Zeichen hätte nehmen können, als Antwort auf ihr drängendes Bitten und Fragen … Alles blieb, wie es war, der Raum so still, dass sie ihren eigenen Atem hören konnte.

Erst am Nachmittag, als Johann Gumpertz sich zum Nickerchen gelegt hatte und bald zusammengekauert wie ein Hund zu schnarchen begann, schlich sie wie eine Diebin aus dem Haus und machte sich auf den Weg zum Rathaus. Ihr Herz klopfte schneller als sonst. Sie war aufgeregt wie ein Kind, das seine Eltern hintergeht, wie zu jenen Zeiten in Jever, wenn sie sich mit Clements hatte treffen wollen. Die Rathaustür war geschlossen. Der junge Mann, der auf ihr zweimaliges Klopfen öffnete, gab bekannt, dass Sprechzeiten nur in den Morgenstunden stattfänden, und fragte, zu wem sie denn wolle.

»Das weiß ich nicht«, antwortete Clementine, »zu demjenigen, der morgen früh Zeit hat, mir einige Dinge zu erklären, die für den Beginn einer neuen Unternehmung wichtig sind.«

»Ich werde Sie eintragen«, sagte der junge Mann. »Ihr Name ist?«

»Martin, Maria Clementine Martin, Klosterfrau«, sagte sie mit großer Würde, drehte sich um und ging den Weg zurück, ohne zu hören, was der junge Mann ihr noch hatte sagen wollen, nämlich an wen sie sich am kommenden Morgen zu wenden haben würde. Beim Rückweg durch Obenmarspforten machte sie dem Maler Melchior Dans ihre Aufwartung. Er war hocherfreut, bat Platz zu nehmen und fragte, ob sie Tee haben wolle.

Clementine nickte zerstreut. Wie sollte sie beginnen? War er überhaupt jemand, dem sie trauen konnte, oder nur ein windiger Taugenichts, der sich gerade so über Wasser hielt und in ihr vielleicht einen Geldgeber sah, wenn sie ihre Anfrage an ihn gerichtet haben würde?

Er tänzelte geradezu herein, das Tablett mit dem Tee vor sich hertragend wie eine Trophäe.

Clementine verschluckte sich beim ersten Tropfen, der so heiß war, dass sie anschließend meinte, der Schlund wäre zu verbrannt, um noch einen Laut herauszubringen. Nach einer kleinen Erholungspause jedoch konnte sie endlich beginnen.

»Es ist derart«, begann sie, »dass ich Ihren geschätzten Namen in der Zeitung las, und da ich ein Buch verfasst habe mit den wichtigsten Anwendungen der Kräuterheillehre, kam mir der Gedanke, dass eine Zeichnung der betroffenen Pflanzen hier und da dem Ganzen mehr Anschaulichkeit zu geben vermöchte.«

»In welchem Format?«, fragte Dans.

Clementine zeigte auf ein Blatt Papier, das skizzenhaft bemalt an der Wand klemmte.

»Selbstverständlich gegen Bezahlung«, schickte sie hinterher, »sofern der Preis nicht meine Möglichkeiten übersteigt.«

»Ein Almosen nur«, sagte der Künstler mit großer Gönnergeste, »und nur zur Abdeckung der Kosten. Meine Einkünfte rühren nämlich eher von den großen Werken her, deren Wertschätzung auf hoher Ebene ich mich erfreuen darf. Also seien Sie unbesorgt. Es wird mir eine Freude sein. Sagen Sie mir, um welche Pflanzen es sich handelt, und ich werde schleunigst das Meine dazu beitragen, dieses Büchlein zu seiner Bestimmung zu führen.«

»Ich denke, für jedes Kapitel reicht ein Bildnis, als da wären: für die Verdauung die Kapuzinerkresse, gegen zu große Winde vielleicht das Bohnenkraut oder besser noch die Schafgarbe, bei Krämpfen die Pfefferminze, Fenchel beim quälendem Husten und für den Harntrieb die Petersilie. Das sind fünf Zeichnungen.«

»Gerne werde ich sie so bald wie möglich erstellen, und wohin darf ich sie liefern?«

»Auf der Litsch No. 1 beim Domvikar Gumpertz.«

»Vielleicht nehmen Sie doch statt Fenchel besser die Dillpflanze, sie wird hübscher aussehen mit ihren feinen Blättern«, sagte Clementine beim Hinausgehen und hoffte, der Maler würde alles richtig behalten.

Am Abend war sie zufrieden mit den Ereignissen des Tages. Sie hatte nach dem Besuch beim Maler auch noch den Buchbinder aufgesucht und sich für eine Bindung angemeldet. Die erste Phase war damit in die Wege geleitet. Wenn das Buch erstellt wäre, würde sie sich mit Freude an die nächste Arbeit begeben.

Ich fühle mich wie ein Mädchen bei den Hochzeitsvorbereitungen, dachte sie. Vielleicht ist es das, was mir über die Jahre meines Lebens gefehlt hat, etwas zu beginnen, das über mein Dasein hinaus Bestand hat, so wie es bei der Eheschließung und den damit zu erwartenden Kindern der Fall sein muss.

Ein anderer Mann saß am nächsten Morgen an der Rathauspforte, älter als der gestrige, mit einem mürrischen Gesichtsausdruck und einer Stimme, die ihr in den Ohren brannte.

Clementine sagte ihren Namen und dass sie für diesen Tag bestellt sei. Der Mann blickte auf die Liste, die vor ihm auf dem Pult lag, und wies sie den Flur entlang zum Zimmer zwölf.

»Clemens«, sagte der Stadtangestellte, als sie eintrat, erhob sich, lächelte und reichte ihr zur Begrüßung die Hand. Clementine erschrak.

»Wie bitte?«, fragte sie leise.

»Ich bin Gerhard Josep Clemens, zuständig für Bürgerfragen und informiert darüber, dass Sie sich mit einer Unternehmensgründung beschäftigen und darüber Auskunft erbaten.«

Er schien irritiert zu sein, vielleicht weil sie so erschrocken wirkte oder aber auch nur, weil sie eine Nonne war und trotzdem ein Geschäft begründen wollte.

Clementine setzte sich auf den Stuhl, den der Mann ihr angeboten hatte, und versuchte, sich zu sammeln. Die erste Namensnennung hatte ihr Herz in Wallung gebracht, und noch immer war es nicht zum Normaltakt zurückgekehrt.

»Ja«, sagte sie dann, »es ist so, dass ich etliche Jahre im Klosterhospital gearbeitet habe und später als Krankenschwester, und während einiger Reisen hat man mir in Brüssel das Rezept des einzig echten und geheimen Karmelitergeistes anvertraut, dessen Zeilen ich nun Folge leisten möchte, um daraus einen für jedermann heilsamen Melissengeist zu destillieren und zu einem erschwinglichen Preise zu verkaufen, damit sich auch das Volk selbst kurieren kann, wenn es erkrankt und nicht das Geld hat, einen teuren Arzt zu bezahlen.«

»Und wie kann ich Ihnen dabei helfen?«, fragte Herr Clemens vorsichtig.

»Ich bin, wie Sie sehen, Nonne, und unter uns gesagt, gibt es Stimmen, die mir abraten, mich mit Handel und Geschäften zu befassen. Meinen Entschluss habe ich jedoch gefasst, aber es fehlt mir an Wissen, wie und wo und auch in welcher Weise ich den Anfang wählen muss.«

»Sie brauchen einen Gewerbeschein, und sofern Sie unbescholten sind, in Köln ansässig und gemeldet, dürfte das keine große Sache sein. Darüber hinaus allerdings sollten Sie sich mit den Gepflogenheiten dieser Stadt auskennen. Es gibt, wie Sie sicher wissen, bereits einige Destillationsbetriebe, die außer dem Kölnisch Wasser auch Heilwasser herstellen und mit dem Titel »Echt« geht man hier sehr freizügig um. Das Kölnisch Wasser ist für unsere Stadt wichtig, es hat den Namen Köln weltweit bekannt gemacht. Begonnen hat es vor etlichen Jahren, als der Erste mit dem Namen Farina aus Italien hier ankam, ein neues Herstellungsverfahren mitbrachte und sich gegenüber dem Jülichplatz niederließ. Aber während der Franzosenzeit gab es erstaunlich viele mit diesem Namen, die sich in aller Eile daranmachten, ein Kölnisch Wasser herzustellen, und manchmal gaben sie auch dem Namen noch irgendein Gegenüber mit auf den Weg, und so hatten wir vor drei Jahren sage und schreibe vierundsechzig Kölnisch-Wasser-Fabrikationen in dieser Stadt, die sich gegenseitig den Boden unter den Füßen wegnahmen. Mittlerweile sind die meisten wieder verschwunden, zum Wohle derer, die noch existieren. Eines nämlich dürfen Sie nicht unterschätzen: die sogenannte Klüngelei, das heißt, einer hilft dem anderen, vorausgesetzt, man mag und vertraut sich. Eine starke Macht, und jedermann, der sich ihr widersetzt, fällt unter den Tisch. Es wäre gut, wenn Sie die Konkurrenz kennenlernten, nicht, um sie auszuhorchen oder von ihnen zu lernen, sondern einfach um mit diesen auf gutem Fuß zu stehen. Denn nichts ist schlimmer, als wenn einer des anderen Nichtsnutz wird. Es ist schwer, in dieser Stadt etwas Neues zu bewirken. Delius, der Oberpräsident, hat es versucht, ohne Erfolg. Er ist den Kölnern gut bekannt und in gewisser Weise sogar beliebt, dennoch will keiner seine Ratschläge befolgen. Er will, dass die Stadt oder besser gesagt ihre Bürgerschaft sich von der vordergründig kölnischen Sichtweise löst und weiter blickt, sozusagen die Dinge eher vom preußischen Blickwinkel her sieht. Aber Köln ist eine behäbige Stadt, sie träumt von früherem Ruhm und Reichtum und vielleicht manchmal auch von zukünftigen großen Unternehmungen, jedoch dafür aufzustehen und die Ärmel hochzukrempeln, darüber will der Kölner erst noch ein bisschen sinnieren. Und vielleicht denkt man ja auch, es gehe ohne Mühe vorwärts. Ich sage das, um Ihnen einen kleinen Einblick zu geben, auf was Sie sich einlassen, wenn Sie tun, was Sie vorhaben. Denn das eine ist, wenn Sie als Frau und Nonne eine Fabrikation beginnen, das andere aber ist, dass Sie eine solche in Köln anfangen. Gewiss haben es hier die Frauen leichter als anderswo, man wirft ihnen keine Steine in den Weg, man unterstützt sie sogar in gewisser Weise, wenn sie einen Beruf ausüben möchten oder eine gewisse Unabhängigkeit anstreben …«

Clementine hatte aufmerksam zugehört, und nun lächelte sie. »Ich weiß«, sagte sie, »ein Unternehmer sollte in jedem Falle risikofreudig sein und anpassungsfähig.«

»… richtig«, fuhr Herr Clemens fort, »jedoch geraten Sie mit der Produktion von Kölnisch Wasser in einen Strudel, in dem sich zu behaupten für keinen leicht sein würde, für eine Nonne aber, die sich gewiss dem Anstand und der Ehrlichkeit verpflichtet fühlt, dürfte das um vieles schwerer sein.«

»Ich fürchte mich vor nichts sonst, außer vor der Anfechtung des Bösen«, sagte Clementine und lachte den Mann mit Namen Clemens an, als wäre er der Clements, an den sie dachte, seitdem dieser hier sich vorgestellt hatte. Sie hätte allzu gern gewusst, was Clements von ihrer Idee hielt, und auch, was der Stadtangestellte vor ihr über sie dachte.

»Entschuldigen Sie«, sagte Herr Clemens, als gäbe er eine Antwort auf ihre Gedanken, »warum bleiben Sie denn noch im Nonnengewand, wenn Ihr Konvent nicht mehr besteht und Sie, wie Sie sagten, seit Langem nicht mehr hinter Klostermauern leben?«

Genauso könnte auch Clements gesprochen haben, dachte Clementine. Sie schwieg eine kleine Weile, dann antwortete sie sehr schlicht und doch in einer Art, die keinerlei weitere Fragen zuließ:

»Dieses ist mein Kleid, darüber hinaus habe ich keines sonst.«

Ein Satz, der eine Stärke vermittelte, die sie selbst spürte und die auch der Angestellte zu bemerken schien, denn er räusperte sich und erklärte mit leiser Stimme:

»Wohl denn, verehrte Schwester, es war wohl eine unziemliche Frage, die ich zu entschuldigen bitte. Um jedoch auf die Kölnisch-Wasser-Herstellung zurückzukommen, Sie brauchen gewiss einen Gehilfen, und einen solchen kann ich Ihnen empfehlen. Ein junger Mann, der bei einer der bankrottgegangenen Firmen tätig war und nun wieder im gewohnten Gewerbe seinen Arbeitseifer einbringen möchte. Das wäre das eine, dann jedoch brauchen Sie geeignete Räumlichkeiten, einen Destillationsapparat und Flaschen, eine Druckmaschine für die Etiketten oder jemanden, der solche erstellt. Und kennen Sie sich mit der Buchführung aus? Denn darauf achtet der Gewerberat besonders, und das Steueramt wird bestimmt versuchen, bei einem neuen Unternehmen ein Haar in der Suppe zu finden.«

Als Clementine auf dem Heimweg war, stand plötzlich Juliane vor ihr.

»Schwester, bitte könnten Sie mich heute am frühen Abend benötigen?«

Clementine überlegte, dann lachte sie und nickte.

»Ja, das stimmt«, sagte sie mit Nachdruck, »heute Abend habe ich dringend deine Hilfe nötig.«

Ein Junge, der in den Straßen herumlungerte, war froh, einen Botendienst tun zu können. Clementine steckte ihm ein kleines Geldstück in die Hand, zusammen mit dem Kuvert, das er sogleich zur Witwe Wisdorf bringen sollte. Und als um sechs Uhr am Abend der Türklopfer betätigt wurde, da war es zunächst Heinrich Fusen, der Einlass begehrte. Er hatte einige Früchte im Korb, als Dank für die Freundlichkeit, wie er höflich bemerkte. Er wirkte verlegen. Es war ihm sichtbar ungewohnt, auf diese Weise mit seiner Herzensdame zusammenzutreffen, aber Clementine nahm ihn mit nach oben, in die Küche, wo er den Korb auf dem Tisch ausleerte und anschließend in Clementines Räumen auf Juliane wartete. Die allerdings kam erst eine Viertelstunde später, hochroten Kopfes und schwer atmend.

»Den ganzen Weg bin ich gerannt. Der Mensch, den meine Mutter mir zum Gemahl gedacht hat, war wieder im Laden, und Mutter wollte partout, dass ich ihn bediene. Er ist ein affektierter Lackaffe, dem ich niemals im Leben angehören will. Liebster Heinrich, ist es nicht köstlich, hier sein zu dürfen und sich nicht verstecken zu müssen?«

»Wieso?«, fragte der junge Mann. »Es ist doch auch wieder ein Versteck, das wir hier aufsuchen müssen, nur weil deine Mutter betrogen werden will.«

»Es wird alles gut«, sagte Clementine. »Ich lasse euch jetzt allein, ich vertraue euch und hoffe, ihr seid dessen würdig. Und danach brauche ich ein wenig Hilfe. *D'accord?*«

»Oui«, sagten beide gleichzeitig und lachten. Wirklich stand Juliane nach einer knappen Stunde in der Küche, bereit, sich mit Clementine an die Verwertung der Kräuter zu geben.

»Noch ist nicht viel zu zupfen«, sagte Clementine, »aber bald wird es wirkliche Arbeit geben für dich, mein Kind. Ich beginne eine Fabrikation und brauche sicherlich viele Hände, die sich mit mir bewegen, um aus der Idee eines Unternehmens ein solches entstehen zu lassen. Nun geh wieder heim zu deiner Mutter, Juliane. Demnächst werde ich versuchen, sie umzustimmen.«

»Das würden Sie tun?«, fragte Juliane mit leuchtenden Augen. »Danke, liebe Schwester, danke.«

Nach einem heftigen Gewitter während der Nacht strahlte der darauffolgende Morgen in einer Frische, dass Clementine nicht anders konnte, als voller Elan loszumarschieren, um die Mitunternehmer, wie sie die Konkurrenz in ihrem Inneren nannte, aufzusuchen. Zuerst wollte sie zum Ehrwürdigsten gehen, zum ältesten Geschäft in der Stadt, das sicherlich so stabil in seinen Mauern stand, dass es sich nicht gegen einen neuen Mitstreiter zur Wehr setzen würde. Farina gegenüber dem Jülichplatz, eine gute Adresse, vielleicht sollte sie ihre Firma »Clementine gegenüber dem Dom« nennen, oder »Klosterfrau neben dem Dom«.

Die Begrüßung war äußerst zuvorkommend, vielleicht auch nur, weil man in ihr eine Kundin vermutete.

»Wie Sie sicher bereits wissen«, sagte der junge und äußerst hübsche Assistent, »ist dieses Eau de Cologne seit dem Jahre 1709 das wirkliche, echte und einzig ursprüngliche, hergestellt aus den besten Substanzen und reinstem Alkohol nach einem alten und streng gehüteten Geheimrezept, mit neuesten Geräten verarbeitet und mit großer Sorgfalt abgefüllt. Geprüft von ausgesuchten Honoratioren der Medizin und als solches mit besten Worten beurteilt. Womit kann ich Ihnen dienen, verehrte Schwester?«

Auch als Clementine von ihrem Vorhaben redete und um ein Gespräch mit dem Inhaber bat, verschwand das Lächeln nicht aus seinem Gesicht, es wurde höchstens eine Spur kühler, als er in großer Höflichkeit erklärte, dass der Inhaber auf Geschäftsreise weile und auch in Bälde nicht zurückerwartet werde, was er außerordentlich bedauere. Danach schritt er schnellen Schrittes zur Tür, öffnete dieselbe, und Clementine war so plötzlich nach draußen gestolpert, dass sie das Adieu oder Tschö, wie die Kölner sagten, vergaß. Sie drehte sich um und sah durch das Fenster, wie der junge Assistent sein hübsches Gesicht unwillig verzog, seine Augen gen Himmel schlug und sich hinter seinen Tisch setzte, um weiterzuarbeiten.

Bei Franz Maria Farina in der Glockengasse unternahm sie ihren zweiten Versuch. Hier war der Empfang kühler, wohl von der Angst besetzt, dass eine Nonne, die sich aufmachte, ein Aqua mirabilis oder Eau de Cologne oder auch nur ein Heilwasser herzustellen, womöglich in manchen Kreisen mehr Aufsehen erregen könnte als ein von einem weltlichen Unternehmer bislang äußerst erfolgreich produziertes Kölnisch Wasser, obwohl ja auch dieses hier in der Glockengasse ursprünglich aus der Rezeptur des Kartäusermönches Franz Carl Gereon Maria Farina gestammt hätte und insofern einen ebenso heiligen wie heilenden Wirkungsgrad sein Eigen nennen könnte, wie eine der beiden Personen dozierte, die sich ehrgeizig bemühten, die so offensichtlich einfältigen Ideen der Klosterfrau im Keim zu ersticken, sie von der Unsinnigkeit eines solchen Unternehmens zu überzeugen, da doch der Markt bereits derart überfüllt sei, die Herstellung äußerst schwierig, für einen Mann schon mit gewisser Unbill behaftet, um wie viel mehr jedoch für eine Frau in ihren Jahren und auch noch in Klosterkleidung.

»Mon Dieu«, sagte die Dame und reichte ihr ein Fläschchen. »Zum Trost und damit Sie sehen, wie erfolgreich und gut unser Produkt ist. Wohl kaum verbesserungsfähig, oder?«

Der Inhaber war auch hier nicht zugegen. Nachdenklich schritt Clementine zum Neumarkt. Unter den Bäumen setzte sie sich auf eine Bank und versuchte, die Enttäuschung gering zu halten und eher in sämtlich Gehörtem die Sorge derer zu verstehen, die sich vielleicht von einem Neuen in der Branche bedroht fühlten. Da gab es also die Farinas, deren Name in jedweder Variante auftauchte, und soeben war auch noch eine klösterliche Rezeptur ins Gespräch gekommen. Konnte sie es wagen, gegen eine solche Konkurrenz anzutreten? Besaß sie etwas so Einmaliges, Besonderes und Echtes, von dem sich ein Erfolg herleiten lassen würde? Einen Versuch wollte sie noch wagen.

Bei Farina in der Bolzengasse wurde sie augenscheinlich gleich vom Inhaber selbst empfangen.

»Ich helfe, wo ich kann«, sagte er mit einem Klang, der sich anhörte, als wäre er auf Eis gebettet. »Wenn Sie genug Gespür haben für die Launen der Gesellschaft, genügend Ehrgeiz und einen Sinn für das Machbare, dann können Sie ohne Weiteres eine solche Unternehmung führen, wenngleich es schwierig sein dürfte, als Klosterfrau vors Volk zu treten und sein Produkt vorzustellen, anzubieten und zu empfehlen. Dennoch sollten Sie es versuchen. Kommen Sie mit, Verehrte, ich zeige Ihnen die Destillationsräume und die Abfüllungsvorgänge, damit Sie einen Eindruck bekommen, wie gewaltig die Mühe ist und die Arbeit, die auf Sie wartet.«

Er hatte eine mit Kölnisch Wasser gefüllte Flasche in der Hand und ging zur Treppe, die in die dunkle Tiefe des Kellergewölbes führte. Während Clementine hinter ihm herstieg, kam ihr plötzlich der Gedanke, er könne es darauf abgesehen haben, sie hier hinunterzulocken, um sie kaltblütig aus dem Weg zu räumen, wie in einer Geschichte, die Madame Molet erzählt hatte, als ein junger Mann in Grasse in die Gewölbe einer Parfümherstellung gelockt worden war, wo der Fabrikant ihm mit den Scherben einer schleunigst zerschlagenen Duftflasche den Hals aufschnitt, woraufhin der Mensch dort unten verblutete und erst Jahre später gefunden wurde. Clementine spürte, wie ihr Herz zum wilden Galopp ansetzte, sie stakste weiter die ausgewaschenen Steinstufen hinunter, trat sich zweimal auf das bodenlange Nonnengewand, hob es mit einer Hand hoch und sah dabei wie gebannt auf die große Flasche, die der Mann vor ihr in der Hand hielt. Würde auch er zu diesem Mittel greifen, die Flasche zerschlagen und mit den Scherben ihr Ende herbeiführen? War sie nach Köln gekommen, um hier auf diese Weise zu sterben?

»Herr Farina«, sagte Clementine mit letzter Kraft, »ich glaube, die Luft hier unten bekommt meinen Lungen nicht, sie scheinen sich zu verschließen, vielleicht gehe ich besser wieder zur Erdoberfläche zurück.«

»Wir sind bereits unten angekommen, werfen Sie nur einen kleinen Blick auf die Gerätschaften, dort hinten sehen Sie die Abfüllschläuche, und dort ist der Ofen zur Destillation. Auf der rechten Seite stehen übrigens die vielen leeren Flaschen, die bekommen Sie am besten bei ... O mein Gott, Sie sind ja ganz blass, kommen Sie, wir gehen wieder hinauf.«

Er wollte ihren Arm ergreifen, um sie zu stützen, aber Clementine befreite sich in einer Hast, die sie selbst befremdete. Erst als sie oben auf einem kleinen Sessel Platz nahm, der Mann die Flasche öffnete und ihr der Duft des wirklich köstlichen Wassers in die Nase stieg, ging es ihr von einer Minute zur anderen wieder gut. Sie war fünf oder sechs Jahre gewesen, als sie diese Schauermär aus Grasse gehört hatte. Madame Molet war damals im Hause ihrer Eltern in Brüssel wöchentlich zum Waschen gekommen, zum Bügeln und Ausbessern, und da ihre Tochter, die sie meistens mitbrachte, im gleichen Alter war, verbrachte Clementine an diesen Wochentagen viel Zeit in der Waschküche, wo Madame Molet zwischen Wasserdampf und dem Geruch frisch gestärkter

Tischdecken manches zum Besten gab. Wie kam es, dass sie sich jetzt daran erinnert hatte?

»Verzeihen Sie«, sagte sie leise, »ich war sehr unhöflich.«

»Keineswegs«, erwiderte der Mann, »ich bin froh, dass Sie dort unten nicht ohnmächtig geworden sind. Wie hätte es ausgesehen, wenn ich Sie auf meinen Armen die Treppe hochgetragen hätte. Stellen Sie sich das Gerede der Leute vor ...« Während er die Flasche zuschraubte, fügte er wie beiläufig hinzu: »Ich bin übrigens nicht Carl Farina, sondern Albert Luzzani, den Namen Farina habe ich ... gemietet ... sozusagen.«

Er lachte, und darin war auf einmal eine solche Wärme, dass ihr alle vormaligen Empfindungen unsinnig erscheinen mussten. Während sie das Etikett auf der Flasche betrachtete, wurde die Tür geöffnet, und Herr Luzzani rief:

»Ah, da kommt er ja persönlich. Verehrte Schwester, darf ich Ihnen den wirklichen Carl Farina vorstellen?«

Clementine blickte auf ... und erstarrte. Vor ihr stand Carlos di Gianello, älter geworden zwar, aber ohne Zweifel, es war Carlos, der ohne jedes Erstaunen auf sie hinuntersah und ihr mit einer selbstverständlichen Herzlichkeit einen schönen Tag wünschte.

Albert Luzzani setzte sogleich zu einer umfangreichen Erklärung an, die darin mündete, dass die verehrte Schwester sich mit dem Gedanken trüge, eine Heilwasserdestillationsfirma zu begründen und sich nun bei ihm ein bisschen Beratung geholt habe.

»Natürlich, gibt es dem Unternehmen gleich von Anfang an einen schönen Schub, wenn der Name Farina dahinter steht«, sagte er mit dem Tonfall eines solchen, der weiß, wo es hingehen muss, wenn es gut werden soll, »und sofern Sie, verehrte Schwester, daran Interesse bekunden sollten ... es gibt ja noch jemanden in dieser ehrenwerten Familie, der bereit wäre, sich zu involvieren, nicht wahr Herr Farina?«

»Sehr wohl«, sagte Carlos, »es ist dies mein Schwager, der nunmehr auch in der Lage und willens wäre, seinen guten Namen einzubringen.«

Danach sah er Clementine prüfend ins Gesicht und fragte unvermittelt: »Stammen Sie aus Köln?«

Und Clementine antwortete: »Ja, sozusagen, aber jetzt muss

ich den Heimweg antreten, ich wohne beim Domvikar Gumpertz, den ich zurzeit betreue. Er wird schon auf mich warten. Adieu Herr Luzzani, Adieu Herr …«

»Di Gianello«, sagte der Mann, »eigentlich heiße ich Carlos di Gianello, aber zu diesem Behufe nutze ich den Namen meiner Frau Anna, die aus einer Farina-Linie stammt. Ein bisschen Hin-und-Her-Geschiebe, wie Sie gewisslich bereits bemerkt haben werden, ist immer dabei, wenn man sich hier in Köln an die Duftwasserfabrikation macht. Wenn Sie erlauben, begleite ich Sie, verehrte Schwester, wie ist Ihr Name?«

»Maria Clementine«, sagte sie leise, und während der Zeit, in der Carlos di Gianello neben ihr herschritt, blieb sie einsilbig und nach innen gekehrt. Aus der weit geöffneten Tür der Kirche Groß Sankt Martin quoll das Orgelbrausen. Carlos blieb stehen.

»Wie schön«, sagte er, »wissen Sie, ich hatte mein schmerzhaftestes Erlebnis in einer Kirche. Die Erinnerung an eine große Liebe, die ich eines Morgens dort verlor oder vielleicht auch niemals besessen hatte. Ein Mädchen, bildschön, mit großen braunen Augen und einer Stimme wie das Rauschen des Waldes. Seltsam, ich habe schon lange nicht mehr an sie gedacht, es ist viele Jahre her, lassen Sie mich überlegen, dreißig? Nein mehr, es war vor dreiunddreißig Jahren … oh, verzeihen Sie mir, Sie haben Eile, kommen Sie, wir gehen weiter.«

»Ich bin angekommen«, sagte Clementine leise. Sie senkte die Augen und öffnete die Tür.

»Leben Sie wohl, Schwester Clementine, es würde mich freuen, wenn Sie Ihr Unternehmen begännen und erfolgreich würden. Ich werde Ihnen gerne mit Rat zur Seite stehen, wenn Sie das erlauben. Im Laden eben hatte ich mir fast gewünscht, Sie wären dieses Mädchen von damals. Ihre Augen, Ihre Stimme, alles erinnerte mich daran, darum die Frage, woher Sie kommen. Ja, wer weiß, ob sie noch lebt. Wilhelmine war ihr Name. Hier, das möchte ich Ihnen geben, es ist eine der wunderbaren alten italienischen Rezepturen, von denen es einige gibt in der Stadt, jede einzelne darauf aus, die wirklich Ursprüngliche zu sein. Jedoch, wer kann das schon wissen … diese jedenfalls hat alle Zutaten, die es braucht, ein wirklich gutes und reines Kölnisch Wasser herzustellen. In unserer Fabrikation destillieren wir nach anderen Grundlagen, diese Rezeptur aber stammt von meinen Vorfahren im fernen Italien, niemand interessierte sich bislang dafür, darum gebe ich sie Ihnen, im Vertrauen darauf, dass sie Ihnen Glück bringen möge.«

»Adieu«, flüsterte Clementine, »und danke.«

Dann schlüpfte sie ins Haus und schloss die Tür.

Nichts im Leben geht für immer zu Ende! Warum begegnete sie jetzt jenem Mann, den sie nicht hatte haben wollen und der sie womöglich sehr glücklich gemacht hätte? Damals in Jever hatte sie nicht gewusst, wem sie glauben sollte, Clements, der die Gleichheit für den Grundsatz des Zusammenlebens hielt, oder Carlos, der den Adel vertrat, in einer Form, die man kaum angreifen konnte, der die Sicherheit einer alten Familie in sich trug, den Stil vieler Generationen, die gewusst hatten, wie man sich in dieser oder jener Gesellschaft zu verhalten hatte... »Du hörst mir gar nicht zu«, hatte Clements gesagt, »seit du auf diesem Ball warst, scheine ich ohne Bedeutung zu sein für dich.« – »Nein« hatte sie geschrien, »das ist nicht wahr, du weißt vielleicht gar nicht, wie schwer es für mich ist. Ich muss vorgeben, an den Wünschen meines Vaters Gefallen zu finden, muss mich verstellen, damit ich bei meinen dauernden Kirchenbesuchen keinen Verdacht errege. Einmal, ganz am Anfang, hast du gesagt, wenn ich ein Mädchen aus deiner Nachbarschaft wäre, könntest du dich mit mir treffen, wann immer du wolltest, wir müssten uns nicht verstecken, und keiner müsste uns helfen. Ebenso könnte ich sage, wie schön, wenn du ein Adliger wärest, einer von jenen, die mein Vater für mich als Gemahl wünscht, dann könnte ich dich zum Tee zu uns nach Hause einladen und meine Eltern wären entzückt, dich zu sehen ...«

»Lauf doch hin zu deinem Grafen oder Fürsten oder sonst wie von und zu«, hatte Clements geschrien. »Ich pfeife darauf, ein Mädchen zu lieben, das sich meiner schämt.«

Er war nach oben gerannt zur Orgel, hatte die »Toccata und Fuge« von Bach gespielt, und erst beim Schlussakkord, der durch die Kirche gedröhnt war, als wollte er die Mauern einreißen, war sie aufgestanden, zur Tür hinaus und gemeinsam mit Fräulein Hildegard nach Hause gelaufen. Danach war sie eine Woche lang nicht vor die Tür gegangen aus Sorge, das Falsche zu tun, bis Hildegard eines Morgens vorgab, mit ihr die Figuren am Grabmal des Edo Wiemken studieren zu wollen, es gebe dort stilistische Feinheiten, die einer intensiven Betrachtung bedürften. Schon von Weitem war das Orgelspiel zu hören gewesen, in einer Kraft und Fülle, die bislang noch nicht gehört worden waren in dieser Kirche, vielleicht als Vorspiel für das, was hernach geschehen würde im Hause Gottes. Der Müller, der über den Kirchplatz gefahren war, hatte sich bekreuzigt.

»Geh hinauf«, hatte Hildegard geflüstert, »höre auf dein Herz und folge seinem Rat.«

War diese Weisung richtig gewesen? Oder hatte sie in die falsche Richtung geführt?

Clementine meinte noch immer ihren Pulsschlag zu spüren, sie erinnerte sich an jeden Schritt, an jede Stufe, die sie betreten hatte, damals in Jever, als sie siebzehn war … immer lauter war die Musik geworden, immer stärker hatte es unter den Füßen vibriert, und als sie oben auf der Empore angekommen war, schien der Boden zu schwanken. Clements hatte auf die Tasten geschlagen und auf die Pedale gestampft, als kämpfte er gegen Dämonen. Clementine hatte sich hinter ihn gestellt und sehr laut in sein Ohr gerufen: »Clements, ich liebe dich.« Danach war der eben erklungene Ton abgebrochen, als wäre er durchschnitten worden. Er zerbrach wie Glas, klirrte in die Wölbung hinauf und zerfiel nach unten wie Staubkrümel. Clements war hochgesprungen, hatte sie in seine Arme gerissen und mit einer solchen Wucht an sich gedrückt, als wollte er sie mit sich verschmelzen. »Ich bin verbrannt, zerfetzt und erstochen worden in diesen letzten Tagen«, hatte er ihr ins Ohr geraunt, »ich war nahe daran, auf euer Dach zu klettern und durch dein Fenster zu dir ins Zimmer, um dich zu holen und mit dir gemeinsam das Land zu verlassen, vielleicht nach Amerika auszuwandern, dort, wo die Freiheit wohnt, wo wir leben könnten und niemand unsere Liebe verbannt.«

»Wir bleiben zusammen für immer und ewig«, hatte Clementine gesagt, sein Gesicht in ihre Hände genommen und ihren

Mund auf seinen gelegt. Clements hatte sie noch einmal an sich gerissen und mit solcher Leidenschaft geküsst, dass sie aufschrie vor Lust.

Noch jetzt spürte sie eine Wärme in sich aufsteigen, wenn sie an diesen Kuss dachte. Ja, sie hatten sich geliebt, und diese Umarmung, dieser Kuss, er gehörte zu ihrem Leben, auch wenn danach alles zerbrochen war und nie mehr zusammengefunden hatte, was in diesem Moment so unzertrennbar schien.

»Sapperlot«, hatte eine Stimme von unten hinaufgerufen, »da hätte ich mir ja fast ein feines Dirnchen ans Bein gebunden. Bei mir so scheu und hier so hingabebereit. Nun ja, besser jetzt als später, eben noch früh genug. Adieu.« Danach war Carlos di Gianello leichtfüßig durch die Kirche geschritten, zurück zum Ausgang, wo jetzt Fräulein Hildegard hineinstürmte. Ein kleiner Augenblick der Unachtsamkeit, in dem sie sich selbst der Freude hingegeben hatte, sich dort draußen unter den Linden mit Ludwig Barthel zu treffen, der ihre Hände nahm und seine Augen in ihre versenkte …

Carlos war mit schnellen Schritten losgerannt. »Pardon, Madame Martin«, hatte er zu Clementines Mutter gesagt, »Ihre Tochter ist meiner nicht wert. Ich sah sie in der Kirche, aber *dio mio*, es war kein Gebet, in das sie sich versenkte, und der an ihrem Körper hing, war auch kein Heiliger. Adieu, Madame, suchen Sie nach einem anderen Schwiegersohn. Meine Empfehlung an den Herrn Gemahl.«

»Sie haben mich hintergangen!«, hatte Christine geschrien, als Clementine mit Fräulein Hildegard eintrat. »Sie haben mein Kind verführt und mein Vertrauen missbraucht. Wie konnten wir glauben, Sie seien in der Lage, unsere Tochter zur Dame zu erziehen, Sie, ein Bastard und die Tochter einer Näherin. Schande haben Sie über uns gebracht. Verlassen Sie unser Haus und kehren Sie nie wieder zurück.«

Hildegard hatte »Sehr wohl Madame« gesagt und war gegangen. An der Tür hatte sie sich umgedreht, Clementine angeblickt und geflüstert: »Bleib auf deinem Weg, Wilhelmine, Gott behüte dich …«

War sie auf ihrem Weg geblieben? Clementine sah zum Fenster hinaus. Hildegard und Ludwig Barthel waren ein Paar geworden, Clements und sie hatte man auseinandergerissen. Sie hatten große Pläne gemacht und dann vor einem Abgrund gestanden, den sie nicht hatten überwinden können. »Diesen Clements bringe ich um«, hatte der Vater durchs Haus geschrien und schließlich bei Carlos di Gianello vorgesprochen, versucht, ihn umzustimmen und doch noch zu einer Heirat zu bewegen. Zwei Tage danach hatte der Italiener ausrichten lassen, wenn, dann nur, sofern es sogleich zu einer Verlobung käme und im Eiltempo zur Vermählung. Der Vater hatte dem Himmel gedankt für diese Wendung zum Guten und Clementine ermahnt, diese zweite Chance mit beiden Händen zu ergreifen, und diesem liebenswürdigen, gut aussehenden, intelligenten und vermögenden Mann ein devotes Weib zu sein und nie den Dank zu vergessen, dass er sie aus dieser misslichen Lage heraus doch noch zu Ansehen geführt hätte. Wie aber hätte sie das Eheweib eines Mannes werden können, den sie nicht liebte und dem sie sich auch noch hätte dankbar erzeigen müssen, für seine Großzügigkeit, eine derart Gestrauchelte an sich zu binden?

Clementine setzte sich auf den Stuhl und zog die Schuhe aus. Wie war es möglich, dass dieser Mann dennoch in einer solchen Art an sie dachte und ihr ein Geschenk machte? Sie wünschte, es gäbe eine Möglichkeit, alles Schlechte aus dem Leben zu löschen. Wer weiß, vielleicht war es doch in Gottes Plan für ihr Leben gewesen, sie mit diesem Italiener zu verbinden, mit ihm Kinder in die Welt zu setzen und ihr damit Lebendigkeit zu schenken. Um Mitternacht zog sie die Schuhe wieder an, ging leise die Treppe hinunter und zur Tür hinaus. In der Kirche Maria im Pesch kniete sie nieder, stumm und voller Fragen. Erst in den frühen Morgenstunden kehrte sie ins Haus zurück. Es ist gut gewesen, was war, und es wird gut werden, was noch sein wird. Eine Frage jedoch war in dieser Nacht nicht geklärt worden. Sollte sie Carlos die Wahrheit zumuten?

Der Maler hatte seine Bildchen gebracht und nicht mehr als fünf Silbergroschen für jedes davon haben wollen. Die Zeichnungen fügten sich vorteilhaft in die Beschreibungen, und als Clementine dem Buchbinder gegenüberstand, war sie sicher, dass sich die Arbeit gelohnt hatte. Nun hätte sie sich an die Anschaffung der Gerätschaften machen können, wenn nicht Domvikar Gumpertz oder besser gesagt sein Körper ihr einen Strich durch diese Planung gemacht hätte. Denn gerade an jenem Montagmorgen, an dem Clementine einer Anzeige in der Kölnischen Zeitung nachgehen wollte, mit dem Ziel, sich einen Destillationsofen anzusehen und womöglich auch gleich zu erwerben, begann der Domvikar zu husten. Die schnell eingeflößte Essenz wirkte nur für eine kurze Weile, wonach ein neuer Hustenanfall den alten Mann dermaßen erbeben ließ, dass sein Gesicht blau anlief und Clementine nur mit großer Mühe, mit dem Einsatz diverser Heilkräuter und unter Aufbietung der eigenen Kräfte eine Beruhigung zu erzielen vermochte. Danach sank sie selbst schwer atmend in den Fauteuil, der dem Schlafplatz des Herrn Gumpertz gegenüberstand.

»Solange Gumpertz krank ist, kann ich kaum das Haus verlassen«, sagte sie, als Annemarie Görres vor der Tür stand und fragte, warum sie in der letzten Zeit nie mehr zu ihr hinaufgekommen sei.

»Höchstens mal kleine Einkäufe kann ich erledigen oder meine Gebete in den Kirchen verrichten. Und hatte doch so ganz anderes vorgehabt.«

Warum bauten sich jetzt die Schranken auf, wozu hatte sie die Vorbereitungen getroffen, wenn jetzt womöglich doch alles im Sande verlief? Der Sommer ging dahin, ohne dass sie ihrem Ziele näher gekommen wäre.

Einmal, beim Gang zum Dom, war sie an der zugigen Ecke fast gegen den Stadtangestellten Clemens geprallt, der sie gleich wieder erkannte und lachend ausrief:

»Gott zum Gruße, verehrte Schwester, wie geht es? Haben Sie schon begonnen mit der Produktion?«

»Bedauerlicherweise noch nicht«, hatte Clementine geantwortet, »ich habe jenen jungen Mann, den Sie mir damals nannten, kennengelernt, und es schien mir, dass ich mit ihm gemeinsam einen guten Weg hätte gehen können, nun aber hat sich eine Schwierigkeit ergeben, weil der Domvikar, den ich zu betreuen mich verpflichtete, so geschwächt ist, dass ich mich in dieser Zeit um nichts sonst als darum kümmern kann.«

»Verzagen Sie nicht, Schwester, es gibt im Leben eines Menschen immer Zeiten, an denen die Welt wie zugenagelt aussieht. Aber wenn man genau hinsieht, sind die Nägel nicht tief und leicht herauszudrehen, und im Handumdrehen ist die Sicht wieder frei. Ich wünsche Ihnen jedenfalls eine erfolgreiche Zukunft.«

Diese Begegnung hatte einen Impuls in ihrem Herzen ausgelöst, ein kleines Feuerchen, an dem sich ihre Seele wärmte und die Hoffnung am Leben hielt, es doch noch zu schaffen.

Vielleicht sollte sie zuerst einmal bescheiden anfangen, mit einem Ofen in der Küche, an den sie Schläuche anschließen könnte. Sie würde Fläschchen kaufen und kleine Etiketten beschriften und ein Kölnisch Wasser herstellen, etwas Wohlriechendes, welches die Sinne belebte, vor allem, wenn sich demnächst die langen dunklen Stunden des Herbstes und des Winters über das Land ausbreiten würden. In kleinen Mengen nur, für Johann Gumpertz, für die Nachbarn, für den Erzbischof …

Noch aber waren die Tage warm und gaben den Nächten so viel Hitze ab, dass immer weniger Menschen zu unterscheiden vermochten zwischen Tag und Nacht, wie auch zwischen der Arbeitswoche und dem heiligen Sonntag. Das hatte der König zum Anlass genommen, mittels allerhöchster Kabinettsorder bereits im Frühjahr zu befehligen, die anscheinend vergessene Anordnung, nach welcher an Sonn- und Feiertagen keine öffentliche Arbeit verrichtet und keine Störung des Gottesdienstes geduldet werden sollte, in Erinnerung zu bringen und auf Befolgung derselben streng zu halten. Und obwohl auch viele fromme Katholiken gegen dieses schon im alten Testament festgelegte Gebot verstießen, waren in Gumpertz' Augen diese und viele andere Missstände, wie überhaupt der Untergang aller guten Sitten, ausschließlich dem Einfluss der Protestanten zuzuschreiben.

Zwei Wochen später traf der Kronprinz in Köln ein und stieg im Großen Rheinberge ab, was Clementine mit einem gewissen Glück erfüllte, weil auch sie dort am Anfang gewohnt hatte und sich sozusagen nunmehr mit dem Kronprinz auf einer Höhe fühlte. Von den Klängen des Musikcorps angelockt, ging sie hinaus und folgte dem Trubel. Die Schiffsbrücke war beleuchtet, von der anderen Rheinseite wurde ein großartiges Raketenfeuer abgebrannt, und das diesseitige Ufer schien sich mit all seiner Schönheit im Fluss zu spiegeln. Ein wunderbares Schauspiel. Jedoch fand Johann Gumpertz diesen Aufwand übertrieben für die zwei Stunden, während deren sich der hohe Gast in der Stadt aufhielt, und da gab ihm Clementine recht.

Und dann erwachte sie an einem Morgen mit Zahnschmerzen, die sich mit keinem ihrer eigenen Mittel bekämpfen ließen. Es war, als hätte der Körper sich noch einmal melden wollen, damit sie ihn bemerkte und sich um ihn kümmerte. Die Köchin riet ihr, in die Mühlengasse zu gehen, wo beim Bürger Dohmen in diesen Tagen der Zahnarzt Lehmann logierte und denen, die seiner Hilfe bedurften, gern zu Diensten stand.

»Sie hätten sich anmelden müssen«, sagte Frau Dohmen mit einem gewissen Vorwurf in der Stimme, als sie jedoch hinter dem davorgehaltenen Tuch ihrer geschwollenen rechten Gesichtshälfte ansichtig wurde, geleitete sie Clementine ins Zimmer und zum Behandlungsstuhl und lief gleich mit spitzen Schreien nach hinten, um den Arzt zu benachrichtigen. Nach einer halben Stunde war Clementine den Zahn los, nicht jedoch die Schmerzen, die jetzt von der großen Wunde herrührten und bald vergangen sein würden, wie Herr Lehmann ihr versicherte. Nichts Festes dürfe sie zu sich nehmen an diesem Abend, und am nächsten Tag sollte sie noch einmal hereinschauen.

Sie fühlte sich benommen, als sie nach Hause kam, bat Gumpertz um eine Auszeit und legte sich ins Bett. Seit Langem war sie nicht mehr wirklich krank gewesen. Die kleinen Unpässlichkeiten hatten sie nie zum Nachdenken bewegt. Der Umstand ihrer jetzigen Hilflosigkeit allerdings gab Anlass zur Sorge, welche Konsequenzen es haben würde, wenn sie nach Beginn ihrer Produktion mit einer womöglich schweren Krankheit daniederliegen würde. Eine Absicherung würde nötig sein, vielleicht in der Weise, dass sie einen guten Gehilfen mit einbezöge in alles, einen, dem sie vertrauen konnte, damit es auch ohne sie mit dem Unternehmen weitergehen würde, das sie jetzt bereit war, so schnell wie möglich zu gründen.

Der Zahnarzt gab ihr eine Tinktur, die der Erhaltung des Zahnfleisches dienlich sein sollte, und dazu ein gutes Zahnpulver, die Dose zu zehn Silbergroschen. Sie erholte sich schnell, und auch die Gesundheit des Domvikars hatte sich stabilisiert. Jetzt war die Zeit reif für die Umsetzung ihres Planes. Der junge Mann allerdings, der ihr seinerzeit von Herrn Clemens empfohlen worden war und den sie jetzt um seine Hilfe bat, hatte sich mittlerweile anderweitig orientiert. Jedoch wusste er von jemandem, der sich wie er um eine neue Position bemühte, und dieser Mensch mit Namen Johann war auch willens, mit der Klosterfrau Maria Clementine zusammen in die Produktion einzusteigen.

»Mit der Herstellung von Kölnisch Wasser habe ich weitreichende Erfahrungen gesammelt«, sagte er mit großer Überzeugung und selbstsicherem Auftritt, »und ich erlaube mir deshalb den Vorschlag, in Kürze mit den ersten Versuchen zu starten.«

Johann brachte frischen Wind in die Angelegenheit, sodass sich Clementine von einem Tag auf den andern fühlte, als wäre sie selbst wieder jung genug, um sich auf den Weg in eine ungewisse Zukunft zu machen, und eines Tages stand sie dann tatsächlich voller Aufregung vor dem Destillationsofen, beobachtete, wie die Dämpfe hochstiegen, die Tropfen sich herauskristallisierten und nach und nach ein Destillat entstand, das sich in der Weiterbearbeitung zu einem gelungenen Duftwasser zu entwickeln schien und, nachdem es sogleich und unverzüglich in die eiligst gekauften Flaschen gefüllt und mit entsprechenden Etiketten beklebt war, geradezu verführerisch aussah. So jedenfalls empfanden es Clementine und der junge Johann, aber auch Gumpertz war erstaunt über das, was ihm Clementine in die Hand drückte. Die ersten Flaschen verschenkte sie, an Gumpertz, an Annemarie Görres, an die Herren Esser und Isenkrahe, an Herrmann Gumpertz und an Herrn Clemens. Eine, wie es Clementine schien, besonders gelungene Ausführung brachte sie persönlich zum Erzbischof, der leider beschäftigt und nicht abkömmlich war. In dem versiegelten Brief, den ein devoter Bote anderntags brachte, stand nicht mehr als *»Danke für die freundliche Gabe. Gez. Ferdinand Graf Spiegel, Erzbischof von Köln«.*

Kein weiterer Kommentar zu Duft und Qualität des Aquas, kein noch so winziges Lob, auf das sie so süchtig wartete.

Nicht mal eigenhändig unterschrieben hat er, dachte Clementine, und es schien ihr wie ein gehöriger Dämpfer nach den vorhergegangenen Tagen voller Höhenflüge.

Die überhöhte Erwartung war es, von der sie jetzt ins Taumeln gebracht wurde. Die Hoffnung auf Lobreden und Erfolge war schon einkalkuliert, mit Auftragszahlen hatte sie bereits herumjongliert. In diese Gedanken hinein platzte Julianes zitternde Stimme:

»Schwester«, rief sie, »es geht nicht mehr weiter, Sie müssen mit meiner Mutter reden!«

Seit dem ersten Besuch vor etlichen Wochen war das Mädchen bereits häufig ins Gumpertz'sche Haus gekommen, einige Male allein, aber in den meisten Fällen, um sich mit ihrem Liebsten zu treffen.

»Sie haben es versprochen, Schwester«, schluchzte das Mädchen. »Bitte gehen Sie zu meiner Mutter. Sie steht auf der Straße und beschimpft Heinrichs Vater, und der wirft mit Kohlköpfen nach ihr. Ich bin durch den Garten gelaufen und über den Zaun geklettert, sie weiß nicht, dass ich weg bin, aber wenn Sie, liebe verehrte Schwester, nicht gleich kommen, gibt es keine Hoffnung auf ein gutes Ende.«

Clementine nahm das Tuch und lief mit der jungen Frau los, durch die Marzellenstraße und über den Eigelstein, kurz vor dem Tor links hinein in die Weidengasse. Einige Nachbarn waren bereits vor die Tür getreten, andere hingen mit verschränkten Armen in den kleinen Fenstern, voller Spannung darauf, wie viele Akte dieses Stück noch haben würde, dieses Spektakel, das dort unten auf dem Pflaster seine Premiere feierte. Als Frau Wisdorf mit hochrotem Kopf und aufgelöstem Haarknoten Clementine erblickte, rief sie erleichtert:

»Endlich jemand, der sich auf meine Seite stellen wird. Schwester, helfen Sie mir gegen diese Bande von Dieben und Halunken, die mich und meinen Laden zerstören wollen.«

Trotz des schnellen Laufs hatte Clementine versucht, einen Rat vom Allerhöchsten zu erwirken, eine Antwort auf die Frage, wie sie hier würde Frieden stiften können.

»Kommen Sie, Frau Wisdorf, gehen wir hinein.«

Ohne Weiteres ließ sich die Frau ins Haus geleiten, was den Zuschauern nicht zu gefallen schien. Enttäuscht wurden Fenster geschlossen und Gardinen zugezogen. Erschöpft und sichtlich am Ende ihrer Argumente angekommen, ließ sich Frau Wisdorf auf den Stuhl fallen. Clementine blieb vor ihr stehen und wartete, bis die Frau wieder zu Atem gekommen war. Bevor sie aber erneut zu sprechen beginnen konnte, fragte Clementine, warum sie nicht den anderen Gärtner, den Kontrahenten von der gegenüberliegenden Seite, herüberbäte, um hier unter ihrer Aufsicht und ohne das Gegaffe der Nachbarn ein vernünftiges Gespräch zu führen.

»Den Fusen? Diesen Halunken, der mir das Wasser abgraben will, in mein Haus? Nie und nimmer.«

Clementine lächelte und nahm Frau Wisdorfs Hände.

»Lassen Sie ihn sagen, was er gegen Sie hat, und bleiben Sie ruhig, ich werde versuchen, Ihnen beiden zu helfen, denn ich kann nicht glauben, dass Gott Freude daran hat, wenn sich zwei fleißige Menschen gegenseitig das Leben vergiften.«

Juliane, die an der Gartentür gewartet hatte, schöpfte Hoffnung.

»Soll ich ihn holen?«, rief sie und wollte schon loslaufen.

»Nein«, schrie die Mutter, und das klang wie ein Hilferuf.

»Ich werde hinübergehen«, sagte Clementine. »Juliane, du holst ein Glas Wasser für deine Mutter und bleibst bei ihr, bis ich wieder zurückkomme.«

Man sah es dem Mädchen an, dass dies nicht das war, was es hatte tun wollen. Lieber wäre Juliane hinübergerannt, hätte sich ihrem Heinrich in die Arme geworfen und alles Weitere sich selbst überlassen. Die Straße war still, wie leer gefegt. Die Menschen waren neugierig gewesen, nun aber hatte sich jeder wieder auf sein eigenes Lebensstück besonnen. Die Ladentür beim Gärtner Fusen war nur angelehnt, sodass Clementine nach einem leichten Anklopfen dagegendrückte und sie ganz öffnete. Hinter dem Tisch saß der Gärtner, seine Frau hatte sich an die Wand gelehnt, und der Sohn lief im Zimmer hin und her, wie ein wildes Tier, das sich plötzlich seiner ausweglosen Lage bewusst geworden ist.

»Was will sie denn«, fragte die Frau, »was hast du ihr denn angetan, dass sie sich so aufführt und uns vor allen Nachbarn so beschimpft?«

»Ist doch nicht das erste Mal«, antwortete der Mann, »seit ihr Mann gestorben ist, bildet sie sich ein, ich wollte sie an den Bettelstab bringen, und nur, weil ich ihr damals angeboten habe, ihren Laden mit zu übernehmen.«

»Und das auch schon in der Zeitung angezeigt hattest«, rief Heinrich zornig.

Clementine hörte aufmerksam zu.

»Wie?«, sagte sie. »Sie hatten in die Zeitung gesetzt, der Wisdorf'sche Laden gehöre jetzt Ihnen?«

»Nein, so nicht, nur, dass ich den Nachlass und das Geschäft des Verstorbenen betreue. Aber bitte, nehmen Sie doch Platz, Schwester. Was können wir Ihnen anbieten, ein Glas Wasser?«

Clementine nickte. Frau Fusen war rasch nach hinten gelaufen und kam mit einem gefüllten Krug und einem Glas zurück.

»Ich möchte Ihnen gerne helfen, diese Missverständnisse zu klären«, sagte Clementine leise. »Würden Sie mir vertrauen, dass ich weder auf der einen noch auf der anderen Seite Vorteile herausholen möchte, sondern nur den Frieden Ihrer beider Familien wieder herstellen möchte? Zuvorderst, wie war das Verhältnis zu dem Verstorbenen?«

»Gut«, riefen alle drei wie abgesprochen.

»Also, wir redeten miteinander, wir feierten gemeinsame Feste. Als die Kinder noch klein waren, besprachen sich die Mütter oft, wenn es um die Erziehung ging …«, sagte Heinrichs Vater.

»Ich bitte Sie, kommen Sie mit mir hinüber zu den Wisdorfs. Nur wer miteinander redet, kann sich verstehen.«

»Also ich weiß nicht«, sagte Frau Fusen, »nach allem, was die von sich gegeben hat, und ausgespuckt hat sie vor mir ... eigentlich möchte ich mit der nie mehr in einem Raum zusammen sein.«

»Mutter!«, rief Heinrich so eindringlich, dass Clementine ihn anlächelte, weil ihr klar wurde, was dieser Streit und seine Behebung für ihn und sein Leben bedeutete. »Mutter, sei nicht so hart. Bitte Mutter, tu es mir zuliebe.«

Frau Fusen blickte erstaunt hoch. »Wieso deinetwegen, was liegt dir denn daran?«

Es kam Clementine vor, als wäre Heinrich rot geworden bei dieser Frage, aber sein Wunsch schien die Wirkung nicht verfehlt zu haben. Der Vater stand auf, und angeführt von Clementine ging die kleine Prozession über das holprige Pflaster der Weidengasse zum Laden der Gärtnerei Wisdorf. Auch hier war die Eingangstür nur angelehnt und leicht zu öffnen. Als Clementine über die Schwelle schritt, sah sie, dass Juliane beim Anblick ihres geliebten Heinrich auf dem Sprung schien, in seine Arme zu stürzen, deshalb erhob sie gleich ihre Stimme und sagte so ruhig wie möglich:

»Ich bitte Sie alle, dort zu bleiben, wo Sie sich befinden, und zu gestatten, dass sich die Familie Fusen hier gleich hinter der Tür platziert. Ich werde versuchen, so etwas wie die Mittlerin zu sein, und erteile als Erstes Frau Wisdorf das Wort.«

»Er hat sich als der Nachfolger meines Mannes angezeigt und mich damit vor die Stadtmauern schicken wollen ...«

»Herr Fusen wird sich dafür entschuldigen müssen«, sagte Clementine, und tatsächlich murmelte der Mann ein leises »Ja, ich entschuldige mich hierfür«.

»Herr Fusen sieht ein«, sagte Clementine, »dass seine Anzeige eine unüberlegte Handlung war, die er zutiefst bedauert. Es fragt sich, wie er dies bei der Witwe Wisdorf wiedergutmachen könnte.«

»Was heißt wiedergutmachen?«, rief jetzt Frau Fusen. »Wir sind doch schon längst quitt, was das angeht. Sie hat uns bei den Kunden schlechtgemacht, hat uns Schnecken ins Beet gesetzt und ihre Hunde in die jungen Pflänzchen geschickt, vielleicht sollte sie sich mal überlegen, wie sie das wiedergutmachen kann.

Vielleicht ist sie einfach nur neidisch auf uns und die Harmonie in unserer Familie. Aber was kann denn ich dafür, dass sie keinen Mann mehr hat und eben keinen Sohn, der sie unterstützen könnte, sondern bloß eine Tochter, dieses hochnäsige Blag, aber ich sage ja immer: Hochmut kommt vor dem Fall, das weiß man ja seit Langem.«

»Mutter«, rief Heinrich Fusen, »Mutter, sie ist das schönste Mädchen weit und breit, und sie ist das Liebste, was ich habe.«

Hier schwieg er erschrocken, denn diese letzten Worte hatten alles bisher Verborgene aufgedeckt. Juliane hatte ihr Gesicht mit den Händen bedeckt, entweder aus Angst vor den Schlägen, die gleich auf sie niederprasseln würden, oder weil sie so berührt war von Heinrichs schöner Rede. Als Erste ergriff Frau Fusen das Wort.

»Du und die Wisdorf'sche?«, fragte sie ungläubig.

Ihr Mann stand auf und ging auf Frau Wisdorf zu.

»Menschenskind«, sagte er, »freut dich das denn nicht, dass wir nun auf diese Art unsere Verbindung festigen können?«

»Ja, das könnte dir so passen«, protestierte Frau Wisdorf. »Meine Juliane hat ganz andere Aussichten und wird sich gewiss nicht ihr Leben lang in einem Gärtnerbetrieb abschinden müssen wie unsereins.«

Sie begann zu weinen. Juliane legte ihren Arm um sie.

»Mama«, sagte sie, und das erinnerte Clementine so sehr an ihre eigene Mutter und an die Zeiten ihrer Kindheit und die Jugendjahre, dass sie sich umwandte, um ihre Tränen zu verbergen. »Mama«, flüsterte Juliane noch einmal sehr leise und streichelte der Mutter über die grauen Haare. »Ich liebe ihn, ich will keinen anderen. Außerdem macht mir die Arbeit im Garten viel Freude. Was gibt es Schöneres, als in Gottes freier Natur sein Werk zu tun? Liebste Mutter, gib du deinen Segen für unsere Liebe, damit wir uns nicht mehr verstecken müssen.«

Als Clementine sich wieder dem Raum zuwandte, schien die größte Hürde überwunden, die Menschen blickten sich an, und die Stimmen waren sanft und freundlich. Niemand schien mehr ihrer zu bedürfen, und so ging Clementine den Weg, den Juliane gegangen war, durch die Hintertür und über den Gartenpfad, und tatsächlich gelang es ihr auch, den niedrigen Zaun zu überwinden.

Zu Hause auf dem Küchentisch lag dann doch noch ein Lobschreiben des Erzbischofs, in dem er sich nun auch mit persönlicher Unterschrift ein weiteres Mal bedankte, darüber hinaus aber den Inhalt der Gabe als außergewöhnlich wertvoll und von höchster Güte pries.

Das Jahr ging zu Ende, der Herbst färbte das Laub der Bäume.

»Sie sind so bunt wie noch nie«, sagte Gumpertz. »Bestimmt weil Sie, liebe Clementine, die Anweisungen zu diesem Geschehen geben.«

Clementine lachte ihn aus. Sie stand jetzt immer öfter in der Küche vor dem Apparat und versuchte sich in neuen Rezepturen: mit den Zweigen der Myrte, deren weiße Blüten so lieblich aussahen und die hernach im Öl einen eigenwillig würzigen Duft verbreiteten, oder aus Kranz und Samen der Petersilie, deren Heilkraft schon beim Einatmen begann. Sie tauchte ein in ein Meer aus ätherischen Düften von Rosmarin, Thymian, von Basilikum und Salbei, von Dill, Fenchel und Bergamotte. Es roch nach Oregano, nach Majoran, Wacholder, Koriander und Anis, und manchmal, wenn sie zu tief atmete, um alles in sich aufzunehmen, geriet sie in einen Rausch, der ihre Sinne zum Schwanken brachte, sodass sie sich auf den nächsten Stuhl fallen ließ, um wieder zur Gegenwart zurückzufinden. Der junge Gehilfe Johann streute hier und da ein Quäntchen eigenes Wissen mit hinein, die Erfahrungen seiner vorherigen Arbeit, wo vor allem Latschenkieferöl aus frischen Nadeln und Zweigspitzen hergestellt worden war, oder auch das Pfefferminzöl, das aus dem leicht angetrockneten Kraut gewonnen wurde – vorausgesetzt, jenes war mit der beginnenden Blüte geerntet worden. Wenn Clementine die entsprechenden Pflanzen in die Destillationsblase gefüllt hatte, geriet sie stets aufs Neue in eine gespannte Erwartung dessen, was wohl hernach als fertiges Produkt herauskommen würde. Mit wachen Augen verfolgte sie den Wasserdampf, der vom Blasenboden her über einen Verteilerring geleitet wurde und sich mit den luftigen Bestandteilen der Rohstoffe vermischte. Hernach im Kondensator wurde das Gemisch auseinandergenommen und in der Florentiner Flasche vorsichtig in Wasser und ätherisches Öl getrennt. Wenn dann das Wasser reichhaltig über den Siphon abgelaufen war und die kleine feine Menge des ätherischen Öles ihren reinen Duft entwickelte, weinte Clementine manchmal vor Glück.

Das Bemessen der Mengen von Kräutern, Wasser und Alkohol erforderte ein gutes Augenmaß, eine sichere Hand und auch Fingerspitzengefühl und zum Schluss ein gutes Riechvermögen, um Gewöhnliches auszuschließen und nur das Exklusive anzuerkennen. Hin und wieder geriet ihr das eine oder andere ins Übermaß. Wenn es der Alkoholanteil war, konnte sie sicher sein, dass der Domvikar diesen Umstand außerordentlich begrüßte, jedoch arbeitete sie mittlerweile an einer neuen Frische im Duft, und das erforderte mehr Zeit und Konzentration. Das Bergamotteöl der Farinas war für den Anfang einigermaßen gut gelungen, hiermit hatte Clementine die ersten Flaschen befüllt, aber tief in ihrem Inneren wusste sie, es bedurfte einer eigenen ganz speziellen Kreation, um sich aus der Ebene all jener anderen aufzuschwingen und zu einem unverwechselbaren eigenen Namen zu finden. Dennoch war sie sicher, dass der Erfolg ihrer Produktion zuallererst von der Güte ihres Kölnisch Wassers abhängen würde. Erst wenn sie sich hierin einen Namen gemacht hatte, konnte sie sicher sein, dass auch das Heilwasser angenommen wurde. Darüber hinaus wusste Clementine ihre Mitbürger mittlerweile einzuschätzen. Eitel waren sie, und wenn es etwas Gutes gab für kleines Geld, waren auch die schmalen Beutel offen. Und so begab sie sich denn zur Kölnischen Zeitung, um den ersten Schritt an die Öffentlichkeit zu tun. Am 5. November des Jahres 1825 war dort zu lesen: *»Ein sich selbst empfehlendes echtes Kölnisch Wasser ist zu haben Auf der Litsch No. 1, die große Flasche zu 6 Silbergroschen, 3 Pfennig.«*

»Zu billig«, hatte Johann den Preis genannt, aber da ließ sich

Clementine nicht reinreden. Qualität wollte sie produzieren und nicht den Gewinn in den Vordergrund stellen. Diesem Grundsatz werde sie treu bleiben, hatte sie gesagt, und Johann schwieg und murrte nur im Geheimen, weil er befürchtete, dass damit auch sein Lohn nicht die erwartete Höhe erreichen würde. Während der folgenden Tage klopfte es dann und wann an der Tür des Gumpertz'schen Hauses. Einige kamen, schnupperten ein bisschen an den Probefläschchen, und manch einer entschloss sich tatsächlich, eine Flasche zu erwerben. Clementine strahlte.

An einem Tag im November hatte sich Carlos di Gianello mit seiner Ehefrau Anna Farina angemeldet, und welcher Art ihr Ansinnen war, wurde schnell klar. Der Name Farina sollte in einer neuen Form – und für stattliches Geld – von einem anderen Mitglied der weit verzweigten Familie erworben werden, danach werde es keine Hindernisse mehr geben auf dem Weg zum Erfolg.

»Farina?«, sagte Clementine mit einem kleinen Zweifel in der Stimme. »Ich möchte mir das lieber noch überlegen.«

Frau Farina war so hübsch, wie der Vater sie beschrieben hatte, damals, in Worringen, wo er seine Enttäuschung vor ihr ausbreitete, seine Verbitterung über das Scheitern seiner Pläne. »Sie sieht aus wie du«, hatte der Vater gesagt, »und immer denke ich, das könntest du sein in einem prunkvollen Gewand, ohne Sorgen und nicht beschäftigt mit dem Salben eitriger Wunden und dem Anblick von Sterbenden.« Jetzt, als sie dieser Frau gegenübersaß, spürte sie kaum etwas von der Ähnlichkeit, die der Vater gesehen haben wollte. Der Klang ihrer Stimme hieb in das Ohr wie ein Schwert. Wenn sie lachte, blieben ihre Augen stumm, und der Blick war eisig und wie erstarrt, sodass Clementine darunter zu frieren begann.

Gumpertz, der eine Weile später hereintrat, begrüßte die Gäste mit großen Worten, ließ Wein und Gebäck auftragen und begann in seiner weitschweifenden Art mit den Geschichten über sein Leben, seine Stadt und ziemlich bald auch denen über seine wunderbare Pflegerin, der er so viel verdanke.

»Sie ist ein Edelstein, ein Engel, ein Juwel. Sie verkörpert alles, was eine Frau haben muss, um einem Mann zu gefallen. Und dass ausgerechnet ich derjenige sein darf, dem sie dient, ist ein wahrer Glücksfall für mein Leben. Denn wo überall hätte sie sonst schon hängen bleiben können, in Münster war sie, in den Niederlanden, auf dem Schlachtfeld von Waterloo und vorher in Tirlement und im Kloster Coesfeld. Dabei hatte sie doch ganz anders begonnen, aus besten Kreisen in Brüssel geboren, in Jever aufgewachsen ...«

Bei Jever zuckte Carlos zusammen, blickte zu ihr hin und fragte leise: »Wilhelmine?«, aber Clementine sprang auf, murmelte, ihr sei unwohl, stürmte hinaus, die Treppe hinauf, in ihre Stube, schloss die Tür und drehte den Schlüssel herum.

Am späten Abend rief Gumpertz nach ihr.

»Ich bin gleich so weit«, antwortete Clementine, »gleich bin ich wieder für Sie da.«

Gumpertz fragte nichts und sagte nichts. Vor allem nichts zum weiteren Verlauf des Abends.

Am nächsten Morgen erschien ein Bote mit einem Brief.

»Verehrte Wilhelmine, ich weiß nun, dass Sie es wirklich sind, was ich bereits bei unserer ersten Begegnung vermutet hatte. Sie sind das Mädchen, mit dem ich mein Leben verbringen wollte, und Sie sind diejenige, die mich verschmähte. Ich bitte Sie, gewähren Sie mir eine Begegnung mit Ihnen allein, damit die Dinge besprochen werden können.
In großer Verehrung
für immer Ihr Carlos«

Welche Dinge?, dachte Clementine, und sie antwortete gleich, zügig und ohne langes Überlegen:

»Werter Herr di Gianello, möglicherweise bin ich die, die Sie glauben, in mir zu sehen, und dennoch eine weitaus andere als jene, die Sie damals in mir gesehen haben mögen. Ich bit-

te Sie um Einsicht, behalten Sie Ihre Vermutungen für sich und versuchen Sie, mein Leben zu meiden, damit wir beide in Würde und Ehrfurcht voreinander unseren Erdenweg fortsetzen können.
In großer Achtung
Maria Clementine, Klosterfrau«

Beim nächsten Morgenlob in Maria im Pesch jedoch geschah es. Carlos stand plötzlich hinter ihr, legte seine Arme um ihren Körper und riss sie mit einer solchen Wucht an sich, dass sie aufschrie.

»Wie damals«, sagte der Mann, »wie damals auf der Empore, ja, diesen Schrei wollte ich hören, diese Lust in deinen Augen sehen, ich werde dich nicht einfach gehen lassen, jetzt, wo ich dich wiedergefunden habe, Wilhelmine ...« Er presste seinen Mund auf ihren, und Clementine war so überrascht, dass sie sich zuerst kaum wehrte, vielleicht auch, weil ihr Körper noch Feuer besaß, noch spürte, dass es auch ein anderes Leben geben könnte als dieses keusche unter dem Nonnenhabit. Dann jedoch, als sich seine Hände um ihre Brüste legten, schob sie ihn von sich.

»Nein, Carlos, ich bitte Sie, haben Sie Mitleid mit mir, ich habe Fehler gemacht damals, aber ich habe mich bemüht, nichts Falsches mehr zu tun, habe Keuschheit gelobt, in klösterlichem Gehorsam, und nun, Carlos, geben Sie mich frei, leben Sie Ihr Leben und lassen mir meines.«

Er sah sie an und flüsterte: »Wilhelmine, wie wunderbar hätten wir zueinandergepasst.«

Als er sie losließ und sich abwandte, war Anna Farina längst unbemerkt zur Kirchentür hinausgehuscht.

Nur wenige Tage nach der Begegnung mit Carlos klopfte Anna Farina an die Gumpertz'sche Pforte und bat um ein Gespräch mit der Klosterfrau.

Clementine empfing die Besucherin freundlich, bat sie an den kleinen Tisch am Fenster, bot ihr Tee an und die kleinen Kuchen, die täglich frisch aus dem Ofen kamen. Ein Stoßgebet schickte sie währenddessen zum Himmel, um Stärke flehte sie, um Ruhe und Übersicht, und als Anna Farina zu reden begann, war es, als stünde ein Engel zwischen den beiden Frauen, als halte er schützend die Hand über Clementine, damit ihr Herz im Takt blieb und die Gedanken sich nicht verknoteten.

»Ich brauche Ihnen keine langen Erklärungen abzugeben«, sagte Frau Farina mit ihrer scharfen Stimme, »ich weiß, wozu Sie die morgendliche Leere der Kirche benutzen und dass dieses Ihr Tun dort nicht ausschließlich heiligen Zwecken dient. Vor einigen Tagen in Maria im Pesch war ich Zeuge Ihres sehr engen Kontaktes mit meinem Ehemann Carlos. Haben Sie keine Sorge, ich habe nicht vor, Sie als Heuchlerin zu enttarnen, ich werde Sie nicht in der Öffentlichkeit blamieren, jedoch mache ich Ihnen ein Angebot, damit mir mein Schweigen nicht schwerfällt. Sie übernehmen den Namen Farina zu den Konditionen, die Ihnen bekannt sind, darüber hinaus gehen fünfundzwanzig Prozent Ihres Gewinnes auf meine Konten, und Sie machen mich zur Besitzerin Ihres Geheimrezeptes, dieses einmaligen und echten Karmelitergeistes oder wie immer das Gemisch heißen soll.«

Clementine lächelte. Nein, sie würde sich nicht erpressen lassen. Nicht sie hatte sich etwas zuschulden kommen lassen. Carlos war ihr nachgelaufen und hatte sie überrumpelt.

»In mir ist kein Gefühl der Schuld«, sagte sie mit jenem warmen Klang in ihrer Stimme, der jedem Streitsüchtigen den Wind aus den Segeln zu nehmen schien. »Auch nichts sonst, was mich dazu bringen könnte, Ihrem Vorschlag Folge zu leisten. Bislang hatte ich mich noch gar nicht gegen die Übernahme des Namens Farina entschieden, jetzt jedoch bin ich sicher, dass es niemals zu einer solchen Verbindung kommen wird. Die Gewinnbeteiligung schließt sich in diesem Fall wohl auch aus, und was meine Geheimrezeptur betrifft, die werde ich gewiss keiner weltlichen Unternehmergier zum Fraße vorwerfen.«

Frau Farina war sichtlich aus dem Konzept gebracht. Sie brauchte eine Weile, um in ihrem Plan fortzufahren.

»Ich kann auch anders«, sagte sie leise, aber dennoch mit jenem klirrenden Tonfall, der sich anhörte, als würfe sie die Gläser vom Tisch. »Ich warne Sie, wenn Sie sich nicht auf diesem gütlichen Wege mit mir einigen wollen, werde ich Mittel und Wege finden, Sie gefügig zu machen, glauben Sie mir, ich bin aus anderem Holz, mir sind Sie nicht gewachsen, das sollten Sie sich zu Herzen nehmen.«

Sie griff nach ihrem Hut und dem eleganten Täschchen und ging mit raschen Schritten hinaus.

Gumpertz, der wohl schon vorher ins Zimmer getreten war, lehnte sich ans Vertiko. Clementine schwieg. Was hätte sie auch sagen können? Sie wusste nicht mal, wie viel von dem vorher Gesprochenen in des Domvikars Ohren gedrungen war, was er davon hielt oder ob er die Zusammenhänge vielleicht noch gar nicht erkannt hatte. Plötzlich aber räusperte sich der alte Herr und sagte: »Jetzt holen Sie eine gute Flasche Wein aus dem Keller, und danach setzen wir uns hin, und Sie erzählen mir, welchen Hintergrund diese Geschichte hat.«

Clementine nickte, holte zwei Gläser und den Wein, den sie entkorkte und eingoss, aber als Gumpertz sein Glas erhob und auf die Zukunft anstoßen wollte, begann sie zu weinen.

»Das kann nützlich sein, fürs Erste«, sage Gumpertz und reichte ihr ein frisch gebügeltes weißes Taschentuch, mit dem sie die Tränen auffangen sollte.

Im Laufe dieses langen Abends begann Clementine mit ihrer Lebensgeschichte, sehr leise zuerst und stockend, sie erzählte von Jever, von Ludwig Barthel, der ihr die Freude am Lernen vermittelt hatte, der sie gelehrt hatte, dass Wissen zur Freiheit führt. Jedoch hatte er die Klostermauern als Gefängnis empfunden und sie gefragt, wofür die gut sein sollten, und als Clementine »Für Gott« gesagt hatte, mehr fragend als wissend, da hatte er ihr von Kant erzählt, vom Zeitalter der Vernunft, und ihr klarzumachen versucht, dass Gott nur eine Idee des Übersinnlichen sei, ein notwendiger Vernunftbegriff, der zum Handeln gebraucht werde. Er hatte ihr geraten, den Mut zu haben, sich ihres eigenen Verstandes zu bedienen, aber Fräulein Hildegard, die Gouvernante, hatte die Härte dieser Worte gemildert und hinzugefügt, dass die Höflichkeit ebenso wichtig sei, denn die Form gebe dem Mut erst Gestalt. Auch die Eltern hatten ihr kein einheitliches Menschenbild vermitteln können.

Clementine trank noch einen Schluck. Sie erzählte von dem Jungen mit Namen Clements und von ihrer Liebe zu ihm, von Carlos, der sie zur Frau haben wollte, von ihrer Flucht ins Kloster und wie stolz es sie schließlich gemacht hatte, als sie endlich in die Gemeinschaft aufgenommen worden war, da, wo sich plötzlich im Bekenntnis des monastischen Prozesses das Dunkel erhellt hatte, wie sie bis tief in die Seele diese Wärme gespürt hatte, als sie mit fester Stimme gesagt hatte: »Das gelobe ich mit heiligem Ernst. Amen.«

»Warum um Himmels willen sind Sie nicht mit Clements auf und davon?«, sagte Gumpertz. »Denn ich höre aus allem heraus, dass jener Mann noch immer einen Platz in Ihrem Herzen ausfüllt.«

Clementine schwieg eine Weile. »Damals habe ich übrigens meinen Namen geändert in Clementine. Bei meiner Geburt wurde ich Wilhelmine genannt.«

»Aha«, sagte Gumpertz, »deswegen rief gestern Carlos so überrascht diesen Namen, mit dem ich nichts anzufangen wusste. Und Clementine war dann die innere Gemeinschaft mit Clements?«

»Ja, so etwa«, sagte Clementine.

Sie dachte nach: Warum fehlte mir der Mut, aus den bürgerlichen Zwängen auszubrechen und mit Clements zusammen mein Leben zu leben?

»Und warum nicht mit diesem Carlos? Er ist doch beileibe kein Dämon, den man fürchten müsste«, fragte Gumpertz weiter.

»Nein, gewiss nicht«, sagte Clementine. »Dennoch hätte ich ihn stets mit meinen Gedanken betrogen, weil mein Herz voll war von der Liebe zu Clements.«

»Und nun«, sagte Gumpertz lächelnd, »nun betrügen Sie Gott mit Clements oder Clements mit Gott.«

Clementine sah zu Boden und schwieg für eine lange Weile. Später nahm sie noch einmal allen Mut zusammen, erzählte von ihrer letzten Begegnung in Maria im Pesch und endete mit lauter und selbstbewusster Stimme:

»Was denn hätte ich machen sollen? Die Leute aus der Gasse hereinschreien oder Carlos mit dem Tabernakel erschlagen? Irgendwie habe ich wohl einen Moment lang stillgehalten, vielleicht weil ich wissen wollte, was er vorhatte, wie weit er gehen würde ... Ja ich weiß, es hat sich nicht geziemt, seine Lippen auf meinen zu spüren, aber ...«

»Papperlapapp«, sagte Gumpertz. »Der Mensch ist schwach, auch wenn er wie Sie und ich meint, sich gegen alles gewappnet zu haben durch die Gelübde der Keuschheit. Immer wieder gibt es Momente, in denen das Fleisch und sein genüssliches Wollen die Vormacht begehrt. Ich weiß, wovon ich spreche. In meinen jungen Jahren bin ich nicht frei von Anfechtungen gewesen, und nicht immer habe ich widerstanden. Und um die Wahrheit zu sagen: der Junge, der die Botendienste ausführt, seine Mutter behauptet, er sei mein Sohn.«

»Stimmt das denn?«, fragte Clementine.

»Also, sagen wir mal, es wäre möglich«, sagte der Domvikar, nahm einen guten Schluck, bewegte ihn in seinem Mund und lächelte.

»Jetzt aber wollen wir überlegen, was Sie tun sollten oder auch lassen. Ich schlage vor, Sie verhalten sich so, als hätte es die Unterredung mit Anna Farina gar nicht gegeben. Und wenn die Italienerin sich wirklich erdreistet, diese Geschichte an die Öffentlichkeit zu bringen, dann werde ich mich persönlich als Zeuge dafür einsetzen, dass keine Schuld bei Ihnen gelegen hat und dass, wenn überhaupt von einem Täter die Rede sein kann, Signore Carlos di Gianello zur Verantwortung gezogen werden müsste. Also liebe Clementine, seien Sie unbesorgt, trinken Sie Ihr Glas leer und begeben Sie sich zur Ruhe.«

Sie schlief gut und fest. Ein einziges Mal nur war sie hochgeschreckt von einem Geräusch, das sie gehört zu haben glaubte, ein Stein, der gegen das Fenster klirrte vielleicht, aber als sie hinaussah auf die dunkle Straße, war dort nichts mehr zu sehen als die Regentropfen in den Pfützen vorm Haus. Sie betrüge diesen mit jenem oder jenen mit diesem, hatte der Domvikar gemeint. Und war doch so gedacht gewesen, dass Wilhelmine zu Clements gehören sollte und Clementine zu Gott. Den Namen hatte sie ausgesucht damals, damit Clements nicht vergessen würde beim Schutz, den der Himmels ihr selbst gewährte.

Die nächsten Tage und Wochen waren seltsam ruhig, fast wie erstarrt, so, als wäre über alles Gewesene Gras gewachsen oder passend für die kalte Winterzeit der weiße Schnee gelegt. Als Clementine während der Christmette im Dom der Orgel lauschte und dem Chorgesang, fühlte sie sich wieder aufgehoben in der großen Sicherheit ihres Glaubens. Wenn auch bei der Heimkehr in dieser heiligen Nacht eine offene Haustür und einige herausgezogene Schubladen von einem ungebetenen Gast zu zeugen schienen, wollte Clementine nicht glauben, dass diese kleine Verwüstung im Zusammenhang mit Anna Farina stehen könnte. Insgeheim aber lobte sie ihre Klugheit und Weitsicht, die Rezeptur derart sorgfältig versteckt zu haben, dass man sie selbst würde ergreifen müssen, um derer habhaft zu werden. Überhaupt war ihr nach dem Gespräch mit Anna Farina klar geworden, wie kostbar die Rezepte der Klosterheilkunde waren und dass sie damit einen Schatz besaß, dessen Wert weit hinausging über jedwedes andere Aqua der Stadt. Es sei dies das Besondere, das Echte, das Geheime, eine Mischung, deren Inhalt sie sich einprägen oder auch in kurzen Worten niederschreiben solle, mit diesen Sätzen war ihr die Rezeptur damals in Brüssel von den Karmeliterinnen übergeben worden, und dass man erwarte, dass sie sich würdig erweisen werde, dieses Wissen niemals gegen Geld an andere auszuhändigen, sondern nur in achtungsvoller Weise und mit der nötigen Verantwortung zum Nutzen der Menschen auf Erden anwenden werde.

Während der ersten Januartage experimentierte sie so viel, dass die Köchin eines Tages kündigen wollte, weil ihr, wie sie sich bei Gumpertz beschwerte, die ständige Benebelung zu Kopfe steige und ihr sowohl Raum wie reine Luft fehlten, um auch nur eine einfache Mahlzeit zubereiten zu können, ganz zu schweigen von irgendwelchen ausgefallenen Speisen, die dem verehrten hochwürdigen Herrn bislang so sehr gemundet hätten. Auch der Domvikar begann, sich über die Fremdbenutzung seiner Wirtschaftsräume zu wundern, dann zu ärgern und schließlich bei einer Augenscheinnahme der tatsächlichen Gegebenheiten mit Entsetzen zu reagieren.

»Nein«, rief er mit einiger Leidenschaft, »so geht es nicht weiter! Nichts gegen Ihre Ideenvielfalt, verehrte Schwester, nichts auch gegen Ihre Leidenschaft, sich schnell in die Riege der Kölnisch-Wasser-Fabrikanten einzureihen, jedoch kommen Sie damit offensichtlich in Kollision nicht nur mit Ihren eigentlichen Aufgaben unter meinem Dach, sondern darüber hinaus auch mit den räumlichen Ausmaßen meines bescheidenen Hauses.«

Clementine, die gerade eine besonders gute Destillation kreiert zu haben glaubte und den gewonnenen Extrakt mit heißen Wangen und leuchtenden Augen unter ihr feines Näschen hielt, begriff erst nach einer gewissen Weile, was der alte Gumpertz hiermit hatte zum Ausdruck bringen wollen. Und, wie um sich nun noch einmal und schließlich unmissverständlich zu Wort zu melden, setzte sich der Domvikar polternd an den Küchentisch, nahm ein Stückchen vom Braten in den Mund und spuckte es sogleich wieder aus: »Also mit Verlaub, selbst das Fleisch schmeckt nach Parfüm, so geht es nicht weiter. Entweder Sie hören damit auf, oder Sie suchen sich ein neues Domizil für Ihre Produktion.«

Er stand auf und ging einigermaßen aufrecht und festen Schrittes aus der Küche hinaus.

Das kann er nur, weil ich ihn so gut pflege, dachte Clementine, und zum Dank will er mich nun hinauswerfen. Sie nahm die Schultern nach hinten und schritt mit geradem Rücken und starrem Blick zur Tür. Sie würde sich nicht ducken. Sie würde ihren Weg weitergehen. Hier oder anderswo.

Beim Frühstück am nächsten Morgen aber, gestärkt vom Morgenlob in Maria im Pesch – wo sie sich allerdings noch immer ängstlich umgeschaut hatte, ob nicht womöglich Carlos irgendwo hinter einem der Pfeiler auftauchte und sie erneut bedrängte –, beim ersten Schluck des wunderbar aromatischen Tees, den sie mit Honig gesüßt hatte und nun in sich hineinließ wie eine Wohltat des Himmels, da kam ihr der Gedanke, dass der Domvikar womöglich doch mit seiner Ansicht im Recht sein könnte. Vielleicht war ihr bei aller Planung der Blick für vieles andere verloren gelangen, vielleicht hatte sie, besessen von der Vorstellung, möglichst bald und möglichst gut in die Produktion einzusteigen, nur noch an sich gedacht. Sie hatte sich in dieser Stadt einen Namen machen wollen und wusste doch aus lebenslanger Erfahrung, dass aller menschliche Ruhm sich nur der Gnade Gottes verdankte.

»Ich möchte um Vergebung bitten, lieber Herr Gumpertz«, sagte sie, »mein Vorgehen war egoistisch und nur auf den eigenen Vorteil aus. Ich werde mich natürlich Ihren Wünschen beugen und mich nach eigenen Räumlichkeiten umsehen. Bitte geben Sie mir noch etwas Zeit, bis ich das passende Domizil gefunden haben werde, das mir die Möglichkeit zur Entfaltung bietet, ohne dass ich Sie dabei aus den Augen verliere.«

»Gemach, liebe Clementine, es wird nichts so heiß gegessen wie gekocht. Wir werden eine Lösung finden, da bin ich mir sicher. Gewiss wäre es gut für Sie und Ihre Produktion, wenn Sie mehr Raum zur Verfügung hätten, jetzt, wo die ersten Kunden wiederkommen, sich begeistert äußern und ihre Käufe tätigen. Da ist es wohl klug, das Feuerchen anzupusten, damit sein Flackern nicht gleich wieder vergeht. Jedoch, ich mag Sie nicht in weiter Entfernung von mir wissen, ich könnte wieder schwächer werden und dringend Ihrer Hilfe bedürfen, dann müsste es für Sie möglich sein, in Bälde bei mir zu erscheinen, wie ich überhaupt meine, dass es völlig ausreichen würde, wenn Sie den Keller in meinem Hause nutzten und darüber hinaus unter meinem Dache wohnen blieben.«

Clementine nickte gehorsam und ging gleich nach dem Frühstück die ausgewaschenen Stiegen hinab. Muffig war das Gewölbe, die Ecken modrig, mit Spinnweben durchzogen und so kalt, dass sie alsbald wieder hinauflief in die warme Stube und die steif gefrorenen Finger vor den Ofen hielt. Dort im Keller wollte sie gewiss nicht ihr Unternehmertum beginnen.

Drei Tage später begann sie mit dem, was sie während der nächsten Wochen beschäftigt hielt: Sie besichtigte Häuser, kleine und große mit und ohne Garten, neue, alte, gepflegte und verrottete, eines in der Witschgasse, zu gebrauchen für eine Brauerei oder sonstige Destillationsbetriebe, ein anderes in der Salzgasse mit Brunnen im Garten und einem großen Regenwassersammeltrog. Gute Voraussetzungen für Clementines Pläne, jedoch keines davon in der Nähe des Domes und nahe genug zu ihrem jetzigen

Domizil. Auch als Clementine gleich nach Dreikönige zum Heumarkt eilte, wo ab elf Uhr verschiedene Hausimmobilien meistbietend verkauft werden sollten, fand sie keines, welches ihren Vorstellungen entsprach. Waren ihre Ansprüche zu groß, war die Idee zu hochfahrend, ohne den Anblick des Doms nicht leben zu wollen? Clementine horchte tief in sich hinein. Sie brauchte die Nähe zum Dom, um schnell dort hineintreten zu können, die Stille zu spüren, die Sonnenstrahlen zu fühlen und zu wissen, hier unter diesem Dach ist Gott zu Hause. Und sie wollte dem Domvikar nahe bleiben. Sie wollte ihm weiterhin zur Seite stehen. Mit all seinen Eigentümlichkeiten war er ihr ans Herz gewachsen. Sie liebte ihn und respektierte ihn wie einen Vater. In ihrer Verwirrung machte sich Clementine wieder einmal auf den Weg zur Gereonstraße, zum erzbischöflichen Palais. Sie hatte sich angemeldet und wurde umgehend hineingebeten, diesmal nicht in den großen Saal, sondern in eines der kleineren Zimmer.

»Das Kaminfeuer funkelt hier heller, und außerdem wirkt es eindeutig wärmer, weil wir ihm näher kommen können als sonst wo in diesem großen Gemäuer. Nehmen Sie Platz, liebe Schwester Clementine, ich freue mich, erneut Ihre Gesellschaft genießen zu dürfen. Ich wünsche Ihnen für dieses neue Jahr Gottes Segen, Gesundheit und den Erfolg, den Sie ohne Zweifel verdienen. Was führt Sie zu mir? Ich hoffe natürlich, es ist Ihr ureigenster Wunsch nach einer Unterhaltung und einem harmonischen Stündchen in meiner Gesellschaft ...«, der Erzbischof lachte, »aber ich weiß, irgendeinen Grund wird es darüber hinaus geben, dass Sie sich an mich erinnern.«

»Verehrter Graf Spiegel, hochwürdiger Erzbischof, ich kann mich nicht glücklich genug schätzen, überhaupt von Ihnen in einer solch persönlichen Weise aufgenommen zu werden, und gewiss wäre es umgekehrt verständlich, wenn nämlich Sie meiner vergessen würden, jedoch danke ich Ihnen für die Wünsche zum neuen Jahr und hoffe, dass der Herr weiterhin Ihre Wege begleiten möge zum Wohle aller Bürger dieser Stadt. Ich hoffe, Sie fühlen sich nicht bedrängt, wenn ich eine weitere Bitte für mein eigenes Fortkommen an Sie richte. Ich brauche für die Produktion meines Heilwassers und sämtlicher von mir in Angriff genommenen Destillationen Räumlichkeiten, in denen ich meine Gerätschaften ausbreiten, meine Flaschen anbieten und verkaufen und mein kleines Kontor einrichten kann. Dem Domvikar ist meine Aktivität in diese Richtung und in seinem Haus, mit Verlaub gesagt, eine Last geworden, die er mich bat, von ihm zu nehmen, und so sehe ich mich derzeit gezwungen, meinen Wohnsitz zu verlegen, jedoch nicht allzu weit entfernt von Johann Gumpertz und, verzeihen Sie meinen Hochmut, auch nicht zu weit vom heiligen Dom, dem ich mich in so wunderbarer Weise verbunden fühle.«

»Großartig«, erwiderte der Erzbischof, »man könnte meinen, es wäre der Himmel, der sie zu mir sandte. Gestern nämlich bat mich ein Mitglied des Domkapitels darum, ein Wohnhaus am Domhof zu vermitteln, an einen Menschen, der in das nahe Umfeld des Klerus hineinpasse und genügend Anstand und Würde für die Nachbarschaft mit der hohen Geistlichkeit aufbringe. Wer könnte dafür besser geeignet sein als Sie, verehrte Schwester Clementine. Sie sehen, die Wege des Herrn sind immer und stets aufs Neue wunderbar, und wir Menschenkinder werden darauf geführt an seiner väterlichen Hand.«

Clementines Herz klopfte so wild, dass sie meinte, der Boden müsste davon erbeben. War es nicht tatsächlich einem Wunder zu verdanken, dass ausgerechnet jetzt der Domvikar seinen Unmut über sie kundgetan hatte und sie sich heute entschloss, den Erzbischof aufzusuchen? Ihre Hand zitterte, als sie nach der Teetasse griff, die das Hausmädchen vor sie hingestellt hatte, und als sie hochsah und dem Erzbischof ins Angesicht blickte, konnte sie ihn kaum erkennen, weil die Tränen ihren Blick zu trüben begannen. Der Erzbischof seufzte.

»Ach Clementine, wie wunderbar wäre es, wenn wir mehr Zeit miteinander verbringen könnten, wenn ich Sie um Rat fragen könnte in den unliebsamen Affären, die sich stetig mehren. Auch meine Gesundheit ist nicht mehr die beste, der Magen brennt nach dem Speisen, sodass ich mir hier und da bereits den Wein versage, und den, Sie wissen das, liebe ich doch als Gottes Gabe für uns hier auf Erden so ganz besonders.«

»Vielleicht kann ich Ihnen gegen diese Beschwerden eine Hilfe geben«, antwortete Clementine eifrig, »die Kräuter sind voll der guten Eigenschaften gerade für die Verdauung und alle damit verbundenen Säfte. Denken Sie an Kümmel, der die falschen Winde verbläst, den Dill, der die Verdauung anregt ebenso wie Kardamom, Ingwer, Rosmarin, Bärlauch und Anis. Vor nicht allzu langer Zeit habe ich Johann Gumpertz mit einer Mischung aus Salbei, Schafsgarbe und Wacholderbeeren von seinen schmerzhaften Krämpfen befreien können. Ich wünsche mir nichts mehr als das Vermögen, auch Ihnen, Hochwürden, Erleichterung zu verschaffen.«

»Es brennt wie Feuer«, sagte der Erzbischof, »genau in der Mitte des Körpers, in der Vertiefung zwischen den Rippenbögen, es mindert mein Lachen und meine Lebenskraft. Ich verkrieche mich dann in meine Gemächer, ziehe die Vorhänge zu und will niemanden sehen und nichts mehr hören von Pflichten und Diensten. Ich wünschte mir in einem solchen Moment, meine Mutter nähme mich auf den Schoß und wiegte mich sanft, aber meine Mutter starb, als ich dreizehn Jahre war, und zwei Jahre später war auch mein Vater tot, niemand weiß, wie leidvoll das für mich gewesen ist. So fröhlich ging es vorher zu in unserem Hause, so lebhaft und hell waren diese ersten Lebensjahre. Ach Clementine, wie anders wäre vielleicht mein Leben verlaufen, wenn ich nicht mit so jungen Jahren auf mich selbst hätte achten müssen. Jetzt bin ich bald sechzig Jahre alt, und es scheint kindisch, in diesem Alter über den Verlust der Eltern zu jammern und sich in Sehnsucht nach dem Paradies der Kindheit zu verlieren.«

»Ich wünschte, ich könnte Ihnen ein wenig jene Geborgenheit zurückgeben, als dankbare Freundin, die Ihnen zu Diensten sein möchte, wann immer Sie nach ihr rufen.«

Clementine stand auf, verbeugte sich vor dem Kirchenmann und küsste den Ring an seiner Hand. »Ich werde einen Extrakt für Sie bereiten aus Zimt und Thymian, den bitte ich Sie vor den Mahlzeiten zu trinken, vier Löffel mit kleinen Schlucken, langsam und bedächtig. Sie werden spüren, wie der Magen sich stärken, wie er glücklich seufzen wird und die Säfte ihren Dienst tun werden, ohne zu ächzen und zu stöhnen. Gleich werde ich mich an die Arbeit machen und später den Boten zu Ihnen schicken.«

»Halt«, rief der Erzbischof, »wir wollen ob der körperlichen Schwächen nicht den Hauptgrund Ihres Hierseins aus dem Auge verlieren. Ich werde noch heute mit dem Besitzer sprechen und Ihnen umgehend Bescheid zukommen lassen, wie und wann Sie das Domizil in Augenschein nehmen können.«

Als Clementine das Palais verließ, war der Himmel klar, doch die Luft so kalt, dass sie befürchtete, der Atem gefriere in den Lungen. Sie ging die Straße nach rechts hinunter bis zu St. Gereon, einer Kirche, die bereits äußerlich so mächtig wirkte, dass es wohl wahr sein konnte, wenn die Leute erzählten, sie sei auf den Gebeinen von Soldaten entstanden, die nicht von ihrem christlichen Glauben hatten ablassen wollen. Clementine ging durch den kleinen Außeneingang an der Nordseite direkt in die unter Chor und Apsis gelegene Krypta. Dort hinter der Nikolauskapelle blieb sie vor der Confessio stehen, der Gruftkapelle, in der sich die drei Steinsarkophage mit den Reliquien der Märtyrer befanden. Eine große Stille umhüllte sie. In diesen Raum begaben sich nur wenige Gläubige, und um diese Tageszeit konnte sie der Einsamkeit sicher sein. Hier lagerten die Überreste jener mutigen Menschen, die gekämpft hatten und gelitten, die stark geblieben waren bis zum Tod.

Clementine verharrte lange vor diesen Steinen. Es war ihr, als hörte sie wieder die Schreie von Waterloo, sie sah sich selbst in Schlamm und Blut versinkend, eingeschlossen in ihrem eigenen Schmerz, in einer Herzenstraurigkeit, die der Mitteilung auf einem regennassen Zeitungsblatt entsprungen war, damals in Tirlemont. Sie hatte den Abend bei den Lebrands verbracht, wie so oft in jener Zeit, eine kleine Gesellschaft, bei der sie Walter von Merentheim begegnete, einem preußischen Soldaten von der Reservekavallerie zum zweiten Armeekorps, das in der Stadt Stellung bezogen hatte. Der Apotheker war ins Schwärmen geraten über Kriege und Helden. Er hatte seine Hoffnung kundgetan, dass die

Alliierten bald dem Franzosen zeigen würden, wer den längsten Atem hier in Europa habe, damit es endlich ein Ende gebe mit diesem Menschenfresser.

»Warum wird er jetzt Menschenfresser genannt, wo man ihm doch am Anfang überall zujubelte, ihn hofierte, sich mit ihm zeigte? Warum hat man ihm nicht zuvorderst klargemacht, wie weit er gehen darf und wo seine Grenzen sein sollen?«, hatte Clementine gesagt, und Herr von Merentheim hatte gemeint, Europa sei im Wandel begriffen, aber Madame Lebrand war der Meinung, der Wandel scheine zum Stillstand gekommen zu sein, denn was er gebracht haben sollte, mehr Rechte für das Volk beispielsweise, sei wie vom Tisch gewischt.

»Das Schlimme daran sind die vielen Toten, die der Revolution und die der Kriege. Sie waren Menschen wie wir alle und wären noch am Leben, wenn nicht immer wieder einer gegen den anderen Sturm liefe«, hatte Clementine gesagt, erschrocken über den eigenen Mut.

Später am Abend hatte sich der Preuße zu ihr gestellt.

»Was Sie da sagten, verehrte Schwester, diese Trauer über die Toten, das hat mich sehr berührt. Wir Soldaten werden erzogen, zu kämpfen und zu sterben und uns in beidem als Helden zu fühlen. Aber wenn man die Verletzten dort liegen sieht, wie sie stöhnen und um Hilfe flehen, dann ist nichts mehr da von der viel gepriesenen Tapferkeit. Es ist schwer, danebenzustehen und sich abwenden zu müssen, weil der nächste Angriff ruft, und dabei stets zu wissen, der Tod steht bereit und sucht seine Opfer mit Ruhe und Bedacht, und wenn er dich meint, bist du dran.«

Er hatte Tränen in den Augen gehabt und sich schnell abgewandt. Beim Abschied war er noch einmal ganz nahe an sie herangetreten mit den Worten: »Morgen geht es wieder weiter. Unsere Truppen sind bereit zum Abmarsch. Leben Sie wohl, Schwester, und sprechen Sie mit niemandem über das, was ich sagte.«

Auch Clementine hatte sich auf den Heimweg gemacht. Der Regen, den der Sturm während des ganzen Tages über die Straßen gepeitscht hatte, war zu einem flüsternden Tröpfeln zusammengefallen. Die Luft war wie rein gewaschen, und Clementine hatte tief eingeatmet. Kurz vor der Biegung in die Bootsestraat wäre sie fast auf einem Stück Papier ausgerutscht, einem regennassen und vom Wind gejagten Zeitungsblatt, das sie aufhob und mitnahm. In ihrer Kammer hatte sie einen Blick darauf geworfen. Vom Krieg war die Rede gewesen, von Napoleons Rückkehr aus Elba, von seiner Suche nach einer funktionstüchtigen Armee … dann aber hatte sie auf der unteren Hälfte des Blattes eine Bekanntmachung gesehen, die jedes große Weltgeschehen in Unbedeutsamkeit zusammenfallen ließ:

»Der hoch angesehene Tuchkontorinhaber Clements Barthel aus Jever, jetzt wohnhaft in Brüssel, hat sich nun im zweiundvierzigsten Jahre seines Lebens entschlossen, die Ehe zu schließen mit Marie Antoine Isabelle, im fünfundzwanzigsten Jahre Tochter des hochrespektierlichen Grafen Jean-Antoine de Malaise und seiner tugendhaften Ehefrau Margarete …«

Clementine war aus dem Haus gerannt über den Hof in die Paterskirche hinein. Mit rasendem Puls, dröhnendem Kopf, die Hände kalt und nass. »Heilige Maria, Mutter Gottes, bitte für uns Sünder jetzt und in der Stunde unseres Todes.«

»Clements, mein Clements«, hatte sie gerufen, »ja, ich habe dir dazu geraten, warum tut es mir dennoch so weh?«

Bis zum Morgengrauen hatte sie in der Kirchenbank gekauert. Dann war sie heimgetaumelt ins Beginenhaus, hatte ein kleines Bündel gepackt, nach dem Kasten mit Kräutern und Essenzen gegriffen, den sie stets für ihren Dienst an den Kranken hier in Tirlemont bereithielt, hatte an der Pforte Bescheid gegeben, sie sei für einige Zeit unterwegs, und bei den Lebrands einen Brief vor die Tür gelegt mit den wenigen Worten: »Vor mir liegen dringende Aufgaben.« Auf dem Marktplatz, neben dem Aufgebot der Preußen, stand der Pferdewagen für Fahrten übers Land oder nach Brüssel hinein. Sie hatte den Kutscher geweckt und ihn gebeten, sie hinter der Armee herzufahren, und als er erschrocken ausrief: »Die ziehen aufs Schlachtfeld«, hatte Clementine geantwortet: »Genau da will ich hin.«

Zuerst nach Wavre, denn dorthin hatte sich Blücher zurückgezogen, um die Franzosen, die ihn am Rhein vermuteten, hinters Licht zu führen. Statt zu warten und am nächsten Tag irgendwann mit den Preußen weiterzuziehen, hatte sich Clementine gleich nach Hougoumont bringen lassen, dort, wo nach Herrn von Merentheims Auskunft die Engländer sich bereithielten. Der Himmel war ruhig gewesen an diesem 17. Juni des Jahres 1815, aber seine Farben und die Wolkenbewegung hatten etwas Drohendes, als wollten sie warnen vor dem, was sich um den Mont-Saint-Jean herum zusammenbraute. Als der Kutscher die Militäraufstellung links und rechts der Straße wahrgenommen hatte, war er so plötzlich in die Zügel gegangen, dass seine Pferde hochgingen und die Kutsche sich fast überschlug.

»Bis hierher und nicht weiter«, hatte er geschrien. »Verehrte Schwester, nun ist aber gut. Ich bin Kutscher und kein Soldat, hier habe ich nichts zu suchen. Die sollen sich die Köpfe einschlagen. Aber ohne mich.«

Sie war ausgestiegen, hatte ihm eine stattliche Summe in die Hand gedrückt, das Tuch über die Schultern geschlungen, ihr Bündel und die Schachtel genommen und sich umgesehen.

Vom Schloss Hougoumont war sie weitergeschickt worden zum Gehöft Mont-Saint-Jean. Einige Verwundete hatten dort gelegen, noch verhältnismäßig ruhig und komfortabel. Clementine war einfach von einem zum anderen gegangen, hatte Wunden gesalbt, trockene Lippen benetzt und Worte des Trostes geflüstert. Sie hatte Brot und Tee bekommen und ein Bett an der Rückseite hinter einem Bretterverschlag, wo außer ihr noch zwei weitere Frauen nächtigten, Helen und Elisabeth, beide aus noblen Familien, in denen die Männer als Offiziere kämpften, verletzten und töteten und die Frauen salbten und verbanden, und das seit Menschengedenken.

Clementine war erschöpft eingeschlafen in dieser Nacht vor dem Grauen, von dem sie nichts ahnte, nichts ahnen konnte. Sie hatte die Soldaten trösten wollen, ihre Wunden verbinden, die Essenzen benutzen, um den Heilungsverlauf zu verkürzen. So hatte sie am Morgen lächelnd den Tag begonnen, voll guten Willens. Als sie vor das Haus getreten war, um ein Gebet zum Himmel zu schicken, hatten sich die Worte verknotet. Verhilf diesen

Soldaten zum Sieg, hatte sie sagen wollen, aber dann war sie nicht sicher gewesen, auf welche Seite des Schlachtfeldes sich Gott stellte oder ob er die Soldaten sich selbst überließ in ihrem Tun.

»Den Menschen will ich helfen, die meiner Hilfe bedürfen. Herr, segne mein Tun.«

Da krochen sie aus ihren Zelten, erhoben sich von der Erde, auf der sie die Nacht verbracht hatten. Ausgezehrte Gesichter, frierend und durchnässt. Sie alle hätten an diesem Morgen ärztliche Hilfe gebraucht und mehr Medizin als den Becher Gin, den die Kommandeure vor jeder Schlacht an alle austeilten. Sie wankten in ihren Stiefeln durch die aufgeweichte Erde, ihre Lippen waren zusammengekniffen wie die von zornigen Kindern, die voller Trotz ihren Weg weitergehen wollen. Das Leuchten war aus den Augen gewichen, aber der Blick war nach vorn gerichtet, hinüber zur anderen Seite des Tales, auf die Belle-Alliance, wo sich allmählich das französische Heer sammelte, ein ebenso übermüdeter hungriger Haufen Menschen, die ehemals farbenprächtigste Armee der Welt. Beide Seiten warteten auf die wärmende Sonne, die dem aufgeweichten Boden genügend Festigkeit geben sollte, um loszustürmen auf Pferden und zu Fuß, um dem Gegner den Kopf abzuschlagen, den Hals durchzuschneiden oder das Herz zu durchstoßen. Sie wollten kämpfen und siegen, auf dieser Seite und auf der anderen.

»Verehrte Schwester, trinken Sie auch einen Schluck«, hatte einer der Kommandanten gesagt und ihr einen Becher gereicht, aus dem es scharf in ihre Nase stieg.

»Es wird Ihnen helfen, das Weitere zu ertragen.«

»Ich bin gewohnt, mit Leidenden umzugehen«, hatte Clementine selbstbewusst erwidert, »außerdem bin ich die Tochter eines Soldaten.«

»Ich bin nicht sicher, ob Sie wissen, worauf Sie sich hier einlassen«, hatte der Mann gesagt und war gegangen.

Von der anderen Seite wehten Fanfarenstöße und Trommelwirbel herüber wie Klangfetzen, manchmal vereinzelt *»Vive l'empereur«* und *»Pour la France«*. Bei der Marseillaise hatte sie den Mann gesehen, der auf einem weißen Pferd an den Soldatenreihen entlangritt von Applaus begleitet, und ihr Herz hatte einen

Sprung getan. War er das wirklich, dort drüben? Sah sie ihn leibhaftig, den mittlerweile in Acht erklärten Ruhestörer Europas, den großen Eroberer, den Kaiser der Franzosen, Napoléon Bonaparte?

Clementine setzte sich auf die Steinbank, die den Gläubigen zur Ruhe dienen sollte, hier in der Kirche St. Gereon in Köln. Sie seufzte. Ja, er war es gewesen, jener Mann, von dem Clements seinerzeit mit glänzenden Augen geredet hatte, der ein Regent der Bürger hatte sein wollen, der Gleichheit, Freiheit und Brüderlichkeit auf seine Fahnen schrieb. Wo waren diese Ideen geblieben? Clementine hatte hinübergeblickt, auf jene halbverhungerten Heimatlosen, die nichts sonst mehr konnten als kämpfen, töten oder getötet werden, und sie hatte sich gefragt, ob dies die Art gewesen war, in der Napoleon dem Volk hatte helfen wollen.

Noch einmal war der Kommandeur zu ihr gekommen.

»Trinken Sie, Madame«, hatte er befohlen. »Tun Sie es. Es ist halb zwölf, es geht los. Dort kommen die Franzosen, vorneweg die Trommeljungen, diese Kinder, die zuerst sterben werden ...«

In diesem Augenblick hatte das Krachen der Salven begonnen. Clementine hatte den Becher mit einem Zug geleert und ihn danach weit von sich geworfen. Das Erlenwäldchen vor dem Obstgarten am Gehöft Hougoumont war wie platt gewalzt, aus den französischen Kanonen brüllte es ohne Unterlass, und Clementine hatte voller Entsetzen auf die Körper geblickt, die emporschnellten und dann liegen blieben, auf das Blut, das sich unter ihnen breitmachte, auf das Gebrüll, mit dem jetzt das Reitercorps der Franzosen durch das Tal herübereilte.

Wie oft hatte ihr Vater vom Schlachtfeld gesprochen, von den Kämpfen, den Verwundeten, den Gefallenen, aber niemals hatte sie sich vorstellen können, wie es wirklich war.

Sie war in das Hausinnere gerannt und hatte versucht zu erfassen, wo sie helfen könnte. Die Verletzten wurden einfach auf den Boden geworfen, dort lagen sie dann mit offenen Bäuchen, offenen Augen und offenen Mündern, aus denen es schrie und seufzte. Die Feldscher hatten gesägt, gehackt, hatten operiert, amputiert und ohne Unterlass genäht, und als das letzte Narkotikum verbraucht gewesen war, starben die meisten Verletzten schon auf dem Operationstisch. Clementine war durch Blutlachen gewatet, hatte sich tief hinuntergebeugt zu den eilig Versorgten, die in den Scheunen im Stroh gelagert waren, hatte zitternde Hände gestreichelt, den Schweiß von den Gesichtern gewischt und versucht, das Atmen zu erleichtern. Und als einer der Ärzte sie gefragt hatte, ob sie noch Alkoholdestillat habe, war ihr plötzlich klar geworden, wie diffus ihre Ideen gewesen waren, wie unreif, als sie zwei Tage zuvor gemeint hatte, man müsste die Verwundeten herausholen aus dem Kampfgetümmel, müsste sich früher um sie kümmern. Sie war hinausgelaufen, den Hügel hinunter. Der Himmel war rauchverhangen gewesen, die Luft stickig und stinkend, das Gemisch aus Marschtrommeln, Angriffsgebrüll, Schmerzensschreien und dem Schreckenswiehern der Pferde unbeschreiblich. Sie war einfach weitergegangen, hatte kaum erfasst, dass sie sich selbst in Todesgefahr brachte, sie war nur mit einem Gedanken beschäftigt gewesen, zu helfen, wo es nötig war und möglich, aber das wurde zum Schwierigsten überhaupt. Die Soldaten waren als solche nicht mehr zu erkennen gewesen, vor allem nicht, zu welchem Regiment sie gehörten, ob Freund oder Feind. Blut und Schlamm hatten die Fetzen an ihrem Leib zur Einheitskluft werden lassen, und nun hieben sie einfach um sich. Sie stampften mit ihrem Soldatenschritt über tote Pferdeleiber und verblutende Kameraden, stiegen über zurückgelassenes Kriegsgerät zwischen heulenden Kartätschensalven und einschlagenden Granaten einfach weiter voran, so wie sie es gelernt hatten.

Clementine erinnerte sich, dass sie damals angefangen hatte zu verstehen, was ihren Vater geprägt hatte und warum er geworden war, was er war. Solch ein Inferno war nur in bedingungslosem Gehorsam durchzuhalten.

Um drei Uhr an jenem Tag war es plötzlich sehr still geworden, nur noch das Zischen war zu hören gewesen, das Zischen des Wassers, das die Kanoniere zum Kühlen auf die heißen Kanonenrohre schütteten. Es hatte ausgesehen, als müssten beide Seiten erst einmal nachdenken, Luft holen. Oder war der Kampf entschieden, gab es bereits Sieger und Verlierer? Clementine war noch weiter den Hügel hinuntergerannt, durch Schlamm und

Blut. Neben einem Sterbenden hatte sie sich niedergekniet und das Kreuzzeichen über seiner Stirn gemacht. »Der Herr sei mit dir.« Dem daneben hatte sie ein Destillat unter die Nase getropft und ein mit Essenzen getränktes Tuch auf die Wunde an seinem Bein gelegt.

»Hierher«, hatte sie gerufen, und als niemand gekommen war, hatte sie selbst den Mann an den Schultern gepackt und ihn den Hügel hinaufgezogen zu den Sanitätern, die weiter oberhalb geblieben waren. Wie betäubt war sie von einem zum nächsten gegangen, und selbst als schon wieder Kanonenkugeln hin und her zischten, hatte sie noch versucht zu helfen, vor allem die verletzten Menschen zur Seite zu ziehen, damit sie nicht von den nachfolgenden Pferden zertrampelt wurden. Dann war sie gepackt und hinaufgezogen worden.

»Schwester, sind Sie verrückt geworden?«

Es war Walter von Merentheim gewesen, an dessen Arm sie den Berg hinaufwankte.

»Sie sind wirklich so, wie ich vermutet habe«, hatte er gesagt, als sie oben ankamen. »Tapfer und furchtlos. Wenn Sie ein Mann wären, hätte man einen guten Soldaten aus Ihnen machen können.«

Schloß Hougoumont war eingestürzt, die Nebengebäude hatten in Flammen gestanden. Sie erinnerte sich, den Drang in sich gespürt zu haben, dort hinüberzurennen, aber Walter von Merentheim hatte sie zurückgehalten.

»Haben Sie noch etwas Geduld«, hatte er gesagt. »Beten Sie für uns, Schwester, damit es bald ein Ende hat.« Seine Stimme war heiser gewesen, sein Gang müde und hoffnungslos, und als Clementine hinter ihm hersah, hatte sie sich leer gefühlt und so verlassen, dass sie nicht mehr gewusst hatte, in welche Richtung sie ihr Gebet schicken sollte.

Hier in St. Gereon, in dieser friedlichen Kapelle, so weit entfernt vom Gemetzel in der Welt, hier war es leicht, zu beten. Dort aber, inmitten der verzweifelten Schmerzensschreie Tausender Menschen, im Stöhnen der Erde, war ihr die Übersicht verloren gegangen, und sie hatte sich gefragt, wo Gott zu finden war in solchen Zeiten. Oder verschloss er den Himmel und wartete, bis alles vorbei war, sah durch die Wolken hinunter auf die Erde, wie sich die Menschen hier unten gegenseitig verstümmelten, und blieb tatenlos?

Clementine stand auf und ging wieder hinaus auf die Straße. Wie glücklich konnte sie sich schätzen, in einer Stadt zu leben, in der es friedlich zuging, wo ihre einzige Sorge zu sein schien, ob und wo sie ihr Unternehmen zur Fabrikation der heilenden Kräuteressenzen gründen sollte.

Bevor sie zu Gumpertz zurückkehrte, machte sie einen kleinen Umweg zum Domhof, sah an den Häusern hinauf und versuchte sich vorzustellen, welches davon für sie vorgesehen sein würde. Als sie auf der Litsch die Tür aufschloss, hörte sie schon die Stimmen der Herren Isenkrahe und Esser und dann Gumpertz, der ihr entgegenrief: »Mir zur Gesellschaft sind die beiden gekommen, weil Sie, verehrte Schwester, mich mal wieder der Einsamkeit preisgegeben haben.« Allerdings lachte er dabei, und als Clementine sich gleich wieder davonmachen wollte, rief er:

»Halt, Schwester, Sie werden doch nicht gleich wieder weglaufen und uns alte Männer allein lassen? Erzählen Sie uns, was Sie den Nachmittag über getrieben haben, und diskutieren Sie mit uns über das Leben und Treiben in dieser Stadt.«

»Ich war ein bisschen unterwegs«, antwortete Clementine. Über den möglichen Wohnungswechsel wollte sie noch mit niemandem sprechen, obwohl sich die beiden Besucher sicher über die zukünftige Nachbarin am Domhof freuen würden.

Allerdings schien keiner der Anwesenden tatsächlich an ihrem Tageserleben interessiert zu sein. Sie setzten gleich das angefangene Gespräch fort, in dem es um die Querelen innerhalb des Klerus ging, um Beruf und Berufung, um den Wandel im Glauben der Menschen. Isenkrahe meinte, es werde immer notwendiger, den Menschen das Wort Gottes auf andere Weise nahezubringen, womöglich auch außerhalb der kirchlichen Rituale, der Gottesdienste.

Clementine nickte. »Wenn wir uns darauf besinnen, dass wir alle sterblich sind, dass wir alle auf das Ende unserer Tage keinen Einfluss haben und dass dieses Wissen allein Gott zusteht, dann könnten wir alle uns mehr fühlen wie Menschen unter Menschen, egal welchem Stande jeder Einzelne sich zugehörig fühlt. Denn alle sind wir nur aus Staub und Erde, werden als solche wieder zur Erde zurückkehren, und während der Zeit, die dazwischenliegt, verbringen wir unsere Tage mit Mühe und Sorgen und sind doch immer und allezeit unter Gottes gütiger Hand.«

»Sapperlot«, sagte Isenkrahe, »vielleicht sollten wir Ihnen Männerkleidung geben und Sie am kommenden Sonntag die Predigt im Dom halten lassen.«

Esser lachte.

»Was wohl unser verehrter Erzbischof dazu meinen würde?«

Clementine schwieg. Ihre Worte erstaunten sie selbst, und sie fragte sich, woher sie den Mut nahm, sich derart zu äußern. Nun aber griff Gumpertz zu seinem Weinglas, nahm einen Schluck und rief: »Papperlapapp, solch eine Parodie wollen wir doch nicht einführen in der heiligen katholischen Kirche. Sie, Schwester Clementine, bleiben bei den Heilsuchenden des Körpers und überlassen uns das Heil der Seele.«

»Entschuldigen Sie mich«, sagte Clementine und stand auf. »Ich habe noch zu tun.«

Als sie zur Tür eilte, kam Isenkrahe hinter ihr her.

»Schwester«, sagte er, »lassen Sie sich doch nicht von diesem alten Klotz in die Enge treiben. Was Sie sagten, hatte Hand und Fuß, und mehr denn je bin ich der Meinung, dass Gott Männer und Frauen berufen hat, sein Wort zu verkündigen ...« Aber hier wurde er von Esser unterbrochen, der in gespieltem Entsetzen erwiderte:

»Mein lieber Freund, ich bitte Sie eindringlich, sich nicht zu weit hinauszuwagen in die Welt der Protestanten, denn nach deren Gesinnung hört es sich an, was Sie da eben so wohlgeformt parlierten. Lassen Sie besser solcherart Gedankengut nur in Ihrem Inneren schlummern.« Dann jedoch lachte er. »Und was die Parodie anbelangt, die überlassen wir besser dem Helden Karneval, der sich bereits wieder auf den Weg gemacht hat, um die Leute zu unterhalten. Seit Neujahr tagt schon das festordnende Komitee und sammelt Ideen für das diesjährige Maskenfest. Mittlerweile haben sie bereits eine Probeerscheinung des Mannes auf dem Mond durchgeführt. Und dieser Tage sah ich schon einige zu den Maskenbällen eilen.«

»Wie wäre es«, sagte Isenkrahe lachend, »wenn wir uns auch einmal dort einfänden, in vollem Ornat, aber mit maskiertem Gesicht, damit jeder meint, wir wären mit dem geistlichen Gewand kostümiert. Und Sie, Clementine, gehen einfach auch mit, das wäre doch ein gelungener Karnevalsspaß.«

Was sollte Clementine darauf erwidern, und war es denn überhaupt eine ernsthafte Anfrage gewesen?

»Entschuldigen Sie mich«, sagte sie hastig und ging nun endgültig hinaus und zur Küche. Dort mischte sie eine Medizin aus den besten Kräutern, die der Vorrat bereithielt, destillierte, füllte den Extrakt in eine mittelgroße Flasche und rief gleich nach Johann, der das Produkt zum Erzbischof bringen sollte. Jedoch hörte sie in diesem Augenblick das Klopfen an der Eingangstür und danach den Ruf nach ihr. Ein Bote überbrachte die handschriftliche Nachricht des höchsten Geistlichen der Stadt, die verehrte Schwester möge am nächsten Morgen um zehn Uhr im Domhof 19 erscheinen, um dort die Räume zu inspizieren.

»Danke«, sagte Clementine, nahm das Fläschchen aus den Händen ihres Gehilfen und gab es dem Boten mit der Bitte, diese Kostbarkeit schnellstmöglich und persönlich an den Erzbischof zu übergeben.

Beim Abendbrot hing sie ihren Gedanken nach, während Gumpertz kaute und immer wieder mit vorwurfsvollem Blick zu ihr hinübersah. Clementine blieb schweigsam, sie hatte das dringende Bedürfnis, ihre Pläne zu vollenden, vor allem eine Kalkulation aufzustellen, um sich nicht gleich zu Beginn ihrer Unternehmung zu verschulden. Seit drei Wochen lag das meiste ihres Bargeldes bei der Sparkasse, die nun tatsächlich im ehemaligen Minoritenkloster ihre Pforten geöffnet hatte. Wie viel würde sie davon brauchen, würde es überhaupt ausreichen für Haus und Möbel und danach für die Einrichtung des Verkaufsraums, eines Comptoirs und vielleicht noch eines Besprechungszimmers? In einer Ausgabe der Kölnischen Zeitung war ein Branntweinbrennereigeschirr in der verbesserten Schröder'schen Methode samt Zubehör zum Kauf angeboten worden, aber mit mehrjähriger Zahlungsfrist. So etwas hatte den Vorteil, dass man nach und nach den Gewinn gegen die Kosten aufrechnen konnte.

»Haben Sie einmal an die Gefahren einer Destillationsfabrikation gedacht?«, fragte Gumpertz unvermittelt. Clementine erschrak. Was meinte er mit Gefahren? Die Angriffe der Konkurrenz oder den Teufel, der sich aufmachte, den demütigen Geist mit Hochmut und Geldgier zu vergiften?

»Im Dezember des letzten Jahres, es ist noch nicht lang her, sind in der Schweiz zwei Frauen beim Branntweinbrennen zu Tode gekommen, bei lebendigem Leibe verbrannt.«

»Heilige Maria, Mutter Gottes«, rief Clementine und schlug das Kreuz. »Wie konnte es denn dazu kommen?«

»Eine Flasche auf dem Herd drohte überzukochen, also wollte die Hausfrau ein wenig davon in ein neues Gefäß füllen, der Dunkelheit wegen leuchtete ihr die Freundin, und der Branntwein fing Feuer vom Licht der Kerze. Gleich darauf brannten beide lichterloh, und obwohl sie bald vom Ehemann der einen mit Wasser begossen wurden, mussten sie immer weiterbrennen, so lange, bis der Spiritus gesättigt war. Beim Entkleiden riss die Haut in Fetzen vom Leib, und schreiend wurde die eine nach achtundzwanzig Stunden Schmerzen vom Tode erlöst, die andere erst acht Stunden danach. So straft der Himmel, was nicht in seinem Sinne ist.«

Clementine stand auf und ging hinaus. Das hatte eingeschlagen wie ein Blitz. Die brennenden Frauen und ihr Leid standen wie leibhaftig vor ihren Augen. So etwas konnte einem jeden geschehen, der mit Alkohol und Feuer umgehen musste. Aber deshalb die Branntweinläuterung oder die Destillation von Kölnisch Wasser oder solchem zu Heilzwecken als Höllenwerk anzuprangern, ging ihr nun wirklich zu weit.

Sie war mit Schlimmerem fertig geworden. Noch einmal liefen ihre Gedanken zurück nach Waterloo. Sie war damals ohne

Gebet in die Scheune gerannt. Ihr Köfferchen war leer gewesen, keine Essenzen, keine Destillate, keine Verbandsbinden. Nichts mehr, das sie hätte anwenden können. So hatte sie getröstet, gestreichelt und geredet bis zum Abend. Danach war sie zusammen mit den Bergungsmannschaften losgezogen, hatte sich um die Verletzten gekümmert und den Toten die Augen zugedrückt. Die Franzosen waren besiegt, ihr Anführer endgültig in die Knie gezwungen. Wer aber benannte die vielen, die sich für ihn aufgeopfert hatten, und die vielen, die sich ihm entgegenstellten? An den Tagen, die der Schlacht folgten, hatten Tausende auf den Straßen gelegen, Tote und Sterbende, Alte und Junge und vor allem Freund und Feind, unter der heißen Sonne vereint. Clementine hatte gefragt, ob man wisse, wie viele Menschen diesen Kampf mit ihrem Leben bezahlt hätten. Der Kommandant hatte den Kopf geschüttelt.

»Ungefähr sechzigtausend mögen es gewesen sein«, sagte er, »vielleicht ein paar mehr, vielleicht ein paar weniger. Wer kann das schon wissen?«

Wie ein Ameisenhaufen, auf den jemand mit seinem Stock eingehauen hatte und dem es einerlei war, wie viele Ameisen dabei zugrunde gingen.

Am Ende dieser Woche hatte sich Clementine auf den Hügel von Mont-Saint-Jean gesetzt. Die Felder waren verwüstet, die Obstbäume niedergebrannt. Die Ernte des Jahres vernichtet. Und sie selbst hatte nichts tun können gegen das Grauen. Nichts hatte sie erreicht von dem, was sie glaubte erreichen zu können. Sie hatte an die vielen Mütter gedacht, deren Söhne gefallen waren, an die Frauen, die um ihre Männer trauerten, sie hatte auch an ihren Vater gedacht, der viele solcher Augenblicke erlebt hatte, und an Clements, den sie sich jetzt mehr denn je herwünschte. In dem Moment war Walter von Merentheim hinter sie getreten, hatte eine Hand auf ihre Schultern gelegt und ihr einen Brief in die zitternden Hände geschoben, ein Schreiben von Seiner Majestät König Friedrich Wilhelm dem Dritten von Preußen, in dem dieser seine allerhöchste Anerkennung ihres Einsatzes auf dem Schlachtfeld in Waterloo ausdrückte und ihr ein jährliches Legat von hundertsechzig Goldtalern zugestand, das ihr bis zu ihrem

Lebensende gezahlt werden sollte. Mut und Durchhaltevermögen, hatte ihr Vater gesagt, würden sich im Leben immer auszahlen. Daran dachte sie jetzt und vertrieb die Angst vor Gefahren. Sie hatte Waterloo überlebt und würde sich nicht von der Gefährlichkeit der Destillationsapparate in die Flucht schlagen lassen. Ohne Mut gab es keinen Fortschritt. Die Dampfschifffahrt wäre nicht erfunden worden, und die Gründung der Preußisch-Rheinischen Schifffahrtsgesellschaft war auch nur der Entschlussfreudigkeit der Handelskammer entsprungen. Es gab vieles auf der Welt, das ohne menschliches Zutun wuchs und gedieh. Blumen und Bäume, die Heilpflanzen, das Gras, die Menschen und Tiere – jedoch wie das Leben sich bessern könnte, wie sich bequemer reisen ließe, wie Wärme entstand und die Behausung, woraus die Bekleidung sich wirken ließe, wie die Krankheiten zu heilen wären und vieles mehr war nichts weiter als das Ergebnis menschlichen Denkens und Lernens und Forschens. Daran sich zu beteiligen war schon in jungen Jahren ihr Ziel gewesen, und nun fühlte sie sich tatsächlich ganz nah vor der Erfüllung eines Traumes.

Pünktlich stand sie am folgenden Morgen vor dem Haus mit der Nummer 19 am Domhof. Ein angenehmes Gebäude, mit Türmchen am Giebel, geschwungenen Fenstern und direkt dahinter das Südportal des Domes! Sie blickte an der Fassade hoch und stellte sich vor, wie es sein würde, an dieser Wand ihren Namen zusammen mit der Nennung ihres Fabrikates zu lesen, in großen Lettern, und durch diese Tür ins eigene Heim hineinzugehen. Ein Mann kam auf sie zu.

»Einen wunderbaren guten Morgen wünsche ich«, sagte er, »trotz dieser Eiseskälte, die den Rhein zufrieren lässt und die Schifffahrt lahmlegt. Bis zu sieben Fuß und zehn Zoll stieg die Wasserhöhe bislang schon, die Schiffe müssen im Sicherheitshafen ankern, und so zeigt der Winter uns Menschen seine Kraft und verweist uns in unsere Grenzen, wo wir doch meinen, alles unter unsere Kontrolle bringen zu können. Es ist gut zu wissen, dass dies oder das doch noch vom Himmel herabkommt, ohne unser Zutun und Planen. Aber was schwätze ich denn so viel daher, ohne mich vorzustellen. Mein Name ist Schmitz, Adalbert Schmitz. Ich heiße Sie höflich und herzlich willkommen, verehrte Schwester. Der Herr Erzbischof hat in solch hoher Weise von Ihnen gesprochen, dass ich mich glücklich wähnen kann, dieses bescheidene Domizil an Sie vermitteln zu dürfen.«

Clementine lächelte, sie spürte, wie die Hitze erwachte und trotz der Minustemperaturen ihren Körper überschwemmte, die Achseln nässte und hinter den Augen flackerte.

»Danke«, erwiderte sie, »ich hoffe, ich bin es wert, hier einzuziehen, und auch, dass es mir überhaupt pekuniär möglich sein möge.«

»Schauen Sie erst einmal hinein, ob es Ihren Ansprüchen genügt, über alles Weitere lässt sich gewiss Einigung erzielen.«

Ein Haus mitten in Köln, in der Nachbarschaft der Kathedrale, in das sie, die Klosterfrau Maria Clementine, jetzt ihre Füße setzte, Räume durchschritt, die vielleicht bald die ihren sein würden, die sie möblierte und bewohnte, in denen ein Unternehmen getauft werden sollte und danach wachsen und gedeihen, ein Haus, in dem die Menschen ein und aus gingen, stets geheilt an Leib und Seele. Den Jubel, der sich über die Zunge schleichen wollte, jagte sie zurück, als Tochter eines Soldaten hatte sie gelernt, Gefühle in Schach zu halten, damit sie dem Feind nicht als Angriffsfläche dienten, und obwohl dies kein Feldzug war und Herr Schmitz kein Feind, schien es angemessen, dem Gegenüber nicht gleich von der eigenen Heiterkeit zu berichten, mit der sie das Haus bereits in Besitz genommen zu haben schien, bevor weder ein Preis genannt worden war, noch eine gewissenhafte Prüfung der Räume und der Bausubstanz erfolgt war. So ging Clementine neben Herrn Schmitz gemessenen Schrittes treppauf und treppab, schaute sich schweigend die Wände an, den Boden und öffnete hier und da ein Fenster oder eine schwere Tür. Endlich waren sie wieder unten angekommen, in der Eingangshalle, die genügend Platz für die Produktion bot, sogar dann noch, wenn sie eines Tages größere Apparaturen brauchen würde.

»Recht ordentlich«, sagte sie leise. »Nun allerdings liegt es an Ihren Preisvorstellungen, ob wir einig werden.«

»Ich freue mich, dass es Ihnen gefällt«, erwiderte der Mann, »es ist gedacht an einen ersten Mietvertrag von zwei Jahren, und der Mietpreis ...«

»Zur Miete?«, rief Clementine. »Und nur vertraglich gesichert für zwei Jahre? Nein, das Risiko ist mir zu groß. Wenn ich mich gerade etabliert habe, laufe ich Gefahr, wieder gehen zu müssen. Es tut mir leid, dass ich Ihre Zeit in Anspruch genommen habe. Meine Empfehlung an die Herren vom Domkapitel und einen guten Tag noch.«

In diesem Augenblick begannen die Domglocken mit ihrem Mittagsgeläut, und so konnte sie nicht hören, wie Herr Schmitz sich bemühte, ihre Zweifel aus dem Weg zu räumen.

Als sie ins Gumpertz'sche Haus zurückkehrte, war sie froh, noch nichts erzählt zu haben, von dem sie jetzt wieder Abstand nehmen müsste. Sie war nicht sicher, wie der Domvikar reagiert hätte, wenn es wirklich zu einem schnellen Umzug gekommen wäre, denn manchmal vermutete sie, dass er mit seinen großen Reden über den abscheulichen Gestank in seiner Küche wahrscheinlich eher hatte erreichen wollen, dass sie die ganze Idee begraben würde und sich wieder uneingeschränkt ihm und seinen Beschwerden widmete. Eine kleine Wehmut war zurückgeblieben. Der Domhof 19 wäre eine gute Wahl gewesen. So würde sie sich also weiter in Geduld üben müssen eingedenk dessen, was sie kürzlich in einer kleinen Broschüre gelesen hatte: *»Es ist nicht das Wissen, sondern das Lernen, nicht das Besitzen, sondern das Erwerben, nicht das Da-Sein, sondern das Hinkommen, was den größten Genuss gewährt.«*

In einem kleinen Schreiben dankte sie dem Erzbischof für seine Bemühungen, jedoch komme das Haus wegen der äußerst kurz zugesicherten Mietdauer leider nicht für sie in Frage.

So war wieder alles zurückgeflossen zur ursprünglichen Form. Sie würde mit Gumpertz reden müssen, ihm Vorschläge unterbreiten, wie sie ihre Unternehmungen mit seinen Vorstellungen verbinden könnte, ohne sein Wohlbefinden zu stören.

Vorerst allerdings war die Stadt im Karnevalsfieber, etwas, dem Clementine verwundert gegenüberstand. Wie konnte es sein, dass nicht nur der einfache Bürger, sondern Honoratioren und Notabeln dem festordnenden Komitee angehörten und sich in großer Ernsthaftigkeit mit dem künstlichen Phantasiegebilde des Helden Karneval beschäftigten? Wie war es möglich, dass selbst die Kölnische Zeitung ihre politische Berichterstattung an den Rand schob zugunsten der Klage über das unglaubliche Verschwinden dieses Phantasiegebildes, zu dessen Auffindung Ritter und Herolde ausgeschickt wurden, bis schließlich die Vermutung Raum griff, die Leute vom Mond seien es, die ihn verschleppt hätten, um mit seiner Hilfe endlich teilhaben zu können am kölschen Karnevalsumzug? Es erschienen Heftchen mit Karnevalsliedern, Skizzen und Plänen für die Karnevalsfeierlichkeiten. Sogar genehmigtes Karnevalsbriefpapier wurde hergestellt. Den kölschen Klaaf in der Zeitung zwischen Gevatter A und Gevatter B hatte Clementine trotz allen guten Willens nicht entziffern können:

»Dohvun hät enen Stänekikker gesaat
Beim junge Läch künnt hä klohr ovservieren
Dat im Mond och nen Här dät regieren
Dä wör ärch lank von Lüf und kooz von Bein
Sing Ohren wören groß un de Augen klein
Der Munk wör größer als en Schörendöör
Op sing Order wöötd jetzt alles verpack
Kleider Höt Pürcken un gar nen Dudelsack
Alt und Junk mötts dob laufen und jagen
Proviant wööt zusammen getragen
Dann alles ene großen Luftball gelaat
Als wöödt dermet en lange Lufreis gemaat
Der Ballung wör auch immer en nen Döff gehöllt
Dat bewies dat hä auch met Damp wööt geföllt.«

Und selbst nach Gumpertz' Übersetzung konnte sie nicht begreifen, wie ein intelligenter Mensch sich auf eine solche Mär einlassen konnte.

»Daran werden Sie sich gewöhnen müssen, liebe Schwester«, sagte Gumpertz, »es gibt seit Menschengedenken das Maskentreiben zu Karneval in der Stadt, und seit zwei Jahren haben sich einige vortreffliche Männer darangemacht, diesen Mummenschanz in geordnete Bahnen zu lenken und damit die teils sehr unschicklichen Exzesse auf den Straßen zu unterbinden.«

»Aber warum überhaupt Karneval?«, fragte Clementine.

»Weil jeder Mensch in sich den Wunsch trägt, hin und wieder zu spüren, wie es wäre, ein ganz anderer zu sein. An diesen Karnevalstagen oder schon vorher bei den Maskenbällen hat ein jeglicher die Gelegenheit, sich eine zweite Natur zuzulegen, sich in sie hineinzuleben und sie auszukosten, das macht ihn glücklich und zufrieden und bereit, am Aschermittwoch die Fastenzeit zu beginnen. Es ist wie ein letztes Aufbäumen des Fleisches, bevor es geknechtet wird.«

Von Isenkrahe bekam sie, vielleicht auf Veranlassung seines Freundes Gumpertz, die Karnevalsalmanache der beiden Vorjahre, damit sie eine Vorstellung bekomme, worauf sie sich eingelassen hatte mit der Verwurzelung in dieser Stadt.

Der Winter hielt das Land in seiner frostigen Hand. Trotz der wachsenden Erkenntnisse war gegen zugefrorene Flüsse oder Treibeis auf denselben immer noch kein Mittel erfunden worden. Die Schiffe lagen weiterhin fest, aus Sicherheitsgründen war sogar die Brücke abgefahren worden, und jetzt, hieß es, sei besonders auf die Kinder zu achten, damit nicht ein solch kleines Geschöpf beim Spielen sein Leben lassen müsse, wie bereits in Düsseldorf geschehen, wo das einzige Kind einer achtbaren Familie auf dem Eis einbrach und nicht mehr gerettet werden konnte. Das Gumpertz'sche Dienstmädchen hatte, wie es sich gehörte, einen Teil der Straße vor dem Haus mit Asche bestreut, um das Glatteis begehbar zu halten, und weil die erneute Bekanntmachung der Straßenreinigungsvorschrift die Bürger daran erinnerte, war der größte Teil der Stadt auch in diesen Tagen passierbar geblieben.

»Insofern«, meinten die Herren Domvikare unisono, »gibt es keine Gefahren für den Umzug am Rosenmontag. Nur warme Kleidung wird vonnöten sein, wenn man sich am Rande stehend an der bunten Vielfalt erfreuen will.«

Gumpertz hatte sich eine Pfeife angezündet, er schien guter Laune, und Clementine ergriff die Gelegenheit, noch einmal mit ihm über die Fabrikation in seinem Hause zu sprechen.

»Wenn Sie mir beispielsweise den Eingang überließen, dann könnte ich im Keller die Fässer lagern und hinter der Treppe meinen Destillationsapparat platzieren, den Tisch davor zum Befüllen benutzen und hinter der Tür eine Theke zur Präsentation und zum Verkauf errichten. Es dringt dann gewiss keinerlei Duftgemisch in die Küche und nur sehr wenig in den Wohnraum, auch würde Ihre Ruhe kaum gestört, und ich könnte beginnen mit dem, was mir am Herzen liegt.«

Der Domvikar hatte bereits seinen Wein getrunken, der seinem Geiste wohlgetan hatte.

»Ach Clementine«, sagte er leise, »wer weiß, wie lange ich überhaupt noch hier auf Erden verweilen werde. Wie könnte ich es da ertragen, im letzten Teil meines Lebens so selbstsüchtig gewesen zu sein und Ihre Wünsche ungehört verrauschen zu lassen. Nein, Sie haben mir Gutes getan, und ich will Ihnen nun keine Steine in den Weg legen. Nehmen Sie Johann und das Mädchen und vielleicht auch noch Juliane und Heinrich und fangen Sie mit dem Umbau in meinem Hause an. Den Segen des Hausherrn haben Sie.«

Clementine war so ergriffen, dass sie beide Arme um seinen Hals legte und ihn mit großer Herzlichkeit an sich drückte.

»Habe ich schon gesagt, wie viel Miete ich dafür verlange?«, sagte Gumpertz und lachte. »Nein, Schwester, fürchten Sie sich nicht, da werden wir uns einig werden. Eine Hand wäscht die andere, so ist das hier in Köln üblich. Und jetzt bitte ich Sie, mit mir anzustoßen, auf eine erfolgreiche Zukunft.«

Dieselbe jedoch rückte erneut in die Ferne, denn auch diejenigen, mit denen sie den Umbau zu tätigen gedacht hatte, waren dem Karnevalsfieber erlegen. Johann hatte sich als Helfer im Festzug gemeldet, und hierfür gab es offenbar unerhört viele Besprechungen, an denen teilzunehmen er gezwungen war, so jedenfalls entschuldigte er sein morgendlich spätes Erscheinen, das er mit dem früheren Weggang am Abend ausglich. Heinrich Fusen schien nunmehr, da er sich seiner Juliane sicher wusste, wieder mehr Zeit mit seinen Freunden zu verbringen, und im Besonderen während dieser närrischen Wochen verließ er häufig am Abend das Haus und kam erst in den Morgenstunden heim. Juliane hatte sich hierüber heftig beklagt und sich schließlich auf Anraten ihrer Mutter um die vakante Chorsängerstelle in der Hauptkirche St. Kolumba bemüht, was ihr nun auch wöchentlich einen, bisweilen sogar zwei Abende in anderer Gesellschaft bescherte. Aber selbst dort dirigierte mittlerweile der Karneval den Ablauf der Proben, und so fiel das schwere Liedgut für die heilige Messe den leichten und lockeren Karnevalsrefrains zum Opfer. Nur das Gumpertz'sche Dienstmädchen fand sich bereit, auch in dieser Zeit uneingeschränkt seiner Arbeit nachzukommen, und war sogar willens, bei der Umgestaltung des Hauses mitzuwirken. Jedoch verschob Clementine alle Umwandlungen. Sie würde erst beginnen, wenn die Stadt wieder aus der Zeit der Harlekine, der Schnurren und Witze erwacht war und sich hoffentlich wieder auf die wesentlichen Dinge des normalen Lebens besann.

Allerdings sprach sogar der Erzbischof am Sonntag im Dom in seiner Predigt von der Freude und dem Frohsinn, der diese Stadt eingenommen hatte.

»Es ist allemal besser«, sagte er, »dass anstelle der ehemaligen Stadtsoldaten jetzt die rot-weißen Funken durch die Straßen marschieren, und dank der vorbildlichen Planung des festordnenden Komitees hat man wohl auch in diesem Jahr keine Ausschreitungen oder Störungen der Ordnung zu befürchten.«

Dennoch fühlte sich die Obrigkeit genötigt, darauf hinzuweisen, dass alle Maskeraden, die gegen die Religion und die guten Sitten verstießen oder beleidigend für Gegenstände der öffentlichen Achtung oder einzelne private Personen wären, untersagt wären und bestraft würden und dass Eltern ihre Kinder auf den

Straßen nicht unbeaufsichtigt lassen sollten, wo sie womöglich trotzdem unsittlicher Masken ansichtig werden könnten.

Darüber hinaus hatte sich das Karnevalskomitee die Freiheit genommen, Seine Königliche Hoheit, den Prinzen Friedrich von Preußen, zur diesjährigen Karnevalsfeier nach Köln einzuladen, und da derselbe geruht hatte, diese Einladung huldreich anzunehmen, würde das vaterländische Fest einen nie gehabten Glanz erreichen, der selbst die Meinung der Klosterfrau Clementine umzuwandeln vermochte, denn wenn die honorigsten Männer der Stadt, der Klerus und nun sogar Prinz Friedrich für diese Narretei zu interessieren waren, dann würde es schon nicht vom Teufel sein und aus der Hölle.

Anfang Februar war der große Zug der Lustigen zum Mond aufgebrochen und bereits nach kurzer Zeit im nahe gelegenen Dorf Nipphaus angekommen.

Die Zeitung brachte Extraseiten mit kölschen Gedichten des Kommandanten der Funken, deren Anfang

»Oprof an de Funken
Löstige Funken
kuraschete Kameraden
De Funken wäden uns wohl dismohl nit verloßen
Dann de allein können uns Secherheit gevven
Söns wädem mehr schreckliche Zikken erlevven«

Gumpertz zu erklären versuchte, genauso wie den Funkennamen Holofernes von Künningsfeld, aber in keinem konnte Clementine einen Sinn erkennen.

Der Rosenmontag begann so wunderbar, als hätte selbst der Himmel seine Freude entdeckt am Mummenschanz und an den zwingenden Trommelrufen. Bereits am Morgen dieses sechsten Tages im Februar erwachte der Eifer, Menschen in der Einheit des Frohsinns zusammenzufügen, damit sie gemeinsam lachten, sangen und in einem unverändert gleichen Rhythmus ihre Körper hin und her wiegten. Es kam Clementine vor wie bei einer kirchlichen Wallfahrt oder einer großen Prozession. Eine Vielzahl von Menschen aus allen Schichten, Männer und Frauen, Kinder und Alte, jeder in seiner eigenen Weise geschmückt und behangen, war unterwegs zum Neumarkt, wo seit den frühen Morgenstunden das festordnende Komitee damit beschäftigt war, seinem Namen alle Ehre zu machen. Prächtige Kutschen, Reiter mit hochgehaltenen Standarten oder Wappen, die Pferde in ruhigem Schritt, mittendrin die Funken in ihren rot-weißen Uniformen, mit der Pfeife und dem Hering am Hut, zusammen mit Marketenderinnen, die auf großen bemalten Gänsen zu sitzen schienen, der Held Karneval im prächtigsten Wagen, so fuhren die Narren an den Kölnern vorbei, bestaunt, bejubelt und beneidet, denn wer wäre nicht gern einer von ihnen gewesen. Selbst Clementine spürte, wie sich ihr Herz öffnete, wie es den Zauber dieses Festes aufnahm, hier in Köln, in der Stadt der Kathedrale, wo der Erzbischof ihr Freund war, das Domkapitel ihren Namen kannte und sie sich darangemacht hatte, ein Produkt herzustellen, das der eine oder andere der Bürger, die hier so tanzten und jubelten, vielleicht sogar bereits kannte. Nahm die Frau dort drüben nicht gerade eine Flasche mit dem Emblem »Klosterfrau« in die Hand, träufelte einige Tropfen auf ihr Taschentuch und rieb sich damit Kühle und Wohlbefinden auf die erhitzte Stirn? Gewiss, es war das Duftgemisch aus ihrer Destillationsstube, welches jetzt herüberwehte, ihr in die Nase stieg und fast den Verstand raubte vor Glück und Wohlergehen.

»Ich bin eine Kölnerin«, rief sie hinein in das Schreien und Jubeln, und dieser Satz wurde aufgenommen vom großen Gesang all der anderen Bürger und Bürgerinnen dieser Stadt. Und doch hatte auch dieses närrische Treiben seine Ordnung und Menschen, die sie aufrechterhielten, denn trotz der schillernden Maskeraden, in denen die Frauen und Männer leichtfüßig in das bunt geschmückte Ballhaus Gürzenich einmarschierten, trotz der unverkennbaren Leichtigkeit der Gedanken und Gefühle gab es strenge Regeln für das Anfahren der Kutschen, denen sich jene ohne Weiteres zu unterwerfen bereitfanden.

Zwei Tage später war ein jeder zu seinem Alltag zurückgekehrt. In großen Scharen strömten die Menschen zu den Kirchentüren hinein, um später mit dem Aschenkreuz auf der Stirn und der Fastenordnung unterm Arm nach Hause zu eilen, bereit, die Mühsal des Lebens zu ertragen, zu leiden, wie Jesus gelitten hatte. Tatsächlich schien niemand enttäuscht oder ärgerlich, keiner klagte über die Vergänglichkeit des Frohsinns oder wünschte sich die Maskerade zurück. Alles hatte seine Zeit. Zeit für Frohsinn und Spaß war gestern. Heute begann die Zeit des Fastens, und alles war gut und richtig.

Wo aber blieb Johann? Dass er die Karnevalstage unterwegs war, hatte Clementine verstanden, auch dass er am Dienstag ausschlafen wollte. Aber jetzt war Aschermittwoch, und niemand sonst wagte es, seiner Arbeit fernzubleiben. Wo blieb also Johann?

Clementine und das Hausmädchen begannen nun zu zweit mit dem Umstellen der Tische und Truhen im Eingangsbereich. Am Nachmittag erschienen Heinrich und Juliane, die sich daran begaben, die schweren Apparate, die kleinen und großen Fässer, die leeren und vollen Fläschchen und Flaschen hinunterzutragen, hierhin und dorthin, bis am Abend tatsächlich so etwas wie die Geschäftsräume eines Unternehmens entstanden waren. Clementine strahlte, und später saß sie mit dem Domvikar und den Helfern am Tisch beim Fischgericht, das die Köchin, nunmehr wieder alleinige Herrin in der Küche, mit Raffinesse und so köstlich zubereitet hatte, dass Gumpertz begeistert ausrief: »So wird sogar die Fastenzeit zum Genuss.«

Auch am Donnerstag war Johann nicht erschienen, und am Freitag begann Clementine nach ihm zu suchen. Viele hatten ihn gesehen, bei der Funkentruppe war er gewesen, als Pferdeführer, als Wagenlenker, als Junge für alle anfallenden Arbeiten, danach aber hatte ein jeder mit sich selbst zu tun gehabt oder mit dem Weib an seiner Seite. Wohin der Junge dann gegangen war, wusste niemand.

»Der wird schon wieder auftauchen«, sagte Präsident von Künningsfeld, der sich wieder seinen Amtsgeschäften als Gerichtsvollzieher zugewandt hatte, »vielleicht hat er sich verliebt, das kommt in diesen Tagen häufig vor, und muss sich verstecken mit dem Liebchen, weil die Eltern nichts wissen dürfen, oder er ist krank geworden am Fieber. Nach dem Frohsinn und dem vielen Wein ist auch das nicht ungewöhnlich. Er wird schon wiederkommen.«

Clementine versuchte, allein zu arbeiten, und fragte sich doch, welchen Grund dieser Junge haben konnte, sie im Stich zu lassen. Sie hatte ihm vertraut, und gerade jetzt, wo sich alles so gut anließ, blieb er verschwunden. Ein Tag verging und der nächste, eine Woche und noch eine. Dem Karnevalskomitee war der »Trattalo sulla commedia delle arte ossia improvvisa« verliehen worden, ins königliche Haus wurde ein neuer Prinz geboren, und der Rhein war wieder frei von Eis und für die Schifffahrt geöffnet, aber Johann blieb verschwunden.

Einem Zeitungsbericht zufolge war das Roisdorfer Wasser von einem Dr. Bischof aus Bonn untersucht und mit anderen Mineralwässern verglichen worden mit dem Ergebnis, dass sein Nutzen gegen Hartleibigkeit und Trägheit des Stuhlganges, bei Faulfieber, Hautkrankheiten wie auch bei schwierigem oder stockendem Monatsfluss bei Frauen erwiesen war.

Clementine ließ die Zeitung sinken. Immer öfter schienen die Buchstaben plötzlich zu einem grauen Kloß zusammenzukleben, und erst wenn sie die Augenlider gegeneinanderkniff, erwachten sie wieder zum Leben. Monatsfluss hatte sie endlich keinen mehr. So viele Jahre war jeden Monat das Blut aus ihr herausgeflossen, und jedes Mal hatte sie dabei an ihre Bestimmung als Frau denken müssen, der sie niemals nachgekommen war. Dieses Ende wie auch die Ermüdung der Sehkraft kündeten davon, dass sich das Alter heranschlich, trotz aller Euphorie des Neuanfangs. Am nächsten Morgen ging sie zum Optiker Wilhelm Düssel, der Am Hof No. 7 Sehgläser für die Augen fertigte.

»Nach allen Kunstregeln«, wie er betonte, »fein geschliffen für alle Arten Gesichter und schön eingefasst in Silber, Schildkröte, Horn oder Stahl.«

»Eine schlichte Fassung für mich, es geht mir nur ums Sehen«, sagte Clementine bei der Bestellung, und nach wenigen Tagen war sie im Besitz von Augengläsern, die das Lesen von Büchern und der Zeitung wieder möglich machten und darüber hinaus zu einem wahren Vergnügen werden ließen. Merkwürdigerweise las der alte Domvikar jedwede Schriften noch ohne jede Hilfsmittel, und darüber war er so stolz und beglückt, dass er ihr am nächsten Morgen unbedingt vorlesen musste, mit eigenen Augen und ohne vorgesetzten Sehgläser, wie er betonte:

»Das Kloster der Celiten und der Barmherzigen Brüder wurde wiedereröffnet vom Erzbischof persönlich und pflegt jetzt männliche Kranke in den Wohnungen wie auch in der Anstalt. Auch gibt es jetzt eine Handpostille zum Gebrauch für katholische Christen von Franz Darup, einem aus dem Domkapitel zu Münster, den werden Sie ja wohl kennen.«

Clementine nickte.

»Und wissen Sie, was hier noch steht? Es wünscht jemand die Firma Farina zu kaufen. Wer solche abzustehen hat, kann von der Zeitungsexpedition erfahren, von wem.«

Hier horchte Clementine auf. »Welche Farina-Firma, das ist ihm egal?«

»Scheint so«, sagte Gumpertz. »Vielleicht ist es Johann, der sich jetzt mit Ihrem Wissen und dem Namen Farina allein auf den Weg machen will.«

Nach einigem Suchen fand Clementine Johanns Bruder Anton, bei dem er gewohnt hatte, bis zu diesem Rosenmontag.

»Ich dachte, er wäre jetzt endgültig zu Ihnen ins Haus gezogen«, sagte Anton, »um immer gleich zur Stelle zu sein, wenn das nächste Destillat zu köcheln beginnt.«

Eine weitere Woche verging, ohne dass Johann wieder aufgetaucht wäre. Nun geriet auch der Bruder in Sorge und veröffentlichte eine Anzeige in der Kölnischen Zeitung.

»Dringende Aufforderung an meinen Bruder J.
Wenn dir, geliebter Bruder, diese Zeilen zu Gesicht kommen sollten, oh, so kehre eiligst zurück in dein und mein Heim, denn ich und noch andere sind mit deinem plötzlichen Verschwinden in große Sorge versetzt worden. Du musst meine Bitte erfüllen, keine Rücksichten dürfen dich davon abhal-

ten, denn nur durch deine Rückkunft kann die Ruhe wieder in unsere Herzen einkehren, die sonst für immer dahin ist.«

Das Tauwetter setzte sehr plötzlich ein, und sogleich gab es die unüberhörbare polizeiliche Anweisung, das verbliebene Eis aufzuhacken und im Inneren der Gassen anzuhäufen, damit die Straßenmitte frei bleibe für Fuhrwerke und Fußgänger. Und während sich alles auf den Frühling freute, die Menschen sich aufmachten, die gute Luft zu genießen, ließ eine Nachricht plötzlich und von einem Moment zum anderen trotz der beginnenden Sonnenwärme das Blut in den Adern gefrieren. Am Ufer des Rheines gegenüber der Ortschaft Mülheim war eine tote Frau angeschwemmt worden. Schrecklich anzusehen sei sie, aufgedunsen und so voller Schmutz und Schlamm, dass sie zuerst einmal abgespritzt werden musste und dann untersucht, damit erkennbar werde, wie, wann und auf welche Weise sie zu Tode gekommen sei. Clementine war so entsetzt, dass sie beim Abendessen keinen Bissen hinunterbekam.

»Was oder wer hat diese Frau in den Tod getrieben?«, fragte sie über den Tisch sich selbst oder den Domvikar, aber auch der war so erschrocken, dass sein Arm zu zittern begann, als er den roten Wein im Glas zum Mund führen wollte. »War es ein Unfall, ist sie womöglich während der Karnevalstage im trunkenen Zustand zu weit über die Böschung zum Fluss gewankt und dort abgerutscht? Oder war sie wegen der Untreue ihres Ehemannes so verzweifelt, dass sie sich nicht mehr im Leben zurechtfand und den Tod gesucht hat? Ist sie von fremder Hand getötet worden, von einem, der sie so sehr gehasst hat oder den sie so weit gebracht hat, dass er nicht mehr anders konnte, als sie für immer zum Schweigen zu bringen?«

»Vielleicht ist es einfach nur ein habgieriger Halunke gewesen, der sie für eine reiche Frau hielt, die sie ja vielleicht auch war, und der an ihren Schmuck wollte, an das Collier, an die Ringe und Armbänder, das gibt es ja überall auf der Welt und auch in dieser Stadt. Geldgier und Gewinnsucht sind dem Herrn ein Gräuel.«

Clementine zuckte zusammen. Es kam ihr vor, als wäre dies wieder ein Wink, der ihre Unternehmerabsichten meinte, die gerade jetzt durch die Anmeldung zur Eintragung bei der Handelskammer in die Endphase gingen.

Drei Wochen dauerten die Untersuchungen, währenddessen wirkte die Stadt wie erstarrt, und die Gespräche gelangten, wo immer sie begannen, nach Kurzem zu der Toten und ihrer Herkunft. Clementine versuchte, ohne ihren Gehilfen auszukommen, arbeitete vom Sonnenaufgang an und, nachdem Gumpertz versorgt war, sogleich weiter bis in die Nachtstunden hinein. Sie ließ Reklameblätter drucken, verteilte sie auf den Plätzen, und tatsächlich ließen sich damit immer mehr Menschen heranlocken, manch einer nur, um der Klosterfrau ansichtig zu werden, die meisten jedoch, um ihr Angebot zu prüfen, zu probieren oder die Produkte gar zu erwerben.

Der Tag, auf den sie lange hingearbeitet hatte, begann mit hellem Sonnenschein. Die Luft war klar wie das Quellwasser zu Beginn seiner Reise, wo es jungfräulich frisch den Berg verlässt und seinen Weg beginnt. Ja, es war der Beginn eines neuen Weges, jetzt war die Richtung bestimmt, nun würde man sehen, wie es weiterging.

Beschwingt machte sie sich auf den Weg zum Magistratsregister, ließ sich eintragen mit Namen und Stand, »Maria Clementine Martin, Klosterfrau«, ordnungsgemäß nach den Vorschriften der Franzosen, die noch immer galten. Den Gewerbeschein, den sie danach erhielt, trug sie wie eine Fahne in der Hand, schaute lächelnd in jedes Augenpaar, das ihr begegnete, ohne jedoch wirklich zu sehen, was darin zu sehen gewesen wäre, weil ihr Blick ins eigene Innere gerichtet war, in die eigene Seele, die überlief vor

Freude an diesem besonderen Tag. Jene Nachricht jedoch, die Clementine so gern über die Dächer geschickt hätte, jene Nachricht vom Beginn ihres Unternehmens, wurde verschluckt von einer Kunde, die wie eine flinke Ratte durch die Straßen lief, von Haus zu Haus, die wohl auch mit Kölnisch Wasser zu tun hatte, aber doch wohl nichts mit Clementine und ihrer Firmengründung … oder etwa doch?

Die Tote hieß Anna Farina!

Clementine verschlug es den Atem. Sie fühlte sich betroffen und wie ertappt, so als wäre sie selbst die gesuchte Mörderin. Anna Farina, diese wunderschöne und doch so kalte Signora, sie war ihr keine Freundin gewesen, gewiss nicht, aber deshalb hatte sie doch nicht einen solchen Tod verdient.

Mit der Finsternis des Abends krochen die dunklen Fragen heran, nach der eigenen Endlichkeit, nach den letzten Augenblicken im Leben jener toten Frau. Welche Gedanken mochten sie bewegt haben? Hatte sie Furcht gehabt? War sie im Reinen mit sich und dem Höchsten gewesen, vor dessen Angesicht sie jetzt stehen würde …? Stand sie dort? War der Tod wirklich nur der Übergang in die Ewigkeit des Himmels oder der Hölle, oder war der Glaube an die Unsterblichkeit der Seele ein Traum, dem die Menschen nachjagten, um nicht an der Endgültigkeit des Todes zu verzweifeln …? Welch heidnisches Denken fuhr da durch ihren Kopf, war es der Teufel, den die tote Anna ihr auf den Hals hetzte, um auch noch aus dem Jenseits ihr Leben zu vergiften?

Ein lautes Klopfen an der Eingangstür unterbrach ihre dunklen Gedanken. Zwei Polizeibeamte ließ das Mädchen herein, sie stiegen mit schwerem Stiefelschritt die Treppe empor, und weder ihr Blick noch ihre Stimmen ließen Zweifel aufkommen an der Wichtigkeit dieses Besuches. Clementines Herzschlag raste. In aller Eile träufelte sie zehn Tropfen ihrer besten Kräuterdestillation auf die Zunge und noch fünf Tropfen dazu, damit es auch sogleich spürbar werde, wenn sie sich präsentierte. Dann trat sie den uniformierten Herren entgegen, mit Respekt zwar, jedoch auch mit der Würde einer Frau, die weiß, wer sie ist und was sie kann.

Um Johann gehe es, ob sie, Clementine, einen Anhaltspunkt habe, wo er sich derzeit aufhalten könnte.

Nein, sie wusste nicht, wo Johann war, sie vermisste ihn sehr, ein junger fleißiger Mensch ... Warum wollten die Herren das wissen?

»Es könnte einen Zusammenhang geben zwischen dem Verschwinden Ihres Gehilfen und dem Tode dieser Italienerin mit dem Namen Farina, der hinweisen könnte auf eine Kollision im Konkurrenzkampf der Kölnisch-Wasser-Fabrikanten«, sagte einer der beiden Polizisten strengem Tonfall. »Wenn Ihr Gehilfe Johann wieder auftaucht, haben Sie die Pflicht, uns umgehend davon Kenntnis zu geben.«

Clementine nickte.

»Da sehen Sie es«, sagte Gumpertz, als die Männer gegangen waren, »da sehen Sie, worauf Sie sich eingelassen haben. Dieses Metier ist nichts für eine fromme Klosterfrau. Clementine, denken Sie noch einmal darüber nach, ob dies nicht ein Hinweis des Himmels sein könnte, sich aus allem zurückzuziehen und wieder das zu tun, wozu der Herrgott Sie geschaffen hat: mich zu pflegen und darüber hinaus in der Zeit, die Ihnen bleibt, das Leid der armen Kranken und Elenden in den Häusern der Stadt zu lindern.«

Zweimal während der Folgezeit gab es einen Steckbrief für Johann mit seinem Signalement:

»Name Johann Maier, Geburtsort Düren, Wohnort Köln,
Alter 20 Jahre, Größe 5 Fuß 6 Zoll, Haar hellbraun
und kraus,
Stirn hoch, Augenbrauen braun, Augen grau,
Nase stumpf, Mund mittelmäßig, Zähne gesund,
Bart blond, Kinn rund, Gesicht oval,
Gesichtsfarbe gesund, Statur schlank.
Besondere Kennzeichen: Narbe über dem rechten Auge«

Und Clementine erfuhr, dass es nicht mehr lange dauern würde, bis man ihn von Amts wegen für abwesend erklärte. Sie ging zum

Generalprokurat und bat darum, ein Zeugenverhör abzuhalten und öffentlich zur Kenntnis zu bringen. Obwohl damit eine Fristverlängerung erreicht war, geriet sie in den Tagen danach in eine unheilvolle Hoffnungslosigkeit.

Mit dieser Not im Herzen lief sie noch einmal zum Erzbischof.

»Ich wollte mich erkundigen, ob mein Ihnen seinerzeit überbrachtes Elixier Ihrer Gesundheit dienlich war und ob Sie weitere Medizin benötigen«, sagte sie, als er sie empfing, wieder ohne Umschweife und lächelnd.

»Ja«, antwortete er, »es geht mir wieder gut, und deshalb ist es unverzeihlich, Ihnen hiervon nicht sogleich Mitteilung gemacht zu haben. Aber sehen Sie, so sind sie, die Menschen, von alters her. Jesus schon erzählte von jenen zehn Geheilten, von denen sich nur einer bedankte. Schwester Clementine, machen Sie mir die Freude und trinken Sie einen Tee mit mir.«

Der Tee kam, Clementine lehnte sich zurück und wünschte, sie wäre einfach nur die Nonne Maria Clementine, in irgendeinem Kloster zu Hause und hier auf der Durchreise beim Erzbischof Spiegel, um zu plaudern.

»Sie haben das Haus am Domhof ausgeschlagen, nur weil es um eine zu kurze Mietdauer ging? Das war nicht klug, mit Verlaub gesagt, denn oftmals ist es üblich, vorerst den Mieter zu beobachten, um sicher zu sein, dem Haus einen guten und solventen Menschen zugeführt zu haben. Ich rate Ihnen, noch einmal darüber nachzudenken. Eine Zweijahresfrist bedeutet nicht, dass man Sie hernach hinauswirft, sondern eher, dass man Ihnen nach diesem Zeitraum nicht nur die Weitermietung, sondern womöglich das Haus zum Kauf anbietet.«

»Das wäre mir nur recht und wenn möglich sogleich«, rief Clementine.

»Wozu«, antwortete der Erzbischof, »wozu wollen Sie gleich Ihr ganzes Geld für den Kauf eines solch großen Hauses ausgeben, wenn Sie, und das darf ich als Ihr Freund doch hoffentlich so ehrlich sagen, noch gar nicht wissen, wie und in welchem Umfange die Geschäfte beginnen werden und weitergehen? Sie wissen nicht, ob die allgemeine Wirtschaftslage und die bissige Konkurrenz Ihnen so viele Steine in den Weg wirft, dass Sie womöglich froh sind, am Ende dieser zwei Jahre wieder zurückzurudern und als Krankenschwester Ihren Dienst zu tun. Bitte, Clementine, verstehen Sie mich nicht falsch, ich wünsche Ihnen Erfolg, und was in meinen Kräften steht, werde ich zu Ihrer Unterstützung beitragen, aber seien Sie dennoch strategisch und vergessen Sie nicht die unbedingt notwendige Kalkulation.«

»Hochwürden, es geht mittlerweile um ganz andere Dinge«, sagte Clementine und merkte, wie heiser ihre Stimme klang. »Mein Gehilfe Johann ist seit Rosenmontag verschwunden, und die Tote aus dem Rhein ist Anna Farina, die Namensgeberin der Eau-de-Cologne-Firma Farina in der Bolzengasse. Und Ehefrau von Carlos di Gianello, der ihren Namen angenommen hat, den ich von Jever her kenne, der mich heiraten wollte und dessentwegen ich ins Kloster ging. Er bedrängte mich einmal hier in der Kirche, und auf diesen Anlass hin wollte mich seine Ehefrau erpressen, von einem ihrer Verwandten den Namen Farina zu kaufen und sie selbst an meinen Gewinnen mit fünfundzwanzig Prozent zu beteiligen. Und sie wollte das Geheimrezept des echten Karmelitergeistes ...«

Clementine verstummte so plötzlich, wie sie begonnen hatte. Sie erschrak vor dieser Lebensbeichte, die da eben aus ihr herausgeströmt war, gewisslich eine Zumutung für den hohen geistlichen Herrn, sich anzuhören, wie viel Morast in einer menschlichen Seele lagert und niemals entdeckt wird, wenn sich nicht doch eines Tages Dinge ergeben, die das Unterste nach oben spülen.

»Und jetzt«, sagte Spiegel, »vermuten Sie, dass jedermann denken könnte, Sie hätten Anna Farina getötet, und selbst glauben Sie wahrscheinlich, dass Sie in irgendeiner Weise mitschuldig geworden sind. Ist es so?«

Clementine nickte. »Und dazu kommt, dass es ja auch, wie Johann Gumpertz meint, mein Gehilfe gewesen sein könnte, und das wäre mir ebenso schlimm.«

»Ach Clementine, es gibt immer wieder im Leben Mosaiksteine, die nicht in die Gesamtschönheit zu passen scheinen, erst am Ende, da bin ich sicher, sind es gerade jene Teile, die sich herausheben aus aller anderen Gleichförmigkeit. Sehen Sie, die Étoile, jenes Zeitungsblatt, das mittlerweile zum Hauptorgan der Ultramontaner und Jesuiten geworden ist, hat sich daran begeben, mich zu kritisieren oder deutlicher gesagt, mich mit Gift zu begeifern, und nur weil ich dem Regierungsbeschluss folgend den Pfarrern Anweisung gab, die Kinder aus gemischten Ehen nach der Religion des Vaters zu taufen. Ich weiß, dass ich damit auf Granit beiße, viele Pfarrer weigern sich noch immer, gemischte Ehen überhaupt zu trauen. Das Blatt wirft mir vor, dass ich, statt eine so nachhaltige Verfügung bekannt zu machen, eher eine Gegendarstellung bei der Regierung hätte einreichen müssen. Nun frage ich Sie, ob die Verfasser solcher Reden blind sind oder einfach die Augen verschließen vor der Wirklichkeit. Die Reformation war ja nicht erst gestern. Es gibt protestantische Kirchen und protestantische Menschen, die nicht von vornherein schlechter sind als wir Katholiken. Gewiss wäre auch ich glücklicher, wenn wieder alle zur katholischen Kirche zurückkehrten, aber noch sind wir nicht da, und so lange müssen wir Regeln finden, wie wir in gegenseitigem Respekt und in Würde miteinander leben und umgehen können.«

Der Erzbischof lehnte sich zurück und sah sie mit jenem gütigen Blick an, unter dem sie sich wie unter einem schützenden Baldachin fühlte.

»Am Sonntag werde ich in allen Pfarrkirchen von der Kanzel her verlesen lassen, dass Ihr Gehilfe seit Rosenmontag verschwunden ist und ein jeder Bürger die Pflicht hat, Hinweise zu seinem Verbleib zu geben, sofern er solche kennt oder erinnert. Ich rate Ihnen, gehen Sie zum Armenhaus, zu den Klöstern und zu den Hospitälern. Vielleicht liegt er irgendwo im Delirium. Jedenfalls bin ich sicher, er wird sich wiederfinden lassen. Jeder taucht irgendwo wieder auf, wenn vielleicht auch als Toter, wie eben jene Dame, von der Sie eingangs sprachen.«

Clementine erschrak. An diese Möglichkeit hatte sie noch nicht gedacht. Vielleicht würde ja demnächst eine männliche Wasserleiche angeschwemmt werden.

»Wissen Sie«, sagte der Erzbischof weiter, »es gibt nicht nur gute Menschen in dieser Stadt. Gerade hat sich wieder ein bis dahin als ehrenwert geltender Fabrikant einige Tage vor Bekanntwerden seines Falliments im eigenen Wagen von seinem Wohnort entfernt, hat Kleidungsstücke, Pretiosen und zweihundertfünfunddreißig Taler bares Geld mitgenommen und wird verdächtigt, Handlungsbücher, welche auf bedeutende Kommissionslager in Hamburg Bezug nehmen, entweder mitgenommen oder beseitigt zu haben. Sie sollten diese Tatsache nicht unbeachtet lassen. Wenn Sie in den Schlund der Geschäftswelt eintauchen, gibt es auch einige, die Sie zum Opfer machen und sich selbst an Ihnen bereichern wollen oder Ihnen womöglich Dinge anhängen, die an Ihnen kleben bleiben und die sie so schnell nicht wieder loswerden. Immer dann, wenn Sie eine Nasenspitze höher liegen als der allgemeine Durchschnitt, werden Sie angreifbar. All das ist Wirklichkeit, die Sie nicht außer Acht lassen sollten.«

Clementine setzte die Suche fort, so wie der Erzbischof ihr geraten hatte, und währenddessen war die Polizei noch immer nicht sicher, ob Anna Farina versehentlich in den Rhein gefallen war oder gestoßen wurde, wohingegen die neugierige Menschenmenge vor dem Hause der Farinas in der Bolzengasse der Hoffnung anhing, hier dem Ursprung eines Verbrechens auf die Spur zu kommen. Herr Luzzani beteuerte, nichts gesehen und nichts gehört zu haben. Er habe Karneval gefeiert, und als Herr Carlos abgereist sei, habe er geglaubt, dessen Ehefrau habe sich mit ihm auf den Weg gemacht. Hatte Carlos seine Frau umgebracht? Dieser Gedanke erschreckte Clementine mehr als alles andere.

Von einem Kappesbauern wurde Johann schließlich gefunden. Halb verhungert hatte er im Graben vor der Stadtmauer gehockt, zitternd und zerlumpt. Er kam ins Armenhaus und danach in Polizeigewahrsam, wo ihn Clementine herausholte und zum Gumpertz'schen Hause brachte, mit dem Versprechen, ihn dort in jedem Fall fest und zur Verfügung zu halten, denn sobald er wieder bei Kräften wäre, würde ihm vermutlich ein Prozess drohen.

Johann schwieg. Seine Zähne klapperten aufeinander, und sein Blick huschte ängstlich zur Tür. Die Köchin kochte Hühnersuppe, trotz der Fastenzeit mit Fettaugen obendrauf, und Clementine träufelte ihm die Notfallessenz auf die Lippen. Sie rieb seinen Rücken ein und seine Arme, und als er schließlich am Abend eingeschlafen war, saß sie an seinem Bett und streichelte seine Stirn. Was mochte dahinter verborgen sein? Welches Erleben hatte ihn so entsetzt?

Es dauerte drei Tage, ehe Johann sich erholt hatte, am Tisch saß und mit stockender Stimme seine Geschichte erzählte.

»Am Rosenmontag war es, nach dem Festzug, ich brachte die Pferde zum Stall und freute mich an der guten Stimmung. Ja, ich hatte auch ein wenig vom Wein gekostet und vom Bier, ich sang vor mich hin. Eine fein maskierte Dame nahm mich an die Hand und flüsterte: ›Komm, schöner Jüngling, ich möchte dich etwas fragen.‹ Ich war erstaunt und gespannt und ohne jeden Argwohn. Sie führte mich bis zum Severinstor, dort trat sie ganz nah an mich heran, zog meine Hand unter ihre Bluse, dass ich ihrer nackten Brust habhaft werden konnte, und flüsterte: ›Davon kannst du mehr haben, wenn du mir einen kleinen Gefallen tun willst!‹«

Johann wurde rot und schluckte zweimal.

»Ich war so aufgeregt, dass ich anfing zu zittern und gleich fester zugriff, da aber stieß sie mich von sich und zischte: ›Nicht so stürmisch, junger Mann, erst die Arbeit, dann das Vergnügen. Höre, verschaffe mir eilends das geheime Rezept des echten Karmelitergeistes, das du doch sicher kennst von deiner holden Klosterfrau. Danach bekommst du deinen Lohn. Ich vermute, du kennst die Zusammensetzung und wirst sie mir gleich aufschreiben können, wenn wir in meinem Gemach sind, also los!«

Sie zog mich hinter sich her bis zur Bolzengasse. Vor einem Geschäft blieb sie stehen, öffnete die Tür und zwang mich hinunter in den Keller. Dort hielt sie mir ein Messer an die Kehle und fauchte: ›Also, sag, wie ist die Zusammensetzung?‹«

Clementine erschrak. Genau dort hatte sie damals bei ihrem Besuch die Vorstellung gehabt, von der zerbrochenen Flasche und den Scherben, mit denen der Mann ihr die Kehle durchschneiden würde. Nichts war geschehen an jenem Tage, aber als Johann dort unten weilte, hatte sich die Ahnung erfüllt. Clementine war erschüttert. Konnte sie in die Zukunft sehen?

Johann war schon weiter in seinem Bericht. »›Ich weiß nichts von diesem Rezept!‹, rief ich, aber da schlug sie mir mit der Hand ins Gesicht und schrie: ›Du lügst‹, und dann habe ich ihr einfach ein paar Essenzen genannt, die ich kannte, und sie begann zu schreiben: ›½ onze di Cedrat, ½ onze di Limette, ½ onze di petin grain, 10 boccali aqua d'Orangerie, 1,5 onze di Neroly und 6 onze di Citron destillato‹.

Zuerst sah es aus, als würde die Rechnung aufgehen. Sie strahlte und lief nach oben in den Laden, aber dann kam sie schreiend herunter. ›Du Lump‹, rief sie und schlug mich wieder, ›du Halunke, du hast mir unser eigenes Rezept gegeben und nur das Bergamottöl weggelassen. Das wirst du mir büßen, warte nur!‹ Sie griff nach der Pferdepeitsche und schlug nach mir, ich sprang auf und versteckte mich hinter den Fässern. Danach ging sie die Treppe hoch und schloss den Laden ab. Ich wusste nicht, ob sie noch drinnen war oder hinausgegangen, darum kroch ich hinauf, aber da saß sie und sah irgendwie verzweifelt aus, bis sie meiner ansichtig wurde, da kam wieder Leben in ihre Züge. ›He du‹, rief sie, ›überlege dir gut, was du jetzt tust. Entweder du entschließt dich, mir das richtige Rezept zu verraten, oder ich werde in der Stadt herumerzählen, wie du unbescholtenen Ehefrauen unter die Bluse greifst. Ich werde wiederkommen, und dann will ich deine Antwort hören‹.

Ich stand an die Wand gelehnt und wartete. Diesen Rosenmontagabend hatte ich mir anders vorgestellt. Marie, die Tochter von unserm Nachbarn, hatte ich mir angelacht und wollte mit ihr feiern gehen, tanzen und sie vielleicht für immer für mich gewinnen. Aber Marie war jetzt wohl verloren für mich, sie tanzte wahrscheinlich mit Anton, meinem Bruder, der auch hinter ihr her ist, und ich fragte mich, was ich jetzt tun sollte. Die genaue Zusammensetzung des Rezeptes wusste ich nicht, aber die Aussicht, dass die Frau meinen Ruf ruinieren würde, gefiel mir auch nicht. Schließlich kam sie wieder, übrigens wusste ich ja überhaupt nicht, wer sie war, habe mir nur, wegen des Geschäftes, denken können, dass sie irgendetwas mit dieser Firma zu tun hatte. Diesmal torkelte sie, warf zwei Stühle um, warf sich danach in den Fauteuil und begann noch einmal lallend: ›Nun, was ist, gibst du mir das Rezept oder nicht?‹

Ich sagte: ›Nein, meine Dame, ich weiß kein Geheimrezept.‹

Da stand sie auf, kam schwankend auf mich zu, griff nach mir und schrie: ›Sieh mich an, du Elender, denn das wirst du mir büßen! Ich schneide dir die Zunge ab oder die Augen aus, du Lügner!‹ Dabei griff sie nach dem Messer, das sie vorher wohl dorthin gelegt haben musste, und wenn ich nicht aufgesprungen wäre, wer weiß, ob ich noch lebte jetzt. Ich lief an ihr vorbei zur Tür, die sie offen gelassen hatte, hinaus ins Freie. Ich wusste nicht recht, wohin ich mich wenden sollte, und lief einfach weiter durch die dunklen Straßen bis hinunter zum Rhein. Dort blieb ich stehen, atmete tief durch und fühlte mich wieder in Sicherheit. Gerade als ich mich nach links wendete, um in Richtung Dom und zu Ihnen zu kommen, um Ihnen diese ganze unglaubliche Geschichte zu berichten, hörte ich hinter mir ein Geräusch, und als ich mich umdrehte, holte sie soeben schwungvoll mit dem Messer aus, ich aber machte eine geschickte Drehung, sodass sie mich nicht treffen konnte. Der Schwung hatte sie ins Wanken gebracht, sie stolperte, verfing sich im Gestrüpp und war plötzlich nicht mehr da. Ich überlegte, ob ich nachsehen sollte, ob sie verletzt wäre und vielleicht Hilfe brauchte. Ja, ich hörte sie sogar stöhnen, dort weiter unten an den Ufersteinen, aber dann stand sie plötzlich auf, ich sah ihre Gestalt im Mondschein wie einen Geist, sie schwang noch einmal drohend den Arm gegen mich, verlor dann das Gleichgewicht und fiel rückwärts ins Wasser. Ich war wie erstarrt. Helfen hätte ich ihr nicht können, ich kann nicht schwimmen, und um Hilfe rufen, das wagte ich nicht, weil mich womöglich jeder für einen Mörder gehalten hätte. Deshalb habe ich mich am Ufer herumgedrückt, bis der Morgen kam, und bin dann zum Tor hinaus auf die Felder gelaufen.«

Johann lehnte sich erschöpft zurück. Er begann erneut zu zittern, es schien, dass ihn diese Erzählung wieder an die Angst erinnert hatte, und tatsächlich war er ja immer noch in Gefahr. Clementine hatte versprochen, Johann zur Verfügung zu halten, damit man ihn verhören könnte. Aber würden ihm die hohen Herren der Gerichtsbarkeit eine solche Geschichte glauben?

Der März ging dahin, mit wechselhaften Temperaturen, als Vorgriff auf den April. Die Fabrikate der Firma Klosterfrau wurden mit großem Lob bedacht, weiterempfohlen, verschenkt oder für den eigenen Bedarf neu gekauft. Clementine geriet in einen Glücksrausch und wäre über all diesem schnellen Erfolg womöglich hochmütig geworden, wenn sie nicht an jedem neuen Tagesanfang in der Kirche Maria im Pesch vom alltäglichen Morgenlob zur Wirklichkeit zurückgeführt worden wäre. Diese Wirklichkeit war eine andere als die Kalkulation aus Rohstoffkosten, Arbeitslöhnen und Verkaufserlös, es war die Erkenntnis, dass das Leben noch eine andere Dimension hat. Wenn sie dann hinaustrat auf die Straße, in den hellen Sonnenschein, wusste sie wieder, wer sie war und welches der wahre Sinn ihres Lebens sein sollte.

Dreimal während einer Woche ging sie nach dem Gebet die Marzellenstraße hinunter, über den Eigelstein bis zur Straße Unter Krahnenbäumen. Hier lebten die Ärmsten der Armen, oftmals auf solch engem Raum, dass Clementine sich fragte, wie man dort noch atmen konnte. Zwei Familien waren es, die sie besuchte, denen sie Brot brachte, manchmal auch Butter oder Honig, und jedes Mal kümmerte sie sich währenddessen um die kleinen Leiden der Kinder und um die Krankheiten der Erwachsenen, die zwar jünger waren als sie selbst, aber von Angesicht wirkten wie Greise.

»Sie müssen mehr zu sich nehmen, Frau Mischer«, sagte Clementine, »und Sie, Herr Mischer, lassen Sie mal für eine Woche keinen Schluck Alkohol über Ihre Lippen laufen, was glauben Sie, wie gut Sie sich fühlen, wie froh Ihre Frau sein wird und wie viel mehr Geld Sie haben werden für sich und die Kinder.«

Herr Mischer hob die Lider in die Höhe und blickte aus blutunterlaufenen Augen in ihre Richtung. »Was wissen Sie schon?«, murmelte er. »Es ist doch alles nur im Suff zu ertragen.«

»Und Ihre Frau?«, fragte Clementine. »Wie erträgt Ihre Frau das alles, die Kinder, die Armut, den Hunger und dann noch die Schläge, die Sie im Suff verteilen?«

Herr Mischer drehte sich um und ging schwankend hinaus. Die Frau seufzte.

»Es wird sich nicht viel ändern«, sagte sie leise, »aber er meint es nicht so.«

Clementine schob der Frau ein paar Pfennige in die aufgesprungenen Finger, und das brachte schließlich ein Lächeln auf ihr Gesicht. Damals in Tirlemont, wo Clementine Dr. Lebrand in die Krankenstuben begleitet hatte, war ihr jedes Lächeln dort wie eine Botschaft des Himmels vorgekommen. Damals war auch die Idee entstanden, man müsste mehr für die Verletzten auf den Schlachtfeldern des Krieges tun. Der Doktor hatte ihr geraten, sich darüber keine Gedanken zu machen, weil dies ein Geschäft anderer Art sei, von dem er nichts verstehe. Es gebe genug Leid im alltäglichen Leben, und dieses zu lindern empfinde er als seine Aufgabe. Er hatte recht gehabt. Sie erinnerte sich an Pierre, diesen niedlichen Jungen, gerade mal fünf Jahre alt war er und so krank, dass sie täglich dreimal zu ihm eilen musste, um seine fieberheiße Stirn zu kühlen und ihm die Tropfen einer Essenz einzuträufeln, die sie für die beste gehalten hatte. Die Eltern hatten an jedem Morgen in der St.-Germanus-Kirche am Veemarkt drei Kerzen aufgestellt. Am Heiligabend war der Junge für kurze Zeit ansprechbar gewesen, danach stieg die Temperatur wieder an, jedoch als die Glocken das neue Jahr einläuteten, schlug er die Augen auf und sagte mit fester Stimme: »*Maman*, ich habe Durst.«

Von da an war es wieder bergauf gegangen mit ihm. Und als im folgenden Frühjahr die Alliierten in Paris einmarschiert waren und Napoleon abdanken musste, hatte Pierre schon wieder auf der Straße vor seinem Elternhaus gespielt und mit den Großen gejubelt, obwohl er gewisslich nicht wusste, warum.

Als Clementine dieses Kind gesehen hatte, war sie sicher gewesen, dass ihre Freude über Pierres Rückkehr ins Leben größer war als die über Napoleons Verbannung nach Elba. Und tatsächlich war Pierre auf Dauer gesund geblieben, während Napoleon zurückkehrte, wenn auch nur für hundert Tage. Jeder tue, was in seiner Kraft steht, dachte Clementine. Als sie später mit dem Domvikar beim Frühstück saß, fragte sie sich, warum es diese Unterschiede gab, warum die einen frieren mussten und die anderen ihre Fenster öffneten, weil die Hitze des Ofens zu groß geworden war.

Dreimal schon war Johann verhört worden, und dennoch schien seine Unschuld nicht sicher belegt. Clementine war froh, dass die Polizei ihn nicht auf Dauer hinter Gittern festhielt, sondern darauf vertraute, dass sie ein Auge auf ihn hatte und er die Stadt nicht verließ. Ende April endlich schien sicher, dass man ihm nichts vorwerfen konnte, man glaubte ihm, dass er den Sturz ins Wasser zwar mit angesehen, aber nicht verursacht hatte, und so kam er lachend zur Tür herein mit den Worten: »Ich bin unschuldig, sie haben mir geglaubt, ich bin unschuldig und frei.«

Clementine nahm ihn in den Arm und hielt ihn wie eine Mutter, deren Kind endlich wieder glücklich ist. Diese Sorge war sie los. Jetzt stand Johann wieder voller Arbeitseifer am Ofen, rührte, füllte ein und klebte die Banderolen. Er trug die Bestellungen aus, er brachte die Reklamezettel an. Clementine atmete auf und freute sich auf alles, was noch kommen würde.

Nur manchmal, wenn sie über den Büchern saß und über dieses und jenes nachdachte, kam sie ins Grübeln, und es konnte sein, dass sich darin die Geschichten von Johann und Anna Farina verknoteten und sie eine Schlinge zu spüren glaubte, die sich fester zuzog. Dann sprang sie auf, öffnete die Tür und ließ einige Atemzüge lang frische Luft in ihre Kehle, wie um sich selbst zu beweisen, dass alles in bester Ordnung war.

»Der 5. Mai ist gekommen ...«, sagte Gumpertz in leichtem Singsang und reichte ihr eine kleine Marienfigur. »Ein wertvolles

Stück, habe ich am Tage meiner Priesterweihe von meiner Mutter bekommen, schenke ich Ihnen heute zum Geburtstag.«

Johann hatte einen Stein bemalt, den sie als Beschwerer auf die Papiere legen könnte, damit die nicht beim Öffnen der Tür durch den Luftzug vom Tische geweht würden, und plötzlich stand Carlos di Gianello im Raum. Er hielt ihr Blumen und eine Flasche Wein entgegen, begrüßte sie mit einem Lächeln und wünschte viel Glück für das neue Lebensjahr, Erfolg und die Erfüllung aller Wünsche. Clementine sah ihn an, als wäre er ein Spuk. Woher wusste er von ihrem Geburtstag, und wie konnte er so fröhlich sein, wo doch soeben seine Frau gestorben war? Sie wagte nicht, ihn danach zu fragen, bat ihn stattdessen mit hölzerner Höflichkeit, Platz zu nehmen, nahm die Geschenke und reichte sie dem Mädchen, das einen Krug mit Wasser füllte, die Blumen hineinstellte und Vase und Flasche auf dem Esstisch platzierte. Gumpertz hatte schon vorher seinen Lieblingswein entkorkt, goss jetzt drei Gläser voll, reichte eines davon dem Italiener, der sogleich mit dem Pathos seines südländischen Temperamentes ausrief:

»Lassen Sie uns auf die Zukunft anstoßen. Wilhelmine, ja das sind Sie immer für mich geblieben, das Mädchen Wilhelmine, kommen Sie, stoßen Sie mit mir an auf ein neues Leben. Sie sind bereits nach kurzer Zeit so erfolgreich geworden, dass es schon die ersten Neider gibt. Für eine Frau, vor allem für eine ohne männlichen Beistand, ist es schwer, sich der Missgunst zu erwehren. Sie brauchen Schutz und einen starken Halt, damit Sie auch weiterhin mit Lust und Freude Ihre Produktion genießen können. Sehen Sie, ich bin frei, endlich bin ich wieder frei, wir könnten Partner werden, wenigstens Partner. Sie und ich, welch eine wunderbare Liaison. Wenn schon nicht im ehelichen Schlafgemach vereint, so doch in der Hitze des Destillationsofens, im Comptoir nebeneinander über den Büchern sitzend, wie wunderbar, wie unvorstellbar glücklich würde mich das machen. Wilhelmine, sagen Sie ja.«

Clementine war so überrascht, dass sie sich in den nächsten Sessel warf, weil ihre Beine zu zittern begannen. Seine Freiheit schien ihn dermaßen zu beglücken, dass es ihr ohne Weiteres möglich erschien, dass er es gewesen sein konnte, der Anna Farina umgebracht oder doch wenigstens dazu beigetragen hatte, sie loszuwerden. Clementine schauderte. Sie sah auf seine Hände, die so sanft aussahen, dass niemand darin Mörderhände vermuten konnte.

In diesem Augenblick kam Johann aus dem Keller hoch, stellte das Glasgefäß mit dem Destillat auf den Boden und wollte die Rosolen herbeiholen. Da packte ihn Carlos am Hemdenkragen.

»Bist du nicht das Bürschchen, das meine Frau umgebracht hat?«, fragte er lauernd, aber Johann ließ sich nicht einschüchtern.

»Nein«, sagte er sehr laut, »Ihre Gemahlin, Gott habe sie selig, hat die Kontrolle über sich verloren und ist im Rhein ertrunken.«

»Es war also auch kein Selbstmord?«, fragte Carlos.

Johann schüttelte den Kopf. »Weder Mord noch Selbstmord, sondern ein leidvoller Unfall.«

»Komm mit«, rief Carlos, »ich gebe dir zwanzig Silbergroschen, wenn du mich nach Italien begleitest und dort vor der Familie bestätigst, dass Anna eines natürlichen Todes gestorben ist. Komm, wir reisen sogleich ab, damit die Angelegenheit in Kürze zum Guten gewendet wird. Dann komme ich zurück, zu dir, Wilhelmine, rehabilitiert.«

Johann sah zu Clementine hin. Die zuckte mit den Schultern. Sie war erschöpft von den Ereignissen der Vergangenheit. Sollten sie doch alle machen, was sie wollten.

»Ich habe zu tun«, sagte sie, ging zu den schlanken Fläschchen, füllte sie, wickelte sie in die bereitliegenden Wasserzettel ein und stellte sie auf den Tisch am Eingang, in Reih und Glied zur Präsentation für die Käufer, die hoffentlich bald und zahlreich hereinströmen würden.

»Adieu«, sagte Carlos und kam ihr ganz nah. »Aber ich kehre zurück zu dir, Wilhelmine, und gemeinsam mit meinem Vermögen werden wir ein Unternehmen führen, wie es in Köln noch niemand gesehen hat.«

Seine Augen hatten einen fiebrigen Glanz, und Clementine fühlte, wie sie unter diesem Blick erschrak. Sie drehte sich schnell zur Seite, und als sie sich wieder umdrehte, sah sie, dass Johann sein Bündel unterm Arm hielt, eine entschuldigende Handbewegung machte, wie um auszudrücken: »Was soll ich denn tun?«, und schon waren beide aus der Tür hinausgegangen auf die Straße. Clementine hielt sich am Tisch fest. Der Boden unter ihr schien zu wanken, sie fühlte sich schwach und unfähig, einen klaren Gedanken zu finden. Wochenlang war Johann unterwegs gewesen, sie hatte sich um ihn gesorgt, und als er schließlich wieder auftauchte, war sie um ihn gewesen, hatte sich an der Schildergasse im Gefängnis eingefunden, wo sie ihn für ein oder zwei Tage festgehalten hatten, war ihm zu Hilfe geeilt, wann immer die Polizisten ihn unter Druck setzten, und nun, wo er endlich frei war, wo er ihr endlich wieder zur Hand gehen konnte, verließ er sie für eine Handvoll Silbergroschen.

»Ein Verräter wie Judas Ischariot«, sagte sie, als sie mit dem Domvikar beim Mittagstisch saß, »der hat auch für zwanzig Silberstücke unseren Herrn Jesus verraten.«

»Halt«, sagte Johann Gumpertz, »erstens lasse ich nicht zu, dass Sie sich, bei allem Respekt, mit unserem Herrn und Heiland vergleichen, und dann hat Judas nicht zwanzig, sondern dreißig Silberstücke bekommen, das nur zur Richtigstellung. Und jetzt ist Schluss damit. Johann ist weg, und Sie werden sehen, dass sich ein anderer Gehilfe finden wird. Heute ist Ihr Geburtstag, und das werden wir feiern, mit oder ohne Carlos oder Johann oder wie sie alle heißen.«

Tatsächlich fühlte sich Clementine von seinen Worten getröstet. Auch aufgerüttelt. Denn was war schon geschehen? Sie hatte einen Blumenstrauß, eine gute Flasche Wein, eine Marienfigur, einen bemalten Stein, vielleicht als letzte Erinnerung an ihren fleißigen Gehilfen. Einundfünfzig Jahre war sie nun und noch immer mitten im Leben. Esser und Isenkrahe waren die ersten Gratulanten am Nachmittag, Heinrich und Juliane kamen abends als Letzte. Die Türglocke hörte sich an wie ein Glückwunschläuten, und als sie am Abend auf ihrem Bett saß, war der Morgen fast in Vergessenheit geraten. Da aber fand sie einen roten Umschlag, den das Mädchen aus den Blumen genommen und in ihr Zimmer gebracht hatte. Ein Brief von Carlos fiel heraus mit einem Gedicht von Goethe, das, wie er schrieb, seine innersten Gedanken so gar trefflich auszudrücken vermochte:

»Über die Rosen
Kleine Blumen, kleine Blätter
Streuen mir mit leichter Hand
Gute junge Frühlingsgötter
Tändelnd auf ein luftig Band.
Zephyr, nimm's auf deine Flügel,
Schling's um meiner Liebsten Kleid;
Und so tritt sie vor den Spiegel
All in ihrer Munterkeit.
Sieht mit Rosen sich umgeben,
Selbst wie eine Rose jung.
Einen Blick, geliebtes Leben!
Und ich bin belohnt genung.
Fühle, was dies Herz empfindet,
Reiche frei mir deine Hand,
Und das Band, das uns verbindet,
Sei kein schwaches Rosenband!«

Clementine ließ den Brief zu Boden gleiten. Sie ging zum Spiegel. »Wer bist du?«, fragte sie die Frau vor sich. Langsam öffnete sie das lange Gewand, zog es aus und ließ es zu Boden fallen. Danach schob sie die Haube vom Kopf, dass die Haare frei wurden. Nein, sie war nicht mehr jung, und statt der Munterkeit hatte sich ein Zug um ihren Mund gebildet, der von Erfahrung geprägt war. Sie fragte sich, ob Carlos sich mit diesen Worten nur einen Zugang hatte schaffen wollen zu ihrem Unternehmen oder ob er wirklich noch Liebe spürte für sie. Schnell griff sie zum Nachtgewande, um nicht länger dem Anblick ihres nackten Körpers ausgesetzt zu sein.

Warum war dies alles geschehen? Wenn sie nicht zu Farina in der Bolzengasse gegangen wäre … alles wäre anders verlaufen. Jedoch, von wem war sie dorthin geschickt worden? Die kalte Hand der Angst griff nach ihrem Herzen. Sie fror an allen Gliedern, wie damals, als sie erfuhr, dass Madame Molets Tochter gestorben war, »verblutet«, hatte der Vater gesagt, bei der Engelmacherin, und sein Blick war dabei voller Verachtung gewesen. Jeanne Marie, das Mädchen, mit dem sie jeden Mittwoch spielte, wenn Madame Molet zum Waschen kam, und die sollte tot sein? Wer war schuld gewesen, und wer war die Engelmacherin? »Sie trug ein Kind unter ihrem Herzen und war nicht verheiratet«, hatte Fräulein Hildegard gesagt, »und weil sie die Schande nicht wollte, da ist sie zu einer gegangen, die ihr das Kind wegmachen sollte, dabei ist sie verblutet.« Dann hatte sie noch gesagt: »Sei vorsichtig mit dem Clements, Wilhelmine, damit dir nicht das Gleiche geschieht.« An jenem Abend hatte Clementine nicht schlafen können. Sie hatte an Clements gedacht und an seinen Kuss. Ihr Körper war in einen Aufruhr geraten, der ihr Blut zum Kochen brachte, in ihrem Bauch einen Vulkanausbruch verursachte, und plötzlich hatte sie sich gefragt, wie solch ein Kind in den Körper einer Frau geraten konnte, und ob es vielleicht bereits in ihr wachse nach dem gestrigen Kuss. Sie hatte Gott gefragt, ob man durch einen Kuss zu einem Kinde kommen könnte oder wie die Kinder entstünden, aber Gott hatte zu diesem schwierigen Thema geschwiegen.

Am Sonntag darauf hatte sie den Kuss gebeichtet und dem unsichtbaren Priester die Frage gestellt, ob dieser Kuss dazu geführt haben könnte, dass sie nun ein Kind in sich trüge. »Wie war denn der Kuss?«, hatte eine heisere Stimme hinterm Vorhang gefragt. »Hat er nur deinen Mund geküsst oder noch weitere Dinge, deine Brüste beispielsweise, oder etwas Hartes zwischen deine Beine geschoben oder in dich hinein?«

»Nein!«, hatte Clementine geschrien, und ohne die Absolution abzuwarten, war sie losgerannt, an Clements vorbei, der im Vorraum auf sie gewartet hatte, aus der Tür hinaus zu Fräulein Hildegard.

»Kann man beim Küssen Kinder machen?«, hatte sie auf dem Heimweg so unvermittelt gefragt, dass Fräulein Hildegard stehen blieb. »Nein«, hatte die geantwortet. »Nicht vom Küssen. Aber von manchem, was danach kommt. Und nun gehen wir heim, das Deckchen weiterhäkeln …«

Das hatte damals gereicht für den Frieden in ihrer Seele. Wer aber würde es jetzt schaffen, die Ruhe in ihr Herz zu bringen? Anna Farina schlich durch ihre Gedanken, und jedes Mal schien sie mit funkelnden Augen nach Rache zu rufen. Johann würde vermutlich nicht zurückkehren. Es war so, wie Gumpertz erklärt hatte:

»Sie müssen das verstehen, liebe Clementine, er ist ein junger Mensch, voller Lust auf das Leben, voller Neugierde und gespannt auf die Abenteuer der Welt. Niemals wird er die Zeit mit Ihnen vergessen. Sie haben ihn mit Sicherheit Gedanken gelehrt, die ihm helfen werden, seinen Weg zu finden. Seien Sie gewiss, Gott ist bei ihm, wo immer er sein wird.«

Am nächsten Morgen nahm sie die Blumen aus dem Topf, in den sie das Mädchen so hübsch dekoriert hatte, brachte sie in die Produktion als Rohstoff für die Heilkräuter, denn keine Blume trägt mehr Bedeutung und mehr Symbolkraft in sich als die Rose. Essenzen aus Rosenblüten waren eine große Hilfe bei Depressionen und Unfruchtbarkeit.

Das war ihre Aufgabe im Leben, Hilfsmittel zu fabrizieren, um dem menschlichen Dasein mehr Leichtigkeit zu geben. Zwei Tage danach konnte, wer wollte, einmal mehr ihren Namen und ihre Unternehmung in der Zeitung lesen:

»Die Klosterfrau M.C. Martin,
No. 1 Auf der Litsch am Dom zu Köln,
empfiehlt sich einem verehrungswürdigen Publikum mit ihrem Kölnischen Wasser, welches jedem Sachverständigen zur Selbstprobe überlassen und, um den Absatz zu erleichtern, in äußerst billigem Preis verkauft wird: die große Flasche zu 7 Silbergroschen«

Eine Zeile Zeitungswerbung kostete einen Silbergroschen und acht Pfennige, aber das müsse sie investieren, hatte ihr Gerhard Wermeskirchen geraten. Nach jenem denkwürdigen Tag im letzten Sommer, wo sie dem ihm anvertrauten Mädchen bei seiner Ohnmacht hatte helfen können, war er ihr sehr gewogen. Auch er selbst, obwohl seit Langem ein bekannter Fabrikant, müsse sich immer wieder dem Publikum in Erinnerung bringen, damit das Geschäft floriere.

Vom Erzbischof, der ein paar Tage in Düsseldorf zugebracht hatte, um sich dort in den Pfarreien zu präsentieren, auch eine Art von Werbung, dachte Clementine amüsiert, erhielt sie einen kleinen Brief mit dem Ausdruck großer Freude, dass ihre Geschäftstätigkeit in Gang gekommen sei, und der Bitte, die Sache mit den neuen Räumlichkeiten noch einmal und in aller Gründlichkeit zu bedenken.

Sein Hirtenbrief bezog sich diesmal auf die Wallfahrten, von denen einige in Verruf gekommen waren, vor allem jene, die mehrere Tage Abwesenheit erforderten, denn abgesehen davon, dass währenddessen häusliche und berufliche Pflichten vernachlässigt wurden, würden derartige Zeiten zu Gräueltaten genutzt, die ein Christ gar nicht benennen dürfe. Ab sofort waren also nur noch solche Wallfahrten erlaubt, die an einem Tage begonnen und auch wieder beendet sein konnten.

»Und er denkt, zwischen Morgen und Abend werde die Heiligkeit gesichert«, sagte Gumpertz und lachte.

Als am 21. Mai der Blitz den Turm der Martinskirche in Brand setzte, während einer Stunde, in der die Pfarrjugend mit dem Pfarrer zur Christenlehre zusammengesessen hatte, ließen sich etliche Stimmen vernehmen, die hierin einen Zusammenhang mit den Wallfahrtssünden sahen und nicht ausschließen wollten, dass auch ohne Entfernung vom heimischen Boden und innerhalb der Kirchenhäuslichkeit Dinge geschähen, die keineswegs erbaulich im Sinne der Heiligen Dreifaltigkeit seien.

Clementine dachte an die Kirche in Jever, die ihr vor allem als Treffpunkt mit Clements gedient hatte. Voller Glück war sie gewesen, voller Hoffnung. Die Welt schien zu pulsieren, alles schien möglich zu werden. Jeder Mensch sei so gut wie der andere, gleich hoch oder tief, es gebe keine Unterschiede, hatte Clements gesagt. Was mochte er davon halten, dass nun nach allerhöchster Kabinettsorder die Adelsrechte für die am linken Rheinufer gelegenen preußischen Provinzen wiederhergestellt worden waren? War er gelassener geworden, gesetzter in seinem Denken und mehr auf Erfolg, Einfluss und Ansehen aus, oder träumte seine

Seele noch immer von der Freiheit jedes Einzelnen? Würde er heute noch dem Aufstand der unteren Klassen beiwohnen wollen, oder war er nun auch schon selbst einer von jenen, die sich den Schreien nach Brot verschlossen?

Die Revolution, die Schließung der Klöster, Geschichte alles, Historie. Clementine hatte jenen Tag erlebt, jenen trüben Tag, an dem sie das Kloster verlassen mussten, trüb am Himmel und trüb in den Herzen. Viele hatten geweint, manche klagten den Himmel an, der solches zuließ. Clementine hatte sich um Contenance bemüht, wie sie es gelernt hatte. Dennoch hatte auch sie sich gefragt, warum nun alles zu Ende sein sollte, was sie geplant hatte. Das Kloster war ihre Heimat geworden, hier hatte sie die Heilwässer mischen wollen, die Kranken pflegen. Was war so falsch gewesen an ihren Plänen, dass Gott sie gleich wieder zerbrach? St. Anna war dem Besitz der Fürstin Friederike zugeschlagen worden, ein kleines Almosen nur, hatte die es genannt, für die Verluste, die sie erlitten habe. »Bleiben Sie hier«, hatte sie gesagt, als Clementine zur Verabschiedung ins Schloss gekommen war. »Kümmern Sie sich weiter um die Kräuter, ich werde Sie gut bezahlen, und wenn Sie unbedingt wollen, können Sie auch dieses Gewand anbehalten. Denken Sie darüber nach.« Ihre Mundwinkel hatten streng gewirkt an jenem Tag, und ihre Stimme war eine Spur zu hart gewesen.

»Schade«, hatte die Fürstin gemurmelt nach der Ablehnung, die Clementine ihr selbstbewusst entgegenhielt, »ich werde Ihre Gegenwart vermissen«, und als die Fürstin ihr die Hand zum Abschied gereicht hatte, waren Tränen in ihren Augen zu sehen gewesen.

Clementine sah zum Fenster hinaus. Was wäre geworden, wenn sie sich damals anders entschieden hätte? Sie hätte im Schloss gewohnt, hätte am Tisch gesessen, wenn die Abendveranstaltungen viele Gäste ins Haus brachten, hätte über die Welt diskutiert und über die politischen Strömungen und wäre vielleicht doch eines Tages ihres Gewandes müde geworden unter den täglichen Blicken der Fürstin, die ihr so viele Male entgegengehalten hatte, dass sie mehr für die Menschen tun könnte, ohne Klostergehorsam und Keuschheitsgelübde. Vielleicht hätte die Fürstin Clements gefunden und ihn eingeladen, und sie wäre doch seine Frau geworden und die Mutter seiner Kinder.

Mit großen Schritten ging es auf den Sommer zu, die Menschen atmeten freier, traten aus ihren Häusern und machten sich auf zum Sonntagsspaziergang, weg aus den engen Gassen, hinaus aus den Mauern, durch die Stadttore, quer durch Felder und Wiesen oder auch hinunter zum Rheinufer und sogar über die Brücke hinüber nach Deutz und ins Bergische Land. Als die Kommunionkinder ihren Ehrentag feierten und wenige Tage danach die Fronleichnamsprozession durch die Straßen zog, trug der Himmel sein feinstes Kleid. Das blitzte und glänzte und schimmerte dermaßen, dass Gumpertz begeistert ausrief:

»Selbst der Himmel jauchzt und freut sich, dass diese heilige Stadtwallfahrt endlich wieder von einem Erzbischof und vom Domkapitel angeführt wird, wie es sich für die heilige Stadt Köln geziemet.«

Wegen eines plötzlich einsetzenden Regens hatte das Feuerwerk am 20. Juni abgesagt werden müssen, fünf Tage später jedoch, pünktlich zur Jesuitenkirmes war das stürmische Wetter verzogen, und beim Domweihfest Anfang Juli verlangte die Sommerhitze nach Bier und Wein. Dort stand Clementine plötzlich dem Erzbischof gegenüber.

»Was machen die Umzugspläne?«, fragte er lachend. »Das Haus am Domhof 19 sehnt sich nach Ihnen.«

»Ich denke noch einmal darüber nach«, versprach Clementine, und bevor sie das Gespräch mit dem Oberhirten fortsetzen konnte, fragte eine Dame mittleren Alters:

»Sind Sie nicht die neue Eau-de-Cologne-Fabrikantin?«

»Ja«, antwortete Clementine und lächelte freundlich. »Kennen Sie meine Produkte bereits, oder möchten Sie etwas probieren?«

»O ja, ich habe ein Fläschchen geschenkt bekommen von einem Geschäftsfreund meines Mannes, Herrn Wermeskirchen, und es hat mir gefallen. Scheint mir eine andere Zusammensetzung zu sein, erfrischt und belebt. Wo kann ich mehr davon bekommen?«

»Gleich heute Nachmittag, wenn Sie möchten, Auf der Litsch No. 1« antwortete Clementine.

»Gerne«, sagte die Dame, »ich heiße Dupont, Angélique Dupont, und ich werde da sein heute, vielleicht um vier Uhr?«

»Gerne, Madame Dupont«, sagte Clementine, »ich heiße übrigens Maria Clementine Martin.«

Dieses Gespräch weckte neue Lebensgeister in ihr, und als am Nachmittag Madame Dupont erschien, verkaufte sie ihr nicht nur ein gutes Quantum als Präsente für Freundinnen und Freunde, für Mutter, Schwiegermutter und Schwester, sondern gab ihr noch zwei besondere Heilkräuteressenzen als Geschenk mit auf den Weg.

»Das eine«, sagte sie, »gerät zur Wohltat bei Magenweh, und es vertreibt auch das ungestüme Ohrenklingeln. Das andere hilft gegen Ohnmachten, Seitenstiche und Brustkrankheiten, so sie von aufsteigenden Winden und kalten Füßen herrühren. Und«, fügte Clementine mit einem verbindlichen Lächeln an, »so die Gesundheit wiederhergestellt ist, verschafft es auch eine solche Schönheit, da die Haut voller Farbe ist und schön glatt, wie es nie eine Schminke vermag.«

»Danke, Schwester, ich finde bemerkenswert, dass eine Klosterfrau, wie Sie es sind, sich dennoch bemüht, der weiblich-eitlen Mühen zu gedenken, welche uns stets nach Verschönerung Ausschau halten lassen.«

Madame Dupont trank noch einen Tee aus einem der Tässchen, die Clementine von Jever mitgenommen, aber bislang unbenutzt in der Vitrine platziert hatte. Dies war eine Gelegenheit, bei der auch feines Chinaporzellan auf den Tisch gehörte.

»Sie treffen immer und überall den richtigen Ton«, meinte Gumpertz später. »Das kommt daher, dass Sie geblieben sind, was Sie von Geburt an waren. Wissen Sie, viele Leute glauben, Sie müssten im Leben erst zu dem werden, der sie sein sollen. Aber im Grunde hat der Herrgott schon vor unserem ersten Blick in die Welt gewusst, wer wir sind. Wer sich darauf verlässt, lebt vom ersten Atemzug an sein Leben. Er muss nur einfach losgehen, dem Weg folgen, der vor ihm liegt, dann wird er so, wie Sie es sind: offenherzig, freundlich und jedem jederzeit willkommen.«

War sie wirklich so, wie der Domvikar sie geschildert hatte? Aber warum waren nicht alle Menschen glücklich und schön anzusehen, warum gab es solche wie jene beiden übernatürlichen Menschen, von denen die Zeitung berichtete? Der eine, ein Männlein von siebenunddreißig Jahren nur sechsundzwanzig Zoll groß, und daneben ein mehr als sieben Fuß hohes holländisches Frauenzimmer, beide waren auf der Durchreise für einige Tage in der Stadt und im Saale bei Richartz am Heumarkt 64 gegenüber der Börse zu bestaunen, gegen ein Entgelt von drei Silbergroschen im ersten Rang und zwei Silbergroschen im zweiten – zu begaffen, wie Tiere im Käfig. Waren auch das Menschen, die Gott vom ersten Moment an so gewollt hatte, und warum schuf er manch einen in Schönheit und Glanz und andere, die als Krüppel oder mit verzerrter Gestalt durch ihr Leben gehen mussten, der ganzen Welt zum Hohn und Spott ausgesetzt?

Am Morgen des 30. Juli wurde die Stadt mit einem halbstündigen Glockengeläute daran erinnert, dass von nun an einem jeden katholischen Bürger für kurze Zeit die Möglichkeit gegeben sei, Sündenablass zu erlangen, sofern er beichtete, bereute, die heilige Kommunion empfing, anschließend verschiedene Gebete sprach und in der Folgezeit jeweils fünfmal den Dom und die Kirchen St. Gereon, St. Aposteln und Maria im Kapitol besuchte. Der Erzbischof hatte in einem langen Brief, den die Kölnische Zeitung abdruckte, auf diese Sündenvergebungsmöglichkeit hingewiesen und sich hierbei ausdrücklich auf die Bulle von Papst Leo vom ersten Weihnachtstag des Vorjahres berufen.

»Wieso wollen Sie daran teilnehmen?«, fragte Gumpertz erstaunt, als Clementine ihm beim Mittagsmahl davon berichtete. »Welche Sünden sollten Sie bereuen müssen, oder sind es jene, die sich ihr Kopf immer wieder zusammenhäkelt und die aus so dünnem Garn sind, dass sie schon beim kleinsten Luftzug zerreißen würden? Solcherart Dinge sollten Sie nicht an die Öffentlichkeit bringen. Damit würden Sie nur den Beichtstuhl unnötig belegen und den tatsächlich sündigen Schwerenötern die Zeit stehlen.«

Clementine ging dennoch zur Beichte. Sie ließ alles hinaus, die fehlende Demut, die Lust am Irdischen, die heimlichen Gedanken an die Körperlichkeit, wie sie Carlos bis zu ihren Lippen gelassen hatte, und vor allem, und das wog schwerer als alles sonst, dass sie sich schuldig fühlte am Tod einer Frau.

»Du hast gemordet?«, fragte der Geistliche streng. »Davon nämlich kann ich dich nicht lossprechen.«

»Nein«, flüsterte Clementine, »nicht tatsächlich getötet, aber ich habe sie nicht genug in meine Gebete eingebunden, weil sie nicht meine Gedanken dachte, weil sie mir in ihrem Fühlen fremd war und weil sie mich erpressen wollte.«

»Dann, liebe Schwester im Herrn, wenn du also voller Reue bist und dir deiner Schuld bewusst die Kommunion nimmst, die Gebete sprichst und alles andere befolgest, alsdann will ich dich freisprechen von aller Schuld kraft meines Amtes ...«

Clementine war schon hinausgegangen. Vor der großen Madonnenfigur blieb sie stehen.

»Heilige Maria, du Mutter unseres Herrn und Heilandes, du warst eine Frau, wie ich, du verstehst, was ich meine, du kennst meine Zweifel, meine Ängste, meine Not. Sprich du zu deinem Sohne von meiner Reue, von meinem guten Willen, so will ich glauben, dass alles sich wenden wird zu meinem Besten. Amen.«

Statt der vielen verordneten Kirchenbesuche ging Clementine wieder in die Gassen vor dem Eigelsteintor, dort, wo so viel Elend wohnte, so viele Schmerzen entstanden, die Körper und die Seelen verletzt wurden, dort, wo sie mehr im Sinne des Allerhöchsten agieren würde als mit dem, was die Kirche ihr auferlegen wollte. Und dann erschrak sie doch vor dem Aufruhr in ihrem Herzen, für den Gumpertz wiederum und einzig den unglücklichen Einfluss der Protestanten innerhalb der Stadtmauern verantwortlich machte.

»Sie sind es«, rief er mit großem Nachdruck, »die alle unsere tief wurzelnden Regeln in Frage stellen, sie raten den Menschen, sich ohne priesterliche Vermittlung direkt an den Herrgott zu wenden. Also, liebe Schwester, gehen Sie in sich und kehren Sie zur allein selig machenden katholischen Lehre zurück, auch wenn Ihnen dabei manches spanisch vorkommen mag.« Er lachte. »Kommen Sie, wir trinken ein Gläschen Rheinwein, das stärkt nicht nur die Herzen, sondern auch die Seelen.«

Am nächsten Abend kam Juliane, um zu erzählen, dass es aus sei zwischen ihr und Heinrich.

»Ich habe genug von seinen Alleingängen«, sagte sie, »und die Mutter hat mir geraten, die Finger von ihm zu lassen und mich auf bessere Anwärter zu besinnen. Nämlich denjenigen, der schon immer ein Auge auf mich geworfen hat und mit dem ich morgen ausgehen werde, zu Harmonie und Tanz bei Lempertz, da soll er nur dumm gucken, der Heinrich, ich jedenfalls bleibe nicht traurig zu Hause sitzen, während er mit seinen Freunden herumzieht.«

»Manche Liebe ist nur im Verborgenen glänzend und schön«, sagte Clementine, »wenn das Licht auf sie fällt, sieht man die Ecken und Kanten, die Risse und Flecken und wendet sich enttäuscht ab. Dann hoffe ich, dass du die richtige Entscheidung triffst, mit jenem Mann. Wie heißt er denn?«

»Anton«, sagte Juliane, »Anton van den Landen.«

»Im Übrigen, Juliane, wäre es schön, wenn du mir in nächster Zeit regelmäßig zu Hilfe kommen könntest, denn Johann ist nach Italien aufgebrochen, wer kann wissen, ob er jemals wiederkehrt. Wenn du willst, würde ich dich gerne als meine dauernde Gehilfin anstellen. Hast du Lust und Zeit?«, fragte Clementine.

»Mit großer Freude«, antwortete Juliane und knickste. »Ich freue mich auf diesen Dienst bei Ihnen, Schwester Clementine, und die Mutter wird mich sicher gerne ziehen lassen. Ich komme gleich morgen früh, wenn Sie möchten.«

Gleich vom ersten Tage an wurde sie zu einer unentbehrlichen Helferin. Ihre Arme waren stark, ihre Beine flink, ihr freundliches Wesen tat allen gut, und als Clementine am nächsten Abend vor die Tür trat, sah sie das Mädchen in schönstem Kleid aus blauer Seide, mit dem Kreuzamulett vor der Brust, dem Gürtel, den eine Goldschnalle über ihrer schlanken Taille zusammenhielt, dem Rüschenkragen und den gebauschten Oberärmeln ... sie sah aus wie eine wunderschöne Prinzessin. Vielleicht war sie wirklich für ein besseres Leben geschaffen als für den Gemüsegarten. Der junge Mann allerdings, der neben ihr herschritt, wirkte steif und geziert. Seine Haut sah blass aus, und die hellen Augen unter den schwarzen Brauen wirkten wie unter einem Schleier, so als wollten sie sich nicht in die Tiefe blicken lassen.

»Es ist nicht Ihre Verantwortung«, sagte Gumpertz am Abend. »Dieses Kind wird seinen Weg gehen, und außerdem hat es eine Mutter, die sich vorbildlich kümmert. Sie haben genug für diese Leute getan. Halten Sie sich heraus und geben Sie mir ein bisschen von der wenigen Zeit, die bei Ihrem fleißigen Leben noch übrig geblieben ist.«

Doch das Kümmern hatte kein Ende. An einem der nächsten Abende nämlich klopfte Johann Fusen an die Tür. Er wirkte verzweifelt, und nachdem er sich gesetzt hatte, sprach er sich die Sorgen von der Seele.

»Heinrich ist einem Betrüger aufgesessen. Er hat sich einem Major von Schaefer angeschlossen, der von Hamburg aus herumreist und junge Männer dazu bringt, ihm zu vertrauen. Er gaukelt ihnen vor, dass sie, wenn sie sein Angebot, nach Brasilien auszuwandern, annehmen, dort sogleich zu Geld kommen und auch unverzüglich Staatsbürger dieses Landes werden können. Kaiserlich brasilianischer Agent will er sein, dieser Halunke, und Heinrich hat schon sein Ränzel gepackt und will uns morgen verlassen.«

Johann Fusen begann zu weinen.

»Er ist unser einziges Kind, wir wissen nicht mehr ein noch aus. Anna Maria, meine Frau, liegt danieder, sie sieht aus, als wäre sie von ihrer Seele verlassen worden, isst nichts, trinkt nichts und sagt kein einziges Wort. Sie schließt nicht mal mehr ihre Augen, starrt nur zur Decke empor.«

»Beruhigen Sie sich, Herr Fusen, warten Sie eine kleine Weile. Juliane ist zu einer Kundin unterwegs, wird aber sogleich wieder zurück sein. Wenn sie sich entschließt, zu Ihrem Sohne zurückzukehren, wird er gewiss seine Auswanderungspläne aufgeben, so hoffe ich jedenfalls.«

Auf raschen Füßen und voller Fröhlichkeit stürmte Juliane zur Tür herein, aber als sie Heinrichs Vater am Tisch sitzen sah, blieb sie stehen. Ihr Gesicht versteinerte sich, und Clementine hatte Sorge, dass sie ihre Hoffnung zu Grabe tragen müsste. Dann aber, als sich Johann Fusen erhob und mit schweren Schritten auf das Mädchen zuging, die Hände nach ihr ausstreckte und mit leiser Stimme fragte:

»Juliane, kommst du mit und bittest Heinrich, hierzubleiben?«, fragte Juliana voller Entsetzen: »Wo will er denn hin?«

»Nach Brasilien«, sagte Johann Fusen.

»O mein Gott!«, rief das Mädchen. »Nein, das kann er mir nicht antun, so weit weg, ich werde ihn nie wiedersehen …«

Sie rannte zur Tür, lief hinaus, und Johann Fusen eilte hinterher.

Gumpertz, der auf dem Treppenabsatz stand, lachte.

»Gut, Clementine, wie Hänneschenpuppen führen Sie die Menschen durchs Leben hierhin und dorthin.«

Wie eine verschlüsselte Botschaft lief ein Raunen durch die Stadt, dass Auf der Litsch No. 1 beim Domvikar eine Nonne wohne, die von der Heilkräuterlehre wisse und sich daran begeben hätte, nicht nur ein exzellent duftendes Eau de Cologne zu fabrizieren, sondern auch Ratschläge gegen die Qualen des Körpers parat habe, wenn der sich im Laufe eines Lebens abgenutzt habe an vielerlei Stellen. Die Leute kamen in Scharen, und wenn sie vor ihr standen, fühlte Clementine, dass dies ihre Aufgabe war, der Sinn ihres Lebens, dass sie sich in diesem Moment ganz im Einklang mit sich spürte und dass es das sein musste, wozu sie auf die Welt gekommen war. Mit der Zeit aber schienen die Räumlichkeiten immer kleiner zu werden, immer enger die Treppe ins Kellergeschoss, zu wenig Platz am Tisch zum Befüllen, zu eng der Schrank zum Präsentieren.

Eines Tages machte sich Clementine, dem Vorschlag des Erzbischofs folgend, auf den Weg zum Domkapitel, und schneller, als sie gedacht, war der Contract geschlossen, lag zur Unterschrift bereit, was sie vor Monaten viel zu schnell zurückgewiesen hatte, aber vielleicht war auch jetzt erst der richtige Zeitpunkt gekommen. Sie setzte sich an den kleinen Sekretär, nahm den Federkiel, schraubte das Tintenfass auf und steckte die Spitze langsam in die blaue Flüssigkeit. Dann setzte sie mit kraftvollem Schwung ihren Namen unter das Schriftstück.

Gumpertz reagierte zunächst mit Empörung. »Alles war gut, wie es war«, rief er durchs Haus. »Wenn sie nicht so hochtrabende Pläne hätte, die Clementine, wenn sie sich der Demut besänne, dann wäre sie zufrieden gewesen mit dem, was sie hier vorfand.«

Zwei Tage später war seine Stimme weicher, aber deshalb für Clementine noch schlechter zu ertragen. Jetzt jammerte er, ihm sei ein Schmerz zugefügt worden, eine Enttäuschung, die ihn tief verletze. Alle Mühe und das große Verständnis, das er ihr für ihre im eigentlichen Sinne doch eher unsinnige Idee, ihr Heil im Duftwasser zu suchen, entgegengebracht habe, all seine Hilfe sei jetzt wie mit Füßen getreten worden.

Schließlich aber, zum Ende der Woche, schien er sich gesammelt zu haben, und beim Abendessen prostete er ihr sehr vergnügt zu mit den Worten: »Auf die neue Adresse Domhof 19!«

Später erfuhr Clementine, dass dieser Sinneswechsel nicht ganz eigenen Ursprungs gewesen war, sondern in Zusammenhang mit den ermahnenden Worten seiner Freunde Esser und Isenkrahe stand, die nicht ganz uneigennützig ihrem Kollegen Gumpertz klarzumachen versuchten, dass »seine« Clementine ein Anrecht auf ein eigenes Leben habe und dass sein Egoismus zum Himmel schreie.

Natürlich waren die beiden Herren recht angetan von der Aussicht, die Klosterfrau Maria Clementine bald als direkte Nachbarin zu wissen und so die eine oder andere Beschwerlichkeit des Körpers von ihr begutachten und behandeln zu lassen, ohne jedes Mal zur Litsch zu wandern und dem alten Gumpertz eine Aufwartung machen zu müssen.

Zu ihrem vollen Tageslauf zusammen mit der Weiterführung ihres kleinen Unternehmens, bei der sie keine Pause einlegen wollte, damit nicht womöglich das verehrte Publikum sich enttäuscht ab- und wieder anderen Herstellern zuwandte, gesellte sich nun die Vorbereitung des Umzugs in die anderen Räumlichkeiten, von denen sie gleich jeden Kunden auf einem kleinen Notizzettel in Kenntnis setzte. Nachmittags ging sie zu den Versteigerungen, bei denen oftmals ganze Einrichtungen angeboten wurden, sei es von Menschen, die ohne Nachkommenschaft gestorben waren, oder von Familien, die wegen des Bankrotts der eigenen Firma ihren bisherigen Wohlstand auf das Armenmaß hinunterschrauben mussten. Es gab auch welche, die alles zurückließen, weil sie sich auf den Weg über das große Wasser machen wollten, nach Amerika, dorthin, wo das Glück zu liegen schien, dorthin, wo auch Clements gewesen war. Schließlich war das neue Haus möbliert und bereit.

Nun aber kam das Schwerste, der Abschied von Gumpertz. Als sie den Sekretär ausräumte und die Kommode leer war, stand sie etwas fassungslos vor dem Bett, in dem sie anderthalb Jahre geschlafen hatte. Sie schämte sich, die wenigen Dinge in diesen zwei Räumen, die ihr gehörten, am Gumpertz'schen Wohnraum vorbeitragen zu lassen. Diese Endgültigkeit tat ihr jetzt fast leid. Ob sie vielleicht diese Dinge noch eine Zeit lang hier stehen lassen könnte, fragte sie beim Mittagessen, damit sie, wenn es ihm schlecht ginge, auch die Nacht über in seiner Nähe verbringen könnte. Der Domvikar lachte.

»Liebe Clementine«, sagte er, »das Bett gehört Ihnen sowieso nicht. Also ist für die Nacht immer vorgesorgt. Des Weiteren wünsche ich klare Verhältnisse. Sie ziehen in den Domhof um, nur um die Ecke. Ich habe mir während der letzten Tage manchmal vorgestellt, was ich machen würde, wenn Sie beispielsweise zurück nach Brüssel gingen oder nach Berlin. Dann wurde mir ganz gemütlich, wenn mir einfiel, dass Sie nur wenige Schritte von mir zu Hause sein werden und ich nur das Mädchen schicken muss, um Sie zu holen.«

Clementine verschluckte sich zweimal. Zuerst beim Namen Brüssel, der mit einer machtvollen Welle viele Erinnerungen hochgespült hatte, und bei der letzten Bemerkung und der Selbstverständlichkeit, mit der Gumpertz sich auch weiterhin ihrer bedienen würde.

Tatsächlich aber ging Gumpertz von diesem Tage an nie mehr vor die Tür.

»Ich kann nicht«, sagte er freundlich, wenn ihn seine Freunde baten, doch wenigstens einmal zum Domhof zu kommen, um dort der Klosterfrau neues Heim zu bewundern, Clementine würde sich ganz bestimmt freuen.

»Ich kann nicht, meine Beine wollen nicht mehr. Sie hat mir erzählt, wie alles funkelt und blitzt, und so wie sie jetzt selbst strahlt, weiß ich, dass sie glücklich ist.«

»Wenn Sie nur hier und da ein Stündchen Zeit übrig haben werden für einen alten Mann, mehr will ich gar nicht, Clementinchen.«

Clementine besuchte ihn, nicht so oft, wie er wünschte, und nicht so oft, wie sie sich vorgenommen hatte, aber sie kam, wenn auch manchmal mit dem Blick auf die Uhr, weil sich Kunden angesagt hatten, weil sie eine neue Duftnote ausprobieren wollte, weil sie die neuen Reklameblättchen rundtragen musste.

Der Erste, der ihr Glück wünschte, war Herrmann Gumpertz. Er kam mit seiner Ehefrau und kaufte reichlich. Esser und Isenkrahe standen gleich dahinter, jeder mit einem Geschenk unter dem Arm. Annemarie Görres brachte eine kleine Häkeldecke, für die Gemütlichkeit, und selbst einige der Konkurrenten ließen sich blicken – ob aus ehrlichem Herzen, aus Höflichkeit oder nur aus Neugierde, war so rasch nicht erkennbar. Der Erzbischof schickte einen Brief, in dem stand, dass er sich von Herzen und in aufrichtiger Weise über diesen Schritt freue, den sie nun so mutig gegangen sei, und dass er ihr Glück und Erfolg und den Segen Gottes wünsche. Dieses Schreiben fühlte sich an wie ein Siegel auf ihrer Haustür, welches Schutz gewährte und die Sicherheit schenkte, dass nunmehr nichts Böses hereinkommen könnte, weil auf all ihrem Tun der himmlische Segen lag.

Während der ersten Tage war sie mit dem Platzieren der Möbel, mit dem Einräumen und Dekorieren beschäftigt, und das machte ihr so viel Freude, dass sie sich fragte, ob sie in ihrem Herzen doch mehr der Welt zugewandt war, als es ihr Äußeres vermuten ließ. War sie noch sicher, dass sie das Klosterkleid tragen sollte, oder war diese Hülle nur ein Schutzschild gegen die Härte des irdischen Lebens, etwas, hinter dem sie sich ducken konnte, wenn es hart auf hart käme und sie sich ihrem Verlangen, ihren Wünschen, ihren Sehnsüchten stellen musste? Anfang der zweiten Woche stand ein gut gekleideter Herr vor ihr, der sie formvollendet begrüßte und sich als Pierre Dupont vorstellte.

»Ihre verehrte Frau Gemahlin hat mir bereits die Freude eines Besuches gemacht, damals noch im Hause Gumpertz«, sagte Clementine.

»Ja, und auf Anraten meiner Frau bin ich hier. Ich werde ihr berichten, dass Ihre Unternehmung einen nicht geringen Aufschwung genommen hat und dass Sie nun in Räumlichkeiten residieren, die Ihnen gemäß sind.«

»Ich danke Ihnen«, sagte Clementine. »Womit aber kann ich Ihnen dienen?«

»Es wäre mir eine große Freude, Ihnen in Ihrem Fortkommen weiterzuhelfen, und da ich überzeugt bin, dass Ihr Eau de Cologne von exzellenter Qualität ist, wäre es dringend notwendig, fachliche Meinungen anzufordern und dem verehrten Publikum hernach zu offerieren. Ich bin Tuchhändler, aber wir Unternehmer wissen doch allesamt, wie wichtig die gute Reklame für den Erfolg ist. Geben Sie mir eine Flasche im Vertrauen mit, ich werde sie einem Freund vorstellen und ihn bitten, sein fachliches Urteil abzugeben. Gerade für die Art von Produkt, welches Sie fabrizieren, ist eine solche Bestätigung von großer Wichtigkeit, sie dient der Reklame wie sonst kein anderes Mittel. Das hat übrigens schon der alte Feminis gewusst, als er bereits im Jahre 1761 beim Dekan der medizinischen Fakultät ein Gutachten über sein Kölnisch Wasser in Auftrag gab. Sie sehen, verehrte Schwester, wenn Sie dem zustimmen, bewegen Sie sich auf bewährten Pfaden.«

»Mit ehrfürchtigem Dank und großer Freude. Hier, nehmen

Sie, und ich hoffe, Ihr Freund wird sich vom Wert überzeugen können.«

Tatsächlich erhielt sie wenige Tage später einen versiegelten Brief, dessen Absender sich mit Dr. Bernhard Elkendorf, ausübender Arzt, Stadt-Physikus, entziffern ließ.

Clementine öffnete den Umschlag mit zitternden Fingern. Ihr Herz klopfte bis zum Hals, sie musste sich auf einen der gepolsterten Stühle setzen, die aus ihrem früheren Zimmer stammten und von denen zwei im Eingangsbereich Platz gefunden hatten.

Sie entfaltete den Briefbogen, ließ ihn aber noch einmal in ihren Schoß hinabgleiten. Ihr Blick schweifte durch den Raum, über den Tisch mit den liebevoll dekorierten Flaschen, über die Bilder an den Wänden, die noch aus dem Haus ihrer Eltern in Jever stammten. Sie sah auf ihre Füße, die schon so viele Schritte getan hatten, und sie fragte sich, wie die Botschaft dieses Briefes ihr Leben würde verändern können. Dann nahm sie die Lesehilfe vom Tisch, zog sie vor die Augen und las:

»Die mir überreichte Probe des von der Klosterfrau Maria C. Martin dahier fabricierten Kölnisch Wassers ist von äußerst guter und feiner Qualität, welche ich nach vorgenommener Untersuchung und angestellter Vergleichung mit den besten hier fabricierten Wassern andurch bezeuge.
Dr. B. Elkendorf, königlicher Stadt-Physikus«

Hier stand es schwarz auf weiß: Die Klosterfrau Maria Clementine Martin fabrizierte ein erstklassiges Kölnisch Wasser, vom Stadt-Physikus war es anerkannt worden. Dieses Zertifikat würde sie vielmals abschreiben lassen und so oft wie möglich verteilen, damit ihr Produkt in seiner Güte bekannt und berühmt wurde. Zum Nutzen der Menschen, fügte Clementine ihren Gedanken hinzu, wie um ihr Gewissen zu beruhigen, das hin und wieder seinen Finger mahnend hob, damit sie sich nicht zu sehr dem Irdischen zuwandte.

Als sie an diesem Abend in ihre Schlafkammer trat, war sie aufgewühlt wie in ihren jungen Jahren. Sie schlug die Bibel auf.

»Gott hat dir nicht einen Geist der Verzagtheit gegeben, sondern den Geist der Kraft, der Liebe und der Besonnenheit!«

Dies sollte ihre Losung werden, hiernach wollte sie leben und arbeiten und sich dabei immer unter dem Segen des Höchsten fühlen.

Einige Zeit später hörte Clementine in der Kirche Maria im Kapitol, wo sie diesmal zum Abendgebet kniete, wie jemandes Stimme hinter ihr sagte: »Vielen Dank, Herr Elkendorf, und noch einen schönen Abend.«

Sogleich drehte sie sich um, sah den Angesprochenen zum Ausgang eilen und lief hinter ihm her.

»Verzeihen Sie, habe ich die Ehre mit Herrn Elkendorf?« Und als der Mann nickte, sprach sie munter weiter: »Ich möchte Ihnen meinen innigsten und tief empfundenen Dank aussprechen für die wunderbaren Worte, die Sie gefunden haben, um meine bescheidenen Produkte zu beschreiben, und ich würde mich herzlich freuen, wenn Sie mir die Ehre Ihres Besuches in meinem unwürdigen Domizil machen könnten.«

Der Mann schaute verdutzt. »Welche Produkte und welchen Dank? Ich weiß nicht, wovon Sie reden«, sagte er.

»Aber ... Monsieur Dupont, Ihr Freund, er hatte Ihnen doch eine Probe meines Kölnisch Wassers gegeben, und Sie haben es untersucht ...«

Der Mann lachte. »Wahrscheinlich eine Verwechslung, der Stadt-Physikus ist ein entfernter Verwandter. Ich dagegen bin nur der Küster dieser Kirche ... Wünsche einen gesegneten Abend.«

Clementine ging zurück zur Bank, in der sie gekniet hatte und gebetet haben sollte in Andacht und Versenkung. Stattdessen waren ihre Ohren aufgestellt und interessiert gewesen an allem irdischen Mischmasch, der sich hinter ihr ausbreitete. Es war wie eine Ohrfeige Gottes, und sie schämte sich dieses Vorfalls, vor allem auch, weil ihr klar wurde, dass es nie zu dieser Verwechslung hätte kommen können, wenn sie dem Stadt-Physikus die längst überfällige Aufwartung gemacht hätte.

Noch am selben Abend ging sie in die Streitzeuggasse und bedankte sich aus ehrlichem Herzen.

Dr. Elkendorf wiederholte, dass er ihr Wasser nach allen Regeln der Kunst überprüft habe und wirklich beeindruckt sei von seiner ungetrübten Qualität.

»Im Übrigen«, sagte er, »achte ich es groß, dass eine Frau wie Sie, wohlweil im Nonnenhabit, sich daran geben will, in diesem Gewerbe Fuß zu fassen. Und zwar mit lauterem Gemüt und nicht mit der Pracht eines italienischen Namens, dessen Vielfältigkeit so offenkundig ist, dass er nur scheinbar von Nutzen sein kann. Sie versuchen nicht im Schlepptau jener Masse mitzulaufen, sondern fangen neu an. Ich wünschte, in dieser Stadt gäbe es mehr Unerschrockenheit und den Mut, nach vorn zu schauen und sich nicht im Jammern und Klagen zu erschöpfen. *›Das meiste wird deshalb nicht getan, weil es nicht unternommen wird.‹* Dieser Satz stammt nicht von mir, sondern von einem spanischen Philosophen mit Namen Baltasar Morales, der vor zweihundert Jahren gelebt hat, womit wieder einmal bewiesen wäre, dass es immer die gleichen Nöte sind, von denen wir Menschen durchs Leben getrieben werden. Adieu, hochverehrte Schwester, bleiben Sie auf Ihrem Weg und scheuen Sie sich nicht, sich der angebotenen Hilfestellung zu bedienen.«

Wie gut es die Menschen mit ihr meinten und wie vieles Hand in Hand ging. Den Anfang hat Madame Dupont gemacht, ach nein, es war schon lange vorher, während des Zwangsverkaufs damals bei Lempertz, als dieses Mädchen umgefallen war. Dass sie Madame Duponts Tochter war, hatte Clementine erst während der Jesuitenkirmes erfahren, und nun war deren Vater gekommen und hatte ihr das Gutachten des königlichen Stadt-Physikus vermittelt.

»Ich will dich unterweisen und dir den Weg zeigen, den du gehen sollst, ich will dich mit meinen Augen leiten.« Das war ihr Taufspruch gewesen, und er konnte auch als Überschrift über ihr Leben gelten.

Die Adresse am Domhof war so, wie Clementine es sich erträumt hatte. Ein geräumiges Haus, genügend Platz für die Unternehmung, für die Fabrikation ebenso wie für die Repräsentanz und den Empfang der Kunden, und weiter oben die privaten Räume bis hin zu dem kleinen Austritt unterm Dach, der eigentlich für das Dienstpersonal gewesen sein musste, jetzt aber in ihr ein Gefühl von unendlicher Freiheit entfachte. Wenn sie abends dort oben hinaustrat, in den Sternenhimmel blickte und gleich neben sich den Atem der heiligen Kathedrale spürte, mitten in Köln … nirgendwo könnte es besser sein.

Zwar rümpfte Annemarie Görres noch immer die Nase über diese neue Firma, jedoch lernte Clementine nach und nach auch andere Nachbarn kennen, wie den Uhrmacher Friedrich Altstädt, der ihr einen Tee anbot, wissen wollte, woher sie kam, und anschließend zu erzählen begann.

»Eine meiner Töchter wollte ins Kloster, ich habe sie davon abbringen können, aber jetzt ist sie im Kindbett beim dritten Sohn gestorben. Vielleicht habe ich gegen Gott gesündigt, dass ich sie nicht als seine Braut hergeben wollte, und nun hat er sie einfach zu sich genommen, und ich bin schuld an ihrem so frühen Tod.«

»Unsinn«, sagte Clementine, »wenn Gott das Mädchen hätte haben wollen, wäre sie ins Kloster eingetreten, gewisslich, und gestorben ist sie, wie so viele andere Mütter, an einer Infektion, deren Erreger meistens von den Ärzten übertragen werden, weil die mit ungewaschenen Händen von einem zum anderen gehen.«

Vom Steindrucker Jodocus Schlappal, der in einem großen Gebäude über zwei Grundstücke hinweg seine Firma führte, ließ sie sich gleich wegen der Firmenschriftzüge am Haus beraten, aber der Preis war fürs Erste zu hoch, und sie verschob diese Investition auf einen späteren Zeitpunkt, obwohl Monsieur Dupont ihr doch geraten hatte: »Die Reklame ist das Wichtigste für den Kaufmann, denn seine Ware kann noch so gut sein, zum verehrten Publikum kommt sie erst, wenn dieses davon erfährt.«

Die Herren Esser und Isenkrahe kamen hin und wieder, nur um zu sehen, ob es ihr gut gehe, und dann blieben sie auf ein Glas oder zwei, und schließlich wurden sie wie zwei alte Freunde von alters her, die sich wohlfühlten bei ihr. Das war so, als wäre sie eine Dame der Gesellschaft, die Gäste bei sich beherbergte und sie gut bewirtete. Manchmal kam Madame Dupont aus Brüssel, immer dann, wenn sie, wie sie sagte, »Bedarf hatte«, wobei offen blieb, ob an Produkten oder den Gesprächen, die zwischen ihr und Clementine ein immer beachtlicheres Ausmaß angenommen hatten. Bei einem dieser Besuche wurde Madame Dupont von ihrer Mutter begleitet, und nach einigem höflichen Hin und Her stellte sich heraus, dass die alte Dame Marie hieß und dass Clementine oft auf ihrem Schoß geschaukelt hatte, damals in Brüssel, als sie noch ein kleines Mädchen war und Wilhelmine hieß.

»Christine, deine Mutter, war meine beste Freundin«, sagte Marie, »und bis zu ihrem Tode standen wir in Briefkontakt. Sie war ein so hübsches Mädchen, so leichtfüßig, voller unbändiger Lebensfreude, und wenn sie ihre roten Locken schüttelte, sah es aus, als ob die Funken sprühten. Und dann diese Sommersprossen, wie eine Blumenwiese blühten sie auf ihrem Antlitz, leider puderte sie später diese Besonderheiten immer öfter zum einheitlichen Alabasterton. Deinen Vater hat sie im Schlosspark kennengelernt. Hinter einer Wegbiegung, wo ein Pavillon die Sicht begrenzte, waren sie gegeneinandergeprallt, und Christine hat ihn angelacht und ihren Namen genannt, als er sich mit Johann Heinrich de Martin vorstellte und hölzern um Verzeihung bat. Ein halbes Jahr später sind sie sich zum zweiten Mal begegnet, beim Sommerball im Schloss des Prinzen Lothar von Lothringen. Dein Vater hatte einen der Pagen bestochen, ihm die Gästeliste zu zeigen, und als er Christines Namen darauf fand, ist er durch die Küche in den Ballsaal geschlichen. Nach dem ersten Tanz blieb er vor ihr stehen, wie angewurzelt, starrte in ihre Augen, als könnte er sich nicht mehr lösen von ihr. Da hat Christine einen ihrer Reime losgeschickt. *›Monsieur Grenadier, was machen Sie hier, wollen Sie mich nicht zu meinem Platze bringen, oder wollen Sie jetzt selbst Musik machen und singen?‹* Im Verseschmieden war sie unschlagbar. Mit einem Gedicht hat sie ihn auch dazu gebracht, ihr endlich einen Heiratsantrag zu machen, nachdem sie sich wochenlang hinter den Rosenbüschen heimlich getroffen hatten … *›Monsieur Grenadier‹*, hatte sie geflüstert, *›was machen* *wir hier, sollten wir nicht lieber die Ehe schließen, ich würde das sehr begrüßen. Dann wären die Heimlichkeiten zu Ende. Ich bitte Sie sehr, halten Sie an um meine Hände.‹«*

Clementine hörte atemlos zu. Es kam ihr vor, als erführe sie von einer Frau, die sie, obwohl sie ihre Mutter gewesen war, nie wirklich gekannt hatte.

»Der Umzug nach Jever hat sie um ihre Frische gebracht«, fuhr Marie fort und seufzte. »Wenn es wenigstens Wien gewesen wäre, aber ausgerechnet Jever mit dem Fürsten August von Anhalt-Zerbst, diesem verwirrten Zwerg, der zwei seiner Regimenter einfach an England verkaufte. Sie hat versucht, deinen Vater umzustimmen. Sie hat sogar gedroht, ihn zu verlassen, in das Dorf mit dem Namen Mergenthal zu fahren und in eines der strohgedeckten Häuser zu ziehen, die ihr Onkel August Philipp gebaut hatte, vier Ellen lang und sieben breit, wo die Menschen fröhlich und ohne Hass miteinander leben sollten. Schließlich ist sie dann doch gehorsam ihrem Ehemann gefolgt. Natürlich hat sie deinen Vater gebraucht, aber sie brauchte auch die Salons in Brüssel, die Teezeiten, in denen wir über die Welt und das Geschehen diskutierten. ›Unabhängigkeit‹ war damals unser Zauberwort geworden und ›Freiheit‹. Es war die Zeit des großen Umbruchs, die Feldarbeit wurde von der Industrie überrannt. Mit der ›Spinning Jenny‹ konnte auf sechzehn Spindeln gleichzeitig gesponnen werden, und Mr. Watt hatte ein Schwungrad mit Dampfeskraft zum Rotieren gebracht, was die Seele des Volkes mehr zu bewegen schien als das sonntagmorgendliche Kirchglockengeläut. Das Buch ›Common Sense‹ machte die Runde unter uns jungen verwöhnten Frauen, wir redeten uns die Köpfe heiß, über das, was wir sein sollten, und das, was wir sein wollten. Es war ein bisschen schick, über Änderungen in der Gesellschaft zu diskutieren, aber noch lieber redeten wir über das neue Parfüm, über die Affäre von Jean Louis mit der Näherin seiner Mutter oder das uneheliche Kind von Kurfürst Franz. Dieses Hin und Her hat Christine lebendig gehalten. In Jever fühlte sie sich wie abgeschnitten von der Welt, das hat sie mir geschrieben. Sie hatte keinen, der sie wirklich verstand. Dein Vater war Soldat, einer, der sich mühte, kein Härchen in die falsche Richtung wachsen zu lassen, weder auf dem Kopf noch sonst wo. Sie lebte mit ihm, sie achtete seine Vernunft, seine Gradlinigkeit, seine Treue. Aber seine Gedanken waren ihr fremd ... und seine Sprache ebenfalls. Und da kam dann eines Tages jener junge Mann ins Haus, als Klavierlehrer gedacht und schließlich als Hauslehrer für dich geblieben, und dem begegnete sie Tag für Tag, und, wie soll ich sagen, er raubte ihr den Schlaf. Wenn er ihre Hand berührte, wenn er einen Moment länger als schicklich in ihre Augen sah, wenn er leise ›Christine‹ sagte, dann, so schrieb sie, bekomme sie Gänsehaut. Er erhitzte ihr Blut und beglückte ihre Seele. Sein Blick, schrieb sie, werfe einen letzten Lichtstrahl auf ihr Haar und lasse es wieder glitzern und blinken wie früher. Als dein Vater meinte, dieser Hauslehrer durchtränke deinen Geist mit zu viel Freiheitsdenken, und ihn hinauswarf, war sie so verzweifelt, dass ich einen Eilboten zu ihr schickte mit feinen Pralinés, von denen sie so gerne naschte, und einem Gedichtband von Goethe, wo vieles drinstand von der Disziplin des Überlebens.«

Clementine starrte gegenüber auf die weiße Wand. Wie aus einer Nebelwand tauchte die Erinnerung auf. Sie war zehn Jahre geworden und sehr stolz auf diese Zahl. Von der Mutter wurde sie »mein großes Mädchen« genannt, und der Vater hatte ihr eine Branntweinschale geschenkt, aus dreizehnlötigem Silber, die acht Buckel mit kunstvollen Blumenornamenten geschmückt, rechts und links zierliche Henkel für eine handliche Nutzung. »Sozusagen das, was du zur Geburt bekommen hättest, wenn du hier in Jever oder im Umland zur Welt gekommen wärest«, hatte der Vater erklärt, »oder schon vorher deine Mutter zur Hochzeit.«

Clementine stand auf und öffnete die Vitrine. »Hier«, sagte sie, »das ist sie. Früher wurde darin der Branwienskop gemischt, ein Branntwein mit Zucker und Rosinen. Jeder hat daraus gelöffelt, auch die Wöchnerin, damit sie gut schlafe hernach, und manchmal hat man wohl sogar dem Säugling hiervon auf die Lippen gerieben. Es sollte für mein späteres Leben sein, wenn ich ein Kind nach dem anderen auf die Welt brächte. Und danach ist Ludwig Barthel gekommen. Ein altes Buch brachte er mit, gab es mir und sagte, wenn ich das gelesen hätte, wäre ich reif für mein Leben. ›Discours de la méthode‹ war der Titel, verfasst von René

Descartes, das weiß ich noch, aber nichts über den Inhalt, denn mein Vater nahm es mir gleich aus der Hand und geriet mit Ludwig Barthel in eine heftige Diskussion über den Satz ›Cogito ergo sum‹, ›Ich denke, also bin ich‹.«

Clementine meinte, seine Stimme zu hören, die auch in der Erregung immer wohltönend blieb.

»Mit dieser Abhandlung über die Methode, seine Vernunft richtig zu leiten und die Wahrheit in den Wissenschaften von allem Aberglauben und dem Autoritätsdenken zu befreien, hat Descartes für mein Dafürhalten einen wichtigen Schritt getan, um die Menschen zu ermutigen, sich selbst ein Urteil zu bilden.« Das, so hatte Ludwig Barthel weiter gesagt, scheine ihm das Wichtigste zu sein im Leben und auch in der Erziehung, zuerst sollte man alles in Zweifel ziehen und nur das als wahr anerkennen, was sich klar erkennen ließe.

»Christine hat mir von diesem Abend berichtet«, sagte Marie, »in allen Einzelheiten. Sie schrieb, dass sie wie eine Verdurstende an seinen Lippen gehangen hätte, dass sie seinen Mut bewundert hätte und einen Toast auf ihn ausgesprochen haben würde, wenn nicht in diesem Moment dein Vater hochroten Kopfes aufgestanden wäre und mit seiner kräftigen Stimme, mit der er über die Schlachtfelder zu befehligen gewohnt war, ausgerufen hätte: ›Sofern Sie denken, unsere Tochter brauche eine solche Führung, so glaube ich, dass wir uns den falschen Lehrer für unser Kind ausgesucht haben und uns für die Zukunft anderweitig orientieren werden. Denn in meinem Hause ist immer noch Gehorsam das Wichtigste und der Glaube. Und das soll auch so bleiben.‹ Eine Zeit lang danach schrieb deine Mutter, sie hätte eine Strategie entwickelt, um zu der Gouvernante, die dein Vater flugs engagiert hatte, den Lehrer ins Haus zurückzuholen.«

»Fräulein Hildegard«, sagte Clementine lächelnd. »Die beiden haben schließlich geheiratet.«

»Siehst du, und das hat deine Mutter nicht verkraftet. Sie hat gedacht, dieser Mensch werde für alle Zeiten seine zurückhaltende Verehrung für sie bewahren und sich nicht anderweitig binden. So hätte sie vermutlich in glücklicher Versenkung und Würde altern können. Er war für sie wie ein heimlicher Quell, aus dem sie Energie empfing, seine Verehrung gab ihr kleine Impulse, ihre Briefe waren voll davon, aber plötzlich schrieb sie nur noch selten, und ihre Worte klangen wie … erloschen. Von dir hat sie in jener Zeit wenig berichtet, nur als ich einmal anfragte, wie es dir gehe, antwortete sie, du seiest im Kloster und dort gut aufgehoben. Das hat mich gewundert, aber dieser Satz schien so abschließend, dass es mir schwerfiel, weiterzufragen. Wie ich jedoch heute feststelle, bist du wirklich glücklich als Klosterfrau, und nun auch noch dermaßen erfolgreich.«

»Ja«, sagte Clementine mit fester Stimme, »das ist wahrhaftig so.«

»Übrigens, dein Vater war nicht einer von denen, die deine Großeltern direkt mit ausgebreiteten Armen entgegengenommen hätten. Die von Mergenthals hielten viel auf Etikette und Gepflogenheiten, und da hatten sie für ihre Tochter Christine andere Pläne gehabt. Ich sehe ihn noch vor mir, deinen Großvater, immer korrekt, immer gerade aufgerichtet, bis das Alter und seine Krankheit alle Großartigkeit beugten. Ich glaube, das hat seinem aufrechten Charakter mehr Kummer gebracht als die Schmerzen in seinen Gelenken. Ach Kind, wäret ihr doch in Brüssel geblieben, deine Mutter und ich wären gemeinsam alt geworden, und ich bin gewiss, sie würde noch leben.«

Clementine schwieg. Sie selbst hätte weder Clements noch Carlos kennengelernt, wäre stattdessen vielleicht eines wohlhabenden Mannes Eheweib geworden mit Kindern und Enkeln, und alles in ihrem Leben hätte sich anders gerichtet.

»Die Wege des Herrn sind sonderbar«, murmelte sie, mehr zu sich selbst.

Die alte Dame war langsam aufgestanden. »Die Beine sind nicht mehr so flink«, sagte sie fröhlich, »aber ein jeder kommt in diese Lage, der eine früher, der andere später.« Sie lächelte. »Wer hätte das gedacht, damals, als du dich um unsere Isabel gekümmert hast, dass eine solche Nähe daraus entstehen würde«

»Noch etwas fällt mir ein«, sagte Marie, bevor sie das Haus verließ. »Als du vier Jahre wurdest, waren wir alle da, später, als deine Mutter dich ins Bett brachte, wolltest du von ihr wissen, warum die Kinder klein und die *Mamans* groß sind, und wen der liebe Gott lieber hätte, die *Mamans* oder die Kinder, und Christine hat dir erklärt, dass der liebe Gott alle gleich lieb hat und dass die Kinder später auch mal groß werden. Und du meintest, dann würden wohl die *Mamans* wieder klein, sonst gäbe es ja keine Kleinen mehr, und als deine Mutter sagte, es gäbe dann wieder neue Kinder, wolltest du natürlich wissen, woher. Aus dem Himmel, hat deine Mutter gesagt, vom lieben Gott. Und weißt du, was du darauf geantwortet hast? Warum macht der liebe Gott nicht von Anfang an alle groß, dann müsste keiner mehr wachsen, alle Menschen wären gleich, das wäre viel schöner. Das hat mir deine Mutter erzählt, und später, als die Franzosen mit ihren Gleichheitsparolen anfingen und wir alle so entsetzt waren, habe ich immer daran denken müssen, ob nicht doch etwas daran richtig sein müsste, wenn schon ein kleines Kind auf diese Idee kommen konnte. So, jetzt müssen wir wirklich gehen. Wilhelminchen, ich darf doch so sagen?« Clementine nickte.

»Kind, bleib gesund. Ich bin so froh, dich gesehen zu haben. Schade, dass deine Mutter nicht auf Dauer glücklich bleiben konnte.« Marie drückte Clementines Hand, wie zur Bestätigung, und Clementine blieb noch eine Weile vor der Tür stehen, als die beiden Frauen schon längst an der nächsten Straßenbiegung verschwunden waren.

Wäre es wirklich schöner, wenn alle Menschen gleich wären? Sind nicht auch die Unterschiede ein Merkmal für die Vielfalt, die unter dem Himmel entsteht? Und das Glück ihrer Mutter, war es wirklich mit Ludwig Barthels Anwesenheit verknüpft gewesen?

Clementine ging zu der Truhe, in der sie die Kostbarkeiten ihres Lebens aufbewahrte. Sie holte den Brief heraus, den ihre Mutter ihr nach Tirlemont geschickt hatte, der letzte, den sie von ihr erhalten hatte.

»Nein, ich werde nicht nach Tirlemont reisen. Es würde meiner Seele wohltun, dessen bin ich mir sicher, aber meine Kräfte reichen nicht aus für eine solche Strapaze. Ich bin nunmehr in meinem dreiundsiebzigsten Jahr, mein Rücken hat sich gebeugt, meine Beine sind steif, meine Augen starr. Mein Bauch schmerzt, die Brust auch, und in der Kehle bleibt die

Luft oftmals stecken und lässt mich zuzeiten im Ungewissen, ob sie sich den Weg hinuntertraut oder gleich wieder davoneilt und mich dem Ersticken preisgibt.
Ja, mein Kind, alt zu werden, ist ein schrecklich Ding, vor allem wenn du wie ich auf kein Leben blicken kannst, das sich lohnend darstellen könnte. Bald werde ich diesen Weg zu Ende gegangen sein, und da frage ich mich, warum ich auf der Welt war. Welchen Sinn hatte mein Leben? Was habe ich darin bewirkt? Sobald ich darüber nachdenke, verbreitet sich vor mir eine große Leere. Dein Vater und ich haben uns nichts mehr zu sagen. Einmal habe ich gespürt, wie es hätte sein können, habe gewusst, wie ich hätte lieben können. Aber mein Inneres hat mir verboten, diese Gefühle zu leben. Das ist die eine Sache, die ich betrauere. Niemals aber werde ich mir verzeihen, was ich dir angetan habe, dir, mein Kind, die du den Mann gefunden hattest, den du mit der ganzen Wärme deines Herzens liebtest und den du hättest haben können, wenn nur ich dir auf diesem Weg ins Glück geholfen hätte. Vielleicht wäre das der Sinn in meinem Leben geworden. Dir zu deinem Glück zu verhelfen.
Ohne die Liebe, mein Kind, ist das Leben wertlos. Ohne die Liebe ist das Alter voller Kälte.
Ich werde bald sterben, dessen bin ich sicher, das fühle ich, aber eines werde ich bis zum letzten Atemzug tun, für dich, mein Kind, zu beten, dass du glücklich wirst im Leben, dass es dir gelingt, die Liebe zu finden, die dein Leben ausfüllt. Vielleicht gibt es sie ja doch auch ohne die körperliche Hingabe, vielleicht bist du in deinem Wesen, in deinem Verstand weiter als ich und kommst zum Glück auf eine andere mir unbekannte Weise.
Dieses wünsche ich dir aus treuem Mutterherzen«.

Clementine ließ die Blätter zu Boden fallen und sah zum Fenster in den Schnee. Ach *Maman*, dachte sie. Ich habe mich nie wirklich um dich gekümmert. Habe nie gefragt, wie du dich fühlst, was du denkst und wovor du dich ängstigst.

Damals, als sie diesen Brief erhalten hatte, war sie gleich losgefahren, von Tirlemont nach Jever, in einer gewöhnlichen Reisekutsche, Körper an Körper, gedrängt auf den Holzkisten, deren Härte selbst auf der ebenen Straße zur Tortur geworden war. Es war Winter gewesen, die dicke Pelzbekleidung hatte stickige Luft verbreitet und die Platznot noch größer gemacht. Clementine hatte sich eingestanden, dass es besser gewesen wäre, wenn sie auch diesmal auf das Angebot der Fürstin Friederike eingegangen wäre und deren Kutsche benutzt hätte. Nun aber wollte sie sich in Demut üben, beten, lächeln und schweigen. In Worringen hatten sie haltgemacht, und währenddessen war sie unvermutet auf ihren Vater getroffen, der dort im Hof der Station stand, auf seinem Weg nach Tirlemont zu ihr. Die Mutter war tot. An jenem Abend hatte Clementine mit ihm im Wirtsraum gesessen.

»Alles hätte anders sein können«, hatte er gesagt, »wenn du geheiratet hättest, wäre ich jetzt Großvater, und alles ginge seinen normalen Gang. Carlos wäre der Richtige gewesen. Er ist jetzt ein reicher Mann mit einer bildschönen Frau, die ihm zwei Kinder geschenkt hat. Früher hätte ein Vater die Macht gehabt, den Mann zu wählen, der seiner Tochter wert wäre, früher, als noch Ordnung herrschte und alle wussten, wo sie hingehörten. Früher, als es noch die Klasse der Herren gab und diejenige der Untertanen.«

Clementine hatte ihn angesehen, wie Clements ihn angesehen haben würde, und mit Clements Zunge geantwortet: »Vater, wir sind weiter in unserer Zeit, wir haben erkannt, dass alle Menschen gleich sind bei der Geburt und dass sie alle nur ihren Hunger stillen wollen nach Essen und Liebe. Glaube mir, Vater, es ist nicht gut gewesen, dass sich die Herrscher berauschten und das Volk Hunger litt und eine Königin auf die Schreie nach Brot lachend antwortete: ›Dann esst doch Kuchen, wenn es euch am Brote fehlt.‹ Sicher war auch die Revolution nicht fehlerlos, schließlich konnte sie nicht mehr zwischen Bruder und Feind unterscheiden und fraß ihre eigenen Kinder. Dennoch hat sie dazu geführt, was schon Goethe damals prophezeite: Es ist eine neue Zeit angebrochen, und die gibt einem jeden die Möglichkeit, sein Leben zu gestalten …«

»Ach Kind«, hatte der Vater gesagt und plötzlich sehr alt und müde gewirkt, »ich bin Soldat gewesen und in meinem Denken nie davon losgekommen. Schon bei deiner Geburt habe ich mich versündigt, ich hatte so sehr einen Sohn haben wollen, einen, der in meine Fußstapfen tritt oder auch Geschäftsmann wird, und später dachte ich, wenn du einen reichen Adligen heiratest, wäre das, als ob ein Sohn ins Haus käme. Ja, ich bin und bleibe Soldat mit dem dauernden Hang zur Strategie, etwas anderes habe ich in meinem Leben nicht kennengelernt, wo der Krieg ein Dauergast im Land war und wir Soldaten uns damit beschäftigten, diese oder jene Ecke hinter oder vor einer fremden Grenze zu erobern oder wieder zu verlieren. Währenddessen wurden Kinder geboren und Alte der Erde zurückgegeben, auf den Dörfern die Äcker bestellt und in den Städten gehandelt und gefeiert, und wenn wir auf dem Schlachtfeld um unser Leben bangten, dann lebten die Menschen im Volk trotz der Kriege meistens ihr friedliches kleines Dasein. Jedoch wir im Heer wussten immer, wem wir zu gehorchen hatten. Heute weiß niemand mehr, für wen es wert ist, zu kämpfen oder sogar zu sterben.«

Clementine hatte ihre Hände über seine gelegt. Der Vater hatte geweint, vielleicht zum ersten Mal im Leben. Und dann hatte er sie angesehen wie ein Kind, das Hilfe braucht.

»Manchmal wird mein Kopf ganz leer, ich vergesse, wer ich war und wer ich bin, und dann fühle ich eine ungestillte Sehnsucht in mir, als müsste ich mich hochschwingen zum Himmel und von dort auf die Erde blicken, um sie in ihrer Gesamtheit in mich aufnehmen zu können und zu begreifen, welches ihr Sinn sein könnte und auch meiner.«

Clementine hatte nicht gleich geantwortet. Sie hatte seine Hände gestreichelt und in seine Augen gesehen.

»Mein Vater, wir alle tragen etwas Sehnsuchtsvolles in uns, etwas, von dem wir glauben, es werde uns noch zuteilwerden, hier oder anderswo, und vielleicht werden wir dereinst schauen können und verstehen.«

Damals in Worringen waren sie spät zu Bett gegangen, und am nächsten Morgen, bevor sie sich trennten, der Vater nach Jever zurückfuhr und Clementine nach Tirlemont, hatte der Vater mit leiser Stimme gesagt:

»Ich war so glücklich, Christine zu besitzen, sie war meine große Liebe, meine einzige große Liebe ... und doch habe ich niemals in meinem Leben vermocht, sie davon in Kenntnis zu setzen ...«

Warum schwiegen die Menschen über das, was sie am meisten berührte? Warum blieben die Kehlen lebenslang verschnürt? Warum verharrten die großen Lasten im Herzen und wuchsen und wuchsen und wurden so schwer, dass die Seelen daran zerbrachen, dass die Menschen daran zugrundegingen? Daran würde auch sie mit ihren wohltuenden Essenzen nichts ändern können. Nur die Liebe konnte die Menschheit retten, nur der Liebe würde möglich sein, das Harte zu erweichen und das Eis mit ihrer Wärme zum Schmelzen zu bringen.

Wenn Marie recht hatte, dass die Großeltern Mergenthal zuerst nicht einverstanden gewesen waren mit Johann Martin als Schwiegersohn, wieso hatte der Vater nicht später aus dieser Erfahrung heraus eine ganz andere Entscheidung getroffen, eine, die ihr geholfen hätte, die Liebe ihres Lebens zu heiraten? Jedoch war es sinnlos, über das, was geschehen war, nachzudenken, über die Beweggründe derer, die verstorben waren. Jetzt hieß es, die Gegenwart zu leben, und wenn Clementine in ihrem neuen Bett lag, war sie sehr zufrieden mit dem, was sie erreicht hatte, und an manchen Tagen dermaßen glücklich, dass sie innehielt, weil sie dabei von einer plötzlichen Furcht übermannt wurde, es könnte sich von einem Tage zum nächsten ein anderer Ton einschleichen in ihr gutes Leben, vor allem, nachdem Sibilly Vosen, die jeden Mittwoch ins Haus kam, die schmutzige Wäsche abholte und sie in ihrer Wäscherei sauber schrubbte, gesagt hatte:

»Nur weil ich Sie mag und weil ich nicht möchte, dass Ihnen ein Unglück zustößt: Es wird so gemunkelt, es soll Stimmen geben, die sich gegen Sie richten, die von Dingen erzählen, an die ein Christenmensch nicht denken sollte, wenn er in der Einheit des Herrn lebt. Also ... nehmen Sie sich in Acht, damit Sie nicht in die offenen Messer laufen.«

Clementine redete mit niemandem darüber, weil sie solche

Worte für Geschwätz hielt, jedenfalls solange die Sonne schien und der Tag hell war und belebt. Erst am Abend und im Dunkel der Nacht überfiel sie die Furcht vor diesen Reden. Hatte nicht schon die Wirtin in Düsseldorf damals am Morgen vor den Undurchsichtigkeiten in der Stadt Köln gewarnt, und hatte nicht auch der Erzbischof früher im Jahr von den Dingen gesprochen, die man ihr vielleicht anhängen würde, die sie so schnell nicht wieder abwerfen könnte?

Morgens jedoch, wenn der Himmel wieder blank war und die Welt in reines Licht getaucht, war Clementine sicher, dass ihr jedes Gesicht in der Stadt mit lächelnder Freundlichkeit entgegenkam, dass es niemanden geben konnte, der es nicht gut mit ihr meinte. Mehrmals am Tage klingelte die Eingangsglocke, die Kunden gaben sich manchmal die Türklinke in die Hand, lachten und freuten sich mit ihr.

Juliane und Heinrich, mittlerweile wieder ein glückliches Liebespaar, waren eine wunderbare Hilfe, und als Anfang November auf dem Platz vor dem neuen Appellationsgericht die Büste des Initiators Heinrich Gottfried Daniels aufgestellt wurde, hatte Clementine dessen Lebensweg als Beispiel angeführt, wie man aus einfachen Verhältnissen stammend im Leben weiterkommen kann und dass es immer der Glaube ans Gelingen sei, der einen jeden vorantreibe. Gumpertz allerdings meinte, jener Daniels sollte sich mehr um die Kinder kümmern, denn es sei eine Schande, wenn gerade Personen in jugendlichem Alter bereits zu Verbrechern würden, wie auch die Tatsache bedenklich sei, dass sich jeder ehrenwerte Bürger auch ohne Erlaubnisschein eine Waffe zu besorgen vermochte.

»Ehe die Polizei oder die ehrenwerte Gerichtsbarkeit die Halunken jagt und hinter Gitter bringt, gibt man lieber jedem ein Mordinstrument in die Hand, womit man schließlich Gefahr läuft, dass auch die bislang ehrenwerte Bürgerschaft aus lauter Schreck und Angst und Unbedachtsamkeit jemanden umbringt oder jedenfalls verletzt.«

Anstelle einer Antwort legte Clementine ihm eine Abschrift des Stadt-Physikus auf den Tisch.

»Aha«, sagte Gumpertz, »sieh einer an. Dr. Elkendorf hat

solch schöne Worte für Ihre Produkte gefunden … ein freundlicher Mensch … Im Übrigen, denken Sie daran, dass ab morgen die Herren Büttgenbach und Leydel durch die Häuser ziehen und die Katasterprüfung vornehmen. Es sind auch diese ganz nette Menschen, welche nicht mehr tun als ihre Pflicht. Zeigen Sie denen ruhig das ganze Gebäude, sie wollen nur ernst genommen werden auf ihre Art.«

»Wie jeder von uns«, sagte Clementine lachend, »aber jetzt muss ich wieder hinübergehen in mein Haus, damit nicht die Kunden vergeblich vor der Tür stehen.«

»Ja, ja, gehen Sie nur, Sie Quibbelgeist, da komme ich alter Mann nicht mehr mit. Dennoch will ich Ihnen danken für das Geschenk dieser Stunde, oder war es nur eine halbe? Egal. Adieu, leben Sie wohl und kommen Sie bald wieder.«

Sie hatte noch in den Dom gehen wollen, aber vor ihrer Tür standen unbekannte Menschen – wie ihr schien, in großer Ungeduld.

»Guten Tag«, sagte Clementine. »Verzeihen Sie, ich bin aufgehalten worden, jetzt stehe ich zu Ihren Diensten.«

»Ich bin Luca Farina«, sagte der junge Mann, »und dies ist meine Schwester Maria.«

»Bitte treten Sie ein, darf ich Ihnen Wein anbieten, Kaffee oder Tee?«

»*Solo acqua*, Wasser«, sagten beide.

»Um es kurz zu machen«, begann der Mann, »unsere Mutter ist hier in dieser Stadt in den Tod getrieben worden.«

»Nein«, rief Clementine aufgebracht, »niemanden trifft Schuld, es war ein bedauerlicher Unfall, er wurde von meinem Gehilfen Johann beobachtet, der wiederum mit Ihrem Herrn Vater mitgefahren ist, um dort in Ihrer Heimat und vor Ihnen allen zu bezeugen, dass es kein Ableben aus eigenem Wunsche war, ganz gewiss nicht.«

»Unser Vater ist tot, er ist bei einem Reitunfall bedauerlicherweise so schwer gestürzt, dass es keine Rettung geben konnte, danach ist dieser Johann weggelaufen, verschwunden mitsamt der Pistole, die unser Vater immer bei sich trug. Wir jedoch sind gekommen, um uns um unser Erbe zu kümmern.«

Die Nachricht von Carlos' Tod schickte eine heiße Welle des Entsetzens in ihren Kopf. Sie räusperte sich und versuchte, so ruhig wie möglich zu antworten: »Ich will Ihnen gerne helfen, aber ich weiß nicht, in welcher Weise.«

»Wir wissen, dass Sie die Geliebte unseres Vaters waren und dass er unsere Mutter nur aus Trotz geheiratet hat. Jetzt wollen wir Genugtuung, damit unsere Mutter im Frieden in die Ewigkeit eingehen kann. Beteiligung an Ihrer Firma und die Übernahme des Namens Farina für Ihre Unternehmung. Wie ich sehe, läuft das Geschäft recht gut, Sie haben ein geräumiges Domizil, und als Braut des Himmels werden Sie nicht so hartherzig sein können, zwei Waisenkinder abzuweisen.«

»Gewisslich nicht«, sagte Clementine leise. Sie spürte, wie ihr Herz sich verschlug, die Knie zitterten und ihre Handflächen feucht wurden. In ihrem Kopf arbeitete es fieberhaft, aber ihr fiel nichts ein, was dazu beigetragen haben könnte, diese Situation erträglich zu machen.

»Wo sind Sie abgestiegen?«, fragte sie, um Zeit zu gewinnen und die Atmosphäre zu beruhigen.

»Im Kaiserlichen Hof«, entgegnete der junge Farina, der, wenn man ihn genau betrachtete, die gleichen Züge hatte wie Carlos, auch dessen Figur; nur seine Stimme klang scharf und schneidend wie die seiner toten Mutter. Marias stille Schönheit dagegen war von einem Schleier sehnsuchtsvoller Traurigkeit umhüllt. Clementine hätte das Mädchen gern in den Arm genommen und ihr Schutz geboten, wie eine Mutter ihrem Kind, aber jetzt packte der Bruder seine Schwester am Handgelenk, zog sie zum Ausgang und rief über die Schulter hinweg:

»Morgen Mittag erwarte ich Ihren Bescheid.«

Schon waren beide verschwunden, wie ein Spuk nach der Mitternachtsstunde. Clementine sank auf den nächsten Stuhl. Sie hatte geglaubt, mit dem Sterben von Anna Farina sei dieses Kapitel beendet. Spätestens als Carlos abreiste und Johann mitnahm, war sie sicher gewesen, niemand werde ihr je wieder hineinreden in ihre Unternehmung, niemand werde ihr seinen Namen aufstempeln wollen und niemand werde Anspruch auf Anteile ihres Gewinns erheben. Herrgott im Himmel, dachte sie, wieso machst du mir das Leben so schwer?

»Hören Sie«, sagte sie am nächsten Morgen, als Luca Farina groß und selbstbewusst vor ihr stand, »sollten Sie und Ihre Schwester wirklich in Not sein, helfe ich Ihnen gerne. Sagen Sie mir, was Sie zum Überleben brauchen, so werde ich Sie unterstützen, das ist meine christliche Pflicht ...«

»Wir reden hier nicht von Almosen«, antwortete er, »wir müssen unsere tote Mutter rächen, und wir wollen Genugtuung. Wir wollen Sie in die Knie zwingen und Ihren Hochmut brechen. Haben Sie das verstanden?«

Nein, das war nicht ihre Sprache und nicht ihre Denkweise. Vielleicht war sie doch zu wenig vertraut mit den Gepflogenheiten innerhalb der Geschäftswelt. Trotz der Hitze, die weiter aufgestiegen war und ihren Kopf zum Erglühen brachte, schaffte sie es, ihrer Stimme einen ruhigen Klang zu geben.

»Verehrter Herr, ich bedauere, dass Sie und Ihre Schwester nun keine Eltern mehr haben, und ich will noch einmal betonen, dass ich aus christlicher Nächstenliebe alles tun werde, um Ihnen das Leben zu erleichtern. Aber weder am Ableben Ihrer Mutter noch am Tode Ihres Vaters trifft mich eine Schuld. Gleichfalls unwahr ist die ungeheuerliche Behauptung, ich wäre die Geliebte Ihres Vaters gewesen. Was wissen Sie schon von meinem Leben, dass Sie sich erdreisten, mich in dieser Weise überrumpeln zu wollen! Wenn Sie nichts sonst im Sinne haben als Rache und Genugtuung, dann muss ich Sie bitten, sogleich und ohne Weiteres mein Haus zu verlassen.«

Tatsächlich nahm Luca Farina seinen Hut, verbeugte sich kurz und ging hocherhobenen Hauptes zur Tür hinaus. Clementine war so überrascht, dass sie zuerst wie erstarrt stehen blieb und erst nach einer Weile die Tür schloss. Wäre nicht sein hasserfüllter Blick gewesen, der sich für Sekunden in ihr versenkt hatte, sie hätte denken können, alles wäre endgültig vorbei wie ein Teufel, der sich ihr genähert hatte und sie in die Enge treiben wollte und nun in die Flucht geschlagen worden war. Nein, noch war sie nicht gerettet, obwohl es zuerst einmal aussah wie ein Sieg.

In den nächsten Wochen florierte das Unternehmen, und der Strom der Kunden wurde täglich größer. Sie kamen und plauderten, schnupperten, kauften, und wenn sie zurückkehrten, dann meist mit einem Lächeln auf den Lippen und den wortreichsten Belobigungen über die Güte der Produkte. Alles schien ausgewogen, das Jahr ging auf sein Ende zu, und währenddessen hatte Clementine alle Hände voll zu tun. Der Destillierofen stand nicht mehr still. Es mussten Flaschen gekauft und befüllt werden. Es waren Banderolen zu schreiben und um die Flaschen zu wickeln, weil die Damen und Herren, die zum Einkauf hereinkamen, Geschenke nach Hause tragen wollten, womit sie diesem und jenem eine Freude zu bereiten hofften. Das Gutachten des Herrn Dr. Elkendorf war mittlerweile so oft abgeschrieben und so häufig verteilt worden, dass wahrscheinlich jeder in dieser Stadt irgendwie davon Kenntnis erlangt haben musste. Es war zu vermuten, dass auch der unerwartete Käuferansturm auf jene guten Worte zurückzuführen war.

Dennoch vergaß Clementine gerade in diesen kalten Winterwochen nicht die Ärmsten in den schmalen, dunklen Gasse. Unter Krahnenbäumen, die Stiegen hoch, Herr Mischer diesmal im Delirium.

»Aber«, sagte Frau Mischer, »dann hat er wenigstens keine Kraft für die Schläge, die er sonst austeilt.«

Sie hustete noch immer, und die Kinder krochen um sie herum, schienen nicht größer zu werden, und dennoch, hoffte Clementine, würden sie sich irgendwann auf eigene Füße stellen können.

»Die beiden Älteren könnten im nächsten Jahr in die Schule gehen«, sagte Clementine, »ich werde mich darum kümmern, und sie sollten sich doch hin und wieder bei der Armenverwaltung melden, um dort etwas Speise zu erhalten, versprechen Sie mir das. Hier bringe ich Ihnen für die Weihnachtstage Brot und Butter, einen kleinen Schinken und eine Kanne Milch für die Kinder. Und das ist für Sie persönlich, Frau Mischer, eine Flasche meines Kölnisch Wassers, passen Sie auf, dass Ihr Ehegemahl sich nicht daran vergreift und es seines Alkoholgehaltes wegen in einem Zuge leert.«

Clementine desinfizierte die eiternden Wunden der Kinder, verband sie und strich der Frau über die strähnigen Haare.

»Gesegnete Weihnacht, trotzdem.«

Frau Mischer griff nach Clementines Händen, drückte sie und hatte Tränen in den Augen.

Auf der gegenüberliegenden Seite des Flurs wohnte die Familie Schmitz, ebenso armselig. Zwar war die Frau jung und gesund und hatte nur zwei Kinder zu füttern, aber der Ehemann war ebenso trunksüchtig und faul wie sein Nachbar. Clementine klopfte, Herr Schmitz riss die Tür auf und schrie:

»Hau ab, du Heuchlerin, mit dir will ich nichts zu tun haben.« Hinter ihm standen seine Frau und die Kinder, hoben voller Entsetzen die Hände und öffneten die Münder zu einem stillen Schrei. So schnell wie der Mann die Tür geöffnet hatte, warf er sie jetzt zurück ins Schloss. Clementine stand davor und bemühte sich, Haltung zu bewahren. Sie stellte den gefüllten Korb auf den Boden und ging die Treppe hinunter. Sie versuchte der aufkommenden Angst Herr zu werden. Es war nur seine Trunkenheit, es hatte nichts mit ihr zu tun, es war sein Hass auf alle, die besser dran waren als er. Sie atmete tief und ging tapfer nach Hause. Warum jedoch hatte er sie Heuchlerin genannt?

Selbst in der Christmette im Dom, während des Orgelspiels, des Chorgesangs und auch noch während der Predigt, die der Erzbischof hielt, kam ihr dann und wann dieses seltsame Wort in den Sinn. Heuchlerin. So war sie auch von Anna Farina genannt worden, damals, als sie kam und zum ersten Mal von der Gewinnbeteiligung gesprochen worden war. Was schmorte da in den Töpfen der Gassen, war es etwas, was im nächsten Jahr hochköcheln, überschwappen und sie zum Straucheln bringen oder ihr vielleicht sogar das Genick brechen würde? Und wie konnte sie sich davor schützen, wenn sie nicht wusste, worum es ging? Wieso glaubte jemand, sie sei eine Heuchlerin?

Zum Frühstück am nächsten Morgen war sie beim Domvikar Gumpertz eingeladen, ein Buch hatte er ihr geschenkt: »Destillierkunst« stand auf seinem Deckel.

Er lächelte verlegen und fragte: »Können Sie das noch gebrauchen, oder wissen Sie schon alles darüber?«

Clementine bedankte sich artig, aber in ihrem Herzen war keine Freude. Heuchlerin, dieses Wort stand vor ihr, mit flammenden Lettern geschrieben begleitete es sie durch den Tag, und auch nachts in den Träumen klang es aus allen Ritzen in vielerlei Tonarten: Heuchlerin.

Dem Erzbischof überreichte Clementine am zweiten Weihnachtstag eine Palette mit Kräuteressenzen, mit denen er seine immer noch angeschlagene Gesundheit würde verbessern können. An diesem Tag schien er sich gut zu fühlen. Er feierte seinen sechzigsten Geburtstag, in kleinem Kreis, wie er betonte, obwohl der große Saal gefüllt war und Clementine sich fragte, wie bei ihm wohl ein großer Kreis ausgesehen haben würde. Diesmal war sie nicht die einzige Frau, weil der Erzbischof auch die angesehenen Bürger der Stadt nebst ihren Ehefrauen eingeladen hatte, und gerade von diesen wurde ihr großes Wohlwollen zuteil. Was immer ihr Sorgen gemacht hatte, hier schien es fehl am Platze. Als die Glocken des Doms über das andere Geläute der Stadt hinaus ins neue Jahr hinüberklangen, versuchte Clementine, die Freude über das Erreichte, das Glück noch immer zu leben und die Dankbarkeit in ihrer Seele lebendig zu halten, dennoch klang in allem ein falscher Ton mit, so als wäre der Dur-Harmonie ein Moll-Akkord beigemischt worden, der den heiteren Klang immer wieder hinunterzog in die Finsternis der Furcht, in die Angst, es gäbe womöglich doch einen unerkannten Feind, von dem sie gejagt würde.

»Der Teufel«, sagte Graf Spiegel, als sie nach dem ersten Pontifikalamt im neuen Jahr noch lange in der Bank gekniet hatte, diesmal in wirklicher Hingabe.

»Der Teufel ist unser schlimmster Feind. Gerade bei einer so großartigen Frau wie Ihnen, liebe Clementine, einem Menschen, der sich abmüht, das Richtige zu tun, gerade bei solchen Menschen entwickelt er seinen Ehrgeiz, entwickelt Strategien wie ein Kriegsherr. Angst ist etwas, das wir alle tief in uns tragen, sie sitzt unter jedem Herzen, und es bedarf nur eines einzigen Wortes, wie jenem, mit dem man Sie beworfen hat, um aus der Glückseligkeit in die Verzweiflung zu stürzen.«

»Aber, Hochwürden, was raten Sie mir, was soll ich tun? Ist es falsch, dass ich mich auf einen weltlichen Weg gemacht habe, bin ich zu eitel geworden, zu sehr auf den Erfolg aus, auf die Bewunderung, das Lob?«

Der Erzbischof sah sich um, niemand war mehr in der großen Kathedrale zu sehen, er legte seinen Stab auf den Boden und setzte sich neben Clementine in die Bank.

»Schwester«, begann er und nahm ihre Hand in seine, »wir alle leben allein von der Gnade des Herrn, und gewisslich gibt es immer wieder Zeiten, in denen wir ... wie soll ich sagen ... das irdische Hosianna mit dem himmlischen gleichstellen. Auch ich bin hin und wieder in einem Rausch gefangen, wenn ich angekleidet werde mit diesem Gewand, wenn ich vor dem Altar dieses heiligen Domes stehe, dann kreise ich um mich selbst, wegen der Großartigkeit, die ich in mir sehe, wegen der wohlgewählten Worte meiner Predigt, die ich zu Gehör bringen will. Sicher bin ich voller Liebe für die Menschen, die mir vertrauen, niemals würde ich Ihnen Böses wünschen, aber, und das ist der Unterschied, ich habe die Demut begraben, lebe und atme nicht mehr aus dem Wort, sondern habe es vor mich hingelegt, um es zu benutzen, wann immer es mir passt. Wenn mir ein solches klar wird, dann ängstige ich mich, dann frage ich mich, wie es sein wird, wenn ich dereinst im Himmel befragt werde, wenn ich Rede und Antwort geben soll über das, was ich war, was ich tat. Dann gehe ich in mich und fange wieder neu an, und nach einer Weile spüre ich, dass ich wieder im Glauben angekommen bin, in der Liebe Gottes und unter seinem Schutze. Im letzten Sommer war ich in Bonn, mit vielen Menschen, vielen Hochrufen, mit Fackelzug und all dem Trubel, den sie um mich machen. Danach bin ich eine halbe Stunde zu Fuß nach Dottendorf gegangen, trotz der Hitze, die die Mittagssonne hinunterschickte. Ich schwitzte, und zweimal überkam mich eine kleine Schwäche, dennoch hat es mir gutgetan, mich auf die Straße zu begeben, so wie ein gewöhnlicher Dorfbewohner, der zur Kirche gehen will. Im Pfarrhaus habe ich übernachtet und bin erst am nächsten Tag in mein prachtvolles Haus zurückgekehrt. Als im November diese große Prozession vom Dom aus stattfand und dieser Zug der größte genannt wurde, den man je in Köln gesehen hatte, da wusste ich, dass diese zwanzigtausend Menschen in tiefer gläubiger Anhänglichkeit an die Religion ihren Weg gingen, und ich konnte das diesmal als ein Geschenk des Himmels annehmen. Ich hoffe, Sie verstehen, was ich ausdrücken will. Es bedarf immer wieder des Innehaltens und der Rückbesinnung, um nicht zu straucheln oder in die Irre zu gehen. Danach wird die Freude am Erreichten von keinem Hochmut getrübt.«

Clementine hatte ihm schweigend zugehört. Hier sprach ein Bruder, einer, dem sie wirklich vertrauen konnte. Sie hoffte, er würde ihr noch etwas mitgeben auf ihren Weg, etwas, das sie tief in sich bereits wusste und das der Kirchenmann neben ihr jetzt aussprach:

»Seien Sie weiterhin bereit, sich immer wieder hinabzubeugen, zu den Kranken in der Stadt, zu denen, die niemanden haben, die keiner hört in ihrem Leid, beginnen Sie noch einmal dort, wo Sie angefangen haben, das wird den Teufel verscheuchen. Vor der Reinheit einer Seele nimmt er Reißaus.«

Sie blieb an ihrem Platz. Erst lange nachdem der Erzbischof hinausgegangen war, stand sie auf und ging nach Hause. War es wirklich das, was sie tun sollte? Obwohl sie doch sicher wusste, dass alles Kümmern letztlich Stückwerk blieb, immer nur ein Tropfen auf den heißen Stein, hier genauso wie in Tirlemont mit Dr. Lebrand zusammen und früher im Hospital des Klosters in Coesfeld. Wie oft war sie damals am Abend noch einmal zu den Kranken hinübergegangen, mit dem Tuch über den Schultern, im Winter, wenn der frostige Tag in die kalte Nacht einging. Die Alten zitterten dem Sterben entgegen, die Jungen klapperten mit den Zähnen, weil sie in den Gemäuern unter den dünnen Decken nicht mehr warm wurden. Nur bei den vom Fieber Geschüttelten war die Hitze so ins Übermaß geraten, dass sie sich von jeglicher Zudecke befreiten und Clementine manches Mal ein Tuch vom Boden hob, um es anderenorts über einen frierenden Körper auszubreiten. Wenn sie dann durch die Säle ging, diesem und jenem über die Hände strich oder übers Gesicht, hier und dort ein tröstendes Vaterunser betete, dann war sie sich schon damals schmerzlich der Grenzen bewusst geworden, vor denen ihre Heilmöglichkeiten haltmachten, dann war sie manchmal in Streit geraten mit Gott, darüber, was er sich dabei dachte, wenn ein Kind an Typhus erkrankt war und in den Armen der Mutter fragte: »Muss ich bald sterben?«, oder wenn der junge Mann sein Leben, das er eben erst lieben gelernt hatte, gleich wieder loslassen musste, weil die Schwindsucht ihm den Brustkorb knebelte. Dennoch hatte sie damals zu der Haltung gefunden, von der fortan ihr Leben bestimmt blieb: In jedem Menschen ein Geschöpf Gottes zu sehen und einen jeden von ihnen zu lieben.

Immer noch schien es ihr, dass sich trotz aller Mühen so wenig änderte im Leiden der Menschen. Wozu wurden Kinder geboren, wenn ihre Mütter gleich darauf starben? Warum gab es kein Mittel, das die Menschen auf Dauer gesund und glücklich machte? Damals im Kloster hatte sie mit der Oberin darüber sprechen wollen, aber die hatte gleich den Finger auf die Lippen gelegt, gelächelt und geschwiegen. Es war Weihnachten gewesen und Clementine auf ihrem Weg hinüber ins Schloss zur Fürstin, die wieder unter Kopfschmerzen gelitten hatte, dem Amboss, der sich dann und wann in ihrem Kopf bemerkbar machte.

Fürstin Friederike war schließlich auf die Frage eingegangen. Sie hatte auf ihr Alter hingewiesen und darauf, dass sie als Frau gar nicht mehr wahrgenommen würde, obwohl sie sich der schlanken Taille wegen das Essen versage und immer prunkvollere Roben trage.

»Dennoch bin ich bereit, alles so zu nehmen, wie es kommt«, hatte sie gesagt, »denn alles ist Leben. Geburt und Tod und die Zeit, welche dazwischenliegt. Niemand kann uns sagen, wozu wir hier sind. Wir lieben und wir hassen, wir versuchen uns in allerlei Dingen, und immer bleibt eine stille Sehnsucht zurück, von der wir nie wissen, wohin sie uns führen würde. Und Sie, Clementine, glauben Sie denn, Sie können etwas bewirken, wenn Sie so beschützt hinter den Klostermauern Ihre Gebete sprechen, Ihre Kräuteressenzen und die Destillate an die leidenden Kreaturen weitergeben, um sie dann schließlich doch an den Tod zu verlieren, meinen Sie wirklich, das ist Ihr Leben?«

Clementine erinnerte sich, wie aufgewühlt sie von diesen Worten gewesen war und wie sie gestammelt hatte: »Ja, doch, ich habe mich dafür entschieden.«

Dann aber hatte die Fürstin etwas gesagt, das sie nie vergessen würde:

»Clementine, ich bin dreißig Jahre älter als Sie, und ich wünschte, ich hätte mich anders entschieden in meinem Leben. Es gab eine Zeit, in der ich liebte und geliebt wurde. Phillippe hieß er und war ein Maler. Ich hätte mit ihm gehen sollen, nach Paris oder London. Es wäre mein Glück geworden. Aber ich folgte nicht meinem Herzen, sondern den Gepflogenheiten unserer Kreise, heiratete einen, der unser Vermögen mehrte und der mich nun schon seit Langem mit wechselnden Mätressen betrügt. Ich habe mich damit abgefunden. Für Sie, Clementine, ist es noch möglich. Haben Sie Courage, gehen Sie zurück in die Freiheit, suchen Sie Ihren Clements und leben Sie mit ihm. Sie sind eine intelligente Frau, voller Feuer und Hingabe, verschleudern Sie nicht, was Gott Ihnen in die Wiege legte.«

Clementine hatte damals über den Rat der Fürstin nachgedacht. Ihr Herzschlag hatte sich verdoppelt bei der Vorstellung, Clements wiederzutreffen, aber dann war sie hochgeschreckt, wie von der Hand Gottes berührt, und hatte gerufen:

»Nein, Fürstin, versuchen Sie mich nicht! Ich habe mein Leben Gott geweiht, und ich werde diesen Eid niemals brechen, was immer ich treibe, wo immer ich hingeworfen werde, ich werde mich niemals von diesem meinem klösterlichen Gewand trennen. Niemals.«

Das Habit trug sie noch immer. Insofern hatte sie Wort gehalten.

Damals jedoch war sie schnell hinausgehastet, die Stufen hinunter über den Schlossgarten zurück zum Kloster.

War es wirklich der Teufel, der sich in immer neue Gewänder hüllte, um sie hinüberzuziehen, oder war es Gott, der sie prüfen wollte?

Nach der Fürstin war es Walter von Merentheim gewesen, der ihr ein anderes Kleid anziehen wollte, jenes seiner verstorbenen Frau an deren Geburtstag, um sich die Illusion zu schaffen, sie sei noch da. Schon in den Niederlanden, wo er sie bei seiner Schwester einquartiert hatte, uneigennützig, wie es schien, damit sie sich erholen könnte von den Eindrücken, die das Schlachtfeld in Waterloo in ihrer Seele hinterlassen hatte, schon damals war er ihr zu nahe getreten. Vier Wochen war sie bei den Le Klerks gewesen; am Meer, in der guten Luft, war sie wieder zu Kräften gekommen. Am Sonntag nach dem Kirchgang hatte sie sich auf den Sand der Dünen gesetzt und zum Horizont geblickt, achtlos dem Wind ausgeliefert, der immer stärker geworden war und ihr mit einer plötzlichen Drehung die Haube vom Kopf riss, sodass sie nur noch von den Bändern um den Hals gehalten wurde und von einer Seite zur anderen flatterte, genau wie ihre Haare, die voller Vergnügen mit dem Wind zu tanzen begannen … Da hatte plötzlich Walter von Merentheim hinter ihr gestanden und ausgerufen: »Welche Haarpracht! Solche zu verstecken ist eine Sünde, verehrte Schwester. Lassen Sie mich dieses sagen. Warum befreien Sie sich nicht von den Zwängen der Ordenstracht, wo Sie doch schon lange ohne Klosterbindung leben?«

Erschreckt hatte sie die Haare zurückgeholt und eilig unter der Haube zu verstauen versucht.

Walter von Merentheim hatte sich sehr nah neben sie gesetzt und leise weitergesprochen.

»Ich glaube nicht, dass Sie fürs Klosterleben geeignet sind. Sie sind ein warmherziger Mensch und außerdem, wenn ich das sagen darf, eine außerordentlich schöne Frau. Bleiben Sie in der Welt. Ich möchte Ihnen einen Vorschlag machen, eher eine Bitte aussprechen. Ich treibe mich im Land herum, an den Höfen, beim Ball oder auf der Jagd und zwischendrein auf dem Schlachtfeld. Eigentlich aber habe ich ein Zuhause, in der Catharinenstraat in Breda, einem schönen Städtchen. Meine Frau Elisa kam von dort, aber sie ist vor drei Jahren im Kindbett gestorben. Seitdem leben der Junge und die beiden Mädchen mit der Gouvernante allein im Haus. Die ist alt und fast taub, so geht es nicht weiter. Begleiten Sie mich, Schwester, erziehen Sie meine Kinder und leisten Sie mir Gesellschaft. Ich weiß, dass Sie aus einem guten Hause stammen. Ich würde mich freuen, mit Ihnen Gespräche führen zu können.«

Er hatte sie dabei so flehentlich angesehen, dass sie lachen musste und schließlich eingewilligt hatte. Gleich am nächsten Morgen waren sie abgereist, Walter von Merentheim mit Siegerblick in den Augen. »Das ist es«, hatte er beim Frühstück gesagt, »was mir so an Ihnen gefällt, neben vielem anderen. Dass Sie sich nicht wie die meisten Frauen zieren, sondern rasch wissen, was Sie wollen, und diesen oder jenen Weg einschlagen, ohne sich Gedanken zu machen, von welcher Beschaffenheit der Untergrund ist, ob es bergauf oder hinuntergeht und wohin der Weg letztendlich führt. Sie entscheiden sozusagen wie ein Mann, wenn ich mich damit nicht zu weit hinauswage und Sie womöglich beleidige.«

Es hatte sie nicht beleidigt, sie war eher stolz gewesen, dass er sie so sah. Es nahm ihr etwas von der Angst, die sich während des Traumes in jener Nacht, die der Reise vorausging, in ihr Herz geschlichen hatte. Da nämlich hatte sie seine Arme ganz fest um ihren Körper gespürt und war erwacht mit einem lauten »Nein, so nicht«, und viele Wochen später hatte sie diese Worte tatsächlich zu ihm sagen müssen. Obwohl zunächst alles gut gelaufen war. Das Haus in der Catharinenstraat war geräumig gewesen und gepflegt, die Erzieherin keineswegs so unfähig wie von ihrem Arbeitgeber geschildert. Es gab ein Hausmädchen, eine Waschfrau, einen Gärtner. Clementine hatte sich gefragt, was ihre Aufgabe sein sollte, und war nach der ersten Nacht ins Beginenhaus umgezogen, was der Hausherr nicht gern gesehen hatte. Und als sie im Juli beim Volksfest, welches die Stadt zum Gedenken an den einhundertfünfzig Jahre zuvor geschlossenen Frieden von Breda veranstaltete, Louisa getroffen hatte, eine Ordensschwester der Karmeliterinnen, von der sie während ihrer Zeit in Brüssel in die Geheimnisse der Klostermedizin eingeführt worden war und die nun als Mutter Oberin im Catharinenkloster in Oosterhout lebte, war sie an jedem freien Sonntag dorthin gegangen. Walter von Merentheim hatte sie eines Tages zur Rede stellen wollen, aber sie war ihm ausgewichen, bis er an jenem Samstag mit dem blauen Abendgewand überm Arm vor ihr gestanden hatte und sie zum Diner einlud. Es war der Geburtstag seiner verstorbenen Frau, und er hatte sie darin sehen wollen. So hilfesuchend hatte er sie angesehen, dass sie fast bereit gewesen wäre, aber dann hatte sie geflüstert: »Ich kann nicht, bitte verstehen Sie, es geht nicht.« Als sie sich umgedreht hatte, war er ganz nahe hinter sie getreten, hatte mit heißen Händen nach ihren Schultern gegriffen und sie zu sich gedreht. »Ich brauche dich«, hatte er geflüstert, »lass mich nicht allein. Ich habe sonst keinen, bleib bei mir, werde meine Frau, meine Gefährtin in diesen unruhigen Zeiten. Die Kinder lieben dich, und ich, Clementine, vielleicht liebe ich dich ja auch.« Da hatte sie sich losgerissen und gerufen: »Nein, so nicht …«

War es richtig gewesen, auch hier davonzulaufen, wie vorher aus Jever und später aus Tirlemont? Warum klammerte sie sich so sehr an das Gelübde? Der Erzbischof hatte recht, hin und wieder sollte man stehen bleiben und schauen.

Julianes Mutter war krank, und die Tochter wurde dringend im heimischen Gemüsehandel benötigt. Clementine holte sich endlich ein Dienstmädchen ins Haus. So ging sie zwar ihres Abendausblicks auf dem kleinen Dachbalkon verlustig, jedoch gab es von nun an täglich eine warme Mahlzeit und genügend Speisevorräte im Haus, was die Herren Isenkrahe und Esser beruhigte, nicht nur, weil sie nun auch wieder gern zu den Mahlzeiten erschienen, sondern, »und das vor allem«, hatte Esser gesagt, »weil Sie so abgemagert sind, Schwester«.

Das änderte sich bald. Nach kurzer Zeit waren die alten Rundungen wieder erkennbar, und Clementines Gesicht gewann die gesunde Farbe zurück.

Der Januar verging so schnell, als hätte man die Zeit wie Schlachtvieh durch die Straßen gehetzt. Wie im Vorjahr hatte das festordnende Komitee die Zügel in der Hand, aber obwohl die Stadt im Frohsinn zu baden schien, spürte Clementine, dass sie nicht loskam von den Begebenheiten des letzten Rosenmontags. Wie um sich selbst zu beweisen, dass die Angst keine Macht über ihr Denken und Tun bekommen sollte, schritt sie zum Neumarkt und versuchte im Lachen und Singen der Furcht ein Schnippchen zu schlagen. Dann jedoch hörte sie laut und vernehmlich das gefürchtete Wort Heuchlerin. Sie sah sich um. Niemand war zu sehen. Dann war plötzlich eine Stimme zu vernehmen, nahe an ihrem Ohr, die flüsterte: »Klosterfrau, keusche, kannst mich nicht täuschen, ich kenn deine Brut.« Zitternd drehte sie sich um und starrte in die lachenden Augen einer jungen Frau, die ein Kind auf dem Arm hielt. Clementine verließ den Neumarkt. Entweder war sie verwirrt vor Angst, oder es gab doch jemanden, der sie in die Knie zwingen wollte. Zu Hause setzte sie sich ans Fenster und versuchte zur Ruhe zu kommen. Als es klopfte, ging sie zur Tür, öffnete diese, und da niemand davorstand, wollte sie wieder hineingehen, dann jedoch sah sie einen kleinen Brief, der direkt vor ihren Füßen lag. Mit steiler Handschrift war darauf zu lesen: *»An die Klosterfrau«*.

Als sie den Umschlag öffnete und den Zettel herausnahm, verschwammen die darauf geschriebenen Buchstaben vor ihren Augen trotz der Lesehilfe, und es dauerte eine Weile, ehe sie imstande war, die ungelenk geschriebenen Worte zu entziffern:

»Keuschheit geschworen und doch zwei Kinder geboren.
Anstatt jene zu lieben, hast du sie vertrieben.
Klosterfrau wirst du genannt und bist doch voller Schand.«

Clementine taumelte zurück ins Zimmer gegen den Tisch, stieß sich am Schrank, wankte weiter, bis sie endlich an der Sessellehne Halt fand und sich auf den Sitz fallen ließ. Die Haustür hatte sie vor Schreck und Entsetzen offen gelassen, und als diese nun mit einem lauten Knall zuschlug, zuckte sie zusammen, und der Brief fiel zu Boden. Letztes Jahr an diesem Tag war Anna Farina ertrunken, und in diesem Jahr? Niemand war im Haus an diesem Rosenmontag, niemand würde heute einen Kauf tätigen wollen, niemand würde sie hören, wenn sie um Hilfe schrie. Sie rannte zur Tür, schob den Riegel vor, ging zurück zum Stuhl und verharrte dort, als wäre sie angekettet. Als sie endlich aufstand, waren ihre Beine wie gelähmt. Warum ließ sie sich von einem Brief, dessen Handschrift sie nicht kannte, von zwei Stimmen, deren Münder sie nicht sah, so beeindrucken? Keine Wunde war an ihrem Körper zu beklagen, kein Hieb auf den Kopf hatte ihr Denken zerschlagen, warum aber kam sie sich dennoch vor wie zum Krüppel geprügelt?

Als es wieder an der Tür klopfte, war sie entschlossen, nicht zu öffnen. Dann jedoch hörte sie die Stimme des Hausmädchens, welches rief: »Verehrte Schwester, wenn Sie daheim sind, bitte machen Sie mir die Tür auf, ich habe mein Wolltuch vergessen, und der Abend wird sicherlich kalt werden, sodass ich erfrieren könnte, ohne den Schal.«

Clementine öffnete und lächelte, als wäre alles wie immer und wie täglich vertraut.

Später zog sie die Vorhänge zu und lehnte sich gegen einen Pfeiler. War Carlos' Tod wirklich ein Unfall gewesen, oder hatten ihn Annas Verwandte zu Tode gehetzt? Sollte auch sie selbst von ihnen vernichtet werden? »Heilige Maria, Mutter Gottes, warum sagst du ihnen nicht, dass ich unschuldig bin? Ich war niemals Carlos' Geliebte, und warum lässt du zu, dass nun auch noch seine Kinder mich hassen und vernichten wollen mit einem Gerücht, dessen Wurzeln nirgendwo gründen? Warum können mich die Menschen nicht einfach in Ruhe lassen, sich mit mir freuen an meinem Erfolg ... Ich tue doch keinem etwas zuleide ...«

Am Nachmittag zwang sie sich, das Haus zu verlassen. Sie wollte zum Dom, machte kurz vor dem Portal kehrt, lenkte ihren Schritt zu der kleinen Kirche Maria im Pesch und von dort zum Domvikar Gumpertz, der sich dermaßen freute, dass er danach eine beruhigende Essenz zu sich nehmen musste, damit sein Herz wieder zur Ruhe fand.

»Clementine«, rief er, »an einem Tag wie diesem wird einem Menschen wie mir das Herz ein wenig schwer. Die Leute tanzen durch die Straßen, sie singen und lachen und freuen sich ohne Unterlass, ja es hat den Anschein, dass nur ich die Ausnahme bilde und daheim sitze und mich gräme. Umso mehr erfreut mich das unerwartete Geschenk Ihrer Gesellschaft. Kommen Sie, liebe Schwester, stoßen Sie mit mir auf die Freuden des Lebens an und auf den Untergang des Ärgers, der misslichen Laune und der Furcht.«

Clementine schluckte. Sie hatte vorgehabt, ihm von den Merkwürdigkeiten des Tages zu berichten, aber nun kam ihr das Erlebte so unglaubwürdig vor, als könnte sie diese Geschichten niemanden mit klarem Verstand zumuten. Sie lachte mit dem alten Mann, erzählte vom Fortgang ihres Unternehmens, von Bitter-, Gerb- und Schleimstoffen, von der Wichtigkeit des richtigen Mengenmaßes beim Alkohol, der den Ausschlag gebe bei der Herstellung von Heilpflanzen, und dass die Kenntnis der Anwendung derselben trotz ihrer langjährigen Erfahrung im Klosterhospital und in den vielen Krankenstuben auch weiterhin stetiger Beobachtung bedürfe.

Beim Heimweg kam ihr ein Mann entgegen, der schwergängig über die Straße wankte und mit einem plötzlichen Schlenker gegen sie prallte. Clementine stolperte seitwärts, fiel gegen die Häuserwand und war sicher, der Mann werde ihr irgendetwas Furchtbares entgegenschleudern, jedoch versuchte der Betrunkene zu lächeln und bat lallend um Verzeihung. Sah sie jetzt schon in jedem Fremden einen Gegner?

Tags darauf war der Himmel so trüb, dass es sich anfühlte wie Aschermittwoch. Clementine zog sich an, ging hinunter in den Empfangsraum und öffnete die Tür.

Sie würde sich weder von Anna noch von Luca Farina in die Knie zwingen lassen und auch nicht von irgendwem sonst.

»Obgleich es demjenigen, der das Recht hat, wenig Ehre einbringt, sich in öffentlichen Blättern zu verteidigen, sehe ich mich veranlasst, jenes boshafte Gerücht, welches in den Straßen der Stadt herumstreunt und mich beschmutzen soll, als ein falsches und boshaftes zu deklarieren, und dass ich jenen, welche solches über mich verbreiten, rate, zu schweigen, weil ich sie sonst vor Gericht belangen kann.«

Am ersten Tag der zweiten Fastenwoche war dieses Inserat in der Zeitung zu lesen. Der Gang in die Öffentlichkeit sei immer der beste Schutz, hatte Herrmann Gumpertz gesagt, als sie ihn fragte, wie man mit beleidigenden Gerüchten umzugehen habe.

Dennoch lebte sie während der nächsten Wochen in der Furcht, an irgendeiner Ecke könnte die Erde sich auftun und sie in die Tiefe reißen. Erst nach der Osterpredigt wurde sie ruhiger, und allmählich kam die alte Sicherheit zurück. Es fühlte sich an wie ein Impuls, ein Neuanfang, vielleicht von der Auferstehungsgeschichte ausgelöst, jedenfalls nutzte sie wieder den Tag von seiner ersten bis zu seiner letzten Stunde, machte nach dem Morgengebet ihren Rundgang durch die Häuser, half, so gut sie konnte, und war immer wieder erschüttert über das andauernde Leiden der Menschen, wo doch die Medizin mittlerweile in großen Schritten weiterging, die Wissenschaftler sich mit Eifer den Erforschungen von Leber und Lungen, von Bauchspeicheldrüsen und den Windungen des Nervensystems zuwandten. Während sie jedoch den Weg der Bakterien berechneten und die Geschwindigkeit der Reflexe, starben die Menschen weiterhin und unentwegt am Schlagfluss, an der hitzigen Krankheit, an Wassersucht und Entkräftung, an der Abzehrung, an Verstopfung, Brust- und Leibschmerzen und vor allem die meisten in viel zu jungen Jahren.

Nach ihrer Rückkehr aus den Krankenstuben öffnete sie die Tür ihres Verkaufsraums, damit die Kunden sich eingeladen fühlten zu schauen, zu schnuppern und vielleicht zu kaufen. Nach dem Mittagsmahl mischte sie Kräuter und destillierte. Manchmal zog es sie des Abends noch einmal zu den Kranken, und wenn sie später zurückkehrte, im Verkaufsraum vor dem Tisch stand, die

Flaschen füllte, die Banderolen beschrieb, dann kam es ihr vor, als könnte es kein besseres Leben geben für die Klosterfrau Maria Clementine Martin.

Das Gerücht schien im Rhein ertrunken zu sein, jedoch türmten sich unversehens andere Hürden auf: Herrmann Gumpertz' Ehefrau hatte wissen wollen, warum sie als gute Kundin nicht von den Rabatten profitieren dürfe wie andere, welche die Produkte der Klosterfrau weitaus günstiger hätten erwerben können. Clementine beteuerte, dass ihr echtes Wasser in bester Qualität und nur zu einem seit Langem gleichbleibend und gewisslich billigen Preis zu haben sei, dennoch häuften sich solcherart Klagen, und schließlich stellte Heinrich eines Tages zwei Flaschen auf den Tisch, eine kleine und eine große, versehen mit Banderolen und Schriftzügen, die den eigenen täuschend ähnlich waren, bis deren Inhalt zu riechen war.

»Scheußlich«, sagte Clementine, »dieses Wasser ist weit entfernt von der Güte meines Eau de Cologne, auch wenn es dem Anschein nach aus meinem Hause stammen könnte.«

»Und solches gibt es vielerlei in unserer Stadt, vor allem im Bereiche der Kölnisch-Wasser-Produktion«, sagte Herrmann Gumpertz. »Weisen Sie immer wieder darauf hin, dass Sie und nur Sie dieses Wasser herstellen und niemand sonst befugt ist, ein solches mit oder unter Ihrem Namen feilzubieten.«

»Die Unterzeichnete macht einem geehrten Publikum ergebenst bekannt, dass sie weder in noch außerhalb Köln jemanden mit dem Verkauf ihres Kölnisch Wasser, Melissen- oder Karmelitergeistes beauftragt habe, sondern sich dessen Verkauf allein vorbehalte: Die Klosterfrau M.C. Martin No. 19 nahe dem Dom«

Nach dieser Zeitungsmeldung schien das Problem beseitigt, vorerst jedenfalls. Der Sommer war heiß, und die Menschen brauchten das Eau de Cologne sowohl zur Kühlung als auch zur Abwendung von jenen Krankheitszuständen, die gerade die Hitze im Körper zu entfachen vermag. Das Jahr lief wie eine leichtgängige Kutsche auf abschüssigem Gelände. Hin und wieder wäre Clementine gern ausgestiegen, hätte sich an den Rhein gesetzt, nach Deutz geblickt oder wäre vor die Stadtmauern gewandert, über die Kappesfelder, hätte den Menschen bei ihrer Arbeit zugeschaut ... Aber schon war Weihnachten vorbei, die Silvesterglocken läuteten, und ein neues Jahr begann.

»Erschreckend, wie schnell die Zeit vergeht«, sagte Clementine, als sie am 1. Januar beim Domvikar zu einem kleinen Besuch hineinspazierte, und Gumpertz erwiderte mit schelmischem Lächeln:

»Sieh da, nun merken Sie es auch, ja, sie jagt einen vorwärts, die Zeit, und wenn man nicht Acht gibt, rennt sie einen um.«

Am Morgen dieses Neujahrstages hatte wieder etwas vor der Tür gelegen. Ein kleines Päckchen, das Clementine mit zitternden Fingern aufhob und mit klopfendem Herzen öffnete. Diesmal aber gab es keinen Grund zur Furcht. Es waren die Gaben der Herren Esser und Isenkrahe aus der Nachbarschaft, die ihr mit den Ackermann'schen Brustbonbons alles Gute zum neuen Jahr wünschen wollten.

Bis zum Dreikönigstag ließ sie die Türen verschlossen. Das Mädchen war zu ihren Eltern in die Eifel gefahren, und Clementine bediente sich selbst mit Tee und den Resten vom Weihnachtsgebäck, holte sich aus der Leihbücherei »Geheime Denkwürdigkeiten über Napoleon und den Hof der Tuillerien in den Jahren 1700 bis 1804«, und als sie darin las, war es, als tauchte sie ein in eine Zeit, die sie zwar selbst erlebt hatte, die aber nun so weit entfernt lag, als ob sie einem Märchenbuch entstamme.

In den »Memoiren von Josephine«, der schönen Frau an Napoleons Seite, gab es einen Ausschnitt über jene Tage, nachdem Napoleon ihr seine Trennungsabsichten mitgeteilt hatte: *»Meine Ahnung ist in Erfüllung gegangen. Sie haben das Wort ›Scheidung‹ ausgesprochen, das Übrige ist nichts weiter als eine Formalität. Dies also das Resultat, ich will nicht sagen so vieler Opfer, waren sie doch süß, weil sie für Sie gebracht wurden, sondern einer Freundschaft ohne Grenzen von meiner Seite und der feierlichsten Schwüre von Ihnen. Das Wohl des Staates, nein, Ihr übel berechnender Ehrgeiz war und wird stets der Leitstern Ihres Lebens bleiben ...«*

Ein anderes Frauenleben, voller Pracht und Wohlergehen, so schien es, voller Liebe und Vertrauen. Und dann das Ende, die Enttäuschung, die Einsamkeit.

Von Jahr zu Jahr wiederholte sich der Rhythmus der Stadt, und Clementine, als Kölner Bürgerin, wurde darin eingebunden, fast könnte man sagen, aufgesogen. Wieder war das festordnende Komitee in großer Ernsthaftigkeit mit den Lustbarkeitsvorbereitungen beschäftigt, die Zahl der Karnevalsfreunde war mittlerweile dermaßen gestiegen, dass die bisherigen Räumlichkeiten bei Lempertz nicht mehr ausreichten und die Generalsversammlung in den Lieber'schen Saal verlegt werden musste. Allerdings lief auch in diesem Bereich, trotz der Beteiligung vieler Notabeln und ihrer sorgfältigen Planung, nicht alles so, wie es sollte. Es gab die einzig echten Karnevalskappen, mit dem Siegel des Komitees gestempelt, und gleichzeitig solche in identischer Ausführung, jedoch aus anderer Fabrikation. Offenbar vermochten sich auch andere Unternehmen und andere Branchen nicht gegen Nachahmungen zu schützen. Das beruhigte Clementine und vertrieb einen kleinen Teil der Sorge, die Verleumdungen seien weiterhin von den Farinas initiiert und gegen sie und ihr Unternehmen gerichtet.

»Warum ist die Ehrlichkeit unter den Menschen keine Sicherheit mehr? Warum umkreist einer den anderen mit Misstrauen und dem andauernden Verdacht, derjenige trage unter seinem Hemd ein falsches Herz trotz allen Lächelns und der Wahrheitsbezeugungen?«, fragte Clementine.

»Schon immer«, antwortete Isenkrahe, der auf ein Glas Wein vorbeigekommen war, »haben die Menschen versucht, so gut wie möglich zu überleben. Dazu ist ihnen manches recht gewesen, der Kampf beispielsweise, zuerst der Nahrung wegen, danach um mehr Land und schließlich um die Macht. Zu allen Zeiten ist geliebt worden und gehasst, verletzt und gemordet. Im menschlichen Herzen hat sich derweil nichts geändert. Der Unterschied war der, dass früher ein jeder wusste, wohin er gehörte. Heutzutage haben sich die meisten Grenzen aufgelöst, jeder kann hin und her wechseln, gerade wie er Lust und Laune verspürt. Doch egal, wie viel Gleichheit verordnet wird, es gibt doch immer solche und solche.«

Clementine wollte das nicht so stehen lassen. »Es ist doch auch gut, dass sich jemand, der klug und fleißig ist, emporarbeiten kann, dass es Schulen für jedermann gibt, wo ein jeder lernen kann, nicht nur die Altertumswissenschaften, sondern auch die Künste des Handels und die technischen Fertigkeiten, wo er die deutsche Sprache und deren Literatur studieren kann wie auch die fremden Sprachen, die ihm die Möglichkeit schenken, sich in der Welt umzusehen, damit er seinen Weg gehen kann, unbegrenzt von den früheren Kluften der Dummheit.«

Jedoch gab Isenkrahe zu bedenken, dass auch immer derjenige mit einem zwielichtigen Charakter klug gemacht würde und sich schlauer als der einfältige Dieb nun auf gelehrte Weise und dennoch unredlich am Wissen und am Wohlstand eines ehrlichen Bürgers bereichern könnte. »Missgunst«, sagte Isenkrahe und stand auf, »Missgunst ist immer ein Stachel im menschlichen Herzen, wenn sie sich aber mit der Klugheit verbindet, erkennt sie Möglichkeiten zum Betrug, von denen das vormals einfältige Herz nichts ahnte.«

Nachdenklich sah ihm Clementine hinterher, als er das Haus verließ. Heuchlerin, auch dieser Name hatte mit Unehrlichkeit zu tun. Was ist mein Fehler, dachte sie, welches mein Verbrechen, dass ich so benannt werde.

»Ich hoffe, es geht Ihnen gut«, sagte der Erzbischof am Aschermittwoch, als sich Clementine im Dom zur Beichte einfand. Er selbst hätte während der Karnevalstage mit einer Influenza zu Bette gelegen, jetzt aber war er dank ihrer Kräuteressenzen wieder auf den Beinen.

»Ein Mann meines Alters wird immer häufiger von Gebrechen geplagt, an die ein junger Mensch nicht denken wird, und manches Mal meine ich, es wäre gut und erstrebenswert, den hohen Jahreszahlen nicht nur die Gebrechen, sondern auch eine gewisse Weisheit anzuheften, aber davon bin ich weit entfernt. Immer noch echauffiere ich mich über dieses und jenes, versuche hier wie damals in Münster Dinge aufzubauen, die mir jedoch nicht wirklich gelingen wollen. Und ich kann nicht erkennen, woran das liegen mag.«

Clementine sah ihn. Wollte er hierauf eine Antwort, und stand ihr eine solche zu?

»Hochwürden«, begann sie leise, »bitte denken Sie doch auch an die veränderten Zeiten. Die Jahre der Revolution, die Franzosenzeit, die Religionsvielfalt, auch die von Napoleon proklamierte Religion der Vernunft, all dieses hat ein neues Lebensgefühl geschaffen, darin wir Menschen uns erst einmal zurechtfinden müssen, und das führt unweigerlich zu einem Wandel der Haltung innerhalb der Bevölkerung wie auch in der Beziehung zum Nächsten.«

»Das, liebe Schwester, war eine liebenswürdige Umschreibung meines grenzenlosen Versagens in vielen Bereichen hier in Köln.«

Der Erzbischof hob die Hand, versuchte zu lächeln und ging müde davon.

Heinrich war dem Aufruf einer Herrschaft auf dem Lande gefolgt, die jemanden für die Gemüsegärtnerei und die Obstbaumzucht gesucht hatte. Dort könne er viel lernen, hatte er gesagt, und der Verdienst sei nicht zu verachten, vor allem wo sie doch für den Hausstand sparen müssten. Darüber hinaus saßen seine Eltern noch so fest im Sattel der Geschäftsführung, dass der Sohn nur störe. Juliane war einverstanden, nur Clementine vermisste ihn, seine starken Arme, vor allem aber sein Wissen um Buchführung und Kalkulation.

Das Buch mit dem Versprechen, in drei Stunden die Leiter zum Buchhalter ersteigen zu können, hatte sie nach zwei Tagen erschöpft zugeklappt und sich auf Monsieur Duponts Rat hin bei Herrn Gerhards am Georgsplatz zum Privatunterricht in einfacher und doppelter Buchführung angemeldet. Tatsächlich versetzte sie das in die Lage, die Konten eigenhändig und ohne fremde Hilfe zu führen.

Am Abend hatte sie dem Mädchen freigegeben, und als die junge Frau singend aus der Tür gegangen war, schlich sie die Stiege hinauf zu dem kleinen Balkon, um von dort zum Himmel zu blicken und zu den Sternen. Wie winzig bin ich im Angesicht dieser Größe, dachte sie, wie klein und unbedeutend ist mein Leben, wie unsinnig mein Bestreben, wo doch alles der Vergänglichkeit preisgegeben ist, jeder Handgriff, jeder Schritt, jeder Atemzug … gleich verweht.

Erst am Tag danach im Dom wurde die kleine Wehmut von der Zuversicht abgelöst und von der Hoffnung, dass nichts verloren gehe, dass alles bei Gott aufgefangen werde, aufbewahrt für alle Zeiten.

Während des Sommers prallte die Sonne auf die Dächer der Stadt, und die Hitze hielt die Menschen davon ab, tagsüber ihre kühlen Häuser zu verlassen. Die Geschäfte am Domhof 19 gingen zurück. Clementine dachte über eine Ausweitung ihrer Unternehmung nach. Über Depots in Berlin, in Hamburg oder Brüssel, wo vielleicht auch Clements dem Duft ihrer Produkte verfallen würde … Als die Großfürstin Helene von Russland mitsamt ihrem Gefolge in Köln eintraf, hatte Clementine sich mit einem kleinen Kistchen unter dem Arm auf den Weg zum Großen Rheinberge gemacht, wo der Wirt sie freundlich begrüßte und sogleich die Vermittlerrolle übernahm, sodass sie nur wenig später der Russin gegenübersaß.

»Ich freue mich, Schwester, dass Sie gerade jetzt gekommen sind, hatte ich doch mit aller Inbrunst dafür gebetet, es möge jemand vor mich treten, dem ich mich anvertrauen könnte. Es ist so, dass ich mir selbst eine Fremde geworden bin, verwirrt, in meinen Gedanken sündige ich fortwährend, bewege mich fort von meinem Weg hinaus in ein anderes Leben mit einem anderen Mann in ein anderes Land und bin mir dennoch immer bewusst, dass dies ein böses Denken ist, dem ich widerstehen müsste. Jedoch mir fehlt die Kraft dazu.«

»Kaiserliche Hoheit«, antwortete Clementine, »ich bin nur eine untertänige Magd und kaum in der Lage, Ihnen in dieser Frage einen Rat anbieten zu können.«

»Aber Sie sind eine Frau, und das macht es leichter«, unterbrach die Fürstin sie.

»Dann«, sagte Clementine, »will ich Ihnen aus ehrlichem Herzen sagen, was ich denke. Wir Menschen sind alle mit einer Sehnsucht beschwert, die uns zuzeiten unruhig wie einen Vogel im Käfig herumflattern lässt, weil wir denken, in einem anderen Leben wären wir besser aufgehoben. Aber, Kaiserliche Hoheit, wo auch immer Sie oder ich unsere Zeit zubringen, hier oder anderswo, es bleibt doch immer nur die Begrenztheit unseres irdischen Daseins; auch wenn Sie von hier nach dort gehen, gelangen sie nicht in die Freiheit, sondern immer nur in einen anderen Käfig, und da ihrer doch ziemlich groß ist und reich verziert, denke ich mir, Sie sollten da herinnen bleiben und sicher sein, dass Ihre Sehnsucht irgendwann in der Ewigkeit sich vollenden wird, wenn Sie die ganze Erfüllung finden werden, womöglich in anderer Form und Weise, als Sie vielleicht jetzt wünschen, aber dennoch wird dereinst kein Wunsch mehr offen bleiben.«

Die Großherzogin lächelte. »Danke, Schwester«, sagte sie, »das waren kluge Worte und so gut gewählt, dass sie meine Seele erreicht haben.«

Clementine zögerte. Ziemte es sich, nach dieser Herzensangelegenheit noch auf den wahren Grund ihres Besuches zurückzukommen? Glücklicherweise fragte die Russin, ob es noch etwas gäbe, weswegen Clementine den Weg zu ihr hin gesucht hätte, und das gab Clementine die Möglichkeit, dementsprechend zu antworten:

»Ich möchte Ihnen zur Stärkung von Geist und Leib eine Probe meines Melissen- und Karmelitergeistes überreichen, von welchem sich ganz gewisslich alle Schwäche auflösen wird und beide, der Körper und die Seele, zu neuen Zielen kraftvoll emporsteigen werden.«

»Wie ungemein freundlich, meinen großen Dank dafür und für alles andere. Ich lasse von mir hören, gewisslich. Leben Sie wohl, verehrte Schwester. Wie ist Ihr Name?«

»Maria Clementine Martin, und bin gleich neben dem Dom zu Hause.«

Als Clementine dorthin zurückkehrte, hörte sie durch die geöffneten Fenster die wunderbaren Klänge des großen Zapfenstreichs, den das Musikcorps der Garnison zu Ehren der russischen Familie intonierte. Clementine schob den Sessel heran, setzte sich, schloss die Augen und meinte ihren Vater vor sich zu sehen, wie er sich gerade hinstellte, den Blick in die Ferne gerichtet, um diesen Tönen zu lauschen.

Dem Prinzen August von Preußen, der im Kaiserlichen Hof abgestiegen war, überreichte sie ein Empfehlungsschreiben und zwei besonders verzierte Rosolen, und dem allerwertesten König ließ sie zu seinem Geburtstag ein Fläschchen zukommen, gemeinsam mit einem artigen Brief. Als am 3. August alle Glocken läuteten, sah sie vor ihrem geistigen Auge, wie Seine Majestät das Päckchen öffnete und schnupperte … Herrmann Gumpertz allerdings, den sie am Neumarkt traf, nannte diese Aktion »hinausgeworfene Leidenschaft«, denn ein Richtiges sei es, einem hier Durchreisenden eine Probe abzugeben, ein anderes aber, unserem Herrscher an seinem Ehrentage zu den vielmals hundert Glückwünschen, Ehrbezeigungen und Geschenken ein weiteres Präsent zukommen zu lassen.

Clementine nickte artig wie ein Schulmädchen, dem der Lehrer einen Rüffel erteilt hat.

Trotz aller Umsicht gab es weiterhin solche, die in ihrem Namen Geschäfte tätigten. Und stets aufs Neue schlich sich die Vermutung in ihr Herz, in allen Unredlichkeiten schwinge der alte Hass mit, den ihr Anna Farina entgegengeschleudert hatte. Manchmal fragte sich Clementine, ob die Italienerin nicht doch eines Tages triumphieren würde, wenn sie selbst diesem Druck nicht mehr gewachsen sein würde, wenn sie kapitulierte … Wie sollte sie sich wehren? Wieder an die Öffentlichkeit gehen, eine Zeitungsnotiz aufgeben oder vor dem Rathaus Zettel verteilen?

»Was soll ich tun?«, fragte sie Herrmann Gumpertz, der noch immer plaudernd neben ihr stand. »Aufgeben? Oder die Preise senken, wie jene Firma auf der Martinstraße, die jetzt das Kistchen mit sechs großen Flaschen für nur einen Taler anbietet, mit kleinen Flaschen sogar für fünfzehn Silbergroschen und darüber hinaus noch den gekörnten Sago, ›welcher sich wie ostindischer kochen lässt …‹. Wie passt denn so etwas zum Kölnisch Wasser?«

»Manche Menschen versuchen es mit allem, einfach nur wegen der möglichen Einnahmequelle«, erklärte Herrmann Gumpertz, »sehen Sie, und das ist der Unterschied, den ich bei Ihrer Produktion bemerke. Sie wollen die Heilkräuter nach vorne bringen. Sie spürten eine Aufgabe in sich, die auf Erfüllung drängte. Das kleine Buch, das ich mir anschaute, jenes mit den vielen Rezepturen, ganz wunderbar. Und darum, verehrte Schwester, möchte ich Ihnen noch einen Rat geben. Verplempern Sie nicht zu viel Zeit mit Andersartigem, sei es auch noch so beliebt bei der verehrten Kundschaft. Vier-Räuber-Essig, Wunderwasser oder Goldwässerchen passen nicht zu Ihnen. Das Kölnisch Wasser ist das Einzige, was Sie vielleicht noch daneben produzieren könnten, aber darüber hinaus bitte ich Sie inständig, legen Sie Ihre Kraft nur in die Herstellung von Heilkräuteressenzen, dem echten Karmelitergeist beispielsweise, dessen Rezeptur doch so gehütet wurde, und dem Melissengeist, von dessen gesundheitsfördernder Wirkung ich mich bereits selbst überzeugen konnte. Das sind die Produkte, die Ihnen gemäß sind, das wollten und sollten Sie den Menschen anbieten, damit werden Sie das verehrte Publikum beglücken und schließlich auch sich selbst.«

Clementine bewegten diese Worte in ihrem Herzen, als sie am Nachmittag eines sonnigen Tages auf dem Wege zum Domvikar Gumpertz war. Hatte sie vielleicht wirklich zu viele Produkte offeriert, zu sehr in der Sorge gelebt, irgendjemand könnte in ihrem Sortiment nicht das Rechte für seinen Geschmack finden?

Gumpertz lag im Bett. Sein Atem ging schnell, er versuchte zu lächeln, als sie an sein Bett trat.

»Clementinchen«, flüsterte er. »Schön, dass Sie da sind.«

Auf seiner Bettdecke lag ein Büchlein, das er ihr mit zitternden Händen hinüberreichte.

»Damit Sie auf Dauer stark bleiben«, sagte er, und jetzt gelang ihm das Lächeln schon besser, »und nachträglich zum Geburtstag.«

»Gedanken und Sprüche des heiligen Ignatius
Wer ist so eifrig, dass sein Fleiß nicht manchmal ermüde, wer so vorsichtig und sichergestellt, dass sich nicht bisweilen ein Fehler einschleicht. Wer bedürfte nicht täglich eines mahnenden Hausfreundes, der ihn aufmerksam macht und ihm zeigt, was er tun oder lassen sollte, der jetzt ihn anfeuert, wenn er aus Trägheit bei einem frommen Werk ermüdet, ein andermal sein Feuer mäßigt, wenn er das, was ihm gut scheint, mehr mit Eifer als mit Verstand verfolgt. Dieses Büchlein wird jener tägliche Hausfreund, Ermahner und Ratgeber und Führer sein, dem kein Wahrheitssuchender nahen wird, ohne ihn gebessert zu haben.«

Clementine reichte dem Domvikar die Hand und bedankte sich. Sie hatte Tränen in den Augen.

Als sie am nächsten Morgen zum Rhein hinunterging, lag die Stadt noch wie im Dornröschenschlaf. Clementine horchte dem Echo der eigenen Schritte nach. Die Sonne hatte Mühe, einen Weg zu finden durch die graue Wolkendecke, die vom Wind geschüttelt hin und her wankte. Der Rhein stellte sich dar wie durch einen blinden Spiegel erblickt. Eine Krähe flog mit heiserem Ruf am Ufer entlang. Die Welt breitete sich aus, nach allen Seiten wurde der Himmelsbogen gespannt. Was in ihrer Jugend noch undenkbar gewesen wäre, nun hatte es Gestalt angenommen, Maschinen wurden erdacht und gebaut, der Fortschritt war nicht aufzuhalten. Dem Menschen ist der Verstand gegeben, damit er sich die Welt erschließe und das Leben erleichtere. Auch sie selbst würde sich den Fortschritt zunutze machen, jetzt, wo sich die Lieferungen ausweiteten, nach Russland, zur Großfürstin Helene, die Wort gehalten hatte, mit einem großen Auftrag … Clementine wandte sich um. Jemand hatte einen Fensterladen geöffnet, die Stadt erwachte, der Tag begann. Das Wort »Heuchlerin« war nur noch eine blasse Erinnerung. Seit Langem hatte niemand sie so genannt, und Clementine lebte in der Zuversicht, dass Anna Farinas Schatten längst vergangen wäre.

In jenem Jahr kam der Winter früh und biss sich fest, als wollte er sich auf Dauer niederlassen. Besonders die Armen litten unter Frost und Kälte. »Winter, Winter, du bist hart, forderst viel Erbarmen. Ach und deine Gegenwart drückt so sehr die Armen …«

Die meisten Notleidenden blieben auf sich selbst gestellt. Der Erzbischof war enttäuscht, weil ihm hier nicht gelang, was er sich vorgenommen hatte. Aber der Klerus und die hohe Geistlichkeit würden sich niemals in den stinkenden Gassen der Armen den Mantel schmutzig machen. Vielleicht waren die Protestanten wirklich bodennäher und mehr der christlichen Nächstenliebe verpflichtet. Als die große Zuckerraffinerie des Herrn Goedecke brannte, war der Verlust für den Besitzer dank der Versicherung nicht so hoch, jedoch machte er viele Arbeiter fortan brotlos. Und die Kirche? Die schrieb Andachtsgebete für die Freitage der Fastenzeit, hielt tagelange Exequien für den verstorbenen Papst Leo XII. und würdigte den neuen Heiligen Vater. Der Erzbischof kümmerte sich um die Festlegung der Feiertagsordnung und die Genehmigung der katholischen Festtage durch die Regierung und gab ein Andachtsbuch für Gebildete aller Stände heraus. Einst war es um die Gleichheit gegangen, jetzt wurden erneut Unterschiede gemacht.

Wenn sie die Tür zum Verkaufsraum geöffnet hatte, kamen die Kunden, oftmals auch die feinen Damen, duftend und mit rüschenbesetztem Kleid, Hüte auf dem Lockenhaupt und das Näschen fein gepudert. Mit spitzem Mund gaben sie die Bestellung kund, und mit flötengleichen Stimmen säuselten sie das eine oder andere kleine Lob, aber wenn Clementine sie einlud zum Tee, dann nickten sie erfreut, setzten sich, und kaum hatten sie den ersten Schluck getrunken, sprudelten sie aus ihnen heraus, die Sorgen und Nöte. Es ging nicht um das Brot für die Kinder oder die Kohlen für die Fütterung des Ofens, wie bei den Armen. Hier bei der guten Gesellschaft hatte das Leiden einen anderen Grund: die Untreue des Ehegemahls, die Angst vor dem Altern, manchmal auch der Neid und die Missgunst, und wenn Clementine sich auch über manche Reden wunderte, spürte sie immer stärker, dass sich unter jedem Kleid die gleiche empfindsame Kreatur fand, ob der Umhang von Goldfäden durchwirkt war oder wie ein Mehlsack zerlumpt und mit einer Kordel zusammengehalten.

Oftmals, wenn sie am Destilliergerät neue Zusammensetzungen erprobte und später, nach dem Abendessen, in ihrem Comptoir die Zahlen prüfte, dachte sie, wie gut es wäre, wenn es etwas gäbe, das ihre Produkte unverwechselbar machen würde, und als sie während der nächsten Wochen weitere Proben an die Kaiserin von Brasilien und an die Kronprinzessin der Niederlande überreichte, war sie sicher, dass eine solche Werbung um einiges tiefer greifen würde, wenn das Produkt sich deutlich von jedem anderen seiner Art unterschiede. Und plötzlich, von einer Sekunde zur nächsten, kam ihr die Idee mit dem Preußischen Adler. Dieses Flügeltier prangte auf sämtlichen staatlichen Dokumenten und auf allen amtlichen Verlautbarungen. Wäre es nicht wunderbar, die Produkte der Klosterfrau Maria Clementine mit Banderolen zu versehen, auf welchen unübersehbar ebendieser Preußische Adler abgebildet wäre? Unverwechselbar und einzigartig? Der Gedanke war geboren, wurde weiterentwickelt und sodann die Feder ins Tintenfass getaucht.

»Allerdurchlauchtigster, großmächtigster König!
Allergnädigster König und Herr!
Alleruntertänigstes Gesuch der Klosterfrau Maria Clementine Martin, Köln am Rhein, um die Allerhöchste Erlaubnis, den Preußischen Adler auf ihren Fabrikaten führen zu dürfen.«

In einigen wenigen Sätzen erinnerte sie an Waterloo und das Legat, um danach sogleich auf das eigentliche Anliegen zurückzukommen:

»... So darf denn auch eine arme Klosterfrau es wagen, Allerhöchstdieselben ein Gesuch demütigst vorzutragen, in dessen

Gewährung sie den schönsten Lohn ihrer täglichen inbrünstigen Gebete für das Wohl Eurer Majestät und Ihres ganzen Hauses für die kurze Zeit bis zur Vollendung ihrer irdischen Laufbahn sehen würde ...«

Hier stockte sie einen Moment. Hatte sie täglich für ihn gebetet? Jedenfalls wollte sie es von nun an täglich tun.

»... meine Fabrikate, auf welche ich, um dieselben immer mehr zu vervollkommnen, die lang gewohnte ängstliche Sorgfalt verwandte, fanden den besonderen Beifall sachverständiger Männer und waren bald vom Publikum gesucht. Euer Majestät wage ich von beiden eine kleine Probe alleruntertänigst zu Füßen zu legen. Möchten dieselben mit Allerhöchster Huld und Gnade aufgenommen und mir die Allerhöchste Erlaubnis zuteilwerden, meine Fabrikate mit dem Preußischen Adler zieren zu dürfen ...
In höchster Verehrung ersterbe ich als Euer Majestät alleruntertänigste Magd Maria Clementine Martin«

Sie las das Schreiben durch und befand, dass es gut war. Gleich am nächsten Morgen gab sie es zur Post und auf den Weg nach Berlin. Alsdann ging sie wieder ihrer Arbeit nach. Morgens zu den Bedürftigen, ab dem Mittag mit der Arbeit als Fabrikantin und Unternehmerin, mit Mischen, Destillieren, dem Bewerben und Verkaufen beschäftigt. Und war jeden Abend gespannt auf den nächsten Morgen, der womöglich eine Antwort bringen würde, eine Antwort aus allerhöchstem Munde, und dann, nur drei Wochen nach ihrer Anfrage, erhielt sie das folgende Schreiben:

»Wenn gegen das beiliegende Gesuch der Klosterfrau Maria Clementine zu Köln um die Erlaubnis, die Étiquette des von ihr fabricierten Melissen- und Kölnischen Wassers mit dem Preußischen Adler versehen zu dürfen, in Beziehung auf die Concessionen, welche bereits anderen Fabriken des Kölnischen Wassers in Köln zugestanden sind, kein Umstand ob-

waltet, so will ich die Bitte stattfinden lassen und Ihnen hiernach die weitere Verfügung und die Bescheidung der Supplikantin anheimgeben.
Berlin, den 28. November 1829, gez. Friedrich Wilhelm«

Clementine rannte gleich hinaus zu Isenkrahe, der nicht öffnete, dann zu Esser, der auch nicht im Hause war, schließlich zu Gumpertz, den sie lange nicht besucht hatte, und sie stellte sich vor, wie er sich freuen würde, wenn sie mit dieser wohlfeinen Nachricht vor ihm stünde.

Gumpertz lag in seinem Bett, wie von allen guten Geistern verlassen. Sein Blick ging nach oben, sein Atem stoßweise, und es war sicher, dieses mussten die letzten Stunden seines irdischen Lebens sein. Sosehr sich Clementine auch bemühte, er sah sie nicht an, vielleicht blickten seine Augen schon in andere Gefilde, manchmal entspannten sich seine Züge, und er wirkte fast heiter, dann wieder kehrte die Anspannung zurück.

Das Mädchen hatte den Wundarzt geholt, und darüber verspürte Clementine einen solchen Zorn, dass ihr Herz bis zum Hals klopfte und sie an sich halten musste, um nicht im Beisein des Sterbenden ihre Anklagen hinauszuschleudern: Warum hat mich keine Nachricht erreicht? Warum komme ich ohne große Absicht und finde ihn in diesem Zustand? Hätte ich nicht zu Hilfe eilen können, beizeiten vielleicht und mit der Aussicht auf Besserung? Schließlich aber schalt sie sich selbst eine Närrin, hier im Angesicht des Todes solche Reden im Kopf zu haben, Gedanken, die wieder einmal von der Eitelkeit geboren und vom Hochmut gesäugt waren, dass sie gemeint hatte, sich ins rechte Licht setzen zu müssen ... Nein, hier war nur eines vonnöten, ihr Gebet zu Gott, dass er Gumpertz' Seele heimhole zu sich in die Ewigkeit.

Sie dachte an ihren eigenen Vater, an sein Sterben, damals in Jever. Einen langen Brief hatte er ihr geschrieben, seinen Stolz zum Ausdruck gebracht über ihre Arbeit in Waterloo. *»Das ist es, was ein Soldatenherz freut, die einzige Tochter im mutigen Einsatz auf dem Schlachtfeld«*, das hatte sie gelesen, aber seinen Wunsch nach ihrer Heimkehr unbeachtet gelassen. Erst als er sich zum Sterben niederlegte, war sie nach Jever gereist.

Der Doktor, dem sie im Hausflur begegnet war, hatte sie gewarnt, es gehe dem Vater sehr schlecht, sein Bauch sei so groß wie bei einer Gebärenden kurz vor dem Austritt des Kindes. Das Wasser darin schiebe sich gegen das Herz und gegen die Luftröhre, er röchele und keuche, und weder Schröpfen noch Aderlass hätten ihm Erleichterung verschaffen können.

Der alte Mann, der dort vor ihr auf dem Bett gelegen hatte, das Gesicht zur anderen Seite gedreht: War er immer noch der Soldat, als den er sich selbst bezeichnet hatte, damals im Gasthof in Worringen? Soldat, reicht das, um einen Menschen zu beschreiben? Was hatte ihn bewegt, woran hatte er geglaubt, wohin war seine Sehnsucht gerichtet, welche Träume hatte er gehabt? Tränen waren in ihre Augen geraten, als sie an das Kind dachte, das er vor langer Zeit gewesen war.

Der Doktor hatte gemeint, da sie, wie er gehört habe, die Verwundeten in Waterloo gepflegt habe, wäre sie wohl den Anblick von Leid gewohnt, aber in ihrem Inneren hatte sie gespürt, dass kein fremder Toter sie jemals so traurig machen konnte wie dieser eine Sterbende, der ihr Vater war. Es könnte tausend Gefallene geben an einem Tag, aber jeder dieser Menschen wäre für mindestens einen anderen der wirklich wichtige Tote, um den er weinte und jammerte, ohne an die anderen zu denken oder mit ihnen fühlen zu wollen.

Sie erinnerte sich, dass ihr Vater damals mit großer Anstrengung seinen Kopf ein wenig in ihre Richtung gedreht und geflüstert hatte: »Wilhelmine, Kind …«, und als Clementine dann seine Hand in ihre genommen hatte, war sie erschüttert gewesen von seinem Gegendruck. Sie hatte einen Stuhl zum Bett gezogen, ihm von ihrem Leben erzählt, von den Zweifeln und von den glücklichen Stunden. Als es dunkel wurde, hatte sie eine Lampe angezündet, in deren Schein sich der Kopf des Vaters groß und mächtig an der Decke als Schatten wiederholte. Dann hatte er seine Augen geschlossen, und nur die Hand, die immer noch in ihrer ruhte, hatte mit ihrer Wärme und dem leichten Druck daran erinnert, dass er noch in diesem Leben verharrte. Mitten in der Nacht, sie war wohl eingenickt gewesen, hatte sie plötzlich einen festen Druck auf ihrer Hand bemerkt, und als sie hochblickte, hatte der Vater sie mit großen Augen und mit klarem Blick angesehen. »Mein Kind«, hatte er gesagt, »ich habe dich geliebt … verzeih mir … alles …« Weiter war er nicht gekommen, die Luft blieb weg, nach einem tiefen Seufzer war er in eine andere Wirklichkeit hinübergegangen, und Clementine hatte ihm die Augen zugedrückt.

So blieb sie auch jetzt beim Domvikar Gumpertz. Blieb bei ihm bis zu seinem letzten Atemzug, legte seine Hände ineinander und schloss seine Lider. Auch hier verharrte sie noch eine Weile auf dem Stuhl neben seinem Bett, wie damals bei ihrem Vater. Bei ihm war sie die ganze Nacht sitzen geblieben, hatte sein stilles Gesicht betrachtet. Warum hatten sie nicht miteinander reden können, über das, was im Herzen wohnt, über die Freiheit jedes Einzelnen, sein eigenes Glück zu suchen, und wenn man es findet, ihm zu folgen.

Sie betrachtete den toten Domvikar und fühlte, wie er ihr jetzt schon fehlte. Seine Stimme, wenn er »Clementine« sagte, die Brummigkeit, mit der er seine Gefühle ummantelte, seine geistvollen Reden, wenn er sich betroffen fühlte. Hier in diesen seinen Räumen hatte er sie die Weite zu sehen gelehrt, eine Weite, die aus keiner großen Reiseleidenschaft entstanden sein konnte, aber dennoch die Liebe zu den Menschen in sich trug. Vor allem aber war es die Liebe zu seiner Stadt, die ihn bewegte.

Bevor Clementine sich zur Tür wandte, um dem Mädchen Nachricht zu geben, gab sie dem Toten ein letztes Versprechen.

»Hiermit gelobe ich, in dieser Stadt zu verbleiben, so lange, bis auch ich in die Ewigkeit heimgeholt werde. Ich werde mich nicht von Gerüchten, von Missgunst und Neid hinunterziehen lassen. Ich werde mich als eine Bürgerin dieser Stadt fühlen, weil Sie mich gelehrt haben, diese Stadt mit ihren Menschen zu lieben. Leben Sie wohl bis auf ein Wiedersehen in einer anderen Welt.«

Vom Hochgefühl über die königliche Antwort war sie hergeleitet worden, traurig und niedergeschlagen ging sie heim.

»Er war ein liebenswerter Kauz«, sagte Isenkrahe, »und er hatte Sie ihn sein Herz geschlossen. Glauben Sie mir, Schwester Clementine, Sie waren das Beste, was ihm in den letzten Jahren passieren konnte.«

Eines Menschen Tage sind wie Rauch, der schnell verweht,

dachte sie, als sie Gumpertz eine Woche später zur letzten Ruhe begleitete. Als sein Grab zugeschaufelt wurde, begann es zu regnen, und diese Wassertropfen vermischten sich mit den Tränen, die über ihr Gesicht liefen. Eines Menschen Leben währet siebzig Jahre, und wenn's hochkommt, so sind's achtzig, und wenn's gut gewesen ist, ist's Mühe und Arbeit gewesen. War es so? Die Mutter war dreiundsiebzig geworden, und welches waren ihre Mühen gewesen, welches ihre Arbeit? Das Leben des Vaters hatte sogar einundachtzig Jahre gedauert, aber wie viel war es wert gewesen? Der Regen wurde stärker, sie fühlte, wie das Tuch durchnässt wurde und die Feuchtigkeit sich bereits über Gewand und das darunter getragene Hemd ausbreitete. Sie nahm den Rockrand in die Hand und lief über den Kirchhof, am Dom vorbei nach Hause. Beim Eintreten dort kam es ihr vor, als wäre Gumpertz hinter sie getreten und flüsterte ihr ins Ohr: »Solange du hier auf Erden deinen Platz hast, nutze ihn und lebe so, wie dein Herz dich zu leben heißt.«

Dass er sie duzte, war ungewöhnlich, aber der momentanen Lage angemessen.

Als der Erzbischof Mitte Dezember aus Berlin zurückkehrte, kam er am Tage danach zum ersten und einzigen Mal in Clementines Haus.

»Ich bin froh«, sagte er, »dass Sie diesem alten Mann eine gute Pflegerin sein konnten. Ich wünschte mir, auch meine Bedürftigkeit würde von Ihnen derart gesalbt und versorgt werden, aber jetzt sind Sie ja dermaßen involviert in ein anderes Leben, dass die Zeit zu knapp sein wird für die Beschwerlichkeit, die ein alter Mann wie ich Ihnen bereiten würde.«

»Hochwürden«, sagte Clementine, »sprechen Sie nicht in dieser Weise mit Ihrer Magd Clementine. Wann immer Sie meiner Hilfe bedürfen, werde ich eilen und Ihnen dieselbe angedeihen lassen, in Demut und Freude und im Namen des Herrn.«

Der Erzbischof lachte. »Gut, ich werde mich im Falle der Not darauf besinnen.«

Von der Aussicht auf die Verwendung des Preußischen Adlers hatte sie ihm nichts berichtet, vermutlich war es klüger, solcherart Erfolge zunächst für sich zu behalten und erst zu guter Letzt der Öffentlichkeit zu präsentieren, wenn sie in aller Fülle Wirklichkeit geworden waren.

Diese Erwartung tat ihr gut, und wenn sie manchmal in den Spiegel blickte, erstaunte sie der Anblick ihres Gesichtes, das sich jugendlicher darbot, als es dem Alter angemessen war. Anna Maria Fusen hatte es in einem Gespräch auf den Punkt gebracht:

»Es ist so, wie soll ich sagen, Sie haben nie die Not gekannt, einen Mann zu haben, dem Sie gehorchen müssen. Sie haben kein Kind geboren und seine Nase putzen müssen, Sie hatten schon immer eine angenehme Umgebung wie auch jetzt, Sie werden, so vermute ich, niemals Kartoffeln geschält oder in anderer Weise um Ihr tägliches Brot gekämpft haben, also, wen wundert es, dass Sie so voller Tatenkraft sind, auch noch in diesen Jahren Ihres Lebens.«

Clementine war irritiert nach Hause gegangen. Es hatte wie eine neidische Zurechtweisung geklungen, wie Missgunst. Gern hätte sie dieser Frau von den Kämpfen in ihrem Innern erzählt, von den Zwängen, die auch ein Leben wie ihres in sich trägt, ganz abgesehen von dem Dienst, den sie an den Armen und Bedürftigen getan hatte, an den Kranken und Sterbenden an vielerlei Orten bis hierher in den Gassen der Stadt. Am liebsten wäre sie in die Weidengasse zurückgekehrt und hätte davon erzählt, in allen Einzelheiten, zur Rechtfertigung und Richtigstellung. Oder hatte sie doch ein einfacheres Leben gehabt als solche Frauen wie Anna Maria Fusen?

Als der Brief mit der endgültigen Erlaubnis kam, war sie froh über ihr Schweigen und ihre Zurückhaltung. Nun konnte sie auf einen Schlag eine großartige Bekanntmachung in die Zeitung setzen.

»Mittels allerhöchster Kabinetsordre vom 28. v.M. haben des Königs Majestät Allergnädigst geruht, Ihnen die gewünschte Erlaubnis zu erteilen, die Étiquette des von Ihnen fabricierten Melissen- und Kölnisch Wassers mit dem Preußischen Adler versehen zu dürfen. Indem wir im Auftrage des Königl. Hohen Ministrii des Inneren Sie hiervon benachrichtigen, gereicht es uns zum besonderen Vergnügen, Ihre auf die Vervollkommnung der genannten Fabrikate verwandte Sorgfalt auf eine so ehrenvolle Weise anerkannt zu sehen.
Köln, den 31. Dezember 1829, Königl. Regierung, Abteilung des Inneren, gez. Strödel
An die Klosterfrau Maria Clementine,
hier Berlin, den 31. December 1829
Königliche Regierung, Abteilung des Inneren, gez. Stroebel«

Und wie um dieser Amtlichkeit Leben einzuhauchen, hatte sie, trotz der daraus entstehenden Mehrkosten, noch ihre eigenen Worte darunter gesetzt:

»Vorstehende Hohe Bestimmung bringe ich dem hiesigen und auswärtigen verehrten Publikum mich bestens empfehlend mit dem ergebensten Bemerken zur Kenntnis, dass das von mir debitierte echte Kölnische Wasser und Melissen-Geist in einzelnen Flaschen und Kistchen stets vorrätig ist und dass, um etwaigem Irrtum vorzubeugen, die Étiquetten auf diesen Fabrikaten von nun an mit dem Königl. Preuß. Adler versehen sind.
Köln, den 8. Januar 1830
Maria Clementine Martin, Am Domhof No. 19«

Den Stolz, der sich nach dieser Zeitungsnotiz und der Resonanz in Kundschaft und Konkurrenz in ihrem Herz breitmachte, versuchte Clementine mit Gebeten und der steten Besinnung auf Demut überschaubar zu halten. Trotzdem konnte sie nicht verhindern, dass ihre Augen ausstrahlten, was der Mund zu verschweigen suchte.

Der Kundenansturm war gewaltig, und wenn Juliane nicht

täglich mit angepackt hätte, wäre Clementine dem nicht gewachsen gewesen.

Dann las sie die Bekanntmachung über die neuen Zollgesetze, wo es hieß:

> *»Es ist stipuliert worden, dass in Folge der Einführung der baierisch-württembergischen Zoll-Ordnung in dem baierischen Rheinkreise vom 1. 1. d.J. alle im freien Verkehr befindlichen Waren … frei von allen Gebühren transitieren sollen. Wogegen auch den aus den königl. Preußischen und großherzogl. hessischen Staaten kommenden Waren gleicher Art für den Durchgang … durch den baierischen Rhein Kreis nach Hessen und Preußen … ist nicht an die in Gemäßheit des Vertrages vom 27. Mai v.J. für den abgabefreien oder erleichterten Übergang inländischer Erzeugnisse bestimmten Eingangspunkte gebunden sondern …«*

Die Zeitung fiel auf den Boden. Clementine seufzte tief. Sie hatte sich ans Destillieren gemacht, ans Mischen, Etikettieren und Verkaufen. Sie war in der Lage, ihre Fabrikate zu vermarkten, hatte es geschafft, den Preußischen Adler auf ihre Banderolen zu holen und die Bücher über Ausgaben und Einnahmen zu führen. Sich nun aber mit den neuen Zollbestimmungen auseinanderzusetzen erforderte eine Zeit, die sie nicht hatte.

Auf Johann konnte und wollte sie nicht mehr warten. Was sie brauchte, war ein neuer Gehilfe, einer, der den Schwung der Jugend mitbrachte, die Lust, seine Muskelkraft wie auch seinen Verstand einzusetzen. Als sie Monsieur Dupont von ihren Nöten erzählte, versprach er Hilfe, und eines Tages stand er mit einem Jungen vor der Tür, der so aussah wie Clements damals in Jever, als er zum ersten Mal von seinem Bruder Ludwig zum vierhändigen Klavierspiel ins Haus gebracht worden war … Clementine starrte ihn an und vergaß darüber, die Gäste hineinzubitten. Monsieur Dupont räusperte sich.

»Dies ist Peter Schaeben«, sagte er, »gerade fünfzehn Jahre geworden und gewillt, seinem Leben eine Richtung zu geben. Er ist aus gutem Haus, ich kenne seinen Vater. Wollen Sie es mit ihm versuchen?«

»Herzlich willkommen, Peter«, sagte Clementine, griff nach seinen Händen und zog ihn ins Haus hinein.

Monsieur Dupont stand unschlüssig unter dem Türrahmen. »Ich hoffe, du enttäuschst mich nicht«, rief er dem Jungen zu, und als Clementine sich bei ihm bedanken wollte, winkte er ab. »Der Junge kann sich glücklich schätzen, bei Ihnen arbeiten zu dürfen. Adieu, Schwester Clementine, bis zum nächsten Mal.«

Von nun an kam Peter Schaeben an sechs Tagen der Woche, arbeitete vom frühen Morgen bis in die späten Nachtstunden hinein und war begierig, zu lernen. Clementine erklärte ihm das Destillationsgeschäft, die Gerätschaften, die Mischverhältnisse und die Wichtigkeit des Reinheitsgebotes.

»Die Heilkraft der Kräuter«, sagte Clementine, »liegt in der Zusammensetzung der Wirkstoffe, die in ihr ruhen, die wir herausholen und konzentrieren und so zu ihrer Bestimmung führen, es gibt gelbe und rote Stoffe, die nur in heißem Wasser oder Alkohol löslich sind und später krampflösend wirken, was sich bei vielerlei Krankheiten als wohltuend erweist. Je mehr wir uns bemühen, zu beobachten, die zu heilenden Menschen wie auch die Art, wie die Kräuter sich geben, desto mehr Kenntnisse werden wir erhalten.«

Peter lernte die Bestandteile kennen, erfuhr von den Bitterstoffen und ihrer Kraft zur Anregung des Gallenflusses, saugte das neue Wissen auf wie ein trockener Schwamm, der sich nach Nässe sehnt, vertiefte sich in die Kalkulation, in die Buchführung, schließlich auch in die neuen Zollbestimmungen, und als Monsieur Dupont nach vier Wochen wiederkam, um nachzufragen, berichtete Clementine mit großer Begeisterung: »Er ist mit Feuereifer dabei, ich spüre schon jetzt, dass er Talent hat zu Großem, und wenn sein Interesse nicht verlischt, wird er die Stütze meines Alters sein und die Basis meiner Unternehmung.«

Endlich war wieder jemand im Haus, mit dem sie sich austauschen konnte, der sie befragte, wie sie über die neuen Unruhen in Paris dächte, über Kriege, über Soldaten und die Gefahren der Feldzüge, über den Anspruch des Lebens eines jeden und über

Unrecht und Macht. Peter war wie dazumal Clements, eine junge Seele, unverdorben und frisch dem Eigentlichen im Leben zugewandt. Oftmals saßen sie im Comptoir, ihrer beider Köpfe über die Bücher gebeugt, und wenn der Tag lang gewesen war und ihre Kräfte nachließen, konnte es sein, dass sich Clementine der Erinnerung hingab, sich vorstellte, sie säße wieder in der Kirche von Jever auf der Empore, neben Clements, der sich über die Orgeltasten beugte, und manchmal verspürte sie Lust, diesen Kopf zu streicheln.

Wenn sie in ihrem Bett lag, dachte sie über solcherart Gefühlsregungen nach, versuchte herauszufinden, warum ihre Gedanken trotz allen sonstigen Gelingens in ihrem Leben immer noch mit jenem Geliebten ihrer Mädchentage verknüpft zu sein schienen.

Derweil führte der Winter sein Regiment so streng, dass die Wölfe sich bis zu den Ställen der Bauern schlichen, um dort an den Schafen oder den Kälbern ihren Hunger zu stillen. Das Eis auf dem Rhein war auf eine Stärke angefroren, die zum Spaziergang einlud, und so war auch Clementine eines Sonntags in der Menge unterwegs zum Deutzer Ufer. Aber ausgerechnet zu dieser Zeit geriet von einer Sekunde zur anderen die Eisdecke in Bewegung, sodass sämtliche darauf befindlichen Menschen in großer Angst umherliefen und schließlich mit letzter Kraft ans Kölner Ufer zurückkamen, wo viele der Frauenzimmer und Kinder von den Matrosen die steile Werft hinaufgezogen werden mussten. Clementine hatte in all diesem Geschehen versucht, die Ruhe zu bewahren, erst als sie bemerkte, wie drei junge Menschen in blinder Furcht geradewegs auf die offene Lücke zurannten, rief sie ihnen ein verzweifeltes »Halten Sie an!« zu, jedoch nur zwei drehten sich zu ihr um und retteten damit ihr Leben. Der Dritte stürzte geradewegs auf den Rand zu, fiel hinein und war augenblicklich unter dem Eise verschwunden. Clementine schrie um Hilfe, jedoch schüttelten die Matrosen ihre Köpfe, und so kletterte sie schließlich verzweifelt an der Uferwand hoch, zerriss sich ihr Habit und rannte zum Dom, um eine Kerze anzuzünden für den unbekannten Ertrinkenden, dessen hochgestreckte Hand sie vielleicht doch noch hätte halten können. Hatte sie versagt?

»Gewiss nicht«, sagte Isenkrahe später, »Sie hätten ihm nicht helfen können, ohne selbst dabei unterzugehen, weil Ertrinkende mit aller Gewalt ziehen und zerren und genügend Menschen schon bei derartigen Hilfestellungen ums Leben gekommen sind. Also liebe Schwester, beruhigen Sie Ihr Gewissen, es trifft Sie keine Schuld, und ich bin froh, dass Sie unbeschadet wieder an Land getreten sind.«

Kurze Zeit später waren die Menschen erneut unterwegs von Köln nach Deutz und von Deutz nach Köln, hinwegschreitend über den Körper des Toten, diesen jungen Menschen, der noch am Morgen erwacht war, mit Freude den Tag begonnen hatte, nicht ahnend, dass dies sein letztes Erwachen auf Erden gewesen sein sollte. Clementine wurde nicht mehr froh an diesem ersten Sonntag im Februar. Nach der Nacht mit den tiefsten Werten von siebzehn Grad minus waren auch morgens noch dicke Eisblumen an den Fenstern, und auf der Straße knirschte das Eis auf den Pfützen unter den Rädern der Fischkarren und unter jedes Menschen Fuß, der sich in die Kälte hinauswagte.

Dahinein klang es wie ein Paukenschlag: Das festordnende Komitee hat sich aufgelöst! Clementine las diese Meldung mit einer Mischung aus Bedauern und Freude. Zum einen hatte sie geglaubt, sich in der Regelmäßigkeit des jährlichen Treibens dieser Stadt bereits wohlzufühlen, zum anderen aber spürte sie, dass jeder Wechsel ein Gutes haben konnte, wenn man sein Herz für Überraschungen und mögliche Veränderungen offen ließ. Frau Wittgenstein allerdings, die einige Tage später ein Geburtstagsgeschenk erwerben wollte, nannte es die Antwort auf des Königs Sturköpfigkeit, die ohne Gefühl sei für den Frohsinn, der in dieser Stadt Tradition habe. Diesen Schritt habe man schweren Herzens unternehmen müssen, bevor das Ganze eskaliere und der Rosenmontagszug von allerhöchster Stelle verboten werde. So bedauerlich das auch wäre, vor allem für ihren Ehegemahl, der sich ja, wie Clementine sicherlich wisse, mit Herz und Seele und mit all seiner Kraft für den Fortbestand dieser kölnischen Geschichte eingesetzt hatte, war es immer noch besser, als zu warten, bis ein preußischer König sein Urteil sprach.

Am darauffolgenden Tag war kein Wort über den Karneval zu lesen gewesen, dafür aber die erfreuliche Meldung, dass sich die Bevölkerung der Stadt im letzten Jahre um achthundertneun Menschen vermehrt hatte und gemeinsam mit dem Garnisonsstandort Deutz auf die stattliche Zahl von 65.441 Personen kam, das Militär eingerechnet, und dieses Wachstum war nicht nur durch die Menschen entstanden, die wie Clementine selbst hier Wohnung nahmen und ansässig wurden, sondern auch weil die Zahl der neugeborenen Kinder die der Toten um vierhundert überstiegen hatte. Vor allem dies stimmte Clementine froh, denn wenn die Stadt mit Kindern gesegnet war, stand sie unter dem Schutz des Himmels, so jedenfalls hatte Hildegard es damals ausgedrückt, und Ludwig, der aus einer großen Familie stammte, hatte Kinder den Reichtum der Menschheit genannt.

Hin und wieder überstieg Peters Begeisterung für alles Neue Clementines Vorstellungskraft.

Eines Morgens kam er mit der Nachricht, dass es bald eine andere Art von Übermittlung geben werde, eine Kunst, sich ohne Boten und Briefsendung und auch ohne persönliche Zusammenkunft mit einem anderen in einer Entfernung von tausend bis fünftausend Schritten zu verständigen. Clementine schüttelte den Kopf.

»Wer soll denn solch eine Lautstärke mit seiner Stimme erreichen können?«, fragte sie, aber Peter hatte die Erklärung parat: »Es geht auf andere Weise, eine Besonderheit, eine neue Erfindung.«

Wie sollte so etwas möglich sein? Dass es für Briefe und Pakete schnellere Möglichkeiten der Versendung gab als die Postkutsche, dass eine direkte Schifffahrtslinie bis London fuhr, das konnte sie sich vorstellen, aber so etwas?

»Das ist«, rief Peter, »wie ein unsichtbares Band, welches sich knüpft und dann wieselschnell über Straßen und Gassen und durch Mauern und Türen hindurchläuft.« Auch wenn manches über ihr eigenes Einbildungsvermögen hinausging, Peters Freude an jeder neuen Erfindung gab ihr die Kraft und den Mut des Anfangs zurück. Sein Einfluss und seine Offenheit für neue Erkenntnisse führten dazu, dass Clementine nach einer Weile einen weiteren Destillierkessel kaufte, der mit und auch ohne Wasserbad zu benutzen war, dazu ein Kühlfass sowie weitere neuartige Gerätschaften.

»Er ist mir tatsächlich fast wie ein Sohn«, sagte sie, als Juliane, die im Bergischen Land gewesen war, auf dem Gutshof, wo ihr Heinrich noch immer in Lohn stand, wiederkam. Sie wirkte nicht so froh, wie sie hätte sein können, nach dem Treffen mit dem Herzensgeliebten.

»Mir wird die Zeit zu lang«, sagte sie, »die Zeit, die es noch braucht. Die Mutter ist von Tag zu Tag trauriger, sie schimpft vom Morgen bis zum Abend über dieses Leben, das ihr nur Unbill geboten hätte. Keinen Mann im Haus zu haben, werde ihr auf lange Sicht zu einer unerträglichen Plage. Es ist wirklich zu wünschen, dass Heinrich sich bald als ein guter Schwiegersohn präsentiert.«

»Du darfst dabei nicht vor allem die Zufriedenheit deiner Mutter im Kopf haben«, antwortete Clementine. »Es geht nicht um einen guten Schwiegersohn, sondern um deinen Ehemann, mit dem du zusammenleben und vielleicht Kinder haben und glücklich sein willst. Wenn du wieder hinausfährst, um Heinrich zu sehen, dann frage ihn, wann er heimzukommen gedenkt und wann die Hochzeit sein soll.«

»Kann denn ich, ein dummes Mädchen, einem Mann eine solche Frage stellen?«, fragte Juliane, und Clementine nickte und ging wieder an die Arbeit.

Mit Erstaunen bemerkte Clementine, dass die Franzosenzeit nicht nur in den Hausnummern und in mancherlei Verwaltungsnormen erhalten geblieben war. Nachdem der Aufruhr jener Jahre lange unter den Teppich der Geschichte gekehrt war, schien Napoleon plötzlich wieder zu einer strahlenden Lichtgestalt aufzusteigen, und vermutlich kam es den Menschen jetzt vor, als wäre er doch ein bewundernswerter Zeitgenosse gewesen. Anders war es nicht zu erklären, dass nicht nur Bücher über die Hintergründe seines Lebens oder die wahre Geschichte seiner Kriegspläne auf den Markt kamen, sondern auch andere Kuriositäten. So wurde die kleine Tochter eines ehemaligen Soldaten als außerordentliche Naturerscheinung präsentiert. Fünf Jahre alt war das Mädchen, und sein Vater, Herr Louis, versicherte, dass in den Augen dieses Kindes eine deutliche Schrift zu lesen sei. Nämlich in dem einen Augapfel stehe »Napoléon Empereur«, in dem anderen »Empereur Napoléon«.

»Das möchte ich mir ansehen«, rief Peter Schaeben, und Clementine gab ihm einen kleinen Obolus, mit dem er strahlend zum Heumarkt abzog, wo das Kind bei Herrn Richartz zu besichtigen sein sollte. Das Dienstmädchen hatte frei, und auch Juliane war nach Hause gegangen. Clementine setzte sich an den Tisch und goss sich ein Glas Wein ein.

Sie hatte alles, was nötig war im Leben, und doch schien es, als ob sich dann und wann eine kleine Unerfülltheit ins Herz hineinschlich, die das Sonnenlicht für einige Sekunden verschleierte. Clementine stand auf und sah zum Fenster hinaus. Und plötzlich war wieder diese eine Frage im Raum, die Frage, auf die es keine Antwort gab. Warum hatte sie sich nicht für Clements entschieden, damals in Tirlemont, als er morgens zur Tür hineingepoltert war, in die kleine Kammer, in der sie für eine Nacht oder zwei, so lange, bis die neue Achse eingebaut sein würde an der Kutsche, Wohnung bezogen hatte. Danach hatte sie nach Brüssel weiterfahren wollen, zu den Karmeliterinnen, dort wieder als Nonne hinter Klostermauern beten und dienen ... Trotz der Sonne, die am Morgen so freundlich durchs Fenster geblickt hatte, war sie zitternd vor Kälte erwacht, und das war vielleicht schon die Angst gewesen, die ihren Anlauf nahm, weil sie wusste, was die folgenden Stunden im Gepäck tragen würden. Sie hatte gerade die Haube in der Hand gehalten, als es an der Tür klopfte, und ehe sie noch etwas hatte sagen können, war der Griff niedergedrückt worden, und dann hatte Clements vor ihr gestanden, hatte sie in seine Arme genommen und so heftig geküsst wie damals in der Sakristei in Jever. »Wilhelmine«, hatte er in ihr Ohr gemurmelt, »Wilhelmine, meine geliebte Wilhelmine.«

Sie hätte ihn gleich von sich stoßen müssen, sie hätte ihn nicht an sich heranlassen dürfen, vor allem hätte sie nicht zulassen dürfen, dass sich seine Lippen auf ihre legten, sein Körper sich gegen ihren presste. Aber war es nicht genau das gewesen, wovon sie in so vielen Nächten geträumt hatte und noch immer träumte?

»Komm mit mir«, hatte er gesagt, »ich habe auf dich gewartet. Die Klöster sind längst Vergangenheit, und auch dein Gelübde ist nicht mehr bindend. Lege dein Gewand ab und werde meine Frau. Unsere Liebe hat tiefe Wurzeln, du wirst sie niemals ausreißen können, du kannst sie abschneiden, so oft du willst, sie wird immer wieder wachsen.« Bei dieser Erinnerung begann Clementine erneut zu zittern, genau wie dort in Tirlemont, wo Clements seinen Rock ausgezogen hatte, ihn um ihre Schultern gehängt und sich danach neben sie aufs Bett gesetzt, seine Arme um sie gelegt und erzählt hatte, wie er in Amerika versucht hatte, sie zu vergessen, und doch wieder zurückgekommen war, weil er ohne sie nicht leben konnte. Deshalb sei er nach Brüssel gezogen, in ihre Stadt, mit der Hoffnung, auch sie werde eines Tages dorthin zurückkehren. Und immer habe er erwartet, sie aus einem Haus oder einer Kirche treten zu sehen. Er habe ein Kontor eröffnet und betreibe einen gut gehenden Handel mit feinen Stoffen und Bändern, all dem, was schöne Frauen für ihr Wohlbefinden brauchten. Er hatte gelacht und sie wieder fest an sich gedrückt. »Nur du fehlst mir zu meinem ganzen Glück.«

Von seiner Schwester Magdalena habe er erfahren, dass sie auf dem Weg nach Brüssel sei, und nun wolle er sie abholen, in sein Haus, damit sie sich erholen könne und die Entscheidung treffen, die ihnen beiden doch so sehr am Herzen liege.

»Werde meine Frau, Wilhelmine«, hatte er gesagt, »ich möchte endlich zufrieden sein in meinem Herzen, möchte meine Sehnsucht nach dir stillen und dich an meiner Seite haben für die Zeit unseres Lebens.«

Warum hatte sie nicht ja gesagt, warum war sie seinem Wunsch nicht gefolgt, seinem Wunsch, der doch auch ihrer gewesen war? Stattdessen hatte sie geflüstert, sie behalte ihn in ihrem Herzen, aber sie habe ein Gelübde abgelegt, darin die Keuschheit enthalten sei, die Armut und der Gehorsam. »Meinen Leib kann ich dir niemals hingeben«, hatte sie gesagt, obwohl doch ihr Leib nach ihm geschrien hatte, »und aus dem Gehorsam heraus werde ich mich immer als Braut Gottes fühlen. Geh zurück nach Brüssel, Clements«, hatte sie geflüstert, »Gott segne dich. Nimm dir eine Frau und liebe sie. Und lass mir nur einen kleinen Winkel in deinem Herzen. Leb wohl, Clements, lass mich jetzt bitte allein.«

»Warum?«, hatte Clements gerufen. »Wilhelmine, warum?«

Das fragte sich Clementine jetzt auch. Warum hatte sie sich nicht für ihn entschieden, für Clements, den sie nie vergessen hatte und nie vergessen wollte? Warum hatte sie ihn fortgeschickt, weg von ihr in die Arme einer anderen?

Clementine hob das Glas an den Mund und schüttete seinen Inhalt schnell und fast gierig in sich hinein. Unten ging die Türglocke, jetzt schon zum zweiten Mal. Es wird ein später Kunde sein oder Isenkrahe, der ein Schwätzchen halten möchte, dachte Clementine. Sie ging hinunter durch den Verkaufsraum zur Tür und öffnete. Ein Mann stand vor ihr, den Hut ins Gesicht gezogen, die Hände in den Jackentaschen.

»Wer sind Sie?«, fragte Clementine. »Und welches ist Ihr Begehr?«

Er hob den Kopf und sah ihr ins Gesicht. Da ließ sie ihn ins Haus hinein. Als sie die Tür wieder geschlossen hatte, nahm der Mann die Hände aus der Tasche und den Hut vom Kopf und sah sie fragend an.

»Willst du etwas trinken oder essen?«, fragte Clementine.

Der Mann nickte, und schließlich ging er mit schweren Schritten die Treppe hoch, setzte sich an den Esstisch und starrte vor sich hin.

Es war Johann, und es kam Clementine so vor, als erlebte sie diese Szene nun zum zweiten Mal in ihrem Leben.

»Wo kommst du her«, fragte sie ihn, »und warum hast du dich nicht gemeldet?«

»Ich habe sie gestoßen, damals, ich habe sie ins Wasser gestoßen. Ich habe es niemandem sagen können, nur Sie sollen es wissen, nur Sie, aber niemand sonst.«

Clementine stockte der Atem. Das hatte sie nicht für möglich gehalten. Damals, als er sich aus Angst versteckt hatte, damals, als sie sich für ihn eingesetzt hatte im guten Glauben an seine Ehrlichkeit, im Glauben an die Wahrheit jener Geschichte, die er damals erzählt hatte, ebenso zitternd und atemlos.

»Erzähle mir alles«, sagte sie so unbeteiligt wie möglich, »von vorne und in wirklicher Wahrhaftigkeit.«

»An diesem Rosenmontag, also die Frau zwinkerte mir zu, und ich war sehr stolz darauf, dass eine so elegante Dame mich wollte. Ich bin mit ihr gegangen, in ihr Haus, sie hat mich auf ihr Bett gezogen, und ich habe mit ihr … Es war wunderbar, danach hat sie mir Wein angeboten, und dann hat sie mich gefragt, ob ich ihr eine kleine Gefälligkeit erweisen kann, dann könnten wir noch öfter in dieser Weise … Ich war ganz gierig darauf, sie noch einmal zu besitzen, und versprach ihr alles. Ich schlich zurück, ich wusste ja, dass Sie auch unterwegs waren, und so war ich unbeobachtet und suchte nach dem Geheimrezept, das ich noch nie gesehen hatte, aber ich fand es nicht, und als ich hinausging, stand die Frau schon da, sagte ›He, wo ist das Schriftstück?‹, und ich sagte: ›Gleich gebe ich es Ihnen, aber zuerst gehen wir zurück zu Ihrem Haus, erst dort werde ich es Ihnen aushändigen.‹ Als wir am Rhein ankamen, blieb sie stehen. Ich sah ihr in die Augen und zog sie zu mir hin. Ich wollte sie an mich drücken. ›Wo ist das Papier?‹, fragte sie. Ich hatte mir eine Banderole eingesteckt, die hielt ich ihr vors Gesicht, sie griff danach und lachte. ›Ha!‹, rief sie. ›Und jetzt mach dich aus dem Staube, du armseliger Tölpel, oder hast du wirklich gemeint, ich würde mit einem wie dir ohne Not zusammen sein wollen? Ich habe, was ich wollte, und jetzt verschwinde aus meinem Leben!‹ In diesem Moment hat die Wut in mir gesiegt und meinen Verstand zum Schweigen gebracht, ich habe sie noch einmal an mich gerissen, aber sie stieß mich von sich, lachte und spuckte aus vor mir. ›Tölpel und Verräter an deiner Herrin!‹, rief sie, ›Was bist du für ein armseliger Trottel, und ein schändlicher dazu! Pfui!‹ … Da habe ich sie von mir gestoßen. Ich wollte sie einfach zum Schweigen bringen, und dann war es auf einmal ganz still. Und das ist die wahre Geschichte.«

Clementine schluckte. Sie versuchte, den inneren Aufruhr in Schach zu halten.

»Johann«, flüsterte sie, »du musst dich der Polizei stellen und bereit sein, die Strafe dafür anzunehmen, wenn es denn so war, dass du nicht aus Notwehr gehandelt hast.«

»Nein, ich will nicht ins Gefängnis, bitte verraten Sie mich nicht, ich komme nur, um mich zu wärmen, zu stärken, dann laufe ich weiter in der Welt herum, und die Peitsche, die mich treibt, ist mein Gewissen, meine Schuld.«

Er begann zu weinen. Sie ließ ihn über Nacht im Haus. Unten im Keller legte er sich auf eine Decke gleich neben den Destillierofen, den er so liebte. Clementine blieb in dieser Nacht wach. Ihn nicht verraten, wie sollte das gehen? Er hatte einen Menschen umgebracht, und sie wusste davon, sie wurde selbst schuldig, wenn sie ihn schützte. Und wenn er ihr Sohn wäre? Würde sie ihn dann den Henkern ausliefern? Oder würde sie, wenn sie seine Mutter wäre, nicht alles tun, um ihn am Leben zu erhalten?

Um Mitternacht ging sie hinunter, setzte sich auf die unterste Stufe und beschwor ihn, seinen himmlischen Frieden mit dieser ungesühnten Schuld nicht in Gefahr zu bringen, jedoch Johann schwieg. Als es hell wurde, packte er sein Bündel und wollte an ihr vorbei wieder hinaus. Clementine stellte sich ihm in den Weg, hielt die Tür verschlossen und wollte ihn mit ihren Worten bezwingen, jedoch kam plötzlich ein gefährlicher Ausdruck in Johanns Augen, seine Stimme erhob sich zum lauten Stakkato, und seine rechte Hand zog eine Pistole aus der Jackentasche, die er ihr vor die Brust hielt. »Gehen Sie mir aus dem Weg!«, schrie er. »Sie sind nicht besser als andere, eine Heuchlerin werden Sie genannt. Sie können mir keine Vorschriften über Gut oder Böse machen. Zu viel haben Sie selbst an Sünde und Fehlern unter die Erde geschaufelt. Also verschwinden Sie und lassen Sie mich fortziehen, zwingen Sie mich nicht, mir meinen Weg erkämpfen zu müssen.«

Clementine war zurückgewichen. Als er an ihr vorbeiging, blieb er kurz stehen und zischte in ihr Ohr: »Wehe, Sie erzählen einem davon.«

Clementine flüsterte: »Johann, Junge, du machst einen großen Fehler.« Dann hatte sie leise die Tür geschlossen.

Ein Mörder unter meinem Dach, dachte sie, und wenn er demnächst wieder voller Wut ist und sich ungerecht behandelt fühlt, wird er gewiss wieder die Macht in sich spüren und den Willen, jenen anderen, der ihm nicht nach dem Munde redet, zum Schweigen zu bringen. Demnächst vielleicht wirklich mich. Und auch er hatte sie Heuchlerin genannt, das Wort, von dem sie geglaubt hatte, es wäre für immer begraben, nun war es wiederauferstanden und würde sich nicht verscheuchen lassen.

Als Peter am nächsten Morgen ins Haus kam, war von jenem nächtlichen Gast nichts mehr zu spüren. Die Decke hatte Johann mitgenommen, nichts zeugte mehr von seiner Anwesenheit. Das Glas und den Teller hatte Clementine selbst gespült, damit am nächsten Morgen auch das Mädchen keine Fragen stellte. Wie ein Spuk war er am Abend erschienen, die Drohung während der Nachtstunden an der Tür, die Pistole in seiner Hand, Carlos' Pistole, die er ihm abgenommen hatte. So war doch ein Fünkchen Wahrheit in den Worten von Luca Farina gewesen.

Der Erzbischof hatte zur Linderung seiner Beschwerden um Essenzen gebeten, und Clementine war seinem Wunsch unverzüglich nachgekommen. Wieder lud er sie zum Tee an den Kamin. »Auf ein Viertelstündchen«, wie er sagte, und währenddessen versuchte Clementine eine Antwort zu erhalten auf das, was sie bewegte.

»Hochwürden«, begann sie, »verehrter Graf Spiegel. Was würden Sie tun, wenn Ihnen etwas zu Ohren käme, von dem Sie wüssten, dass es verabscheuungswürdig ist, und von dem Sie dennoch keinem berichten dürften. Würden Sie schweigen?«

»Gewisslich«, sagte Graf Spiegel, »denn solcherart Dinge werden der Geistlichkeit ziemlich häufig zugemutet, und immer muss der Beichtvater sich verschließen. Das ist eine große Last, die ein Pfarrer zu tragen hat, glauben Sie mir.«

»Aber«, flüsterte Clementine, »ich bin kein Pfarrer, sondern eine einfache Klosterfrau, und für mich ist die Last eine Bürde, die mich niederdrückt, da ich nicht weiß, ob ich mich schuldig mache, wenn ich dem entspreche, was mir zugemutet wurde, nämlich keiner Menschenseele von dem Geständnis zu erzählen.«

»Dann tun Sie es auch nicht«, sagte der Erzbischof. »Wenn Sie wollen, nehme ich das hier jetzt als Ihre Beichte und gebe Ihnen die Absolution im Namen des Vaters und des Sohnes und des Heiligen Geistes, amen.«

Clementine faltete die Hände und kniete nieder. Als der Geistliche seine Hand auf ihren Kopf legte, sie segnete und leise sagte: »Maria Clementine Martin, du bist ohne Sünde. Gehe hin im Frieden des Herrn«, da fühlte sie sich geborgen und sicher, und auch auf dem Heimweg blieb ihr die Leichtigkeit, die sie seit ihren Kindertagen nach solchen Beichtgängen gespürt hatte. Dennoch wusste sie, wie schnell die Schwere zurückkehrte mit allem Ballast, und auch die vergangene Schuld kroch mit der Zeit wieder hinauf ins Bewusstsein, wo sie sich in ihrer furchterregenden Größe erhob und die Freude verdeckte.

Mit dem Depot in Berlin war eine Welle von Aufträgen hereingekommen, und wenn diese Waren auch dort nur in Kommission verweilten, war Clementine doch sicher, dass gerade Berlin sich besonders für die Umsatzerweiterung eignen würde. Die Geschäfte liefen außerordentlich gut, Clementine hätte sich endlich einmal zurücklehnen können, um dem emsigen Tun der fleißigen Gehilfen zuzuschauen, aber schon war sie wieder durch die Anzeige eines Konkurrenten aufgeschreckt worden, der sein Kölnisch Wasser im Dutzend für einen Taler und fünfundzwanzig Silbergroschen anbot und damit weit unter ihren eigenen Preisvorstellungen blieb.

»Wir halten unseren Preis«, meinte Peter. »Unsere Produkte sind voller wertvoller Ingredienzien, das macht sie teurer in der Herstellung, und so ist es nicht mehr als recht und billig, sie auch zu dem gut auskalkulierten Preis zu verkaufen.«

»Man darf den Markt nicht aus den Augen verlieren«, sagte Clementine und setzte eine Anzeige in die Zeitung, die geeignet sein würde, den Kundenstamm bei Laune zu halten.

»Eau de Cologne Fabrikat
Um jedem, ohne Unterschied des Standes, die Anschaffung des so heilsamen Kölnischen Wassers (2ter Qualität) zu erleichtern, habe ich mich entschlossen, die einzelne Flasche zu 5 Sgr. und das Dutzend Flaschen im Kistchen verpackt zu 2 Thl. abzusetzen, welches auf mehrfache Anfragen hiermit anzuzeigen die Ehre hat
Clementine Martin, Klosterfrau, Am Domhof 19«

Drei Tage vor Heiligabend gab es im Horst'schen Saal am Domhof ein Konzert. Zu hören war »Die Schöpfung«, ein Werk des Komponisten Haydn, eine Musik, von der Clementine über alle Ängste hinweg in eine leuchtende Welt des ewigen Friedens getragen wurde, Melodien, die sie über die Feiertage im Ohr behielt und deren Klänge auch noch bis Silvester reichten, bis die Böllerschüsse die Ankunft des neuen Gouverneurs ankündeten. Clementine hatte sich unter die Bürger gemischt, von denen sich etliche drängelten, den Wagen des Prinzen ziehen zu dürfen. Der Domkran strahlte in einem Karfunkelfeuer, und alles jubelte laut: »Salve!«

»Wenn man sieht«, sagte Isenkrahe, »wie die Häuser sich schmücken, wie die Beleuchtung erstrahlt, wie die Brücke glänzt und sich jeder müht, sein Scherflein beizusteuern, damit die Hochwohlgeborenen einen guten Eindruck von der Stadt und von den Bürgern bekommen… dann aber, bei der Kirchenkollekte für den Dom, haben sie nur Pfennige übrig, und bei der Haussammlung hielt manch einer die Tür verschlossen. So werden wir unseren Dom niemals fertigstellen. Es ist eine Schande, dass die Menschen ihr Vermögen für Nichtsnutzigkeiten verschleudern und nicht für das einzig Wichtige in dieser Stadt.« Immerhin hatte der neue Gouverneur dem Oberbürgermeister tausend Taler für die Armen gegeben. Hätten jedoch nicht die wohlhabenden Bürger statt des großen Festes im Schauspielhaus zu Ehren des Gouverneurs eher für die Armen spenden sollen?

In den ersten Tagen des neuen Jahres kam das Ehepaar Dupont nach Köln, diesmal gemeinsam mit einer Brüsseler Freundin, die sich freute, Clementine kennenzulernen.

»Ich bin begeistert von Ihren Essenzen, vom Duft Ihres Eau de Cologne, jedoch nun, nachdem ich Ihnen persönlich gegenüberstehe, bin ich berührt von Ihrer Person, die so gar nichts von Zurückgezogenheit und Geheimniskrämerei um sich hat, sondern ein fröhliches, lebenszugewandtes und offenes Wesen. Ich heiße übrigens Bella, und beim nächsten Male werde ich meinen Ehemann mitbringen, damit er weiß, warum ich den Waschtisch in meinem Boudoir sozusagen mit Ihnen bestellt habe.« Als sie sich verabschiedete, bedankte sich Clementine für das Wohlwollen, das ihr entgegengebracht worden war. Bella lachte und ging mit den Duponts winkend zur Tür hinaus, wie eine gute Freundin.

Diesmal geriet das Karnevalsfest bei schönstem Wetter zu einem solch prachtvollen Umzug, als wollte man dem Prinzen und seiner Familie einen unvergesslichen Einstieg in die Kölner Lebensart vermitteln, dennoch konnte bei all diesem sorglosen Denken nicht verhindert werden, dass sich in Clementines Herz an diesem Tag erneut die Erinnerung einschlich an jenen Rosenmontagabend, an dem Anna Farina sterben musste, wegen ihrer Machtgelüste zwar, aber auch durch die Hand ihres Gehilfen Johann, der sich nicht mehr hatte blicken lassen seit dem Geständnis an jenem Abend, sodass Sie erneut daran dachte, womöglich doch eine Anzeige zu erstatten, damit diese schreckliche Tat nicht lebenslang ungesühnt bleibe.

Irgendwo im Osten war die Cholera ausgebrochen, aber das schien die Bürger von Köln zunächst nur am Rande zu interessieren. Wichtiger war ihnen, dass die Bevölkerung sich im letzten Jahr um fast dreieinhalbtausend Seelen vermehrt hatte und dass der Prinz sich wohlfühlte, Schiffsfahrten bis Rolandseck unternahm und der Stadt sozusagen einen höfischen Rahmen setzte. Selbst als die Zeitung täglich über die Krankheit berichtete und die Seuche bereits Polen erreicht hatte, blieb das Interesse gering. Nur Clementine hatte wieder einen neuen Grund, sich aufzuregen.

»Es ist mir gelungen, durch eine Auswahl vorzüglicher Ingredienzien einen doppelt zusammengesetzten Melissengeist zu bereiten, welcher, wie ich mir schmeicheln darf, alle anderen derartigen Destillate weit hinter sich zurücklässt, und ich bin imstande, dies durch sachkundige Atteste zu bekräftigen und zu bewahrheiten. C.M. Rueb
Der Verkauf ist in Köln bei H.J. Wolff unter Kästner 14 und kostet die Flasche 12 Sgr.«

Clementine warf die Zeitung zu Boden. Eine Beleidigung war das, eine boshafte Lüge und eine Sünde an der hohen Kunst der Destillation. Wie konnte derjenige so etwas behaupten? Sie rief nach Peter.

»Hier«, sagte sie, »lies das, was hältst du davon?«

»Dagegen müssen wir uns wehren, aber behutsam, nicht von einem Tag auf den anderen, aber doch baldigst, damit nicht die verehrte Kundschaft in die Irre läuft.«

»Geh dorthin«, sagte Clementine, »du hast noch keine Bekanntheit in der Stadt, zumindest nicht als mein Gehilfe. Geh dorthin und erwirb eine Flasche, hier, nimm die Groschen und spute dich.«

Als Peter zurückkam und sie den Verschluss der Flasche öffnete, schüttelte sie sich.

»Riech doch«, sagte sie und reichte das Fläschchen an Peter weiter.

»Dies ist nichts weiter als ein paar ätherische Öle mit Alkohol vermischt und einmal geschüttelt. Ein Betrug am verehrten Publikum.« Wieder sah Clementine Annas Schatten länger werden, hörte Lucas scharfe Warnung und blickte in Johanns Pistolenlauf.

»Melissen- und Karmelitergeist
Wenn gewisse dritte Personen durch süß schmeckenden Rhabarber, aromatisch duftende Melissen oder sogenannten Karmelitergeist double et triple auf den Beutel ihrer Mitbürger künstliche Jagd zu machen beabsichtigen, so erkläre ich für meinen Teil, ohne Rückhalt und treu meiner seitherigen schlichten Handlungsweise, dass die seit unvordenklicher Zeit ein Geheimnis sachkundiger Karmeliter-Konventualen gebliebene Fabrikation des sogar bei contagiösen Krankheiten heilsam befundenen Melissengeistes nach wie vor bei mir durchaus echt und unverfälscht erhalten wird, weshalb ich, gestützt auf vorteilhafte Atteste hiesiger und auswärtiger Herren Ärzte, meinen Melissen- oder Karmelitergeist als echt erprobt gefunden, dem hiesigen sowie dem auswärtigen Publikum mit Fug empfehlen darf.
Maria Clementine Martin, Klosterfrau, No. 19 am Dom«

»Das lasse ich morgen drucken und während der nächsten Woche noch ein zweites Mal«, sagte Clementine, »damit diese wichtige Nachricht jedem in der Stadt zur Kenntnis gelangt.«

Die Cholera breitete sich aus, es gab mittlerweile ein Verbot für Wallfahrten, und wenn auch eine Zeit lang der Eindruck herrschte, dass die Seuche in den Ostgebieten festzukleben schien, gab es unvermittelt eine Quarantäne für Hannover und alle aus dem Holsteinischen kommenden Schiffe.

Das führte zu einer ersten Unruhe in der Stadt und zur allgemeinen Beobachtung des eigenen Körpers, ob er nicht womöglich schon Anzeichen trage, die auf den Ausbruch der Krankheit schließen ließen. Zu diesem Zeitpunkt entschloss sich Clementine – trotz Peters Widerspruch – zu einer dem Zeitgeist angepassten Anzeige:

»Es dient zur Nachricht, dass der seit mehreren Jahren von mir verbreitete aromatische Kräuteressig gegen ansteckende Krankheiten wieder vorrätig bei mir ist. Seine Güte wird die beste Empfehlung sein. Das Fläschchen kostet 16 Sgr. Klosterfrau Maria Clementine Martin, No. 19 am Dom«

Trotz dieser Werbung blieb der erwartete Käuferansturm aus. Die Geschäfte liefen dermaßen schlecht, dass Clementine befürchtete, ihrer Mietzahlung nicht nachkommen zu können, dieserhalb einen langen Brief ans Domkapitel schrieb und wegen der erkennbar schwierigen Zeiten um einen Nachlass bat. Die hohe Geistlichkeit allerdings rührte sich zuerst einmal lange nicht und blieb alsdann auch in ihrer Antwort ungerührt und bei der ursprünglichen Mietforderung.

Im August, am Geburtstag des Königs, schien die Stadt endlich aus ihrer Erstarrung zu erwachen. *»Colonia«*, stand in der Zeitung, *»ja rausche jauchzend mit der Freude Lust. Der Freundinnen Wonne teile das Hochgefühl von Millionen treuen Preußen des Königs Gestirn heut aufging.«*

Dem Hochamt im Dom folgte die Parade auf dem Neumarkt, an der auch die Kinder des Gouverneurs, die Prinzen Adalbert und Waldemar und die Prinzessin Elisabeth teilnahmen. Abends fand dann der Ball im Schauspielhaus statt, und für das gemeine Volk gab es ein Feuerwerk.

Die Cholera allerdings ließ sich damit nicht aufhalten, sie marschierte unbeirrt weiter und führte zu einer Vielzahl von Heilsangeboten von eifrigen Gesundheitsaposteln, die aber nicht in jedem Falle seriös genannt werden konnten. Ein Arzt aus Danzig hatte mit der modifizierten Hopeischen Heilmethode zehn von vierzehn infizierten Soldaten heilen können. Das klang jedenfalls beruhigend. Allerdings gab es unterschiedliche Spekulationen über die Ursachen, die zum Ausbruch der Krankheit führten. Die einen meinten bemerkt zu haben, dass die meisten Erkrankungen von Sonntag auf Montag begännen, was an der Unmäßigkeit der Arbeiterklasse während der Feiertage liegen könnte. Andere sahen die Quellen eher im Verzehr unreifen Obstes, verdorbenen Fleisches oder im Missbrauch schlechten Weines. Sich zu schützen schien das eine, sich zu wehren das andere. Ein Geistlicher aus Saratow an der Wolga machte mit seinem Tagebuch auf sich aufmerksam, in dem er Beweise vorführte, nach denen Furchtlosigkeit im Beruf und Vertrauen auf die göttliche Vorsehung nicht nur die kräftigsten Schutzmittel seien, sondern durch Befolgung der auf Erfahrung gegründeten Vorsichtsmaßregeln auch Rettung von der Cholera möglich sei. Überhaupt war die Furchtlosigkeit ein ständiges Thema. Fünf jüngere Ärzte gingen sogar so weit, jede Ansteckungsgefahr zu leugnen. Sie striegelten Erkrankte mit ihren bloßen Händen, impften sich deren Blut und nahmen es sogar als Getränk zu sich. Dass einer von ihnen bereits gestorben war, führten sie nicht auf die Krankheitserreger zurück, sondern ausschließlich auf einen heftigen Wortwechsel im Zusammenwirken mit dem schwächlichen Körper ihres Kollegen. Daraufhin begannen die Ärzte sich gegen das Anlegen von Mänteln und Masken aus Wachstuch zu wehren, und als Präservativ gegen die Choleraübertragung wollten sie lediglich das Waschen der eigenen Hände und das Ausräuchern der Kleider zulassen.

Clementine las all dieses mit einer wachsenden Fassungslosigkeit. Während ihres langen Lebens hatte sie hin und wieder mit Kranken zu tun gehabt, die ein der Cholera ähnliches Krankheitssymptom aufwiesen. Und immer war es ihr durch eine gesunde Abgrenzung gelungen, nicht infiziert zu werden. Dass es einzig und allein die Furcht vor der Krankheit sei, von welcher die Seuche angelockt werde, war schließlich für keinen eine wirkliche Hilfe, und deshalb versuchte Clementine noch einmal mit ihren eigenen Mitteln auf sich aufmerksam zu machen.

> *»Am Domhof 19 ist von mir zu haben der medizinisch chemisch untersuchte echte sogenannte Vinaigre de quatre Voleurs oder Vier-Räuber-Essig.«*

Im September wurden erstmals Beratungsblätter an die Familien verteilt, in denen zwar auch der Überzeugung gehuldigt wurde, dass die Krankheit zunächst für diejenigen lebensgefährlich sein werde, die sie fürchteten, darüber hinaus aber gab man bekannt, dass ein kräftiges Zusammenhalten der Bürgerschaft zum wechselseitigen Beistande in der Not der Krankheit sicherste Schranken setze.

»Das führt zumindest zu einem neuen Gemeinschaftsgefühl«, sagte Esser, »allerdings weiß man nicht, wem man glauben soll: Der eine befiehlt warmes, der andere kaltes Wasser, ein Dritter gar keines, einer sagt, zu schwitzen sei die sicherste Methode, ein anderer empfiehlt, sich der Kälte auszusetzen, die lasse die Keime erfrieren.«

Peter Schaeben lachte nur und glaubte, seine Jugend schütze ihn vor jedem Übel. Ihm gefiel vor allem, dass die Welt trotz der ständigen Bedrohung durch diese oder jene Dinge mit schnellen Schritten weiterlief, und jede Neuheit erregte ihn.

»Es ist eine Dampfeisenbahn von Liverpool nach Manchester gefahren«, rief er eines Morgens, »ist das nicht wunderbar, wenn demnächst vielleicht auch bei uns solch eine Eisenbahn vorüberfährt und unsere Fabrikate schnellstens überall hinführt?« Er war ganz aus dem Häuschen. Unterdessen aber wurde bereits eine neue Beobachtung herumgereicht, wonach die Ursache der Cholera in einer Luftverderbnis zu suchen sei, in einer Veränderung der Erdoberfläche, und dementsprechend könnten auch nur außerordentliche Ereignisse im Inneren der Erde oder in den höheren Luftregionen die Krankheitsquelle zerstören. Hiernach fühlten sich die Menschen endgültig ausgeliefert; aber erst nachdem ein Bonner Kaufmann Körbe zum Ausschwitzen der Krankheit angeboten hatte, gründete die Kölner Obrigkeit eine Centralsanitätskommission, der honorige Mitglieder des Bürgertums angehörten, die sich der Gefahr entgegenstellen wollten.

Während der allgemeinen Unsicherheit hatte die Konkurrenz die Verwirrung genutzt und sich daran begeben, mit dem preußischen Wappen der Klosterfrau recht sorglos auch eigene Fabrikate zu verzieren, in nur wenig und auf den ersten Blick kaum zu unterscheidender Änderung. Da half nur ein sofortiges Einschreiten. Clementine holte die königliche Erlaubnis aus der

Schublade und machte sich auf den Weg zum Rat der Gewerbeverständigen.

»Dieses mein Fabrikzeichen mögen Sie so freundlich sein für mich zu hinterlegen, damit es mich künftig in die Lage versetzt, mich der Betrüger zu erwehren und rechtens gegen unlautere Benutzer anzugehen.«

Darin lag die Kraft der Rechtmäßigkeit, jetzt konnte sie unbesorgt weitere neue Depots einrichten, die Ausweitung ihres Unternehmens vorantreiben, niemand durfte sich ab jetzt ihren Plänen in den Weg stellen. Sie lächelte, und es war so etwas wie Stolz, was sich in ihrem Herzen breitmachte. Alles schien geregelt, die Depots in Berlin, in Bonn und Aachen waren in guten Händen und würden ihren Ruf weit über die Grenzen Kölns hinaustragen helfen. Und um allen jenen, die immer noch meinten, sie betrügen zu können, einschließlich der toten Anna Farina und ihrer Nachkommenschaft, einen Denkzettel zu erteilen, wandte sie sich noch einmal an die Öffentlichkeit.

»Verkauf von Melissengeist und Kölnischem Wasser
Das Königliche Hohe Ministerium des Inneren für Handels- und Gewerbeangelegenheiten hat mittels Resprict vom 14. v. M. mir zu eröffnen geruht, dass von des Königs Majestät mir die Erlaubnis erteilt worden ist, die Étiquetts des von mir fabricierten extraordinären Melissen- und Kölnischen Wassers mit Adler (Wappen) zu bezeichnen. Die Bekanntmachung dieser Gnadenbewilligung durch die öffentlichen Blätter und den Betrieb gedachter Fabrikate in dem Umfange des preußischen Staats im Allgemeinen sei mir unbedenklich gestattet.
Diese hohe Resolution bringe ich hiermit zur Kenntnis des hiesigen und auswärtigen geehrten Publikums und bemerke dabei ergebenst, dass meine Étiquetts nach wie vor mit dem Preußischen Adler resp. Wappen versehen sein werden, um die echten Fabrikate des sogenannten Karmelitergeistes, der nach authentischen Wahrnehmungen aus bloß spekulativen Absichten fälschlich nachgeahmt wird und die Ingredienzien des eigentlichen Karmelitergeistes bei Weitem nicht enthält, so-

gleich würdigen zu können. Die faktische Vergleichung der meinigen mit dem anderweit verbreiteten angeblichen Karmelitergeist zur Verhütung der Cholera Morbus wird der Wahrheit dieser Angabe näher das Wort reden, ohne auf Empfehlungen vorgeschobener Autoritäten zu pochen oder andere, das Tageslicht scheuende Kunstmittel anzuwenden. Zuverlässige gute Ware bedarf keiner oratorischen Anpreisung.
Maria Clementine Martin
Klosterfrau, am Domhofe No. 19 wohnhaft«

»Starkes Geschütz, das Sie da auffahren«, sagte Peter lachend, aber voller Hochachtung.

Clementine sah ihn an. »Ich bin, wie du weißt, die Tochter eines Soldaten und fürchte mich vor nichts und niemandem. Glaube mir, manchmal muss man sich hart zur Wehr setzen, und in diesem Bereich gilt keine duckmäuserische Kratzfüßigkeit. Merke dir für dein Leben: Du musst nicht immer leise sein, aber doch immer ehrlich und wahrhaftig.«

Großartig gewählte Worte, aber hatte sie wirklich immer selbst nach diesem Grundsatz gelebt? Mit müden Schritten ging Clementine zum Ofen. Seit Kurzem fühlte sie oft eine Schwäche, welche sich an manchen Tagen auf ihre Schultern zu legen pflegte wie ein Sack Rüben, der sie bereits beim ersten Gebet in Maria im Pesch erschöpft aufseufzen ließ, sodass sie manchmal einfach in der Bank sitzen blieb, weil sie nicht wusste, wie sie die Mühe der weiteren Stunden würde ertragen können.

Eines Morgens erwachte sie mit Fieber und konnte das Bett nicht verlassen. Peter holte den Arzt, und der diagnostizierte eine komische Krankheit, die vielleicht von einem vergifteten Fleisch herrühren könnte, ein Leiden, wie es bereits mehrfach in der Stadt gesichtet wurde. Man müsse abwarten, was sich daraus entwickele.

»Cholera?«, fragte Clementine.

Der Arzt schüttelte den Kopf.

»Danach sieht es nicht aus«, sagte er, »aber ich werde gleich mit meinem Kollegen Dieffenbach darüber debattieren. Er weilt in Köln und besucht ausgewählte Ärzte und auch mich, um uns von seinen Erfahrungen bei einem neuen Verfahren in der operativen Chirurgie zu berichten. Ich komme morgen wieder.«

Clementine verschlief die Tage. Es war, als läge sie in einem Dämmerzustand, vielleicht eine Notwendigkeit, wie der Doktor meinte, damit ihr Körper wieder zu Kräften käme.

Manchmal trat Peter an ihr Bett, brachte einen Kräutertee und versuchte, ihr mit den Geschichten über das Leben in der Stadt ein Lächeln zu entlocken.

»Die Witwe Zanoli verkauft jetzt kein Kölnisch Wasser mehr, dafür aber sämtliche Grundstücke und Güter. Ob sie wohl nach Italien zurückgehen will? In Belgien werden die Eisenbahnschienen quer durchs Land gezogen, aber ob sie bis November fertig sein werden, ist noch nicht sicher. Und der Papst hat dem Domkapitular München den Orden des heiligen Gregorius verliehen. Es gibt jetzt chemische Streichfeuerzeuge mit Zündschaum, schauen Sie, ich habe eines mitgebracht.« Er fuchtelte damit vor ihren Augen herum, aber Clementine blinzelte nur einmal und nickte, dann war sie wieder eingeschlafen.

Peter versuchte sein Bestes, er füllte ab und drehte die Banderolen um die Flaschen, er beriet die Kunden und verkaufte, aber bald wurden die Bestände gering, so begann er zu mischen, zu destillieren. Manchmal zitterten seine Hände vor Aufregung, er hoffte, alles richtig zu machen, und betete stündlich und voller Inbrunst darum, dass die Schwester bald wieder gesund werde.

Langsam kam sie wieder auf die Beine. Es sei eine schwere Influenza, hatte der Doktor schließlich gemeint, und ihr durch die viele Arbeit vermutlich geschwächter Körper habe lange damit zu kämpfen gehabt. Als sie zum ersten Mal hinunterging, hielt sie sich am Treppengeländer fest, weil der Boden unter ihren Füßen zu wanken begann. Von Tag zu Tag aber kam sie mehr und mehr zu Kräften, die Farbe kehrte auf ihre Wangen zurück, und schließlich, als der Herbst mit seinen kühlen Winden den Sommer verjagte, war alles wieder wie vorher. Peter war stolz, das Unternehmen gut geleitet zu haben, dass ihn die Kunden lobten, und Clementine drückte ihm für seine Sorgfalt ein außerordentliches Geldstück in die Hand.

Manchmal dachte Clementine noch daran, zur Polizei zu gehen und Johann anzuzeigen. War der Schutz, den sie ihm mit ihrem Schweigen schenkte, nicht zum Schaden derer, die er vielleicht mit der Pistole bedrohte, verletzte und ausraubte? Aber würde die Polizei ihr überhaupt glauben? Wie sollte sie ihr langes Zögern erklären? Es war dies die tägliche Not, die oftmals am Morgen überwunden werden musste, ehe sie sich aufmachte, ihren Alltag zu beginnen.

Zwar hatte die Cholera während der Weihnachtstage und zum Jahreswechsel nichts von sich hören lassen, danach aber flackerte sie in Halle auf und schließlich in London, und alsbald informierte die Zeitung wieder in alter Manier und akribischer Berichterstattung über Verlauf und Ausweitung der gefürchteten Krankheit. Die Bürger schienen wie gelähmt zu sein, gekauft wurde nur noch das fürs Leben Notwendige, und infolgedessen blieb die Türglocke am Domhof 19 überwiegend stumm. Erst als Clementine ein neuerliches Gutachten des Königlichen Geheimrates und Professors Dr. Harleß erhielt und dieses in der Zeitung veröffentlichte, konnte sie wieder Hoffnung schöpfen.

»Dasselbe Zeugnis einer vorzüglichen und allen billigen Anforderungen entsprechenden Bereitung und ausgezeichneten Qualität des Fabrikates, welches ich bereits früher der ehemaligen Klosterfrau Maria Clementine Martin zu Köln über den von ihr verfertigten doppelten Melissengeist ausgestellt habe, kann ich auch mit vollem Grund dem von ihr seit längerer Zeit mit der größten Sorgfalt bereiteten Kölnischen Wasser geben. Die vorgenommene Prüfung desselben zeigte dieses Fabrikat, welches sich der Approbation Seiner Königl. Majestät zu rühmen hat, sowohl in Hinsicht auf die dazu verwendeten ätherischen Öle und ihre zweckmäßigste Wahl-Mischung als auf die Güte des Weingeistes, als ein ebenso vorzügliches wie durch seine Reinheit und die Annehmlichkeit seines Geruches besonders empfehlungswürdiges.
Bonn, den 21. März 1832
Dr. Harleß, Königl. Geheimrat und Professor«

Der Käuferstrom nahm wieder zu, die Mietzahlungen waren gesichert und auch die Löhne der Angestellten ihres Hauses und die Fabrikation.

Als ob die Cholera nicht genügend Sorgen brachte, gab es nun erneut Unruhen in Paris, und auch in Brüssel trugen sich Dinge zu, die nicht friedlich zu nennen waren, selbst manche Söhne der Kölner Bürgerschaft versuchten sich durch aufrührerische Machenschaften hervorzutun, und damit fügten sie ihren Eltern und deren Ansehen erhebliche Unbill zu.

»Ein jeder Mensch ist eingespannt in seine Epoche wie ein Pferd in der Deichsel der Postkutsche«, sagte Clementine. Aber Peter mit seinem jugendlichen Elan wollte von solchen Festlegungen nichts hören.

»Was heißt hier Postkutsche?«, sagte er. »Es geht doch immer weiter, wir haben die Dampfschiffe und bald die Eisenbahn. In Kürze werden wir nichts mehr von der Bedrängnis einer Deichsel spüren. Schon jetzt gibt es eine Möglichkeit, mit wenig Zeit und ohne Pferde und Kutsche, ja ohne jeglichen Botenlauf uns gegenseitig Botschaften zu übermitteln, denken Sie nur, Schwester Clementine, wie unglaublich diese Station auf dem Pantaleonsturm funktioniert, dieser optische Telegraph, der es möglich machen wird, dass eine Nachricht beispielsweise von Koblenz nach Berlin ohne Kutsche oder Boten in dreißig Stunden bei demjenigen, der sie erhalten soll, ankommt.«

»Wie soll denn so etwas möglich sein, Peter, du bist schon wieder einem Hokuspokus aufgesessen«, sagte Clementine, die sich beim besten Willen keinen Reim auf diese Nachricht machen konnte.

»Doch, doch«, erklärte Peter, »dazwischen liegen einundsechzig Stationen, die von einer zur anderen Sichtverbindung haben und sich mittels besonderer Zeichen verständigen können.«

All das musste doch auch finanziert werden, und wenn der König jetzt bereit war, zu den bereits gespendeten hundertzehntausend Talern weiterhin jährlich zehntausend für den Dombau an die Stadt zu zahlen, dann war es doch nur rechtens, wenn er daran die Bedingung knüpfte, dass auch die Bürger der Stadt diese Summe aufbringen sollten. Aber weder mit der Kathedralsteuer noch mit den außerordentlichen Sammlungen war dieser Betrag bisher einzusammeln gewesen.

»Warum bringt man in Köln nicht erst mal das eine zu Ende, bevor man sich aufmacht, jede neue Technik in die Stadt zu holen?«, fragte Clementine klagend, aber Peter wischte diese Argumentation schnell und ungestüm vom Tisch.

»Und Sie selbst? Warum brachten Sie nicht erst den Melissengeist zum Erfolg und dann das Kölnisch Wasser oder umgekehrt, aber nicht auch noch das Aqua mirabilis, das Kräuterwasser und den Vier-Räuber-Essig?«

Clementine sah ihn erstaunt an. Er hatte recht. Sie lachte und rief:

»Aber jetzt wieder an die Arbeit, ob mit oder ohne Telegraph, wir wohnen neben dem Dom, und das verpflichtet uns, zumindest diese Nachbarschaft erfolgreich zu gestalten.«

Gegen Ende des Jahres war die Cholera bis nach Aachen vorgedrungen, und nun glaubten die meisten Kölner, im nächsten Frühjahr würde sie sicherlich in Köln vor dem Tor stehen und sich die Bürger zum Fraß holen. Jedoch starben die Leute auch ohne Cholera und oftmals so, dass Clementine nicht anders konnte, als den Angehörigen zu Hilfe zu eilen, wie bei Bernadette Crachi, die nun mit zehn unmündigen Kindern allein dastand. Ihr Mann war in Italien gewesen, zur Hochzeit seiner Schwester, und dort am Schlagfluss gestorben. Täglich ging Clementine zu der jungen Witwe, versorgte die Kinder, wärmte die Milch und schnitt das Brot. Manchmal wurde sie von Peter ermahnt, »Verehrte Schwester, Sie gönnen sich wieder keine Pause.« – »Aber ja«, pflegte sie auf solche Reden zu antworten, »was glaubst du, wie beruhigend es morgens in Maria im Pesch ist und mittags in meiner Schlafkammer und am Abend im Dom, wenn ich niederknie und mich in die Liebe Gottes versenke, wenn ich ihm danke und ihn für mich und die anderen bitte, wie gestärkt trete ich danach wieder hervor, bereit, meinen Dienst zu tun, hier bei meiner Fabrikation und dort bei denen, die meiner tätigen Hilfe bedürfen.«

Es schien weiterhin, als hätte die Stadt mit ihren Mauern einen magischen Ring um ihre Bürger legen können, der die Cholera erschreckte und nicht hineinließ. So hatte wieder einmal der Karneval das Sagen mit seinem tiefsinnigen Wahlspruch: »Qual è savio che sa essere matto. Weise ist nur, der's versteht, ein Narr zu sein.«

Und schließlich war die Cholera wirklich abgezogen, ohne in Köln zu Gast gewesen zu sein, und nun, wo sich die Menschen wieder dem Leben und seiner Lust zuwandten, wurde auch die Kauflust neu geboren. Ein Kölnisch Wasser gehörte zum Lebensstil, und der Melissengeist für die kleinen Unpässlichkeiten war genau das, was die Frau Geheimrat, die Frau Kommerzienrat oder die Frau Doktor für sich in Anspruch nehmen wollten. Alles war wieder in Fahrt gekommen, die Telegraphenstationen breiteten sich aus, um jeweils fünfzig zusätzlich je in Köln und Berlin, und wenn auch die Höhenzüge im Land dieser Technik einige Schwierigkeiten bereiteten, gab es gute Gründe, anzunehmen, dass baldigst die erste Telegraphenlinie in Deutschland vollendet werden könnte.

Clementine seufzte, wenn sie die Zeitung gelesen hatte. An jedem Tag war darin so viel enthalten, dass es schien, als könnten diese Berichte ein halbes Jahr füllen. Das Leben lief in neuer Schrittfolge, so eilig, so flink, als hieße es, an jedem Tag ein neues Ziel zu erreichen.

Juliane, die dreimal in der Woche zu Hilfe kam, wartete noch immer auf ihren Verlobten. Die Zeit strich dahin, aber Heinrich hatte stets neue Ausreden für sein Verbleiben auf dem Gutshof. Eines Tages machte sich Juliane auf den Weg ins Bergische Land. Sie bemerkte, dass ihr Herzensgeliebter seltsam verschlossen wirkte und keinerlei Anstalten machte, sie zu umarmen. Lag es an der jungen Frau, die gegenüber am Gartentor lehnte, die Arme verschränkt und den Mund zu einem spöttischen Lächeln verzogen?

Schließlich hatte Juliane einfach ihre Arme um Heinrichs Hals gelegt und ihre Lippen auf seinen Mund und danach mit lauter Stimme gerufen:

»Heinrich ist mein Verlobter, und im nächsten Jahr werden wir heiraten, all das ist längst geplant. Sollte sich eine andere Hoffnung gemacht haben, so ist diese jetzt zerstoben.«

»Danach«, erzählte Juliane am Tage darauf, »ist das Mädchen ins Haus gelaufen, und Heinrich hat ganz dumm dreingeblickt, aber ich bin mit ihm zu seinem Lohnherrn gegangen, und dem hat er gesagt, dass er nur noch bis zum Ende des Jahres im Dienst bleiben wird, weil er im nächsten Jahr Hochzeit macht, mit mir. Ist das nicht wunderbar? Nächstes Jahr ist es endlich so weit.«

Clementine streichelte dem Mädchen über die Hände.

»Ach Juliane, warum sind die Wege der Liebe oftmals mit Steinen belegt, über die man stolpern kann und stürzen und sich das Genick brechen? Wie gut bist du mit allem zurechtgekommen, wie tapfer und mutig hast du gekämpft. Ich freue mich darauf, euch beide im nächsten Jahr als Paar zu begrüßen.«

Clementine hatte schon das Tuch über die Schultern gestreift und die Türklinke in der Hand, da prallte sie unversehens mit einem Herrn zusammen, der offenbar in diesem Augenblick den Eingang zu ihrem Hause hatte betreten wollen.

»Oh«, sagte der Mann, »ich bitte um Verzeihung, ich war zu ungestüm, wollte gerade die Türglocke betätigen und stand gewisslich zu nahe bei der Tür ...«

»Nein, bitte sehr ...«, stotterte Clementine, »welches ist Ihr Begehr?«

»Mein Name ist Delimont. Ich komme geradewegs aus der Universitätsstadt Bonn und melde mich auf Ihre Anfrage für ein Debit daselbst. Mein Kompagnon heißt Römer, und wir residieren in Bonn in den drei Reichskronen. Dort eine Niederlage Ihres wohlbekannten Melissengeistes zu begründen, würde uns ein großes Vergnügen bereiten.«

Er hatte seine Referenzen mitgebracht, und nach nur einer Stunde war Clementine sicher, dass dies der richtige Mann für den Vertrieb ihrer Produkte in Bonn wäre.

So war denn auch eine Woche später in der Zeitung zu lesen:

»Debit von Melissenwasser und Karmelitergeist
Zur Vermeidung der Porto- und Transportkosten habe ich bei dem Herrn Delimont in Bonn in den drei Reichskronen eine Niederlage des echten Melissen- oder Karmelitergeistes eingerichtet, woselbst dieses Fabrikat in gleicher Güte wie bei mir in Köln am Dom No. 19 in den mit dem königlichen Wappen beurkundeten Flaschen jederzeit käuflich zu haben ist.
Maria Clementine Martin, Klosterfrau
No. 19 am Dom zu Köln

Von der Klosterfrau M.C. Martin in Köln haben wir für Bonn die alleinige Niederlage des echten Karmelitergeistes oder Melissenwassers erhalten und verkaufen das Fläschchen nebst Verbrauchzettel à 10 Sgr.
Delimont et Römer in den drei Reichskronen«

Zum Ende des Jahres erregte der Bericht über den Mord an Kaspar Hauser die Gemüter. Dieser junge Mensch war Ende der zwanziger Jahre in Nürnberg aufgetaucht, nachdem er offenbar sechzehn Lebensjahre in völliger Isolation verbracht hatte. Clementine hatte sich damals viele Gedanken über ein solches Schicksal gemacht, und nun war es umso unverständlicher, dass jemand in der Lage sein konnte, eine solche Menschenseele zu töten. Das war traurig, das Furchtbare jedoch kam ihr erst zum Bewusstsein, als sie die Signalemente des Mörders las, denn diejenigen hatten große Ähnlichkeit mit ihrem Gehilfen Johann. Ein weiteres Mal kam ihr zum Bewusstsein, dass sie ihn und seine Tat schon längst hätte melden müssen und dass sie nun mit dem Tod jenes jungen Einsiedlers womöglich eine weitere Schuld auf sich geladen hatte. Das Erschrecken hielt an, selbst als das neue Jahr begann und mit huldvollen Versen in der Zeitung begrüßt worden war.

»Jahre nahten, Jahre schwanden
Schnell wie Wogen fort und fort,

Seit der Bau der Welt erstanden
Auf des Schöpfers Wunderwort.
Und sie brachten Freud und Frieden,
Brachten Trauer und blutgen Zwist.«

Noch niemals bislang hatte sie beim Jahreswechsel solch eine Furcht in sich gespürt. War es wegen der Geschichte mit Johann, die ihr noch immer nachjagte? War es, weil die Fabrikation so gut lief, dass sie manchmal meinte, es brauchte ihres Zutuns nicht mehr zum Erfolg? Oder war es sogar, weil dieses ihr letztes Jahr sein würde? Die Fabrik war gegründet und so verwurzelt, dass sie aus der Kölner Geschäftswelt nicht mehr wegzudenken war. Auch unter den anderen Unternehmern war Clementine eine anerkannte Konkurrentin, etwas, das ihr das Lob vieler wichtiger Leute einbrachte. Dennoch war ihr Mut gesunken, ihre Freude verblasst, gleich einem Bild, das zu lange der Sonne ausgesetzt gewesen ist. War auch sie selbst zu lange auf der Sonnenseite des Lebens gewandelt?

Sie atmete tief durch, und als sie die Bibel aufschlug, war es wieder so wie schon oft: Genau jene Zeile, auf die ihr Blick als Erstes fiel, schien wie vom hohen Himmel herab für sie gesprochen zu sein. *»Lobe den Herrn, meine Seele, und vergiss nicht, was er dir Gutes getan hat.«*

Es war der Psalm gegen die Vergesslichkeit. Alles Gute nahm sie selbstverständlich, und das wenige, über das sie vielleicht jammern könnte, hörte sie nicht auf zu beklagen. Dies wollte sie ändern. Johanns Dasein würde von der Schuld geprägt bleiben und ohne Freude dahingehen, das war als Strafe ausreichend, und die Fabrikation, so gut sie auch zu laufen schien, würde nur so lange erfolgreich bleiben, wie sie selbst sich um gute Qualität bemühte und um das Wohlwollen des Publikums. Letztendlich, was das Alter betraf, so war es doch eher eines besonderen Dankes wert, dass sie so viele Jahre auf dieser Erde gewandelt war und immer noch am Morgen erwachte und den Tag erleben durfte. Dann und wann allerdings stellte sie mit Erstaunen fest, dass die Welt sich auch ohne ihr Zutun weiterdrehen würde, in großen Schwingungen und voller blitzender Schienen, die sich hier und da durch das Land zogen und ein neues Zeitalter der Bewegung einläuten wollten.

Clementine blieb diesen Neuerungen gegenüber weiterhin zurückhaltend, nur Peter informierte sich über jedes frisch erfundene Schräubchen und wusste schnell, welches dem eigenen Vorteil dienen könnte und welches nicht.

Eines Tages war eine prächtige Feuerkugel am Himmel zu sehen gewesen, ein funkelnder Ball, der sich mit ziemlicher Geschwindigkeit nach Westen hin bewegte. Offenbar weder von Menschenhand gefertigt noch davon bewegt. Ein Vorzeichen für einen neuen Krieg oder der Hinweis auf eine große Freude wie damals bei Christi Geburt? Die Sternendeuter waren sich nicht einig, und einige Bürger hatten schließlich die Vermutung geäußert, auch diese Erscheinung hänge irgendwie mit dem Karneval zusammen, und als sie verschwand, verschwendete keiner mehr einen Gedanken daran.

Neugaß et Compagnie wollten ihr Eau de Cologne vom allerältesten Destilleur wegen Platzmangels, und auch, weil sie gänzlich aufzuräumen gedächten, *à tout prix* abgeben. Sofern man die Qualität zu probieren gedächte, habe man zum Behufe des Scheppens eigenes Geschirr mitzubringen.

Herr Hospelt verkaufte ein echtes Kölnisch Wasser jetzt im Dutzend für zweiundvierzig statt der früheren neunzig Silbergroschen, darüber hinaus bot er die sechs Flaschen vom Doppelwasser für fünfundzwanzig Silbergroschen an statt vorher zwei Taler.

»Da merken Sie«, sagte Peter, »wie schlecht diese Produkte sind. Wenn sie keiner mehr will, dann muss man sie billigst unters Volk werfen. Und wenn man keine Zertifikate über Güte und Reinheit bekommt, dann muss der Unternehmer das Publikum durch Verramschen zum Kaufe locken.«

»Lass uns dankbar sein«, sagte Clementine leise, »für den Erfolg, der unser Bemühen belohnt.«

Wenn sie in noch mehr Städten Europas Depots einrichten könnte, würde ein jeder gleich um die Ecke seiner Wohnstatt eines ihrer Produkte erwerben können, und mit der Zeit wäre die Firma Klosterfrau in aller Munde. Peter unterstützte Clementine in diesen Bemühungen nach besten Kräften. So waren die Tage mit Arbeit gefüllt, und als Heinrich endlich wieder in Köln weilte, waren auch die Abende voller Leben. Juliane schien in ihrer Freude so schön wie nie, und die Planung der Hochzeit, die Vorfreude auf die eheliche Gemeinschaft, die Kinder, alles Zukünftige ließen ihre Augen strahlen. Heinrich, der Zögerliche, war sich allmählich wohl auch darüber im Klaren, welch einen Diamanten er da an seiner Seite hielt.

Die Hochzeit geriet zu einem wahren Fest, und so wie es die Weisen rieten, waren Sonne und einige Tropfen Regen der Garant für ein immerwährendes Glück. In St. Ursula zog das Brautpaar unter Glocken und Orgelklängen ein, und Clementine, die mit Julianes Mutter gemeinsam in der Bank kniete, war so überwältigt von der Zeremonie, dass sie Mühe hatte, nicht laut aufzuschluchzen.

»Eine Erinnerung für das ganze Leben«, hatte der Pfarrer gesagt, »die Treue, die ihr euch heute geschworen habt, soll halten, bis dass der Tod euch scheidet. Und vergesset nie, dem Herrn für die Gnade der Liebe zu danken, von der eure Herzen berührt wurden. Erziehet auch die Früchte eures Leibes zu einem gottgefälligen Leben, damit daselbst und in Ewigkeit das Licht euch leuchten möge.«

Die Weidengasse war voller Jubel, quer über die Straße waren Girlanden gezogen, und niemand gedachte mehr jenes Tages, wo es fast zum Kampfe gekommen wäre, wo es Clementine gewesen war, die die Wogen geglättet hatte. Hätte nicht bei der Brautrede ein Wort darüber verloren werden können? Clementine ertappte sich bei diesem Gedanken, der nicht zu der Demut passte, um die sie jeden Morgen bat. Denn wem die Welt keinen Dank zollt, der gewinnt im Himmel sein Lob. Am Abend jedoch war sie dann doch voll ehrlicher Freude über das Glück des jungen Paares, über die Gemeinschaft der beiden Familien, die so einträchtig miteinander umgingen, und überhaupt über das Lachen, das Tanzen und das Singen im Verlaufe der Feier.

Den Heimweg hatte sie am Dom unterbrochen, und während sie dort in der großen Stille auf den Hauch der Ewigkeit wartete, auf die Erkenntnis dessen, was Leben heißt in dieser Welt, stand plötzlich der Erzbischof neben ihr.

»Ich hoffte Sie hier zu finden, verehrte Clementine. Der Segen Gottes hat seit vielen Jahren Ihre Tage begleitet. Heute, liebe Schwester, empfehle ich Sie erneut der Gnade des Herrn und dass Sie verbleiben in seiner Liebe für und für.«

Clementine verneigte sich und küsste den Ring an seiner Hand.

»Hochwürdigster«, stammelte sie, »ich danke Euch.«

»Ich bin nicht sicher, wie lange mein Lebenslicht noch leuchten wird, aber ich hoffe, der Himmel sieht die Mühe, mit der ich meinen Dienst bis zum Ende zu tun gedenke.«

Damit ging der große schlanke Mann von dannen, und Clementine spürte einen Stich im Herzen. Sie sah ihn zum letzten Mal.

Ausgerechnet an jenem Freudentag, an dem des Königs Geburtstag gedacht werden sollte, stand in der Zeitung:

> *»Mit tiefer Wehmut sehen wir uns in die Notwendigkeit versetzt, unser heutiges Blatt mit einer höchst traurigen Nachricht zu eröffnen. Ferdinand August, der hochgeehrte und geliebte Oberhirte der Kölnischen Erzdiözese, ist nicht mehr. Die Hoffnung, zu der man sich in den letztvergangenen Wochen mehrmals berechtigt glaubte, ein so sehr gefürchtetes Ereignis noch für lange Zeit von uns abgewendet, diesen ausgezeichneten Mann von dem Schmerzenslager sich erheben und seine segensreiche Wirksamkeit aufs Neue beginnen zu sehen, war leider eine täuschende. Am gestrigen Tage gegen Mittag unterlagen Seine Erzbischöflichen Gnaden den Folgen jener schmerzhaften mit musterhaft erbauender Ergebung überduldeten Krankheit, welche allen Anstrengungen der ärztlichen Kunst, das teure Leben zu retten, Trotz bot.«*

In ihrer Not lief Clementine zu Isenkrahe.

»Der Erzbischof ist tot!«, rief sie.

»Er hat ausgelitten«, antwortete er, »es war nicht mehr viel zu machen, Dr. Korting und viele seiner Kollegen haben sich redlich bemüht.«

Und warum hatten sie nicht nach ihr geschickt, wusste denn niemand, dass sie Spiegels Vertraute gewesen war, vielleicht seine einzige? Warum also hatte sie ihm in seiner schwersten Stunde nicht zur Seite stehen dürfen?

Clementine atmete schwer. »Wenn man nach mir gerufen ... vielleicht hätte ich noch etwas ...«, sagte sie leise, da nahm Isenkrahe ihre Hände und sah sie lange an. »Clementine, die katholische Kirche ist eine Welt der Männer. Keine Frau, auch keine Nonne und nicht mal eine so erfolgreiche wie Sie, wird dort zugelassen. Seien Sie nicht betrübt darüber, unsere Kirche ist so ...«

Von acht Uhr morgens bis sieben Uhr am Abend war die Leiche des hohen Verblichenen in der erzbischöflichen Wohnung auf dem Paradebett ausgestellt, wo jedem Verehrer des Verklärten der Abschied gestattet war. Auch Clementine hatte sich auf den Weg dahin gemacht, aber kurz vor dem Portal kehrte sie wieder um. Nein, sie würde sein Bild im Kopf behalten, so wie sie ihn an jenem Tag in seiner Domkirche gesehen hatte. Sie wollte den Klang seiner Stimme im Ohr behalten. Die ausgestellte Leiche hatte mit jenem Menschen, den sie kannte, nichts gemein.

Isenkrahe hatte recht. Das meiste war den Männern vorbehalten, ob Totengebete oder später der Leichenzug, der vom Palais aus über den Gereonsdriesch, die Gereonstraße, Unter Sachsenhausen, An den Dominikanern und St. Paulus vorbei durch die Trankgasse und über die Litsch ging. Gereonstraße und Gereonsdriesch waren abgesperrt und der gesamte Weg für Reiter und alles Fuhrwerk verboten. Und so schritten sie daher, die Leichenbitter mit ihren schwarzen Stäben, die Zöglinge des Waisenhauses, der Elementarschulen, die drei Bruderschaften mit schwarz beflorten, gesenkten Fahnen, die Schüler der Bürgerschule und der beiden Gymnasien mit Lehrern und Direktor, die beiden Domschweizer, die Geistlichkeit, die Kirchenvorstände sämtlicher Pfarren mit beflorten Kreuzen und die Akolythen. Die Seminarangehörigen, der Domküster, die Domchorsänger, die Domvikare, das Domkapitel und der Weihbischof. Auf den von München, Reifferscheid und Esser getragenen schwarzsamtenen Kissen lagen der Adler und der Löwenorden des Erzbischofs und das Pastoralkreuz. Danach kamen die Kapläne mit der Mitra, mit dem umgekehrten Hirtenstabe und dem Kreuz, alles mit Flor umwunden, und schließlich der mit dem Wappen Spiegels bedeckte Sarg mit brennenden Fackeln und Rauchfässern.

Clementine stand in der Reihe der Zuschauer und weinte. Nicht nur um den Verlust des Freundes, auch darum, dass sie nicht eine von jenen war, die diesem Trauerzuge angehören durften. Unter dem Glockenläuten aller Kirchen der Stadt ging sie nach Hause. Am Tag darauf las sie, dass der Domkapitular Iven die Trauerrede gehalten hatte und dass unter den Klängen des Mozartschen Requiems auch evangelische Geistliche und staatliche Beamte den Sarg in die Mitte der Gruft im Chor hinabgesenkt hätten.

> *»Und so ruhet denn auf unseres Königs huldvolles Geheiß des Oberhirten sterbliche Hülle, in welcher er unter uns wandelte und so segensreich wirkte in dem Haupttempel der alten Metropole, gleichsam der Grundstein der neuen Ära bedeutend, welche durch ihn für das Kölnische Erzbistum begonnen hatte.«*

Lange stand Clementine vor seinem Grab, dachte an alle Begegnungen mit ihm, in Münster und hier in der Stadt, an die Gespräche und Ratschläge …

»Was uns betrifft«, hatte er in seinem ersten Hirtenbriefe geschrieben, *»wir kommen bald zum Abend unseres Lebens, doch steht der Entschluss in unserem Gemüte fest, alle uns noch übrigen Kräfte Gott und der Sache Gottes ganz zu widmen. Wir werden dem Herrn sagen, meine Stärke will ich für dich bewahren.«*

Auch ich, dachte Clementine, bin schon fast am Abend meines Lebens, aber vielleicht sind mir noch einige Jahre vergönnt, um meine Kräfte einzusetzen. Ich würde es anders nennen, für die Sache der Menschen, weil sie alle Gotteskinder sind.

Domdechant Dr. Hüsgen war zum Erzbistumsverweser ernannt worden, danach erwarb Clementine eine Schrift mit dem Titel »Christliche Vollkommenheit oder des Franziskus Heilswahrheiten«, die noch von Graf Spiegel stammte und jetzt zu seiner Erinnerung herausgegeben wurde. Als der General des russischen Kaisers, Graf Orloff, mit seiner Familie im Großen Rheinberge abstieg, zwang sie sich, ihm ihre Aufwartung zu machen und einige Proben dazulassen, in der nicht unbegründeten Hoffnung einer Nachbestellung aus dem fernen Russland oder sogar späterhin einer Niederlageneröffnung daselbst.

»Sehen Sie, Schwester«, sagte Peter fröhlich, »jetzt ist der Winter so früh ins Land gekommen, dass sie die Schifffahrt bereits einstellen mussten, wie können wir jauchzen, dass es bald überall die Möglichkeit des Schienentransportes geben wird, wie jetzt schon von der Nord- zur Ostsee, da friert nichts zu, damit wird das Reisen und Verschicken unabhängig und frei von den Naturbegrenzungen.«

»Ach Peter«, sagte Clementine, »du bist noch zu jung, um dir vorstellen zu können, wie viele Menschen schon ihre Hoffnung auf so manches Ding gesetzt haben und wie oft späterhin nur eine tiefe Enttäuschung übrig blieb. Darum, glaube mir, werde ich mich nur langsam an solche Neuerungen gewöhnen können. Die große Begeisterung gelingt nicht mehr in meinem Alter. Ich baue eher auf beständigen Lauf, der bekommt meinen Knien und überhaupt meinem Körper besser.«

Peter lachte. »So sind Sie doch gar nicht, Schwester. *Au contraire* eher mir in der geistigen Flinkheit sogar überlegen. Und wenn die Gelenke versagen, werde ich Sie auf Ihren Wegen begleiten, das verspreche ich Ihnen.«

Als Clementine hinausging, hatten die Wolken sich vor die Sonne geschoben, und der Wind, der vom Rhein heranwehte, war so frisch, dass sie das Tuch enger um die Schultern zog. Kurz vor dem Domeingang sah sie die Familie Dupont zusammen mit einigen Unternehmern und freute sich, als Frau Dupont ihr zuwinkte und rief:

»Schwester, wir waren just auf dem Wege zu Ihnen, mit der Bitte, uns zu begleiten zum Kaffeehaus am Wallrafplatz, dessen Gasbeleuchtung uns lockt. Kommen Sie mit, wir laden Sie ein.«

»Gerne«, sagte Clementine, »ich gebe nur meinem Gehilfen Bescheid und werde mich eilends bei Ihnen einfinden.«

Kölner Kaufleute mit ihren Ehefrauen saßen am Tisch, einige davon waren Clementine bekannt. Bei ihrem Eintritt sprang Monsieur Dupont auf und rief:

»Ich freue mich sehr, eine besondere Frau dieser Stadt begrüßen zu können. Maria Clementine Martin, die berühmte Klosterfrau. Ich gehe nicht fehl in der Annahme, dass ein jeder unter Ihnen von ihrem wohlriechenden Kölnisch Wasser Kenntnis hat und vor allem auch von dem der Gesundheit so zuträglichen Melissen- oder Karmelitergeist. Wir, die wir nicht aus Köln kommen, haben ihren Ruf bis nach Brüssel mitgenommen und sind sicher, oder wir hoffen, bald dort ein Depot zu finden, damit wir oft und immerwährend der Produkte habhaft werden können.«

Monsieur Dupont begann ihr die Menschen vorzustellen. Und schließlich begrüßte sie auch die neue Bekannte mit Namen Bella, die mit Tochter und Sohn am Ende der Tafel saß, dort, wo noch zwei Plätze freigehalten waren, von denen einer nun von Clementine besetzt wurde.

»Mein Ehemann wird gleich kommen«, sagte Bella. »Leider reist er bereits morgen weiter zum Geburtstag eines seiner vielen Brüder. Heute aber wird er uns Gesellschaft leisten. Ich bin gespannt, was Sie von ihm halten.«

Als er zur Tür hereinkam, verschüttete Clementine ihren Kaffee. Ihr Herz hatte einen solchen Satz gemacht, dass die Hand davon hochgeschnellt war und unkontrollierte Bewegungen vollzog. Der Tumult, welcher danach mit der Säuberung entstand, gewährte ihr eine kleine Weile der Besinnung.

»Hallo, liebster Clements«, sagte Bella, »wie freue ich mich, dass du kommst, und hier, das ist sie, die Klosterfrau Clementine, von der ich dir erzählte.«

Clementine reichte ihm die Hand, die er in seine nahm und,

während er seinen Mund darüber beugte, mit solcher Macht festhielt, dass die Knöchel auch danach noch eine Weile weiß blieben.

»Na«, rief Bella, »was sagst du, ist sie nicht wunderbar?«

»Ja«, sagte Clements lächelnd und blickte sie freundlich an.

Clementines Herz war noch immer nicht im alten Takt, und auch ihre Gedanken überschlugen sich. Natürlich war er älter geworden. Wer weiß, ob sie ihn auf der Gasse erkannt hätte. Seine Haare waren noch so dicht wie ehemals, jedoch fast gänzlich weiß, seine Augen leuchtend und von vielen Fältchen umgeben, seine Gestalt schlank und groß. Er könnte mein Mann sein, dachte sie. Dann hätte er jetzt seinen Arm um mich gelegt und mich herzlich an sich gedrückt.

»Morgen fahre ich nach Jever«, sagte Clements beiläufig, »mein Bruder Ludwig feiert seine achtzig Lebensjahre.«

»Ich habe auch einmal in Jever gewohnt«, sagte Clementine leise, mehr zu sich selbst, »ein paar Jahre während meiner Kindheit.«

»Welch ein Zufall«, rief Bella. »Da gibt es doch sicher ein paar gemeinsame Bekannte.«

»Ludwig Barthel war mein Hauslehrer«, flüsterte Clementine scheu. Wie viel durfte sie hervorholen aus dem gemeinsamen Leben?

»Aber so höre doch, Clements«, rief Bella vergnügt. »Ludwig war ihr Lehrer. Hast du das gewusst?«

»Er war an vielen Orten als Hauslehrer bestellt und hat wenig erzählt von seinen Schülern.«

»Und niemals gesprochen von einer Clementine?«

»Nein, das hat er nicht, aber ich war ja auch noch zu jung, um mit ihm auf einer Stufe zu stehen, damals, weißt du ...«

»Meine Eltern sind in Jever begraben«, sagte Clementine dann, und so, als wäre Bella ihren Gedanken gefolgt, sagte die junge Frau:

»Wollen Sie nicht mitfahren nach Jever? Wilhelmine begleitet ihren Vater, aber sicher ist noch ein Platz frei, was meinst du dazu, Clements, Liebster?«

»Wahrhaftig«, sagte Clements, »sie ist ja schmal und klein, die

Klosterfrau, wir werden sie gewiss unterkriegen, sofern sie nicht zu viel Gepäck mitzunehmen beabsichtigt.«

Dabei lächelte er so, wie er früher zu lächeln pflegte, wenn sie sich heimlich im Kirchgarten getroffen hatten, wenn er seinen Arm um sie legte, wenn er sie an sich presste und ihr zuflüsterte: »Wilhelmine, meine Wilhelmine.«

Er hatte seine Tochter nach ihr genannt, so wie Clementine seinen Namen angenommen hatte. Er hatte eine Verbindung schaffen wollen, so wie sie selbst.

»Gott ist die Liebe« stand am Tag danach in der Zeitung in Buchstaben, die so groß und dick waren, dass man nicht anders konnte, als sie zu lesen. Von Jahr zu Jahr waren die Anzeigen kostbarer geworden, eingerahmt mit Kränzchen oder Figurenzeichnungen am oberen Rand.

Diese Anzeige aber nahm fast eine halbe Seite ein, und Clementine war sicher, dass diese Worte an diesem speziellen Morgen ausschließlich für sie und Clements erschienen waren. Wenn sie also in Liebe lebten, dann waren sie in Gott. So einfach war das, wie eine lange verschlossene Tür, die sich langsam zu öffnen begann.

Als der Wagen vor der Tür hielt, stieg Bella zuerst aus und danach sehr langsam und mit großem Bedacht ihr Ehemann Clements. Clementine hatte eine kleine Tasche bei sich.

»Ich nehme an«, sagte sie, »Sie fahren auch bald wieder zurück, oder?«

»Das ist jedenfalls mein Vorsatz«, antwortete Clements.

Als er ihr beim Einsteigen half, fiel ihr auf, dass niemand sonst in der Kutsche saß.

»Wo ist Ihre Tochter Wilhelmine?«, fragte sie, und Clements raunte: »Ich denke, eine Wilhelmine ist ausreichend.« Danach rief er laut: »Wilhelmine hat gemeint, wenn die Klosterfrau mitführe, wäre sie daselbst entbehrlich. Es war ihr mehr daran gelegen, die

Tage hier in Köln mit ihrer Freundin auszukosten, und jetzt ist sie sehr dankbar, dass Sie, verehrte Schwester, sich geopfert haben.«

Wie flüssig sein Französisch geworden war. Damals in Jever hatte Clementine ihm Rousseaus Parolen im »Contrat social« übersetzen müssen, vom freien und glücklichen Menschen und von der falschen Erziehung, die ihn einschränkt.

»Aber nein, kein Opfer, ich freue mich, auf diese Art noch einmal nach Jever zu kommen«, antwortete sie rasch mit einem fröhlichen Lachen, das vielleicht nur in ihren Ohren so falsch klang wie ein Musikakkord, der dem Klavierspieler misslungen erscheint und dennoch beim verehrten Publikum unbemerkt bleibt.

Die Tür klappte zu, der Kutscher fuhr los, und Clementine war in diesem Augenblick nicht sicher, ob dies nicht doch ein Traum war, eine nächtliche Mär, aus der sie gleich erwachen und unbarmherzig zurück in die Wirklichkeit geworfen würde. Clements zog seinen Überzieher aus und legte ihn gewissenhaft und langwierig übereinander und dann neben sich auf die Bank. Clementine schloss die Augen, um nicht stets in sein Gesicht blicken zu müssen. Nach einer Weile sagte Clements leise: »Wilhelmine, meine Wilhelmine.«

Clementines Herz zitterte, ihre Augen füllten sich mit Tränen, und als sie die Lider öffnete, tropfte es in ihren Schoß.

»Du und ich gemeinsam in einer Kutsche nach Jever«, sagte Clements. »Wie konnte es geschehen, dass wir uns jetzt wiederbegegnen und nun so eng beieinander zu sitzen kommen?«

»Die Wege des Herrn sind wunderbar«, flüsterte Clementine, aber Clements lachte.

»Wenn es einen Allmächtigen gibt dort oben, dann sollte man meinen, dass er anderes zu regeln habe, als zwei Menschen, die auseinanderliefen, unbedingt wieder zusammenzufügen.«

»Ich war zu allen Zeiten sicher, dir eines Tages erneut zu begegnen, ich habe daran geglaubt«, flüsterte Clementine, »und Gott hat meine Gebete erhört.«

Clementine hätte singen mögen und lachen, ihr Herz lief über vor Fröhlichkeit – und Clements? Fühlte er das Glück dieses Augenblicks, oder war er zu sehr Geschäftsmann, Ehemann und Vater geworden, um sich noch einer Gefühlswelt zu erinnern, die in einer fernen Vergangenheit lag? Vielleicht hatte er sie längst aus seinem Herzen verbannt, in dem jetzt die junge und äußerst hübsche Bella Platz genommen hatte, dazu die beiden Kinder, die sie miteinander verbanden. Wie konnte sie denn davon ausgehen, dass er das Gleiche empfand wie sie? Es war nicht leicht, einen Ton zu finden, der dieser Begebenheit entsprochen hätte. Um die Situation erträglich zu machen und vielleicht auch der korrekten Konversation wegen fragte Clements nach ihrer Fabrikation, nach dem Grund, der sie veranlasst hatte, Unternehmerin zu werden.

»Es war die Not, die mich trieb. Ich hatte keine Heimat mehr und keine Familie, und die Kenntnisse der Heilkräuter waren mein einziges Vermögen, mit dem sich etwas würde beginnen lassen, das bei vorsichtiger Vermarktung vielleicht erfolgreich sein und Gewinne abwerfen würde.« Eigentlich war es aber die Sehnsucht nach dir, Clements, hätte sie sagen sollen, die Hoffnung, durch eine solche Tätigkeit irgendwann deine Aufmerksamkeit zu erringen und dir erneut zu begegnen. All mein Tun war letztendlich von den Gedanken an dich geprägt.

Sie strich ihren Rock glatt, bevor sie weitersprach.

»Und was die Fabrikate angeht, so haben sie bereits einige Zertifikate bekommen für ihre Echtheit und Reinheit.«

»Ist denn dein Melissengeist wirklich so einmalig, oder gelingt es dir, die Leute zu täuschen?«

»Aber gewiss nicht!«, rief Clementine und setzte sich gerade hin.

»Nachgerade ist es in Wahrheit nicht nötig, das echte und wahre Melissenwasser oder den Karmelitergeist anrühmen zu wollen. Dies ist in den von jeher darüber ausgegebenen Gebrauchszetteln geschehen und genugsam bekannt. Aber dir will ich noch einmal ganz genau erklären, welch eine Wohltat sich dahinter verbirgt. Denn dieser echte spanische Karmeliter-Melissengeist wirkt besonders heilbringend auf das Nervensystem, teils durch Einnehmen eines halben Esslöffels voll, vermischt mit einer gleichen Quantität frischen Brunnenwassers, teils durch Einreiben oder Auflegen damit befeuchteter, am besten wollener Kompressen. Auf diese Weise dient er zur Belebung der Sinne, zur Stärkung der Nerven und wirkt sehr wohltätig bei Ohnmachten, Schlaganfällen, Schwäche und Unverdaulichkeit gewisser Speisen. Auch zeigt er seine ausgezeichnete Wirkung bei Kopfweh durch Einreiben der Stelle, bei Ohrenschmerzen, in dem man mit einigen Tropfen befeuchtete Baumwolle in die Ohren legt, den Geruch stark in die Nase einzieht und dies einige Mal wiederholt, endlich auch bei katarrhalischen Anfällen und bei rheumatischen Übeln durch Einnehmen, Einreiben und Auflagen mit befeuchteten Tüchern …« In diesem Augenblick war sie seinen Augen begegnet. Sie brach ihren Report ab und lehnte sich zurück.

»Wilhelmine«, flüsterte Clements, »du bist noch wie damals, voller Eifer, wenn es um das geht, was dir am Herzen liegt. Und ich bin bereit, dir alles zu glauben. Im Übrigen«, fuhr er fort, »habe ich außerordentlichen Kopfdruck, den ich dich ergebenst bitte mir mit deinem Mittel zu lindern, wenn nicht gar gänzlich zu verjagen.«

»Ich habe nichts davon in meiner Tasche«, rief Clementine, »keinen Melissengeist, kein Eau de Cologne, keine Flasche, keine Probe, in der Aufregung des Morgens … vergessen.«

Es war unglaublich, sie, die stets und überall ans Geschäft dachte, an dessen Ausweitung und dementsprechend immer eine Anzahl Proben bei sich führte, um den einen oder den anderen damit zu beglücken mit der Absicht, ihm Gutes zu tun, und darüber hinaus in der Hoffnung, dass sich diese Mittel selbst empfehlen würden und ihn oder sie zum Kunden machen könnten … nun, wo sie in Jever hätte Kontakte knüpfen können für ein Depot, nun führte sie nichts bei sich. Allerdings, wenn sie darüber nachdachte, wie sie nun daselbst neben Clements zu sitzen gekommen wäre, mit dem befeuchteten Lappen über seine Stirne gestrichen hätte … Schon bei dem Gedanken erstarrten ihre Finger, und ihr Atem wurde so schnell, dass Clements fragte, ob er das Fenster öffnen sollte oder sonst etwas für sie tun könnte.

»Ich bin nur ein bisschen erschöpft«, sagte Clementine, »ich bin nicht mehr die Jüngste, wie du wissen solltest, und doch noch täglich unterwegs. Da wirkt das Kutschenschaukeln wie der mütterliche Wiegentakt, dem man sich gerne und lustvoll hingibt.«

Der Abend in Jever! Ludwig Barthel, ihr verehrter Hauslehrer, der jetzt achtzig wurde. Er hatte ihren Blick geöffnet für die Welt und das, was sie zu bieten hatte. Ihm verdankte sie so vieles, vor allem die Freude am Lernen. »Wissen führt zur Freiheit«, hatte er sie gelehrt, »und die Musik.« Wenn er sich damals ans Klavier gesetzt hatte, in Clementines Elternhaus, wenn sich die Töne erhoben und ihre Reise begannen, dann wurde Clementine mitgenommen, dann gab es keine verschlossenen Türen mehr, keine Fenster, keine Mauern und Grenzen, dann war da nur die Erde, der Himmel und die Musik. Wenn dies die Freiheit war, dann hatte sie für immer frei sein wollen.

Nun war Ludwig ein alter Mann mit vielen Gebrechen und der traurigen Gewissheit, dass seine Hildegard, die im hintersten Stübchen ein Bett bezogen hatte und keinen sonst in ihre Dämmerwelt ließ, ihn nicht mehr verstand.

»So ist es, wenn jemand alt wird und krumm, taub und stumm«, sagte er lachend, und dann waren sie zwei Stunden damit beschäftigt, in Erinnerungen zu tauchen, die so lange zurücklagen wie in einer anderen Zeit. Später versuchte Clementine, in Hildegards Seele vorzudringen. »Sie waren meine Vertraute«, sagte sie, »ohne Sie, liebe Hildegard, wäre ich niemals mit Clements zusammengetroffen, ohne Sie wäre meine Liebe damals schon im Keim verdorrt ...« Aber Hildegard schaute ohne Erkennen oder Verstehen zur Decke hinauf. Clementine ging wieder zurück in die Küche, wo alle beisammensaßen, die große Familie Barthel, um die sie zuerst Ludwig und dann auch Clements so sehr beneidet hatte.

Am nächsten Morgen rief Ludwig Barthel noch einmal nach ihr. »Komm her, Wilhelmine«, sagte er, »ich freue mich, dich wiedergesehen zu haben, und ich freue mich, dass du deinen Weg gegangen bist, abseits von der gewöhnlichen Strecke einer hübschen Tochter aus gutem Hause, aber erkläre mir eines, warum läufst du immer noch in diesem Nonnenkleid durch die Welt, so als wäre die Zeit stehen geblieben, wo du doch glücklicherweise dem Klosterkerker entkommen bist?«

»Ludwig!«, rief seine Schwester Magdalena. »Versündige dich nicht. Du weißt genau, dass die Klöster unter Napoleon schließen mussten, und du weißt auch, dass ich gerne dort geblieben wäre und sicherlich auch Wilhelmine, aber Gott der Herr hatte anderes für uns im Plan. Und jetzt ist es gut und richtig, wie es ist.«

Clementine erinnerte sich, wie Ludwig Barthel einmal Gott als notwendigen Vernunftbegriff bezeichnet hatte, der allerdings sicher keines Hauses bedürfe, und wie Fräulein Hildegard damals versucht hatte, mit einem gottesfürchtigen Vers von Herder diese ungeheuerliche Behauptung zur entschärfen.

»Nein«, antwortete Clementine fröhlich. »die Zeit ist nicht stehen geblieben für mich, und ich bin auch nicht stehen geblieben. Ich bin auf meinem Weg durch diese Welt, warum sollte ich mich dafür anders kleiden müssen?«

Auch Ludwig Barthel hatte die Träume seiner Jugend begraben müssen. Musiker hatte er werden wollen und sich als Lehrer abmühen müssen, weil der Vater in der Weberei keine Arbeit mehr fand und die Familie ihm, als dem Ältesten, die Last des Unterhalts zuschob. Was hätte in einer anderen Zeit aus ihm werden können? Sein Mut hatte ihr damals imponiert, gerne wäre sie seiner Fährte gefolgt und hatte doch andere Wege beschritten. Eine Frage allerdings hatte Clementine ihm an diesem Abend nicht zu stellen gewagt: Was war zwischen Ludwig und ihrer Mutter tatsächlich gewesen, damals in Jever? Hatte er Christine verehrt oder geliebt, oder hatte sich die Mutter nur einem Traum hingegeben?

Kaum jemand lebte noch in Jever, den Clementine gekannt hatte.

Und Magdalena? War sie glücklich mit dem, was ihr Leben geworden war? Clementine erinnerte sich an eine Begegnung mit ihr während der beiden Wochen, die sie nach der Vertreibung aus dem Glaner Kloster in Jever verbracht hatte. Lachend war Magdalena dahergekommen. »Wie schön, dich zu sehen«, hatte sie gerufen und auf Clementines Frage, wie es ihr gehe, geantwortet:

»Ich pflege den Vater, die Mutter ist letztes Jahr gestorben, und zwei Brüder leben mit ihren Familien auch noch im Haus. Dem Hannes sein Philipp ist mit der Fallsucht gestraft, und die Therese vom Heinrich hat einen leeren Kopf. Ich füttere sie und trage sie umher. Ich habe genug zu schaffen und falle abends müde ins Bett.«

»Hast du das gewollt?«, hatte Clementine gefragt und an die Zeit in Coesfeld gedacht, wo Magdalena voller Vorfreude auf die Gemeinschaft im Kloster gewesen war. »Hast du dir so dein Leben vorgestellt?«

»Ach je«, hatte Magdalena damals geantwortet, »wer fragt denn schon nach dem Wollen oder den Vorstellungen? Das Leben zeigt dir, wo es langgehen soll. Es hilft nichts, sich dagegenzustemmen, da verschwendest du bloß deine Kräfte.«

Als Magdalena gefragt hatte, was sie selbst nun vorhabe, da hatte Clementine ohne Zögern geantwortet: »Brüssel, ich werde nach Brüssel gehen, dort bin ich geboren, und dort werde ich versuchen, die Not der Kranken zu lindern.« Es war ihr wie eine Eingebung vorgekommen, entstanden aus den Äußerungen Magdalenas, deren kampfloser Anpassung sie etwas hatte entgegensetzen wollen.

Als sie schließlich mit der fürstlichen Kutsche auf dem Weg dorthin gewesen war, hatte Ludwig Barthel sein Pferd gesattelt und war ihr über die Felder nachgeeilt, um sie noch einmal zu sehen.

»Ich wünsche dir Wohlergehen«, hatte er gesagt, »und ich hoffe sehr, dass dein Geist sich niemals ausruhen wird, wie auch immer deine Wege sich schlingen werden. Hier auf dieser Karte steht ein Spruch von William Shakespeare, er ist mein Rat für dich, meine letzte Lehrstunde vielleicht. Hier nimm und bleibe dir treu.«

»Unsere Zweifel sind Verräter. Sie rauben uns, was wir gewinnen könnten, wenn wir nur einen Versuch wagten.« Sie hatte den Satz so lange gelesen, bis sie ihn auswendig konnte, und es kam ihr vor, als wäre sie wirklich die neue Frau geworden, die sich auf den Weg machte, um den Versuch zu wagen, im Nonnengewand, jedoch ohne die schützenden Mauern des Klostergebäudes ihren

Lebensweg zu beschreiten. »Ohne Sie wäre meine Liebe schon im Keim erstickt«, hatte sie zu Hildegard gesagt und sich gleichzeitig gefragt, ob sie heute ohne das Wissen um Liebe und Sehnsucht glücklicher würde leben können.

Auf dem Friedhof stand Clementine lange vor den Grabsteinen ihrer Eltern. Warum huschen wir durch unser Leben, als ob es endlos wäre, warum lehren uns die Alten nicht vor allem, dass jeder Tag nur einmal erscheint und dann niemals mehr? Später ging sie zum Schloss, wo sie eine ganze Nacht lang getanzt hatte und danach nie mehr. Sie wanderte durch den Park zurück zur Straße und stand schließlich vor ihrem Elternhaus. Die Tür war verschlossen, der Garten verwildert, Albertine, die treue Perle, mit einem Wegelagerer auf und davon, und niemand wusste, wohin.

Das schickte Wehmut ins Herz. Clementine wandte sich rasch ab. Dies war ein glücklicher Tag, und keine Wolke sollte den Sonnenschein trüben. Vor der Kirchentür stand Clements, drückte die Klinke hinunter und ging mit ihr hinein in das stille Gotteshaus. Einen Augenblick verharrte Clementine im Mittelgang, sah zum Altar hin, bekreuzigte sich und bat Gott um Kraft und Stärke, der es bedurfte, keinen Wünschen nachzugeben, die nicht mit seinem heiligen Willen übereinstimmten. Aber schon donnerte die Orgel los mit Akkorden, unter denen der Boden erbebte, Bachs »Toccata und Fuge in d-Moll«, wie damals. Clementine ging die Treppe hinauf, Stufe um Stufe. Auch jetzt schlug ihr Herzschlag wie ein Amboss, als sie sich hinter Clements stellte und ihre Hände auf seine Schultern legte. Sie war wieder dort, wo er sie in den Arm genommen hatte und sie aufschrie vor Liebe und Lust und Carlos von unten heraufblickte und sah, was er nicht hätte sehen sollen, nicht hätte sehen dürfen und sicher auch nicht hatte sehen wollen. Wer hatte ihn in diesem Augenblick genau dorthin gesandt? Warum hatte Fräulein Hildegard ihn nicht aufgehalten, bevor er zur Tür hereinstürmte, nach vorne zum Altar rannte und sich umdrehte …? Ist es wirklich alles in deinem Plan, mein Gott, hattest du es so gewollt? Und jetzt? Was geschieht als Nächstes? Clements erhob sich. Jetzt stand er ganz nahe vor ihr. Gleich würde er sie in den Arm nehmen. Was würde sie dann tun? Sie zitterte, und Clements legte seine Jacke um ihre Schultern, dann nahm er ihre Hände in seine, beugte seinen Kopf darüber und küsste jeden ihrer Finger einzeln. »Wilhelmine«, flüsterte er, »du meine liebste Wilhelmine.«

Auf der Rückfahrt erzählte sie ihm, dass es bereits vor mehr als dreihundert Jahren Melissengeist gegeben habe und dass im Kräuterbuch des Leibarztes am kaiserlichen Hof in Wien ein gewisser Pietro Andrea Mattioli folgendes Urteil über die Melisse verfasst habe:

»Melisse hat eine trefflich gute Art, damit sie das Herz stärkt und erquickt, insbesondere so es in der Nacht beängstigt wird, pochet und die Ruhe stört. Läutert das verfinsterte verbrannte Geblüt, wandelt Unmut und Traurigkeit der Melancholie, dienet dem kalten und feuchten Magen und beinahe allen innerlichen Gliedern, man schreibt, dass der Gebrauch dieses Krautes die Sinne schärfe und bringe gute leichte Träume.«

Beim Abschied gab sie ihm eine Flasche mit.

»Damit das Herz in der Nacht nicht beängstigt wird und für die guten Träume, nicht wahr?«, hatte Clements gesagt und sich in sehr höflicher Weise verabschiedet.

Während der nächsten Tage war Clementine manchmal nicht sicher, ob sie sich diese Geschichte nicht doch ausgedacht hatte. Konnte es denn Wirklichkeit gewesen sein, dass sie dort in der Kirche an der Orgel gestanden hatte und sich gefühlt hatte wie das Mädchen Wilhelmine, das auch diesmal nichts lieber wollte, als von diesem Jungen umarmt zu werden, geküsst und für immer festgehalten? Tatsächlich aber war aus dem Mädchen eine Frau geworden, eine alte Frau im Nonnenkleid, und auch Clements war nicht mehr der Junge von damals.

»Es soll nichts geschehen zwischen uns, was nicht dem entsprechen kann, des Standes wir sind«, hatte Clements auf der Rückfahrt geäußert, »dennoch werde ich dich behalten wollen, werde mit dir reden wollen, deiner Klugheit wegen, deiner Gläubigkeit wegen, Wilhelmines wegen, jenes Mädchens, das du warst, das mein Herz für immer in Flammen setzte.«

»Ich wünschte, ich wäre ein Bauermädchen und du wärest mein Freund«, hatte Clementine in Erinnerung an damals geantwortet, und Clements hatte wie ehedem ihre Hand genommen und erwidert:

»Ich bin dein Freund.«

Sie stellte Kerzen auf, in allen Kirchen der Stadt, taumelte durchs Haus wie berauscht vom Wein oder von Blumendüften betört, und wenn nicht Peter sie energisch daran erinnert hätte, dass neue Essenzen zu mischen wären, dass der Flaschenvorrat schrumpfte, dass die Niederlassungen dringend Nachschub brauchten, sie wäre vermutlich zum Rhein hinuntergegangen und hätte im Rauschen des Wassers ein Raunen gehört, das sich in ihren Ohren zum immerwährenden zärtlichen Flüsterton vermischte: »Wilhelmine, meine Wilhelmine.«

Die Zeit blieb nicht stehen, sosehr Clementine auch gewünscht hätte, jene Kutschenfahrt werde weiterrollen bis in alle Ewigkeit hinein, jetzt war sie wieder mittendrin in ihrem alltäglichen Leben: der morgendliche Gang zu den Armen, die Kalkulation, die Reklame, die Planung neuer Depots und das Errechnen von Gewinn und Verlust. Juliane kam jetzt oft mit ihrem kleinen Jungen auf dem Arm, strahlend und voller Stolz auf ihren Stand als Ehefrau und Mutter. Clementine freute sich mit ihr aus ganzem Herzen, in dem es keine Sehnsucht mehr zu geben schien, keine Unerfülltheit. Alles schien ausgewogen, die Waagschale des Lebens in harmonischer Balance. Clements gehörte einer anderen, und sie selbst hatte bei Gott ihre innere Heimat gefunden. Es war, als hätte diese neue Begegnung mit Clements etwas zum Abschluss gebracht und das Tor zu einem neuen Weg geöffnet, den sie nun würde beschreiten können, eine Straße, an deren Biegungen hier und da Clements auf sie wartete, Clements, den sie nun als ihren Freund empfangen wollte, als denjenigen, dem sie vollends vertrauen konnte.

Der Jahresübergang war diesmal so fröhlich und hoffnungsfroh, dass Clementine sicher zu sein glaubte, von nichts und niemandem könnte diese Freude je wieder gestört werden. Aber gleich in der ersten Januarwoche kam Peter eines Morgens zur Tür herein und legte einen Zettel auf den Tisch.

»Lesen Sie«, sagte er, »eine neuerliche Lüge, die sich auf den Weg durch die Stadt macht.«

Mit großen Lettern war dort zu lesen: *»Auch die Klosterfrau Maria Clementine Martin verkauft jetzt ihr Eau de Cologne unter dem Namen Farina, dem einzigen Namen, der für das Echte spricht.«*

»Infames Geschwätz, es soll mir zum Schaden gereichen!«, rief Clementine.

»An allen Ecken der Stadt klebten diese Zettel, und sie lagen gar vielfach auf den Gassen und Wegen«, klagte Peter.

Da war sie wieder, die Lüge, die Verleumdung aus der Gerüchteküche, und blitzschnell waren sie zurückgekommen, die langen Schatten von Anna, von Luca und auch der von Johann.

So stand bereits am nächsten Freitag eine große Bekanntmachung in der Kölnischen Zeitung. Bestens platziert, im sichtbaren Mittel der vierten Seite, von oben bis unten gesetzt und eingekränzt.

»Diese Form kann ich Ihnen nur empfehlen, wenn Sie wirklich Aufmerksamkeit genießen wollen«, hatte der Angestellte in der Expedition gesagt. Nicht billig war sie, die Hervorhebung, aber: »Was nutzet der beste Text, wenn ihn niemand wahrnimmt und liest.«

»Anzeige betreffend das allerechteste Eau de Cologne und den Karmeliter-Melissengeist aus der königl. preußisch privilegierten Fabrik der Klosterfrau Maria Clementine Martin am hohen Dom zu Köln am Rhein.
Da jetzt das Lager vom Fabrikate des allerechtesten Kölni-

schen Wasser sowie des überaus heilsamen Karmeliter-Melissengeistes neuerdings auf das Beste und Vollständigste wieder assortiert ist und der von der Unterzeichneten nach spanischer Vorschrift (als aus erster Urquelle) bereitete Karmeliter-Melissengeist auch schon in aus- und inländischen Orten und Hauptstädten des königl. preußischen Staats als sehr heilsam und auszeichnend anerkannt worden ist, so findet die Unterzeichnete bei dieser Gelegenheit in Betreff ihres Fabrikats von Eau de Cologne zu folgenden Bemerkungen sich veranlasst.

Dass, da in Köln und anderen Orten unter der großen Menge Kölnisch-Wasser-Fabrikate der größte Teil ihr Eau de Cologne unter der Firma Farina verkaufen, sie es für ihre Pflicht halte, einem hochverehrten Publikum hierdurch ergebenst anzuzeigen, dass sie wie bisher fortwährend nur unter ihrer eigenen Firma ihre Fabrikate zum Verkauf stellen und sich auf den mit den beiden obigen Fabrikaten gefüllten Fläschchen durch die Gnade Seiner Majestät des Königs von Preußen des Königl. Preußischen Adlers respektive Wappens bedienen wird. Die Unterzeichnete achtet es ihren Grundsätzen und ihrer Ehre in Augen des hochverehrten Publikums zuwider, das von ihr gefertigte Eau de Cologne unter einer fremden Firma anzubieten, was sie umso weniger zu tun genötigt ist, als sich jetzt dasselbe durch seine feinen ätherischen und seit Kurzem angestellten Proben als vorzüglich bewährt empfunden worden ist. Außerdem ist es einem sachkundigen und untersuchenden Publikum wohl einleuchtend, dass auch ohne dergleichen Handlungsfirma das echte Eau de Cologne verfertigt werden kann, und die Unterzeichnete wagt die Behauptung, dass bei einer speziellen streng chemischen Zerlegung das von ihr jetzt verfertigte Kölnische Wasser, dem bis jetzt für das Beste gehaltene keineswegs nachzustehen braucht, wenn es nicht gar dasselbe übertrifft. Übrigens wird es stets der Unterzeichneten unwiderruflicher Entschluss bleiben, die geehrten Abnehmer ihrer Fabrikate nicht durch den Gebrauch einer fremden Firma zu täuschen, sondern sie wird im Gegenteile nur unter

ihrer Firma ihre Fabrikate und diese sehr gut und fein anzubieten sich beehren, der frohen Hoffnung lebend, dass ein hochverehrliches hiesiges und auswärtiges Publikum ihr und ihren Fabrikaten auch ferner sein volles Zutrauen schenken wird.
Köln, den 10. Januar 1837, Maria Clementine Martin, Klosterfrau«

Das hochverehrte Publikum dankte es ihr mit einem Kaufansturm, der Clementine zu höchsten Arbeitsleistungen zwang, unter denen die Tage in Jever immer tiefer ins Unbewusste fielen, und nur wenn sie abends zum Dankgebet für den gelungenen Tag im Dom saß, dann spürte sie beim Klang der Orgel ein kleines Zittern in der Brust, das wie eine Wehmutsglocke an Clements und sein Versprechen, ihr nahe zu bleiben, erinnern wollte.

Die Verlogenheit machte auch nicht vor der Geistlichkeit halt. Ein Pfarrer aus Wetzlar hatte sich in der Arrestzelle umgebracht, und die nachfolgenden Informationen zeigten das Bild eines ehrenvollen Priesters, der womöglich im Gefühl der Unschuld keinen anderen Ausweg gewusst hatte. Beim näheren Hinschauen allerdings geriet seine Beteiligung an den Umsturzversuchen dazumal in Frankfurt und Darmstadt ins Blickfeld des Betrachters, und es kam schließlich heraus, dass er seine Mitläufer gezwungen hatte, seinen fehlerlosen Lebenswandel zu lobsingen. Eine bewusste Täuschung also, die aus ihm einen anderen machen sollte, einen Besseren. Aber war nicht auch das Karnevalstreiben immer eine Art von Täuschung?

Diesmal sollte der Beweis erbracht werden, dass die wahre Freude den Menschen jung und frisch halte, und die sollte bei den Maskeraden im Karneval zu finden sein. Immer noch wurde Clementine am Rosenmontag an Johann und an Anna Farina erinnert, vor allem, wenn jemand in der Menge an ihr vorüberhuschte und sie streifte, der dem äußeren Eindruck nach, der Figur und dem Gang entsprechend hätte Johann sein können. Dann erschauerte sie wieder und wollte lieber dem Titel eines Buches Glauben schenken, der da hieß: »Gott und der Heiland, die Freudenquelle des Christen.«

Karneval verging, und die Fastenzeit war auch fast vorbei, da endlich stand eines Morgens Clements vor ihrer Tür. Er war zur Versammlung der Eisenbahngesellschaft angereist, die für Mitglieder und Aktienbesitzer an jenem Abend stattfinden sollte, und hatte gemeint, dies sei eine gute Gelegenheit für einen Besuch bei ihr.

»Mit den besten Grüßen von meiner Ehefrau und auch von den Kindern«, rief er so laut, dass es nicht nur von Peter zu hören war, sondern ebenso von dem Mädchen in der Küche und auch von Juliane, die mit Mathias und einem neuen Kind unter ihrem Herzen mal wieder zu Hilfe ins Haus geholt worden war.

Später saß Clements am Esstisch gemeinsam mit den anderen, und als Clementine das Tischgebet sprach, senkte auch er seinen Blick. In diesem Augenblick erlag Clementine der Täuschung, dies wäre ihre Familie, Clements der Hausherr, Peter der Sohn und Juliane die Tochter mit dem Enkel auf dem Schoß. Bei diesen Gedanken verharrte sie eine Weile, bis sie merkte, dass die Gespräche um sie her längst weitergingen, dass Peter von dem neuerlichen Gerücht erzählte, gegen das sie sich hatte wehren müssen, und dass Clements sich über ihre tatkräftige Verteidigung freute.

»Wenngleich«, so fuhr er fort, »dieses ja allenthalben im Geschäftsleben gebräuchlich zu sein scheint. Der Konkurrent ist stets im Wege, und Handel bezweckt ja zunächst einmal Gewinn. Gewinn aber macht eigensüchtig, und man würde die menschliche Natur verkennen, wenn man dies nicht zugeben wollte oder übel deutete. Geteilter Gewinn gilt stets für geschmälert. Und so versucht ein jeder vom großen Kuchen das beste Stück und das größte für sich abzuschneiden und behauptet, wie jetzt die Holländer, dass Herr Beethoven, der nun unbestritten in Bonn das Licht der Welt erblickte, aus Holland stamme. Lug und Trug, wohin man schaut, und sollte doch ein jeder dem anderen sein Brot nicht neiden, solange ein eigenes auf dem Tische liegt.«

»Aber wenn jenes größer ist als das seine, wird er scheel hinüberblicken und den nächsten Moment der Dunkelheit abwarten, um sich dessen zu bemächtigen!«, rief Peter. »Aber bitte, Monsieur Barthel, erzählen Sie mir von der Eisenbahngesellschaft.

Wann werden die Schienen fertig sein, wann werden wir von Köln nach überallhin fahren können?«

»Noch geht es, wie bei den meisten Dingen, um die Finanzierung«, sagte Clements, »dafür braucht die Gesellschaft Menschen, die ihr Geld geben und dafür Aktien bekommen, von denen die Besitzer hoffen, dass deren Wert später steigen möge und sie hieraus Gewinne erzielen möchten. Die Eisenbahngesellschaft ist gegründet, aber vorerst noch will niemand ihr Präsident werden, Camphausen hat abgelehnt, Wittgenstein ebenfalls, und sogar Heinrich Pastor aus Burscheid will dieses Amt nicht bekleiden.« Und auf Peters nächste Frage: »Warum nicht?«, fuhr er fort: »Weil diese Ämter mit viel Arbeit verbunden sind und ihr Fortgang und Ausgang noch ungewiss. Gewinn reizt jeden, aber die Arbeit, den Schweiß in eine Unternehmung hineinfließen zu lassen, von der man im Vorhinein nicht wissen kann, wie sie sich entwickeln wird, einfach nur der Freude des Anfangs wegen, das liegt nur wenigen, nicht wahr, Schwester Clementine, auch Sie sind ja eine derer, die sich aufmachten, Neues zu entdecken. Und wenn es die nicht gegeben hätte, wären niemals Dinge von solch weltgeschichtlicher Bedeutung geschehen wie beispielsweise die Entdeckung der Wege nach West- und Ostindien und auch anderes, das uns weiterbringt. So wie in diesen Tagen die Schienenunternehmung mit Namen Eisenbahn.«

Peter war begeistert von diesem belgischen Geschäftsmann. Und wann immer er in der nächsten Zeit ins Haus kam, wollte Peter ihn am liebsten ganz für sich.

Am Abend jenes Tages klopfte Clements zu später Stunde noch einmal an Clementines Tür. Sie hatte über den Büchern gesessen, und als sie öffnete, begann er gleich zu reden:

»Willst du mich für eine kleine Viertelstunde auf einen Spaziergang hinunter zum Fluss begleiten? Nach dem vielen Gerede habe ich ein Bedürfnis nach Stille gemeinsam mit dir.«

Sie standen am Rhein und sahen zu den Sternen hoch, die sich unter ihren Blicken hundertfach zu vermehren schienen. »Heute Mittag«, sagte Clements, »als ich dein Haus verließ und zum Himmel blickte, war ein Hof um die Sonne zu sehen, und darin glitzerte es wie von kleinen Eiskristallen. Das war wie ein Blick durchs Himmelstor.« Er brachte sie zurück bis zur Haustür, drückte ihre Hände, drehte sich um und schritt davon. Clementine blickte hinter ihm her, bis er dem Licht der Laternen entschwunden war.

»Nicht das Blendwerk einer frivolen Gegenwart darf uns Richtschnur sein, sondern das hinreißende Beispiel heiliger Vergangenheit.« Mit diesem Aufruf versuchten die Klerikalen von St. Ursula, die Seelen ihrer Schäflein zu beflügeln, damit sie ohne Angst vor scheelen Blicken bekannten, welch Geistes Kind sie wären. Wo und wann könnte man solches besser darstellen als bei einem Auftritt in der Öffentlichkeit, wie es dem neuerlichen Anlass entspräche, dem Gedenken an den qualvollen Martertod der heiligen Ursula und ihrer Gefährtinnen vor eintausendsechshundert Jahren.

Tatsächlich formte sich zu diesem innigen Gedenken eine feierliche Prozession, ähnlich groß wie diejenige am Fronleichnamstag, in der Clementine mit den Fusens und Frau Wisdorf singend und betend dahinschritt. Wie würde sie selbst sich im Falle einer Bedrohung darstellen? Niemals war sie in eine solche Lage geraten, nie war es in ihrem Leben um die Gratwanderung zwischen einer Entscheidung für Gott oder gegen ihn gegangen. So würde sie niemals erfahren, wie es um ihren Mut bestellt war.

Auch der Ausnahmezustand, in welchen die Stadt zwei Wochen später geriet, war nicht dazu geeignet, dass sie ihren Mut unter Beweis stellen konnte. Nach einem erfolgreichen Tag hatte Clementine sich zur Umsatzberechnung ins Comptoir zurückgezogen; als sie jedoch das Fenster öffnete, um ein Quäntchen Abendluft hereinzulassen, vernahm sie ungewöhnliche Geräusche, die sich anhörten, als stampfe eine Armee durch die Stadt. Sie nahm das schwarze Wolltuch und ging vors Haus, am Dom entlang, An den Dominikanern bis Unter Sachsenhausen. Von dort aus sah sie, wie sich weiter hinten auf der Gereonstraße ein

Tumult erhob, dem tatsächlich ein Militäreinsatz zugrunde lag. Unter den vielen Bürgern, die, ebenso wie sie selbst, wegen des ungewöhnlichen Lärms unterwegs waren, traf Clementine auf einen Expeditionsangestellten der Kölnischen Zeitung, den sie ansprach und um Erklärung ersuchte.

»Es hat Vorfälle gegeben, die es nun verlangen, dass sich der Erzbischof aus seinem Sprengel entfernt«, sagte der Mann.

»Aber inwiefern? Er ist doch erst kürzlich gewählt worden und soll jetzt schon wieder entfernt werden. Warum?«

»Er hat sich nicht an die Vorschrift gehalten«, erklärte der Mann, »dass die Kinder im Glauben der Väter zu taufen sind. Spiegel ist damit sehr feinsinnig umgegangen, er hat es den Gemeindepfarrern überlassen, das Für und Wider einer solchen Vorgehensweise abzuschätzen und nach eigenem Gusto zu verfahren. Das hat viele Jahre ohne Aufsehen funktioniert. Aber Graf Droste wollte sich und seine Person präsentieren, scheint mir, wollte in besonderer Art zur Ansicht bringen, dass er der katholischen Kirche vorsteht. Und er hat sich vehement gegen diese Anordnung gestellt. Der König, der ihn ja mit großem Wohlwollen und seiner Befürwortung in Köln haben wollte, hat sich mehrmals an ihn gewandt und ist sogar zu einem persönlichen Gespräch mit dem Erzbischof zusammengetroffen. Später hat er ihm noch einmal eine Mahnung geschickt, damit er sich bedenke: alles ohne Wirkung. Und so ist es nun zu diesem Eklat gekommen. Wir sind nicht mehr im Mittelalter, wir müssen anerkennen, dass es die Französische Revolution gab, eine Vernunftreligion, eine Verfassung, während deren Dauer unsere Kathedrale zum Kornlager wurde. Warum sind wir nicht alle miteinander froh, dass wir nun wieder unter einer christlichen Regierung stehen, der die Belange der Kirchen wichtig sind, allerdings eben nicht nur jene der katholischen Lehre? Und das hat unser Erzbischof nicht beachtet, dass es trotz seiner Macht einen Arm gibt, der stärker ist als seiner und länger.«

»Darüber hinaus«, sagte Isenkrahe, dem sie beim Heimweg begegnete, »hat unser neuer Erzbischof, muss man sagen, die Herzen der Kölner nicht so erreichen können, wie es unser liebenswerter Graf Spiegel – Gott sei einer Seele gnädig – vermochte. Es gab in Bonn einen Professor Hermes, dessen Schriften nicht in Übereinkunft mit dem päpstlichen Stuhl waren und vom Heiligen Vater missbilligt und alsbald mit Genehmigung der Regierung verbannt wurden. Der Erzbischof aber wollte zusätzlich auch noch ein Verbot der Vorlesungen von Lehrern, die in irgendwelchem Zusammenhang mit Hermes gestanden hatten, und das ging allen zu weit. Die Einladung, sich von der einwandfrei vermittelten Lehre zu überzeugen, nahm er nie an und ließ keinen der von ihm angegriffenen Seminarleiter zum Gespräch zu sich, sondern hieb lieber aus der Ferne gegen die sogenannten Feinde der katholischen Christenlehre.«

Obwohl in der Folgezeit an jeder Häuserwand zu lesen war: *»Jeder Geschäftsverkehr mit dem Erzbischof ist untersagt, er muss seinen Wohnsitz außerhalb des Sprengels nehmen und darf seine erzbischöflichen Ämter nicht ausführen. Der päpstliche Stuhl wird hierüber benachrichtigt«*, blieb die Aufregung in der Bevölkerung gering, und auch Clementine hatte nicht mehr als ein Achselzucken dafür übriggehabt, bis zu jenem Tag, als sie auf Herrn Delimont aus Bonn wartete, um ihm eine neue Lage ihrer Fabrikate auszuhändigen, jener aber nicht erscheinen konnte, weil die Tore wie im Krieg bewacht wurden und weder Beamte noch Geschäftsleute Einlass erhielten, aus Angst, wegen des Namenstags des Prälaten werde es womöglich zu Ausschreitungen kommen. Es kam dann tatsächlich zu Protesten, an denen sich sogar Clementine beteiligte. Die allerdings betrafen lediglich die Einschränkung der Freiheit. Mit der Ausweisung des Oberhirten hatte das nichts zu tun. Der Fackelzug ging genauso friedlich zu Ende wie zwei Tage vorher die Feierlichkeiten zum vierzigsten Jahrestag des Regierungsantritts des Königs. Das preußische Militär registrierte dies mit einigem Erstaunen und zog bald wieder ab, sodass das Leben in der Stadt weitergehen konnte, durch den November hinein in die Weihnachtszeit. Mitte Dezember, als

Clements erneut zum Treffen der Eisenbahngesellschaft nach Köln kam, brachte er seine Frau mit. Diesmal saßen sie in anderer Formation um den Tisch, sodass Clementine der Tatsache ins Auge blicken musste, dass er nicht der Hausherr war, dort am Kopf der Tafel, und dass nicht sie zu ihm gehörte, sondern Bella, diese wunderschöne und liebenswerte Gemahlin, die, wie Clements ihr erklärt hatte, aus einer honetten Familie stammte und die er aus Kalkül geheiratet hätte, wegen der Möglichkeiten, die sich hieraus für ihn ergeben würden, im Geschäftlichen Erfolge einzufahren.

»Und die Liebe?«, hatte Clementine gefragt.

»Geliebt habe ich immer nur dich«, hatte Clements leise geantwortet und seinen Blick gesenkt. War das nicht genug für alles weitere Leben? Warum sollte sie sich jetzt beklagen, dass eine andere an seiner Seite war, wenn es doch sie selbst war, die in seinem Herzen wohnte?

In jenen Tagen wurde ein kleines Mädchen geboren, dem seine Mutter Juliane den Namen Clementine gab, mit der Bitte, die Klosterfrau möge die Patenschaft übernehmen. Voller Freude stimmte Clementine zu. Ein Kind im Arm zu halten und es über dem Taufbecken dem Herrn anzuvertrauen – es war, als wäre dieser Moment einer von jenen, die sie näher zur Wahrheit führten. Vor Glück weinte sie ein bisschen, wie damals, als Juliane ihrem Heinrich das Jawort gegeben hatte. Es kam ihr vor, als erlebe sie in diesen beiden Menschen die immer neue Geschichte der Liebe, nur mit einem anderen Ausgang als jenem, der ihr und Clements beschieden war. Kurz nach diesem sonnigen Januartag, den er so fröhlich und stolz mitgefeiert hatte, starb Johann Fusen, Heinrichs Vater und Großvater dieser beiden jungen Kinder. Anna Maria, seine Ehefrau, schrie vor Schmerz, und Heinrich war so erschüttert, dass er sich einen Tag lang zurückzog und weinte, wie Juliane zu berichten wusste. Johann Fusen war zweiundsiebzig Jahre geworden, aber dann starb Heinrichs Tante Odilie vom Thürmchenswall mit einundsiebzig Jahren, und Erzbischof Spiegel gar war noch jünger gewesen, als er die Augen für immer schloss. Darüber hinaus listete die Rubrik »Zivilstand« in der Zeitung unter »Todesfälle« Menschen auf in Lebensjahren, die sie selbst bereits längst überschritten hatte. Manchmal wäre es wohl gut zu wissen, wie lange der Weg hier auf Erden noch gegangen werden durfte, aber wenn sie wüsste, dass morgen der letzte Tag anbräche oder nächste Woche, was würde sie tun? Selbst wenn ihr noch ein Jahr bliebe ... würde sie dann noch planen und sich über Erfolg und Weiterkommen freuen? »Der Herr weiß, wann meine Kerze herunterbrennt, ich will vertrauen, dass in jenem Moment alles getan ist, was ich hatte tun sollen, alles Leben gelebt, dessen ich bedurfte, und dass der Herr mich gnädig aufnimmt und meine Sünden nicht anschaut oder jedenfalls nicht über das Gute stellt, das ich versuchte zu tun ... amen.«

Am Sonntag, bei den Fusens in der Weidengasse, wo Clementine ihr Patenkind besuchte, geriet sie in die Diskussion über ein paar Zeitungszeilen, die wie eine Nestbeschmutzung klangen und doch sehr viel Wahrheit in sich trugen. *»Bei der ersten Anregung nehmen die Kölner so starke Anläufe, dass ihnen auf halbem Wege der Atem vergeht, sie suchen dann das erstbeste Schöppchenhaus, freuen sich des leichten nationalen Trankes, erzählen sich, was sie hätten tun können, und gehen oder wanken wieder nach Hause.«*

Wenn der Verfasser ein Zugereister sein sollte, meinte Heinrich, wäre es eine Unerhörtheit, sich in solcher Form zu äußern und sich zu erdreisten, ein Urteil über die Kölner Lebensart und -lust zu fällen.

»Achtung«, sagte Juliane, »Schwester Clementine ist auch eine Zugereiste, und im Übrigen denke ich, dass es sich genau so verhält, wie der Schreiber geschrieben hat.«

Heinrich stand auf. »Du haust also in die gleiche Kerbe, du bist auch eine Kölner Bürgerin, das betrifft dich doch ebenso.«

Juliane warf den Kopf zurück und antwortete sehr selbstbewusst: »O nein, ich gehe doch nie ins Schöppchenhaus und wanke nach Hause, und überhaupt, es ist da nur von ›dem Kölner‹ die Rede, nicht von ›der Kölnerin‹.«

Heinrich legte die Zeitung zusammen und wandte sich lieber dem Schmackhaften zu, in Form von Kuchen und Kaffee, einer Zigarre, einem Gläschen Wein.

Clements kam immer unangemeldet und meistens allein. Obwohl tagsüber Peter zugegen war und oftmals auch Juliane oder das Dienstmädchen, kam es Clementine vor, als ob diese Augenblicke nur ihr gehörten. Wenn er ihre Hand in seine nahm, wenn er über den Büchern, die er jedes Mal gemeinsam mit ihr prüfte, seinen Kopf ganz nah bei ihrem hatte, wenn er diesen einen Moment länger in ihre Augen sah, dann fühlte sie sich geborgen wie im Arm ihrer Mutter. Dann wuchs wieder die Stärke in ihr, die Freude auf neues Tun und auf die Zukunft, die in solchen Momenten weit und hell vor ihr zu liegen schien.

»Die Eisenbahnerdarbeiten laufen in vollem Gange«, hatte Clements auf Peters Frage geantwortet, »aber es gibt, wie sollte es anders sein, noch immer Schwierigkeiten bei der Erwerbung des Grundeigentums. Es sind immerhin mehr als dreitausend Eigentümer, mit denen verhandelt werden muss, und die gesetzlichen Formalitäten dauern gehörig lange. Auch eine Domanialforstparzelle muss die Bahn noch erwerben, jedoch günstig, habe ich gehört, damit es nicht so scheint, als ob die Staatsregierung dem nützlichen Eisenbahnunternehmen hinderlich sein wollte.«

Er hatte die zweite Einzahlung von zehn Prozent geleistet, und als er vor der Abfahrt noch einmal an Clementines Tür klopfte, war sie froh, dass sie endlich wieder mit ihm allein war.

»Eine kleine Viertelstunde«, sagte er, »nur um zwei Fläschchen zu erwerben, für Bella und meine kleine Mine.«

Wie stets war er auch diesmal bemüht, den guten Eindruck zu erhalten, und mehr und mehr gewöhnte sich Clementine an seine Distanz. Das, was ihr früher bei einem Wiedersehen mit ihm erstrebenswert gewesen war, schien verklungen zu sein. Statt der Arme, die sie um sich spüren wollte, sehnte sie sich jetzt nur noch nach seiner Gegenwart. Es reichte, von seinen Augen gestreichelt zu werden und von seiner Stimme berührt. Darüber hinaus ging sie hier in der Stadt, genau wie Clements in Brüssel, ihren Geschäften nach, freundlich und sittsam, eine Klosterfrau eben, jedoch war ihr mittlerweile klar, dass der Kampf, den sie gegen Gerüchte, gegen Verleumdungen und Fälschungen führen musste, ein dauerhafter Begleiter sein würde.

Über etliche Tage hinweg gab es in den Zeitungen ein Hin-und-Her-Gezerre zwischen der Firma Johann Maria Farina gegenüber dem Jülichplatz und der Firma Johann Maria Farina gegenüber dem Jülichplatz 2 über die Frage, wer tatsächlich die älteste Destillationsfabrik betreibe. Apolina Aldenbrück, Inhaberin der Nr. 2, wollte dieses mit der aufwendigen Prägung des Handels- und Familiensiegels von 1664 auf ihrer Banderole beweisen. Vor allem jedoch wollte der eine auf keinen Fall mit dem anderen verwechselt oder auch nur in Verbindung gebracht werden. Warum konnte man sich nicht abgrenzen und dennoch brüderlich miteinander umgehen? Clementines Bonner Depotverwalter Delimont, der außer ihren Fabrikaten auch noch Teile der königlichen Porzellanmanufaktur in Berlin auf Lager hielt, hatte sich eines Tages öffentlich gegen den Vorwurf wehren müssen, es handele sich hierbei um Ausschussware, und selbst der Erzbistumsverweser Hüsgen konnte sich erst mit der offiziellen Bestätigung des Papstes vom Verdacht der unerlaubten Amtsausübung befreien.

»Warum misstrauen wir uns gegenseitig dermaßen, dass der eine des anderen Prüfer wird, dass wir uns gegenseitig umkreisen und keiner dem anderen mehr wirkliches Vertrauen schenken kann?« Clementine war beim Morgenlob in Maria im Pesch und fragte Gott nach seiner Ansicht. Aber Gott schwieg an diesem Morgen, vielleicht hatte er Wichtigeres zu tun und seine Augen gerade nach den Fusens im Thürmchenswall gerichtet, wo in diesem Augenblick ein kleines Mädchen geboren wurde.

»Sibilla soll sie heißen«, rief Juliane, als Clementine zur Tür hereinkam. »Ich hoffe, sie bleibt gesund!« Vielleicht interessierte sich Gott nicht für Geschäftsprobleme, vielleicht war ihm wichtiger, sich um die jungen Mütter zu sorgen, damit sie nicht im

Kindbett vergingen, um die neuen Kinder, dass sie wuchsen und am Leben blieben, und um die vielen Kranken, die in den Hospitälern dahinsiechten, weil es trotz der großen Fortschritte in der Medizin und auch in der Hygiene, über die sich Clementine besonders freute, noch immer so viel Leid gab.

Juliane, diese hübsche junge Mutter, war für Clementine so etwas wie ein jüngeres Ebenbild geworden. All jenes, was sie in ihrem Leben nicht hatte erreichen können, wollte sie für Juliane von Gott erbitten. Ihr Lachen durchdrang alle Mauern, auch solche, die um die Herzen errichtet waren. Wenn die Kinder im Haus spielten, fühlte Clementine, wie die Angst sich verlor, die Angst vor der Kälte des Lebensabends, die Angst vor Krankheit und Tod, auch die Traurigkeit, die sie hin und wieder wegen des nicht gelebten Lebens spürte. Manchmal verschwand sogar die Furcht davor, dass jenes stille Geheimnis in ihrem Herzen sie eines Tages zu Fall bringen würde, wenn die Wahrheit sich auftäte, dass sie jahrelang vom Mord an Anna Farina gewusst und geschwiegen hatte. Sobald das Haus still wurde, sorgte sie sich wieder, dass man ihr zur Last legen konnte, sie selbst und ihr Gewerbe wären der Grund für jenes Verbrechen gewesen, vor allem ihr Verharren auf dem einzig echten, dem gehüteten Rezept, das sie nicht in christlicher Nächstenliebe auch anderen zugänglich machen wollte, wäre die Grundlage zu allem Bösen …

»Hier im Feuilleton der Kölnischen«, sagte Juliane »steht ein Vers über Dichterinnen mit der Überschrift: ›*Soll ein Weib schreiben oder soll sie nicht.*

Schreiben soll sie, wenn sie's kann,
oder wenn es wünscht der Mann.
Und befiehlt er gar's ihr an,
Ist es eheliche Pflicht.
Aber schreiben soll sie nicht,
Wenn es ihr an Stoff gebricht
Oder an gehörger Zeit
Oder gar an Fähigkeit
Oder mit zerrissnem Kleid.

Schreiben soll sie früh und spät,
Wenn es für die Armut geht,
Wenn sie sonst was Schlechtres tät.
Aber schreiben soll sie nie,
Wenn durch ihre Phantasie
Leidet die Ökonomie.
Und nun sag ich's noch zum Schluss:
Lebt in ihr der Genius,
Wird sie schreiben, weil sie muss.‹

… und jetzt frage ich mich, ob ich solch eine bin mit dem Genius.«

»Freilich«, sagte Clementine, »wenn du ihn in dir spürest, nimm Papier und Stift zur Hand und schreibe, was dir in den Sinn kommt.«

Jedoch schrieb Juliane niemals eine Zeile. Sie kochte und putzte, sie wusch und grub und pflanzte, sie wiegte die Kinder und sang sie in den Schlaf, sie stützte die Großmütter beim Gehen und überhaupt in allem. Daneben kam sie hin und wieder zu Clementine, um auch hier ihre Hilfe zu verschenken, denn wenn Clementine ihr nicht jedes Mal ein Geldstück aufgezwungen hätte – sie hätte niemals nach einem solchen gefragt.

Alles ging seinen Weg, die Jahreszeiten ebenso wie die Lebensjahre. Am 3. August war der König neunundsechzig geworden. Warum war es so, dass der Mensch in seiner Jugend so eilig dahinlief, seinen Blick weit nach vorn, in die Zukunft gerichtet, es kaum erwarten konnte, weiterzukommen, und wenn er erreicht hatte, was in seinem Kopfe gegründet war, wenn er sich stolz am Ziele meinte, war sein Rücken krumm, sein Gesicht voller Falten, sein Haar weiß, und sein Herz zitterte in der Furcht vor dem Ende.

»Vom ersten Atemzuge an gehst du unentwegt auf den letzten

zu, das Ziel deines Lebens ist der Tod«, sagte Clements an einem sonnigen Vormittag, als er eintrat mit der Bitte um ein Kräutlein, das ihn von seinen Brustkrämpfen erlösen könnte, und Clementine ihm riet, sich zu schonen, sein Alter ernst zu nehmen und sich des Lebens zu erfreuen, statt von einem Gewinn zum nächsten zu eilen.

»Was ist aus den Ideen deiner Jugend geworden?«, fragte sie ihn. »Warst du nicht einstmals ausgezogen, die Freiheit zu suchen, die Gleichheit genau wie die Brüderlichkeit? Und jetzt? Nennst du das Volk noch immer das Heer der Helden, oder sind sie für dich mittlerweile auch Pöbel geworden, wie mein Vater sie nannte? Bist du dir bewusst, wie sehr du nun jenen gleichkommst, die du vormals bekämpftest? Wolltest du so sein, mit der Gicht in den Knochen, der Krankheit der Reichen, wie es früher hieß?«

»Alles, was ich erreichen wollte, warst du oder vielmehr die Hochachtung deines Vaters, dass er mich ansieht als einen, der seiner Tochter würdig ist. Nur darum wollte ich vornehm werden, vermögend und zu denen gehören, denen man Beachtung schenkt. Warum bist du ins Kloster gegangen, Wilhelmine? Es hätte mich fast umgebracht, als dein Vater mir sagte, du seiest verlobt und werdest bald die Ehe eingehen mit Carlos di Gianello …«

»Warum glaubtest du ihm, warum gingst du nicht zu meiner Mutter oder fragtest Albertine? Das Gelübde tat ich nur, weil du mich aufgegeben hattest.«

»Ach Wilhelmine, warum haben wir nicht einander vertraut, eine Liebe wie die unsere hätte nicht verloren gehen dürfen.«

»Sie ist nicht verloren gegangen«, sagte Clementine leise.

»Dann müsste ich dich jetzt in den Arm nehmen, dir dein Nonnenhabit vom Leibe reißen und mit dir bis ans Ende der Welt fliehen.«

Sie standen so nahe beieinander, dass Clementine meinte, seinen Herzschlag zu hören.

»Bitte geh jetzt«, sagte sie leise und schob ihn zur Tür hinaus.

Auch sie selbst arbeitete zu viel, und welchen Grund könnte sie dafür nennen, wenn Clements sie fragen würde: Warum? War es die Sehnsucht nach seiner Liebe, die sie getrieben hatte, etwas zu schaffen, das ihn zurückbrächte? War es dieser Gedanke, der sie wach gehalten hatte, der sie nicht losließ, bei Tag und bei Nacht? Hatte sie das Loch in ihrem Herzen auffüllen wollen, das Loch, das Clements damals zurückgelassen hatte?

Mittlerweile gab es eine Eisenbahnstrecke vom Thürmchenswall bis Müngersdorf, und Peter gehörte zu den ersten Reisenden. Voller Freude erzählte er Clements davon und war begierig zu erfahren, was weiterhin geplant war. Camphausen hatte eine Eisenbahngesetzgebung herausgebracht, und auch das Steuerabkommen war von der Regierung vertrauensvoll abgesegnet worden.

Peter lachte und rief: »Der Fortschritt ist nicht mehr aufzuhalten.« Und das klang wie der Beginn einer Hymne.

»Wir sind in eine unruhige Zeit hineingeboren worden, Wilhelmine«, sagte Clements später, als der Junge zu Botendiensten unterwegs war und er mit Clementine am Tisch saß, zu Tee und ein wenig Gebäck, das, wie er bemerkte, er sich früher so sehr in ihrem Elternhause gewünscht hätte. »In eine von Widersprüchlichkeit geprägte Gegenwart, die alles Vergangene aufgeben wollte und mit Scheuklappen in die Zukunft stürzte. Mittlerweile ist vieles gleichgebügelt worden und das Unterste wieder nach oben gestülpt. Der Bund der Geächteten ist zum Bund der Gerechten geworden, und Frankreich hat sich an die nordischen Mächte angeschlossen, um damit einen Gegenpol zum Geist der Revolution zu schaffen. Das neue Frankreich, die Gewerbetreibenden, die Reichen, wollen Ruhe und Frieden, harmonisieren mit demjenigen, der gerade an der Regierung ist, und sie wollen auf keinen Fall wieder Umwälzungen durch Attentate wie die Ermordung Ludwig Philipps oder durch einen Krieg.«

»Niemand will das«, antwortete Clementine, »auch die Armen wollen weder Krieg noch irgendwelche Umstürze, jedenfalls die meisten von ihnen. In ihrem Inneren sind die Menschen gewöhnlich nur darauf aus, sich ein bisschen Glück in ihr Leben zu holen. Jede Aussicht, etwas Besseres zu erhaschen, macht sie hinter dem Glücke herlaufen, oftmals so hastig und schnell, dass sie es bei ihrer Jagd auf immer verlieren, wie die vielen Soldaten unter Napoleon, die meinten, ihr Land nach vorne zu bringen. So viele haben dabei im Schlamm und Morast der Schlachtfelder ihr Leben gelassen, und heute könnte man sich zu Recht fragen, warum.«

»O doch, es hat viel gebracht, liebste Wilhelmine, sieh nur, wir beide können heute ohne Angst – und nicht mehr nur geheim im Vorraum der Kirche – miteinander reden, daneben gibt es andere Vorteile, wenn man bedenkt, dass der neue Gefängnisbau in Köln nicht nur architektonisch gelungen ist. Er erhält selbst dem Züchtling seine Menschlichkeit und stellt ihm ordentliche Schlaf- und Wohnräume zur Verfügung wie auch helle Essgemächer und sogar eine Kapelle. Es gibt eine Trennung nach Vergehen, nach Alter und Geschlecht, und so könnte man denken, dass es sich für den gemeinen Kriminellen nicht mehr so abschreckend auswirkt, wenn ihm eine Zeit lang der Kerker droht.«

Clementine lachte. »Dennoch ist ein hoher und, wie man sagt, unbezwingbarer Zaun darum, die Freiheit werden sie wohl doch vermissen.«

»Und du?«, fragte Clements. »Hinter den Klostermauern? Warst du nicht auch eine Gefangene?«

»Ich war oftmals außerhalb unterwegs, zum Hospital, zum Schloss der Fürstin, sogar einmal zu einem Konzert deines Bruders Ludwig …«

»Wo du ihm zurückgabst, was ich dir einst schenkte.« Clementine senkte die Augenlider und nickte. An der Tür drehte sich Clements noch einmal um: »Ich denke daran, ein Grundstück in Köln zu erwerben, von der Witschgasse und der Follerstraße gibt es jetzt direkte Zugänge zum Rhein, und gestern habe ich mir die lithographische Zeichnung des Projektes der neu erschlossenen Baugrundstücke mitgenommen und dabei deine Adresse angegeben, weil ich nicht sicher war, ob sie es auch an einen aushändigen würden, der kein Kölner Bürger ist.«

»Obwohl doch gerade erst die Unabhängigkeit und Neutralität Belgiens auch von Preußen anerkannt worden ist«, erwiderte Clementine und versteckte ihre helle Freude und die aufkeimende Hoffnung, dass ein Grundstück in Köln vielleicht bedeuten könnte, dass er dort ein Haus errichten und in Bälde stets und ständig in ihrer Nähe weilen würde.

»Sultanswasser« war der Name eines Produktes, das Peter eines Tages mitbrachte. Es wasche die Haut weiß, putze die Zähne blank, mache den Bart weich zum Rasieren und sei darüber hinaus geeignet, den Rockkragen zu reinigen, wenn jener voller Fett sei, wie auch sonst dieses Mittel zu allem Weiteren nützlich sei, wie etwa gegen Flecken von Öl, Fett und Wachs …

»Hör auf«, rief Clementine bei der Aufzählung der Wunder, die jenes Mittel zu vollbringen in der Lage sein wollte, »viel zu dick aufgetragen …«

Peter hob mahnend den Finger und bemerkte:

»Ebensolches habe ich auch dabei empfunden und wollte Sie bitten zu bedenken, dass vielleicht auch in unserem Zettel, der dem Melissengeist beiliegt, einige Anwendungen zu streichen sein sollten, wegen der Glaubwürdigkeit.«

»Wie das?«, empörte sich Clementine. »Solches werde ich gewisslich nicht tun, denn unser echter Karmelitergeist ist seit alters her und stets aufs Neue eben zum Guten für solcherart Gebrechen immer ausgezeichnet angewandt und für heilsam befunden worden.«

Am nächsten Morgen las sie die Anzeige von der Pianoforte-Niederlage in der Friedrich-Wilhelm-Straße, und seit sie kurz nach dem Jahreswechsel zum ersten Male dorthin gegangen war, ließ sie der Gedanke nicht mehr los, ein solches Instrument zu erwerben, um damit noch einmal jene Zeiten zurückzurufen, jene Stunden, wo Clements und sie in Jever gemeinsam am Klavier gesessen hatten.

Clements kam im März, und diesmal gingen sie noch einmal gemeinsam zum Rhein.

»Es gibt wieder Ereignisse, die weitreichende Bedeutungen haben. Talleyrand hat geäußert, die Diplomatie sei eine Wissenschaft, die er nicht mehr verstehe. Und das ist gut, dass so einer erkennt, dass sie mit Intrigen verseucht ist, die sogenannte Diplomatie, und in ihrer hergebrachten Weise heutzutage nicht mehr zu gebrauchen, heutzutage, wo die Cabinette nicht mehr abgeschlossen dastehen, sondern mittendrin im Volk, von wo aus sie den Puls der Zeit spüren. Jetzt endlich sind wir so weit, die eigene Ruhe mehr zu achten als die Ruhe der Fürsten. Die Ideen sind in dieser Zeit des Fortschritts so mächtig, es gibt so viele, dass sie die materiellen Interessen überholen, dass sie sogar die sinnliche Welt überholen.«

»Nein, Clements, die Sinne sind es, die uns weiterbringen, dazu gehören Liebe, Glaube, auch die Angst und die Traurigkeit. Von diesen werden wir durch unser Leben geleitet, alles andere ist nicht mehr als Beiwerk, das Produkt unseres Verstandes, der sich zuzeiten aufmacht, der Seele das Zepter entreißen zu wollen, die aber hält es sehr fest in ihren feinen Händen.«

Clements blieb stehen. Er legte seine Hände auf ihre Schultern, und Clementine wünschte sich, er würde sie für immer dort lassen.

»Weiterhin werden Kriege geführt, und manchmal schließen sie einen bewaffneten Frieden, aber wie kann es ein Friede sein, wenn er an Bedingungen geknüpft ist? Ach Wilhelmine, warum sind wir immer noch nicht, wo wir hinwollten, damals in unseren jungen Jahren.«

An diesem Tage sah Clements müde aus und alt. Beim Abschied wollte Clementine sein Gesicht streicheln, aber bevor ihre Finger seine Haut erreicht hatten, ließ sie sie wieder hinabsinken. Nein, wie hatte es Clements genannt, damals nach der Rückkehr aus Jever: »Es soll nichts geschehen zwischen uns, was nicht dem entsprechen kann, des Standes wir sind.« Und so wollte sie es halten. Bevor er ging, ermahnte sie ihn, den Arzt in Brüssel zu konsultieren, und bestellte Grüße an seine Familie.

»Ich habe die Klosterfrau und ihren Karmelitergeist, wessen Medizin sonst sollte mir mehr nützen können?«, sagte Clements lachend und ging.

Bella blieb eine Freundin. Wenn sie hin und wieder allein in Köln weilte oder mit den Duponts unterwegs war, verbrachte Clementine immer einige Stunden mit ihr.

Beim ersten Mal, nachdem sie von Jever zurückgekehrt war, hatte sie darüber nachgedacht, ob sie ihr von ihrer früheren Freundschaft mit Clements erzählen sollte, ohne das Wort »Liebe« einzuflechten. Aber dann entschloss sie sich, alles beim Alten zu lassen, und da die Beziehung zu Clements sich auch jetzt eher wie eine Altersfreundschaft darstellte denn wie die Leidenschaft zweier Liebender, fühlte sie sich niemals schuldig. Bella war Clements' Frau und die Mutter seiner Kinder. Die hatte sie ihm gewünscht, damals in Tirlemont, als er sie als seine Braut nach Brüssel holen wollte und sie ihn fortschickte.

König Friedrich Wilhelm III. war kurz vor seinem siebzigsten Geburtstag gestorben. Das Volk hatte ihn verehrt, und auch Clementine trauerte um diesen Landesvater, der sich ihrer in so vielfacher Weise angenommen hatte, damals nach Waterloo, als er sie mit dem jährlichen Legat beschenkte, und später, als sie die Erlaubnis erhielt, den Preußischen Adler auf ihren Banderolen zu verwenden. Der König ist tot. Es lebe der König. Noch am selbigen Tage sukzedierte Friedrich Wilhelm IV. seinem Vater.

»Die Fürsten sind die Namen der Völker«, sagte Esser, »leider hat man die wunderbaren Eigenschaften unseres alten Königs in der Gesamtheit des Staates nicht unsterblich machen können. Das wäre beglückend für uns alle. Sein Sohn muss sich erst bewähren.«

»Vor allem ist er für den Weiterbau des Doms«, sagte Clementine, »und das ist ein gewichtiger Grund, dem neuen König die Ehre zu geben.«

In der Stadt schien man Clementines Ansicht zu teilen, denn kaum war die neue Majestät im Amt, hatte August Reichensperger die Idee vom Dombauverein. Im Herbst schickten mehr als zweihundert Kölner Bürger eine Immediateingabe zur Vereinsgründung an den König. Darin bezeichneten sie den Dom als Sinnbild des preußischen Staates und erklärten, dass der Weiterbau und die Vollendung dieser Kathedrale untrennbar mit dem Prestige der preußischen Monarchie verbunden seien. Clementine war begeistert. Sollte der Dom weitergebaut werden, wäre sie wunschlos glücklich. Sie hatte eine Firma gegründet und Clements wiedergesehen. Wenn die Kathedrale der Fertigstellung zustrebte, wollte sie deren Vollendung gern vom Himmel herab ansichtig werden.

Im Herbst lud Clements sie zu einer Eisenbahnfahrt vom Thürmchenswall nach Müngersdorf ein. Als sie an der schnaubenden Lokomotive vorbei zum Wagen ging und einstieg, wurden ihre Handflächen feucht.

»Zwei oder vier Pferde da vorne wären mir lieber«, gestand sie, als sie sich vorsichtig auf dem Sitz niederließ. Der Start war langsam, ähnlich der Kutschenfahrt, wo die Pferde sich zuerst warm laufen mussten, aber schließlich glitt die Umgebung so schnell an ihr vorüber, dass ihr schwindlig wurde, auch, weil diese Art der Fortbewegung ihr wenig natürlich erschien, wenig den menschlichen Bedürfnissen entsprechend.

»Aber, Wilhelmine«, sagte Clements, als sie ausstiegen, »dies ist die Fortbewegung der Zukunft, und bedenke nur, wie schnell du demnächst zu deinen Depots reisen kannst, wie schnell ich auch von Brüssel aus in Köln sein werde, wenn erst die Schienen bis Aachen und danach in Belgien verlegt sind.«

»Wolltest du nicht ein Grundstück in Köln …?«, flüsterte Clementine, aber weil in diesem Moment der Dampf mit solchem Lärm aus dem Schornstein des Höllentiers zischte, dass einem der Atem stillstehen konnte, hatte Clements diese Frage nicht hören können, und vielleicht war es auch besser so. Nach der erstaunlicherweise unbeschadeten Rückkehr gingen sie beide in den Dom. Clementine, um für die Bewahrung auf dieser gefährlichen Fahrt zu danken, und Clements, weil er ihr dort am nächsten sein konnte, im Schutz der Kathedrale, in der Kirchenbank und schließlich sogar kniend, mit gefalteten Händen und gesenktem Haupt. Clementine war so berührt davon, dass sie gern in dieser Haltung verharrte, trotz der Schmerzen, die sich von den Knien hochschraubten bis zu den Hüften, und sicher würde sie nachher fürs Erste keinen Schritt tun können. Als sie hochblickte und nach links, sah sie in Clements Augen, von denen sie zärtlich betrachtet wurde.

»Die Maiandachten«, sagte er leise, »die Vorabendmessen, es war immer der Kirchenraum, in welchem ich dir am nächsten sein konnte. Wilhelmine, du …«

In diesen Namen war alle Liebe eingebettet. Sie lächelte, legte den Zeigefinger auf die Lippen und erhob sich. Eine Weile blieb sie regungslos stehen, ehe der erste Schritt möglich war.

Am nächsten Tag kaufte sie ein gebrauchtes Pianoforte.

»Zur Probe«, sagte sie dem Verkäufer, und als das Instrument angekommen war, hätte sie weinen können vor Glück. Als Clements kurz vor Weihnachten vor der Tür stand, führte sie ihn gleich dorthin, ließ ihn auf einem der beiden Stühle Platz nehmen, holte den Klavierauszug einer Bachkantate für vier Hände, legte sie auf den Ständer, setzte sich und platzierte ihre Hände auf die Tasten in Positur für den ersten Akkord. »Eins, zwei, drei«, zählte sie, und als die ersten Töne sich formten, war es, als hätte sich der Himmel aufgetan. Sie zitterte wie damals, verspielte sich, begann noch einmal, und als sie schließlich den Schlussakkord voll tönend und gemeinsam erklingen ließen, drehten sie beide wie auf einen höheren Befehl hin die Gesichter zueinander. Clements legte seine Hände um ihr Gesicht. So verharrten sie eine Weile wie für die Ewigkeit geformt. Die Hitze der Leidenschaft ist verflogen, dachte Clementine, aber die Wärme, welche stattdessen meinen Körper durchströmt, ist eine solche Wohltat.

»Ich habe dich vom ersten Augenblick an geliebt«, flüsterte sie, »ich war so verwirrt, dass ich keinen einzigen Ton herausbrachte, ich habe nur auf deine Hände geblickt, auf deine Finger, die über die Tasten liefen, und wollte dir immer so nahe sein, deinen Atem spüren, ich wollte dich nie mehr verlieren.«

Bevor Clements ging, sah er sie noch einmal lange an. »Es war wie die Schließung des Kreises, du und ich am Klavier. Hier, Wilhelmine«, sagte er und griff in seine Rocktasche, »dies gebe ich für die Ewigkeit zurück in deine Hände als ein Treuepfand für und für.«

Es war die Porzellanfigur, das Mädchen und der Junge von Rosen umschlungen, Clements' Geschenk an Wilhelmine, als sie vierzehn geworden war.

»Mehr als fünfzig Jahre ist es her, da ich dir dieses zum ersten Male schenkte, und du gabst es an Ludwig zurück zur Weitergabe an mich. Es war mein Halt in den Jahren danach. Wenn ich das Mädchen betrachtete, glaubte ich zu wissen, dass auch du noch immer an mich denkst. Deine Augen, Wilhelmine, sind wie damals, klar und feurig und wärmend zugleich. Und deine Stimme umhüllt mich wie ein Schutz vor allem Bösen. Leb wohl, bis wir uns wiedersehen.«

Clementine hatte nichts antworten können. Sie stand noch dort an der Tür, als Clements längst gegangen war, wie eine Figur in Stein gehauen, nicht fähig, einen Schritt zu tun, der sie wegbrächte von dieser Stelle des Glücks.

Am Abend fand sie den Zettel, der klein und verknautscht um den Hals des Pärchens geschlungen war: Die Schrift war nicht mehr zu lesen, aber Clementine wusste ja, wie die Worte lauteten, die Clements ihr damals geschrieben hatte, als sie vor Liebe krank in ihrem Bett gelegen hatte, als Carlos di Gianello ihr Ehemann hatte werden sollen, bevor sie ins Kloster gebracht worden war, weil die Mutter sie aus der Schusslinie bringen wollte. So lange war das alles her und doch, als wäre es gestern gewesen. Clements war ihr so nahe, dass sie seine Stimme oftmals zu hören glaubte, vor der Tür oder hinter ihr herrufend, wenn sie über die Straße ging, und mit diesem Beistand schienen die Tage wie von Sonne beschienen, obwohl der Jahreswechsel mit Sturm und Schnee einherging, sodass sie aus der Messe im Dom kommend kaum die paar Schritte zum Domhof bewältigte und kurz vor der Tür merkte, wie ihr der Rock hochgehoben wurde und die Haube sich löste und die Haare sichtbar wurden. Die Augen noch klar, die Stimme unverändert, dachte sie, jedoch der Körper verbraucht und die Haare schlohweiß.

Zum Neujahrstag waren in der Zeitung Verse zu lesen, die nachdenklich stimmten:

»Hast du nun dein Flügelpaar über uns gebreitet,
hast du Segen, neues Jahr für uns vorbereitet,
sei gegrüßt zu tausend Mal jubelnd eingeleitet,
wenn uns schon dein erster Strahl Hoffnung vorgedeutet.

Manches hat in früherer Zeit schmerzvoll sich geschaltet
doch auch manche Seligkeit über uns gewaltet.
Gönne, dass das Trübe sich freudig jetzt gestaltet,
gönne, dass das Liebe sich jetzt auch reich entfaltet.
Sind die Herzen doch so voll am geheimen Sehnen,
manch ein stiller Wunsch erscholl dir schon unter Tränen.
Gib, was frommt und heilen mag, deinen Erdensöhnen,
lass die Wünsche Tag um Tag fruchtlos nicht ertönen.
Was dein Füllhorn uns verschließt, mag ich nicht entklügeln,
wird es uns in kurzer Frist doch die Zeit entsiegeln …«

An einem Samstag brachte Clementines Hausmädchen aus der Gärtnerei Fusen eine russische Gurke mit, die mehr als zehn Pfund schwer war, im Fleisch wie der Blumenkohl wirkte und auch ebenso schmeckte.

»Die gibt es in Gewichten bis fünfzehn Pfund«, gab Juliane stolz bekannt. »Wir bauen jetzt auch den spitzen Kappus und den amerikanischen Sprossenkohl an und die wunderbaren Glaskohlrabi.« Julianes Mutter war im letzten Sommer gestorben. Jetzt war es Anna Maria Fusen, die hier und dort einsprang, aber auch sie war nicht mehr ohne Alterspein, und wenn Clementine hin und wieder zur Weidengasse kam, seufzte die alte Frau unter dem »Joch«, wie sie sagte, »das auf meinen Schultern liegt, seit den Tagen meiner Kindheit auf dem Bauernhof in Jülich. Ach, Schwester, manchen Tages wünschte ich, der Herr erlöste mich davon und nähme mich in seine Herrlichkeit, damit ich mich endlich ausruhen könnte.«

Juliane und Heinrich bewirtschafteten Hand in Hand beide Gärtnereien und schienen in dieser gemeinsamen Arbeit und als Eltern von mittlerweile drei Kindern eine glückliche Verbindung zu führen.

»Oftmals müssen wir auch sonntags zum Gießen und Unkrautrupfen in die Beete«, sagte Heinrich, »das geht nicht anders, und insofern können wir froh sein, dass die Anregung, unseren Sonntag ebenso still begehen zu müssen wie die Engländer, verworfen wurde.«

»Gewisslich«, erwiderte Clementine, »wir sind ja auch keine Puritaner und bedürfen solcher Zwangsregeln nicht, um uns als Christen zu fühlen. Wenn ihr morgens zur Messe geht, wird es euch niemand verdenken, wenn ihr euch am Nachmittag um die Pflanzen kümmert.«

Der Oberbürgermeister hatte sogar einen weiteren Grund angeführt, weshalb die englische Regelung nichts für Köln sein konnte. Es werde Reibungen mit der Polizei geben, und deren Folge könnte es sein, dass der blaue Montag noch zügelloser gefeiert würde.

Manchmal meinte Clementine unter den Klängen der Stadt während der Karnevalszeit erneut das Wort »Heuchlerin« zu vernehmen, und wenn ihr hier und da ein Zettel vor die Füße flog, trat sie rasch mit dem Fuß darauf. Beim nächsten Mal wollte sie Clements davon erzählen. Die Hoffnung darauf machte sie sicher und ruhig.

Während der nächsten Gesellschafterversammlung der Eisenbahn am 4. März ging es um die wichtige Planung einer Weiterführung der Schienen von Köln nach Minden, so jedenfalls hatte es in der Zeitung gestanden, und Clementine war sicher, dass Clements dabei sein wollte und hernach auf ein Stündchen zu ihr kommen würde, vielleicht noch einmal am Klavier ... Sie wartete vergeblich.

Karneval war vorbei, diesmal hatte der »allergepflopptesten Bericht an seine hanswurstliche Tollität« den Vorschlag unterbreitet, dass der gordische Knoten gelöst werden sollte.

Wegen der unabkömmlichen Dringlichkeit ihrer Fabrikation war Clementine allen Lustbarkeiten ferngeblieben, und selbst am Rosenmontag stand sie am Destillierofen und machte sich mit großer Freude an die Arbeit. Der Zuspruch war so groß, dass sie überlegte, einen weiteren Gehilfen einzustellen, da Julianes Zeit bis in die Ecken mit ihrem eigenen Leben ausgefüllt war.

An diesem Rosenmontag hatte sie wieder in der ständigen

Hoffnung gewartet, dass Clements den Tag nutzen könnte, um an ihre Tür zu klopfen, und als am Nachmittag wirklich der Türklopfer betätigt wurde, sprang sie auf, wischte sich die Hände an der Schürze ab und öffnete. Der Mann mit dem ins Gesicht gezogenen Hut, der schnell und keinen Widerspruch duldend ins Haus stürmte, war Johann. Für eine kleine Weile dachte Clementine, er komme, sie zu erschießen, aber Johann sagte: »Ich werde mich der Polizei stellen.«

Clementine kochte ihm Tee und Suppe, er aß drei Wurstbrote, und hinterher tranken sie Wein auf das Gewesene und auf das Zukünftige. Am Morgen darauf war Johann verschwunden und wie vom Erdboden gewischt. Er war nicht zur Polizei gegangen und hatte kein Schuldbekenntnis abgelegt. Wieder geriet Clementine in einen Strudel von Schuld und Gewissensnöten. Jedes Mal am Rosenmontag wurde ihre Seele krank vor Furcht. Immer neu erlebte sie in ihrem Inneren Anna Farinas Sterben mit, und jedes Mal spürte sie die Anklage, dass sie eine große Mitschuld an diesem Verbrechen trage. Hatten sie alle recht gehabt, die ihr von diesem neuen ungewohnten Weg abrieten? Ein Unternehmen zu gründen als Klosterfrau, sich im Geschäftsleben behaupten zu wollen und dazu in Köln im schwierigsten Metier der Kölnisch-Wasser-Fabrikation, die Wirtin in Düsseldorf hatte davor gewarnt und Annemarie Görres, besonders aber Gumpertz, der nicht aufgehört hatte, ihr klarzumachen, dass dies kein Leben für sie sei. Sie wünschte sich, Clements käme, damit sie sich ihm anvertrauen könnte, er würde ihrem Herzen Ruhe schenken, da war sie gewiss, Clements würde wissen, was zu tun war, aber Clements kam nicht.

Es wurde Sommer, Erzbistumsverweser Heusgen war gestorben, und da Graf Droste seine Geschäfte noch immer nicht wahrnehmen durfte, wurde der Domkapitular Müller mit der Verweseraufgabe betraut. Der künftige Dombauverein hatte bereits seine

Statuten niedergeschrieben, und Clementine, die gelesen hatte, dass darin die würdige Erhaltung und der Fortbau des Doms zu Köln als Zweck eingetragen war, fragte gleich diesen und jenen, wie und wann man dort Mitglied werden könnte. Es war gut zu wissen, dass immer mehr Menschen und auch Unternehmen ihre Taschen und Türen öffneten, um ihr Scherflein beizutragen, und die Aachen-Münchener Feuergesellschaft hatte dem Dombauverein sogar auf einen Schlag achthundert Taler zur Verfügung gestellt, mit der weitreichenden Folge, dass die Statuten sogleich um den Passus erweitert wurden, welcher besagte, dass die jährliche Schenkung von hundert Talern den jeweiligen Spender für ein Jahr zum Ehrenmitglied des Vereines machen würde. Es kam hier und allerorts auf die Form an. Die Gründung dieses Vereins war ein erster Schritt und eine gute Form, um die Finanzierung zu sichern, und ihm würden viele folgen, bis eines Tages diese Kathedrale vollendet war und alles Bisherige in den Schatten stellen würde. Gewiss würde auch Clements diesem Verein beitreten wollen, wenn sie ihm davon erzählte.

Am frühen Morgen des 25. Juni wurde Clementine vom Sturmgeläute der Kirchenglocken geweckt. Während der Nacht zuvor war sie mehrfach von heftigen Donnerschlägen erschreckt aufgewacht, und die Blitze hatten das Zimmer taghell erleuchtet. Nun sprang sie auf und lief zum Fenster. Über die Dächer hinweg sah sie den Feuerschein. Der Kirchturm von Klein St. Martin brannte, nicht auszudenken, wenn der Blitz in den Dom gefahren wäre ... Zwar begann sie diesen Tag früher als sonst, aber dennoch im Rhythmus aller Tage, mit dem Morgenlob, dem Gang zu den Armen und der Rückkehr zur Fabrikation. Das Dienstmädchen war für zwei Tage in die Eifel gefahren, und Clementine machte sich mittags die vorgekochte Suppe warm.

Als sie später im Comptoir die Bücher führte, stand plötzlich Bella vor ihr. »Ich habe geklopft, aber Sie haben wohl nichts gehört, ich hoffe, Sie sind mir nicht gram, liebe Schwester ...«

Sie war in Trauerkleidung gehüllt, und Clementine spürte einen Stich mitten durchs Herz, als wäre ein Schwert dort hindurchgezogen.

»Mein Mann ist vor drei Monaten gestorben«, sagte Bella, »wir hatten viel zu tun mit der Abwicklung der laufenden Geschäfte und dem Verkauf hernach, da die Kinder anderen Interessen anhängen. Heute erst komme ich dazu, mal wieder nach Köln zu reisen, um mich mit den wunderbaren Klosterfrau-Fabrikaten einzudecken. Nichts mehr hatte ich davon im Hause. Clements war ja letztes Jahr zum letzten Mal hier gewesen, und die Flaschen halten keine Ewigkeit ...«

Sie lächelte, aber als sie sah, dass Clementine offensichtlich mit ihren Büchern beschäftigt war, entschuldigte sie sich gleich und fragte, ob es am nächsten Tag vielleicht besser sei.

Clementine nickte und schaffte es, aufzustehen und den Gast zur Tür zu begleiten. Dann schob sie den Riegel vor und ließ sich auf den Boden sinken. Dort kauerte sie, bis die Dämmerung sie umhüllte. »Clements ist tot, und ich habe ihn nicht begleitet auf seinem letzten Gang, mich hat niemand benachrichtigt ... Clements ... Clements ...«

Sie wiederholte seinen Namen wie ein Klageweib, immer wieder »Clements« – so lange, bis ihr die Augen zufielen und sie eine unruhige Nacht begann, während deren sie oft erwachte, erstaunt erkannte, wo sie sich befand, und von einem Moment zum anderen begriff, dass die Welt sich verdunkelt hatte, dass der Geliebte nicht mehr unter den Lebenden weilte.

Als der Morgen hereindämmerte, stand Clementine auf, ging zu ihrem Schreibtisch und zog die oberste Schublade auf. Dort in der rechten Ecke lag die Porzellanfigur. Sie streichelte darüber und dachte, dass sie gern mit ihm gemeinsam diesen letzten Weg gegangen wäre, und stellte sich vor, wie sie mit Clements Hand in Hand vor der Himmelstür stünde, als Paar ins Paradies einträte, so wie es bei den Kaschmirfrauen üblich gewesen war, wo sich die erste Frau eines Mannes nach seinem Tod mit ihm gemeinsam verbrennen ließ, weil das Leben danach ohne Sinn war und weil es dem Gelübde entsprach, das sie ihm für die Vormachtstellung im Harem gegeben hatte. Jedoch was würden die Leute denken, wenn sie, die Klosterfrau, ihre Haare löste, sich Öl darüber gösse und danach schreiend durch die Straßen lief, um verbrannt zu werden? Oder nach Brüssel führe, sein Grab suchte und sich darauflegte, bis ihr letzter Atemzug getan war?

Sie schob die Schublade zu. Nein, Clements, in meinem Herzen lebst du weiter, so lange, bis auch ich meinen irdischen Gang beendet habe und wir uns wiedersehen.

Sie ging die Treppe hinauf und richtete sich für den Tag.

Peter hämmerte lange gegen die Tür, weil sie sich nicht öffnen ließ und ihn keiner hineinlassen wollte. Er war zwei Wochen lang zu den Depots unterwegs gewesen.

»Es ist gut, wenn man sich dort dann und wann sehen lässt«, hatte er gemeint, »ihnen blind zu vertrauen ist mir zu gefährlich.«

Clementine nickte und lächelte. Es war gut, dass sie diesen Jungen hatte, er war tatsächlich eine Stütze des Geschäfts und die Stütze ihrer alten Tage.

»Ich werde hierbleiben, für immer«, hatte er einmal gesagt. »Hier ist meine Heimat, ich fühle mich verantwortlich, als gehörte die Fabrikation mir.« Was würde sein, wenn sie die Augen für immer schlösse? Ohne eigene Kinder, denen sie vermachen könnte, was sie in den Jahren ihres Lebens gesammelt hatte?

Bellas Trauer war sanft und gefasst. Sie habe gewusst, dass er irgendwann sterben würde, sagte sie, als sie am nächsten Tag wiederkam. »Er war ja um etliches älter als ich. Wir hatten eine gute Zeit miteinander, er war mir ein treuer Ehemann und ein liebevoller Vater für seine Kinder. Was mehr hätte ich erwarten können? Er war fleißig und strebsam und letztendlich erfolgreich. Ich werde meinen Weg ohne ihn weitergehen, ich bin jetzt auch bereits in meinem zweiundfünfzigsten Lebensjahr, aber dennoch denke ich, dass mir noch ein paar Jahre bleiben. Vor allem mit den guten Tropfen aus Ihrer Produktion, liebe Schwester Clementine.«

Clementine redete mit ihr, wie man mit einer Witwe redet, fragte, ob ihr Mann gelitten habe, ob er schon länger krank gewesen sei und wie sein Sterben war.

»Er hatte schon seit einigen Wochen Brustschmerzen, bekam schlecht Luft, und schließlich konnte er nicht mehr aufstehen, blieb liegen und war zwei Tage später tot. Die Kinder waren unterwegs und ich bei einer Freundin zum Tee. Als wir heimkehrten, hatten sie ihm schon die Augen geschlossen. Es war ein Lächeln in seinem Gesicht, eine Seligkeit, die ich vorher nie darauf sah.«

Clementine schluckte.

»Wann ist er gestorben?«, fragte sie noch.

»Am 4. März«, sagte Bella, »aber jetzt muss ich meinen Einkauf tätigen und die Geschenkfläschchen für meine Freundinnen …«

Es war der Tag, an dem sie auf ihn gewartet hatte, immer wieder an ihn gedacht hatte, bei jedem Türklopfen aufhorchte …

An den Abenden im Dom blieb sie jetzt länger als sonst, verharrte in Stille und Schweigen und fragte sich manchmal, wie viele Jahre noch ihrer harrten hier auf Erden, oder waren es nur noch Monate, Wochen oder gar nur noch Tage?

Die Menschen, von denen sie sich begleitet gefühlt hatte, die ihr nahe gewesen waren, denen sie vertraut hatte … alle tot.

»Das Alter ist eine schöne Krone, man findet sie nur auf dem Wege der Mäßigkeit, der Gerechtigkeit und Weisheit.«

Dieser wundersame Spruch von Herder stand auf einem Blatt Papier, das sie eines Tages neben dem Destillierofen fand. Wer mochte es dort hingelegt haben? War es aus einem Buch gerutscht, oder hatte Clements ihr eine Botschaft schicken wollen?

Clementine nahm das Papier, faltete es mehrfach und steckte es unter ihr Habit, zusammen mit der Rezeptur und dem verknitterten leeren Zettelchen, das ihr Clements einst beschrieben und danach wiedergegeben hatte.

Mäßigung, das hieß keine Leidenschaften, keine Kämpfe. In allem würde sie sich mäßigen, in Freude und Schmerz, in Arbeit und Müßiggang würde sie ihrem Alter entsprechen.

Sie wollte daran glauben, dass die Verteilung der Güter, der Begabungen, der Erfolge, dass all dieses nach einem göttlichen Plan allen Menschen gerecht wurde. Aber tief in ihrem Herzen schrien Johann und Anna von Schuld und Sühne, und Clementines Gewissen hieb den Takt dazu, der in ihrem Kopf widerhallte wie das Trommeln beim Rosenmontagszug.

Am liebsten will ich mich der Weisheit unterwerfen, dachte sie. Die wird mich mäßigen und gerecht sein lassen, sie ist eine göttliche Kraft, sie lässt das Herz ruhig schlagen, und hinter der Stirn glättet sie die Wogen unruhigen Denkens und Fühlens. Von der Weisheit will ich mich fortan führen lassen, in diesem Jahr bis zu seinem Ende und danach so lange, wie es sein soll, denn in den Sprüchen steht: *»Weisheit ist besser als Perlen, und alles, was man wünschen mag, kann ihr nicht gleichen.«*

Das neue Jahr stand ganz im Fieber der Vorbereitung für den Weiterbau an der Kathedrale, und die Gründung des Dombauvereins sollte genau dieses Projekt fördern. In der Zeitung war zu lesen:

> *»Hoch und niedrig, arm und reich an Rang, geschieden oder gleich, wir bauen all zusammen einen Tempel hoch und himmelan, ein leuchtend Ziel auf jeder Bahn, ein Brand aus tausend Flammen, das ist ein herrliches Bemühn, das ist ein Streben stark und kühn, das ist ein glorreich Ringen, das ist unendlicher Gewinn, das ist einer neuen Zeit Beginn, das künftige Vollbringen.«*

Der Dombauverein vereinte sie alle: Royalisten und Republikaner, Protestanten und Katholiken, den preußischen König und den König von Bayern. »Alle mit der Gesinnung, dass der Dom zu seiner wahren Größe emporwachse, und zu ebendiesem Zeichen wird Eintracht und Ausdauer unser Wahlspruch sein«, sagte Stadtrat von Wittgenstein, nachdem er zum Vorsitzenden gewählt worden war, und schließlich meldeten sich auch die Frauen zu Wort: *»So lange nicht die deutschen Frauen mithelfen,* *den Dom zu bauen, gerät er nicht. Wir deutschen Frauen, wir helfen, den Dom zu bauen.«*

So stand es in der Kölnischen Zeitung, und Juliane rief: »Ja, auch wir werden uns einsetzen, wir Frauen in Köln und überall. Jetzt geht es weiter, der Dom wird fertig gebaut, für unsere Kinder wird er das große Sinnbild der Einheit werden, diese Stadt wird mit ihrem Dom in aller Munde sein … ich freue mich dermaßen …« Sie lachte. »Ob wir die Vollendung noch erleben werden …?«

»Ich gewisslich nicht«, antwortete Clementine, »aber du, Juliane, bist nicht mal halb so alt wie ich und wirst noch lange leben.«

»Wenn ich nicht im Kindbett sterbe«, sagte Juliane, »bei jedem Kind graut mir davor, und doch bin ich jedes Mal glücklich, wenn wieder ein neues Leben unter meinem Herzen erwacht.«

Diesmal war ihr Bauch vorgewölbt in einer Fülle, von der sie selbst überrascht war. »Es könnten zwei Kinder darinnen sein«, hatte die Hebamme gemeint. »Ja, und warum auch nicht!«, hatte Juliane daraufhin geantwortet und, als wollte sie die neuen Kinder schon jetzt liebkosen, voller Zärtlichkeit beide Arme um die große Wölbung geschlungen.

Niemals ist in meinem Leib ein neues Leben erwacht, dachte Clementine traurig, niemals habe ich gespürt, wie es ist, ganz eins zu werden mit jenem, den ich liebte …

Sie öffnete das Fenster, atmete tief und sah hinaus. Am Domkran flatterte die Riesenfahne mit dem Aufdruck »Protector«. Der König war angekommen, und die Stadt leuchtete ihm entgegen, in feierlichen Festtagsroben mit Schärpen in den Stadtfarben, es war, als würden die Menschen mit ihrer Stadt zur Einheit werden, zur Gemeinschaft von Frieden und Freude. Clementine fühlte sich eingebettet in dieses stolze Bürgertum, und auch sie selbst lief schließlich hinaus, um ihn zu sehen, den König, der sich mit großer Kraft für den Weiterbau des Kölner Doms eingesetzt hatte, der trotz seiner Hustenattacken und der Nachwehen einer Influenza im offenen Wagen und winkend durch die Straßen fuhr, einer, der die vor ihm knienden Bittsteller aufstehen ließ, bevor er sich ihnen zuwandte. Ein solcher Landesvater wird von seinem Volk geliebt, bedingungslos und hingabebereit. Ein König, der ein Herz hat für das Volk und allen ein Vater sein will. Schließlich öffnete der Dom seine Pforten für die Feierstunde, zu der jeder kommen konnte, der kommen wollte, Gläubige und Zweifler, Protestanten und Katholiken, Einheimische und Fremdlinge. Clementine erblickte Abraham Levis, der jetzt Auf der Litsch No. 1 gemeinsam mit dem Dombaumeister Zwirner wohnte, und lächelte ihm zu. Alle Menschen waren unter dem hohen Dach einer Kathedrale, die ihrer Fertigstellung entgegeneilte, vereint. Die offizielle Versammlung fand im Gürzenich statt, während der ein jeder aufgerufen war, sein kleines Opfer für den Dom und dessen Weiterbau zu geben. Nur einen Taler Beitrag per Jahr erforderte die Mitgliedschaft im Verein. Einen Taler, den konnte wohl jeder erbringen, ein kleines Opfer nur, aber ein Opfer zur Ehre Gottes, zum Ruhme der Stadt und zur Freude der Welt.

Die Eisenbahn fuhr nun tatsächlich bis Aachen, wie schnell hätte Clements jetzt zu ihr kommen können. Bella hatte sich dem neuen Verkehrsmittel anvertraut und kam mit beiden Kindern und einigen Koffern, was Clementine erstaunt fragen ließ, ob sie für länger in der Stadt verweilen wollte oder gar den Umzug plante. Aber während sie noch überlegte, ob sie Bella von Clements' Bauinteressen berichten sollte, antwortete Bella lachend: »Nein, wir reisen schon heute Abend wieder zurück. Dieses sind Clements' Kleider, die ich in die Glockengasse bringen will, zu Herrn Emanuel, der Herrenkleider ankauft und zum Erwerb anbietet. Meine Kinder haben die Unterlagen durchgesehen, das meiste davon verbrannt, und hier die Mäntel und Röcke, die Hemden und Hüte, das gibt noch ein nettes Sümmchen, denke ich.«

Clementine erschrak bei dem Gedanken, dass in diesen Behältern Dinge lagerten, die mit Clements in Berührung gestanden hatten, die seinen Duft trugen, seine Wärme, und während der nächsten Wochen und Monate ging sie oft zur Glockengasse, schlenderte wie zufällig an der Nr. 31 vorbei. Nie aber setzte sie einen Fuß hinein in den Verkaufsraum jenes Herrenkleiderverwerters Emanuel.

Ob die Unterlagen, die auf ihre Adresse hin an einen Clements Barthel ausgehändigt worden waren, noch benötigt würden, hatte ein Stadtbeamter wissen wollen. Clementine hatte zuerst die Achseln gezuckt und dann mit Bedauern mitgeteilt, dass ihr hierüber nichts Näheres bekannt sei.

»Darüber hinaus aber«, hatte sie so gefühllos wie möglich hinterhergeschickt, »ist mir zu Ohren gekommen, dass jener Kaufmann aus Brüssel nicht mehr unter den Lebenden weilt.«

»Also wohl kein Interesse mehr vorhanden«, hatte der Mann folgerichtig bemerkt, und Clementine hatte zustimmend genickt. Nein, sie würde Bella nichts davon berichten, das gehörte zur Mäßigung oder auch schon zur Weisheit. Von jetzt an würde sie in die Zukunft blicken, sie würde die Begegnung mit den jungen Menschen suchen.

Peter Schaeben, ihr Gehilfe, tatkräftig, zupackend, wie ein Sohn war er ihr, eine Stütze für ihr Alter. Und Juliane, jetzt schon fünffache Mutter, eine junge Frau noch immer, die es schaffte, zwischen den Menschen Bänder zu knüpfen. Und Heinrich, der ungestüme junge Mann, der so schnell aufbrausen konnte und dann doch wieder voller Zärtlichkeit war, voller Musik. Sie gehörten zur neuen Zeit, aus der sie bald herausschreiten würde. Wer von ihnen würde zuletzt ihre Hand halten, wer würde ihre Augen schließen?

An diesem Nachmittag jedenfalls waren sie alle gekommen, um ihr zum Geburtstag zu gratulieren. Es wurde eine fröhliche Feier, und erst einige Tage später hörte Clementine, dass genau an jenem Tag Hamburg verbrannt war. Das große Feuer hatte auf der Deichstraße begonnen, sich von dort schnell auf die Speicher bei der Tabakfabrik von Cohen ausgebreitet und war danach auf eine Schreinerei hinübergesprungen, wo es genügend Holz zum Fraß gab, ganze Straßenzüge waren abgebrannt, die Nikolaikirche, die Bank, die Post, das Rathaus, auch am nächsten Tag stand der ganze Jungfernsteg noch immer in Flammen. Dreißig bis fünfunddreißig Straßen waren zu einem Schutthaufen zusammengebrochen, zweihundert Häuser niedergebrannt. Clementine sah sie vor sich, die Menschen, wie sie versuchten, einen kleinen Teil der eigenen Habe zu retten, sah die weinenden Kinder auf dem Arm ihrer Mütter. Sie begann sich vorzustellen, wie es sein würde, wenn hier in Köln ein solches Feuer begänne, wenn ihr Haus erfasst würde, der Destillierofen in die Luft ginge, die Flaschen zerbrächen und der Weingeist sich entzündete, das Feuer hinüberglitte zum Dom! Sie lief aus dem Haus und über die Straße hin zur Kathedrale, kniete nieder und bat Gott um Beistand für die Opfer im fernen Hamburg, aber auch um Schutz für diese Stadt, die sich gerade aufmachte, zu seinen Ehren dieses Gotteshaus zu vollenden.

»Weil auch das Gefängnis gebrannt hat, sind alle Züchtlinge freigelassen worden«, lachte Peter tags drauf, »das stelle ich mir gerade vor, wie die Diebe und Räuber sich aufmachen und in den Trümmern nach Goldstücken suchen.«

Das Jahr ging in den Sommer über. Anfang Juni wurde der Dombaumeister Zwirner zum Regierungs- und Baurat befördert, und seine Arbeiter und Gesellen veranstalteten ihm zu Ehren einen Fackelzug. Das war schön anzusehen, aber nur ein kleiner Vorgeschmack dessen, was sich ereignen sollte, wenn der König zur Grundsteinlegung des Domweiterbaus kam und die Stadt daraus ein Fest machen wollte, das jeder Beschreibung spotten würde, so groß, so leuchtend, wie nie eines vorher gewesen war.

»Jeder kann mitfeiern«, sagte Peter. »Zwei Estraden werden hier bei uns auf dem Domhof aufgerichtet werden. Dort können die Mitglieder des Dombauvereins gegen Entgelt Sitzplätze einnehmen. Als Erkennungszeichen soll es kleine Medaillen geben, auf deren einer Seite der Dom abgebildet ist und der Schriftzug »Dombauverein«, auf der anderen Seite das Datum.«

Nichts mehr war vom damals beschriebenen Schmutz in den Straßen zu sehen, die Stadt strahlte, ein jeder trug sein Teil dazu bei. Wie schön war das anzusehen, die Häuser voller Blumen und Lichterschmuck, die Höfe gekehrt, die Fenster geputzt. Keine

Bürgerin würde sich nachsagen lassen wollen, ihr Haus habe dem Gesamteindruck entgegengewirkt.

Esser, mit dem Clementine den kurzen Weg zum Dom gemeinsam ging, sagte: »Der Dom ist das Denkmal, das alle Zwietracht über sich hat hinfahren lassen, bis zum heutigen Tag, der von einer weltgeschichtlichen Bedeutsamkeit ist, wie sie nie vorher war und nicht mehr kommen wird. Der König begibt sich mit Fürsten, Helden und Staatsmännern daran, den Grundstein für die Fortführung zu legen, nachdem die Kathedrale dreihundert Jahre im Dornröschenschlaf gelegen schien.«

Am Eingang, unter dem Portal, hörte sie den Handelskammervorsitzenden Camphausen, der im Kreis der anderen Vorstandsmitglieder stand, zu dem auch ein Mitglied der Familie Boisserée gehörte, in tiefer Bewegung sagen:

»Dieser Tag, meine Herren, ist der Beginn einer neuen Zeitrechnung für das begeisterte Selbstbewusstsein unserer Nation.«

Clementine spürte, wie ihr ein Schauer über den Rücken lief. Dies also war die große Stunde, von der der alte Gumpertz immer gesprochen hatte. Und sie selbst hatte das Privileg, daran teilnehmen zu können. Des Königs Rede war so bewegend, dass man ein Blatt hätte fallen hören können, so still saßen und standen die Menschen in den Reihen und hörten zu:

»Ich ergreife diesen Augenblick«, begann König Friedrich Wilhelm IV., »ich ergreife diesen Augenblick, um die vielen lieben Gäste herzlich willkommen zu heißen, die als Mitglieder der verschiedenen Dombauvereine aus unserem und dem ganzen deutschen Lande hier zusammengekommen sind, um diesen Tag zu verherrlichen. Meine Herren von Köln. Es begibt sich Großes unter Ihnen. Dies ist, Sie fühlen es, kein gewöhnlicher Prachtbau. Er ist das Werk des Brudersinns aller Deutschen, aller Bekenntnisse. Wenn ich dies bedenke, so füllen sich meine Augen mit Wonnetränen, und ich danke Gott, diesen Tag zu erleben. Hier, wo der Grundstein liegt, dort mit jenen Türmen zugleich, sollen sich die schönsten Tore der Welt erheben. Deutschland baut sie, so mögen sie für Deutschland durch Gottes Gnade Tore einer neuen großen Zeit werden. Alles Arge, Unechte, Unwahre und darum Undeutsche bleibe fern von ihnen … Der Geist, der diese Tore baut, ist derselbe, der vor neunundzwanzig Jahren unsere Ketten brach, die Schmach des Vaterlandes, die Entfremdung dieses Ufers wandte. Es ist der Geist deutscher Einigkeit und Kraft. Ihm mögen die Kölner Dompforten Tore des herrlichsten Triumphes werden. Er baue, Er vollende. Der Dom von Köln, das bitte ich von Gott, rage über diese Stadt, rage über Deutschland, über Zeiten reich an Menschenfrieden, reich an Gottesfrieden bis an das Ende der Tage …«

Hier wurde der König von unbeschreiblichem Jubel unterbrochen. Jeder, der gesessen hatte, war hochgesprungen, und alle miteinander warfen sie die Hände in die Höhe, klatschten und riefen »Bravo« und »Hoch lebe unser König«. Es dauerte eine geraume Zeit, ehe Friedrich Wilhelm seine Rede zu Ende bringen konnte. Sichtlich bewegt sagte er diese letzten Worte: »Meine Herren von Köln, Ihre Stadt ist durch diesen Bau hoch bevorrechtet vor allen Städten Deutschlands, und sie selbst hat dies aufs Würdigste erkannt. Rufen Sie mit mir, und unter diesem Rufe will ich die Hammerschläge auf den Grundstein tun, rufen Sie mit mir das tausendjährige Lob der Stadt. Alaaf Köln.«

Die Hammerschläge prallten laut und vernehmlich durch die Kirche, es war wie eine Folge von Jubelrufen, die in dem hohen Gewölbe ein vielfaches Echo fanden, und in Clementines Ohren klangen sie wie die Freudenrufe, die der Dom als Zustimmung hinzufügte. Ihre Augen hatten sich mit Tränen gefüllt, sie spürte, wie ihre Seele sich erhob und dem Höchsten für das Geschenk dieser Stunde dankte.

Der König war in der Stadt, und ihm zu Ehren sollte ein Bürgerfest stattfinden, dem sie auf keinen Fall fernbleiben konnte, weil sie dort die Gelegenheit haben würde, bei ihm vorstellig zu werden und ihm eine Probe ihres Schaffens zu präsentieren, in der Hoffnung, er werde sie vielleicht zur Hoflieferantin machen.

Der Sonntag machte seinem Namen alle Ehre, und zum blauen Himmel hob sich ein stetes Jauchzen und Singen empor, von dem schließlich die ganze Stadt zum Klingen gebracht wurde. Im inneren Raum des Neumarktes zwischen der ersten und zweiten Baumreihe befand sich das große Festlokal. Der reich dekorierte Pavillon im maurischen Stil, den man auf eine sechs Fuß hohe Estrade gestellt hatte, sollte im Südteil des Platzes die hohen Herrschaften empfangen.

Alles war bis in die kleinsten Kleinigkeiten vorbereitet. Kaum hatten König und Königin Platz genommen, wurde ihnen in einem altertümlichen Pokal Wein angeboten, und fast im selben Atemzug zeigte sich ihnen gegenüber das von einem Herrn Mosler gefertigte und bis zu diesem Augenblick verhüllte Modell des vollendeten Doms.

Der König und die Königin schienen sichtlich überrascht von der Vielzahl der Präsentationen und lächelten unentwegt auch noch, als jetzt jeder seine persönliche Darbietung einbringen konnte.

Nun kam Clementines Einsatz. Peter trug den schweren Korb mit einer Anzahl Flaschen unterschiedlicher Größen, die sie dem König und seiner Gemahlin alsdann empfehlen wollte. Sie war eine der ersten beim langen Zug der Anstehenden, beugte mühsam die schmerzenden Knie und entbot dem Herrscher ihre untertänigsten Dienste.

»Dieses nach alter Rezeptur hergestellte Karmeliterwasser ist von einer solchen Reinheit und Güte, dass es sich selbst am besten darstellt und auch ohne meine vielen Reden Ihren Beifall finden wird, dessen bin ich gewiss. Dieser Dom, dessen Fortführung von Ihnen, allergnädigste Majestät, in so beispielloser Bereitschaft vorangetrieben wird, ist auch meines Herzens Heiligtum, und so werde ich an jedem Abend dafür und für Ihr Wohlergehen beten.«

Ja, das würde sie tun, von nun an bis zu ihrem letzten Sonnenuntergang.

In der Dunkelheit, die sich am Abend über Stadt und Land gesenkt hatte, blieb doch dieser Festplatz von tausend Gasflammen hell beleuchtet, die ersten Baumreihen sogar in bunten Lichtschimmer getaucht. Clementine tat einen tiefen Atemzug. Sie blickte auf das majestätische Gemäuer der St.-Aposteln-Kirche, die in Licht getaucht war, und dachte voller stolz: Ich bin die Klosterfrau Maria Clementine Martin, eine Bürgerin dieser Stadt.

Während der vorangegangenen Woche hatte sie zweimal eine Anzeige in die Zeitung gesetzt mit folgendem Wortlaut:

»Die Unterzeichnete, des Doms nächste Nachbarin, empfiehlt einem verehrlichen Publikum und zugleich den unsere weltberühmte Metropole besuchenden hohen Gästen neben dem von ihr allein echt zu erhaltenden spanischen Karmelitergeiste das von ihr unter königl. Privilegium verfertigte Eau de Cologne, welches gemäß vorliegenden von den kompetentesten Männern aufgrund chemischer Untersuchung ausgestellten Zeugnissen sich durch Feinheit und Dauer des Wohlgeruchs sowie durch seine belebende Kraft vortrefflich auszeichnet.
Maria Clementine Martin, Klosterfrau, No. 19 am Dome«

Besonders das auswärtige Publikum war begierig, zu bestaunen, was jene Klosterfrau, von der man so viel gehört hatte, tatsächlich anzubieten haben würde. Die Tür blieb während dieser Tage durchgehend offen, so viele Menschen hatte der Verkaufsraum am Domhof noch nie beherbergt, und Clementine blühte noch einmal auf in der Begeisterung, die der Erfolg bescherte.

Dann aber, als der Winter in Köln einzog, war ihr, als ob jeder Knochen ihres Leibes einen eigenen Wehlaut entwickelt hätte, und die ganze Schmerzsymphonie brachte ihren Arbeitseifer für einige Tage zum Erliegen. Peter schien sich keine Sorgen zu machen, er verfuhr wie sein eigener Herr, und Clementine in ihrer Kammer wurde sehr still bei dem Gedanken, dass irgendwann sein Leben und auch das ihrer geliebten Fabrikation ohne sie selbst weiterlaufen würde. Und das, dachte sie, ist vielleicht das Beste, was mir geschehen kann. War ich denn nicht immer und zu allen Zeiten darauf aus gewesen, etwas zu begründen, das mich über mein Sterben hinaus in der Welt, in den Herzen, in den Köpfen und auch in den Händen der Menschen lebendig hält, und ist jetzt nicht dieser Junge mein Garant für die Erfüllung dieser Sehnsucht?

»Ja, Peter«, sagte sie, »manchmal spüre ich das Alter wie eine Meereswelle, die den Strand überspült und danach doch wieder abzieht, sich zurückzieht, jedoch lässt sie hier und da Spuren zurück, mit der Zeit entstehen Löcher und Rillen im Sand … Warst du mal am Meer?«

Peter schüttelte den Kopf.

»Das solltest du dir vornehmen und vielleicht gar bald, solange ich noch auf Erden bin. Vielleicht im April oder im Mai, dann ist das Wetter schon gut, und die Möwen schreien, du lässt dir den Wind um die Ohren pfeifen …« Sie lächelte.

»Woran dachten Sie gerade?«, fragte Peter.

»Ach nichts«, antwortete Clementine, »es war nur der Windstoß eben, der mir eine kleine Sekunde zurückholte aus meinem Leben …«

Das Leben nahm keine Rücksicht auf Altersgebrechlichkeiten, und so erduldete Clementine die Schmerzen in den Gliedern, vertuschte das Herzklopfen und den Luftmangel beim Treppensteigen in den Elendsquartieren, versah ihren Dienst hier und dort ohne Klagen, und das kam ihr vor wie eine Form der Weisheit, die das Alter gebiert, der sie sich unterordnen wollte. Es scheint mir zu gelingen, dachte sie fröhlich. Ich bin mir selbst so vertraut, dass ich keinen sonst brauche, der mich beschreibt.

Ja, Peter wollte ans Meer fahren, im Juni und für zwei Wochen. Währenddessen sollte Wilhelmine ihn vertreten, Wilhelmine, Clements' Tochter.

Das war gleich ausgemacht worden, aber als Clementine im Mai ihren Geburtstag feierte, fühlte sie, dass dieser der letzte sein könnte.

»Welch ein Irrglaube«, protestierte Peter. »Denken Sie an den alten Domvikar Gumpertz, von dem haben Sie doch so viel gelernt. Und wieso wollen Sie denn fortgehen aus Köln? Wo gerade jetzt alles so schön beginnt, der Dom sich anschickt, eine

Schönheit zu werden, über die jeder spricht, und wir hier gleich daneben können nur davon profitieren.«

Clementine schwieg. Sie erzählte ihm nichts von dem Schreiben, das sie erhalten hatte, wonach dieses Haus mit der Nummer 19 abgerissen werden sollte, eben zur Vollendung der Schönheit des Doms. Sie würden umziehen müssen. Auch dies eine Vorstellung, die ihr den Lebensmut nahm. Für eine Veränderung war sie zu alt, das spürte sie sehr deutlich. Es war ein langer Weg vom Anfang bis hierher gewesen, ein bisweilen schwungvoller, kurvenreicher Gang, und sie hatte sich viele Neuanfänge zugemutet. Diesen würde sie nicht mehr schaffen. Als Peter sich vor seiner Abreise ans Meer verabschiedete, steckte Clementine ihm einen Taler extra in die Tasche.

Sie weinte, als er fort war. Vielleicht würde sie ihn nicht wiedersehen. Wenn ihm ein Unglück zustieß, wenn er nicht mehr zurückkam, wie Johann damals.

Als Wilhelmine ankam, war Clementine mit der Aufsetzung eines Testaments beschäftigt. Vor ihr auf dem Schreibtisch stand die Porzellanfigur, der sie vieles anvertraute, und wenn sie daraufblickte, war es, als schaue Clements ihr zu.

Das Mädchen nahm die Figur in die Hand, drehte sie hin und her, guckte darunter, und als sie die Figur wieder hinstellen wollte, fiel sie ihr aus den Fingern, stürzte zu Boden und zerbrach in viele Scherben.

»Oh«, sagte Wilhelmine, »ich bin untröstlich und werde gleich an *Maman* telegraphieren, dass sie diese Figur ersetzt, wir werden in Brüssel sicher ein ähnliches Stück finden. Bitte, entschuldigen Sie meine Ungeschicklichkeit.«

Clementine starrte auf die Scherben und schwieg. Das Hausmädchen, vom Klirren angelockt, kam mit Besen und Kehrblech, schob alles zusammen und war wieder fort, ehe Clementine sich noch eine Scherbe zur Erinnerung hätte nehmen können.

»War das sehr wertvoll? Ist es schlimm, dass es zerbrach?«, fragte Wilhelmine jetzt doch ein wenig kleinlaut.

»Ja und nein«, antwortet Clementine. »Wertvoll ja, aber nicht schlimm. In meinen Jahren sollte man sein Herz an nichts Irdisches mehr hängen. Komm jetzt, wir wollen uns die Stadt ansehen.«

»Einen schönen Namen trägst du«, sagte Clementine an einem dieser Abende, wo sie müde und hungrig zu Hause am Tisch saßen.

»Finden Sie? Ich denke, der ihrige ist viel schöner, Maria Clementine, das würde mir gefallen. ›Wilhelmine‹ klingt ein bisschen schwerfällig, aber mein Vater wollte es so. Ich weiß nicht, warum.«

Was sollte sie darauf erwidern? Sollte sie ihr erzählen, wie sie gewesen war, als sie noch Wilhelmine hieß, und von Clements, ihrem Vater, was sie sich gegenseitig gewesen waren? Hatte das Mädchen nicht womöglich ein Recht darauf, zu wissen, warum sie diesen Namen trug? Clementine erwiderte nichts, faltete stattdessen die Hände und sprach das Tischgebet. Zu Beginn der Woche wollte Wilhelmine das Destillieren kennenlernen und die Geheimnisse der Kräuter erfahren. So begab sich Clementine noch einmal daran, ihr Wissen darzubieten, ihre Fertigungskunst, die sie in den Klöstern zu Coesfeld und Brüssel erlernt hatte.

»Seit vielen Jahren führe ich dieses Unternehmen, und es gibt kaum eine Stadt, in der ich nicht ein Depot gegründet habe. Alles Tun ist mir zum Segen geworden, dessen bin ich dankbar bis an mein Lebensende.«

War es wahrhaft so? War nicht doch immer noch jener Stachel in ihrem Herzen, der sie daran erinnerte, dass es einen Mord gegeben hatte und einen Mörder, der seiner Strafe entkam, der noch immer frei umherlief? Und sie selbst besaß zu wenig Mut, um ihn oder auch sich selbst an den Pranger zu stellen. Wäre dieses wohl doch noch ein Letztes, das sie in ihrem Leben vollenden müsste, um tatsächlich den ganzen Segen auf ihrem Tun zu spüren?

Wilhelmine war mit Eifer bei der Arbeit. Sie wurde nicht müde, zu üben, zu erfragen, zu probieren, und als Bella nach zwei Wochen kam, um die Tochter heimzuholen, wollte das Mädchen noch bleiben. Schließlich war auch Peter wieder da, mit der Liebe zum Meer im Herzen, zu den Dünen, wo am Tage die Sonne den Strand erwärmte, wo des Nachts der Mond die Sandkörner vergoldete, dass sie glitzerten und strahlten. Er war voller Tatendrang, und Clementine erfuhr die Unterstützung dieser beiden jungen Menschen mit wachsender Freude.

Nun, da sie wieder etwas mehr Zeit für sich in Anspruch nehmen konnte, begann sie schließlich, ein Testament zu verfassen, aber so sicher sie auch zu Anfang gewesen war, nur Peter werde ihre Nachfolge antreten, fragte sie sich jetzt, ob nicht auch eine wie Wilhelmine zur Weiterführung geeignet wäre, vielleicht in Verbindung mit Peters tatkräftiger Unterstützung. Schließlich trägt sie meinen wirklichen Namen, dachte Clementine, außerdem ist sie Clements' Tochter, und das wäre wie ein neues Bindeglied zwischen ihm und mir. Nachts wurde sie wach und dachte an Juliane, die das Kind gewesen war, das ihr zugewinkt hatte, damals vor vielen Jahren, als sie zum ersten Mal an einem Kölner Stadttor vorbeifuhr, Juliane, die das Mädchen war, in dem sie sich in all diesen Jahren selbst wiedergefunden hatte. Wäre es nicht auch gerecht, wenn ein Teil der Habe an sie fiele und damit an diese kleine harmonische Familie, die für sie wie die ihre geworden war?

Der Tag hatte mit einem Gewitter begonnen, und dennoch war die Luft nicht klarer geworden. Schwül und verbraucht hing sie über den Dächern und schien sich schwer auf die Seelen der Menschen zu legen, die mit schleppenden Schritten übers Pflaster schlurften, so als wären sie alle mit einem Schlag ins Greisenalter gestoßen worden. Clementine hatte die Tür weit aufgemacht, um nicht im Dunst des Destillierofens zu ersticken, und auch später, als sie über den Büchern saß, hatte sie vergessen, die Tür zu schließen.

Beim Klang der Stimme, die plötzlich ihren Namen nannte, zuckte sie derart zusammen, dass ihr der Stift aus den Händen fiel, und die Tinte sich quer über das Blatt verteilte ... Vor ihr stand eine Frau, nicht viel jünger als sie selbst, von zierlicher Gestalt, jedoch in eine prachtvolle Robe gekleidet. Clementine erhob sich mühsam.

»Womit kann ich behilflich sein?«, fragte sie höflich, und die Dame antwortete:

»*Scusi, sorella*, mein Name ist Carolina di Gianello, ich bin eine von Carlos' Cousinen.«

Clementine spürte, wie ihre Beine zitterten. War hier erneut der Teufel hereingetreten, um ihr zu zeigen, dass er noch immer die Hoffnung hegte, ihrer habhaft werden zu können?

»Bitte«, flüsterte sie, »nehmen Sie Platz.«

Die Augen der Frau waren von einem tiefen Braun, das wie der Samt auf dem Kissen der hohen Geistlichkeit funkelte, und als sie der Stimme nachhorchte, wusste sie, dass der Teufel hier Reißaus nehmen würde.

Sie saßen sich gegenüber, Clementine und die Italienerin, und beide schwiegen.

Endlich, nach langer Zeit, begann Carolina zögerlich: »Ich bin in einem Alter, wo die Dinge sich regeln sollten, damit ich mit reinem Blick vor des Höchsten Thron zu treten vermag. Ich habe es für Carlos getan. Ich habe seine Frau Anna umgebracht.«

»Das ist unmöglich«, rief Clementine eilig, »mein Gehilfe Johann hat sich dazu bekannt, er gestand die Tat, und ich bin sicher, er sprach die Wahrheit, diesmal sprach er die Wahrheit … Er stieß sie in die Fluten, aus Gründen, die ich nicht näher beschreiben möchte …«

»Mag sein«, sagte Carolina, »mag sein, dass er ihr einen Stoß versetzte, aber davon hätte sich Anna nicht umwerfen lassen. Sie war groß und stark und voller Widerstand. Sie war sehr schön und sehr kalt. Sie hat Carlos gequält, jeden Tag, jede Stunde, er hat unter ihr gelitten von Anbeginn. Ich hätte ihn glücklich gemacht, ich wäre alles für ihn gewesen, alles, was er gewollt hätte, ich hätte seine Wünsche erfüllt. Ich war fünfzehn, als ich ihm zum ersten Mal gegenüberstand, und seitdem trage ich sein Bild in meinem Herzen. Ich habe Anna gehasst. Vom ersten Moment an wusste ich, sie ist seiner nicht wert, und ich hatte recht … sie war sein Unglück, und ich war dazu ausersehen, ihm zu helfen, von ihr loszukommen. Zur Weihnachtszeit sandte ich zwei Pakete an sie, beide gefüllt mit italienischem *Dolce*, einer Sorte köstlichster Pralinen, denen sie nicht würde widerstehen können. Macht und Süßem, beidem war sie verfallen. Mit einer dünnen Pipette hatte ich in jedes dieser feinen Häppchen einen winzigen Tropfen eines aus der Brugmansia gewonnenen Giftes beigemischt, welches stetig wirkt, aber derart, dass niemand Verdacht schöpft, dass es eher so aussieht wie eine Schwäche, die den Körper seiner Kräfte beraubt und bei der ein Übermaß an Anstrengung leicht dem Herzen zu viel wird.«

Carolina schwieg, und Clementine dachte angestrengt nach.

»Dennoch«, sagte sie schließlich, »dennoch hat Johann sie getötet, denn er stieß sie in die Fluten, und dort ist sie ertrunken.«

»Gewiss«, sagte Carolina, »sie hatte sich aufgeregt und damit ihrem Herzen den Todesstoß gegeben. Sie war ohne Kraft, als er sie stieß. Sie wäre auf jeden Fall gestorben.«

»Sie ertrank jedoch, und Sie werden nicht leugnen können, dass dieses ihre Todesart gewesen ist, der Sturz in den Fluss.«

»Nein«, sagte Carolina. »Anna ist am Meer aufgewachsen, sie war mit dem Wasser vertraut, und sie konnte schwimmen.«

Sie stand auf. »Ich hatte gehofft, meinen Cousin damit von einer schweren Last befreien zu können, und auch, dass er mit mir neu begänne, aber dann kam er wieder und wollte nur sein Geld holen, um zurückzukehren zu Ihnen, zu jener Frau, sagte er, die er immer haben wollte. Und so war mein Tun völlig sinnlos geworden. Da habe ich im Wald auf der Lauer gelegen und einen Schuss abgefeuert, als er vorüberritt, wovon sein Pferd scheute und ihn abwarf. Er brach sich das Genick.«

Clementine hielt sich die Hand vor den Mund, um den Schrei zu unterdrücken, der aus ihrer Kehle drang.

Diese Frau … eine zweifache Mörderin.

»Ich habe so viel gelitten, und ich wollte, dass auch Sie leiden, ich wollte Sie in die Knie zwingen, Carlos' Kinder waren mein Werkzeug, sie schickte ich voran und dann einen Boten mit allerlei Gerüchten über Sie, die verbreitet werden sollten, zu Ihrem

Schaden, damit auch Sie sich das Genick brächen, damit Sie leiden sollten, wie ich in meinem Leben litt, jedoch scheint es, dass Sie nicht zu besiegen sind, es scheint, Sie werden beschützt. Der Priester meiner Kirche, dem ich alles beichtete, hat mich geschickt. Erst wenn ich Ihnen gegenüberstünde und meine Schuld vor ihnen ausbreitete, würde ich Hoffnung haben können, im Jenseits Erbarmen zu finden.«

Sie schwieg erschöpft, und Clementine war nicht sicher, ob sie diese Frau hinauswerfen sollte oder ob sie ihres Trostes bedurfte.

»Jede böse Tat hält schon das nächste Verderben in sich verborgen. Ich bitte Sie, Schwester, beten Sie für mich und meine arme Seele.«

Sie drehte sich um und ging durch die offene Tür hinaus auf die Straße.

Clementine vermochte sich nicht zu bewegen, sie blieb, wo sie war, wie Lots Weib zur Salzsäule erstarrt.

Auch am nächsten Tag war es morgens wieder so trüb, dass sie am liebsten keinen Schritt vor die Tür getan hätte, aber sie zwang sich zu ihren täglichen Pflichten, ging den Eigelstein hinunter, die Stiegen hoch hinter den bröckelnden Häuserfassaden von Unter Krahnenbäumen, streichelte die Kinderköpfe und drückte die Mütterhände, obwohl sie spürte, dass ihre Gedanken sich nicht bündeln ließen, dass sie hinausliefen wie das Wasser aus einem löchrigen Eimer.

Mit müden Schritten kehrte sie heim und warf sich schwerfällig auf jenen Stuhl, der noch aus ihrem Elternhaus in Jever stammte und den sie neben die Verkaufstheke gestellt hatte. Sie schlug die Zeitung auf. Prinz August von Preußen war gestorben. Außerdem gab es wie immer Berichte aus allen Ländern der Erde, Krieg und Liebe, Hass und Glück, Friede und Kampf. Es ist dies die Welt, wie sie immer war und sein wird, dachte sie, und für eine kleine Weile geschah darin mein Leben.

Sie sah auf die unruhigen Schriften der Reklame, Pariser Strohhüte und Regenschirme, Pudre Malobard, um Haare schwarz zu färben, Anpreisungen von Wunderbüchlein, unfehlbaren Mitteln, Gummihosenträger und Glacéherrenhandschuhe, Cocosseife und Hühneraugenpflaster, echte Bärenfettpomade, Schokolade, Bekanntmachungen von Ausverkäufen und Gasthofempfehlungen, Geschäftseröffnungen und Fallimente, russische Dampfbäder und Anzeigen für Damen, Jungfrauen und Frauenzimmer …

Die Buchstaben verschwammen vor ihren Augen, das Zimmer drehte sich, sie verspürte Angst, aber dann wurde alles wieder ruhig, und als sie die Stiege nach oben ging, langsamen Schrittes mit dem Griff am Geländer, kam Peter aus dem Kellergewölbe, stützte sie und brachte sie in ihre Kammer. Sie setzte sich aufs Bett und fragte:

»Peter, was meinst du, ist mein Weg noch unter Gottes Auge oder gehe ich im Dunkeln umher?«

»Ganz gewisslich im Hellen und unter dem himmlischen Blick, ›*denn eines jeden Wege liegen offen vor dem Herrn, und er hat Acht auf aller Menschen Gänge*‹, so steht es in der Schrift geschrieben«, sagte Peter und versprach, die Nacht im Hause zu verbringen, damit sie nach ihm rufen könnte.

Sie schlief tief und traumlos, es war, als hätte dieser Satz aus der Heiligen Schrift ihr die Ruhe zurückgegeben. Es gab niemanden, dem sie Carolinas Geständnis anvertrauen konnte. Keinen Graf Spiegel, der ihr in jeder Weise Trost gespendet hatte, der ihr immer wieder aufs Neue die Sicherheit gegeben hatte, dass sie auf dem richtigen Pfad war, keinen Domvikar Gumpertz, der eine Flasche Wein heraufholen ließ und mit ihr auf die Zukunft trank, auch keinen Clements mehr, dessen Gegenwart schon genügend Sicherheit bot, niemand mehr unter den Lebenden, nur sie selbst, die Klosterfrau Maria Clementine Martin mit dem alten Wissen um Mord und Tod und dem neuen Geständnis. Es war gut und vielleicht sogar eine Fügung des Himmels, dass sich Johann nie gestellt hatte, aber so würde er auch nie erfahren, dass er kein Mörder gewesen war, wenn auch, und das war Clementines wahrhaftige Meinung, wenn auch sein Vorgehen in keiner Weise unschuldig genannt werden konnte.

Nur sie selbst war freigesprochen, sie selbst war nicht der

Grund gewesen. Immer war es nur um Carolina gegangen und um ihre verschmähte Liebe. Es war, als hätte sich der Himmel aufgetan und ihr zugerufen, es sei alles rechtens und gut: Gehe den begonnenen Weg bis zu seinem Ende. Nun war der ganze Segen über ihrem Leben ausgebreitet.

Clementine erinnerte sich an den letzten Satz aus dem Vorjahresgedicht zum Neujahrstag, wo es hieß: *»Was dein Füllhorn uns verschließt, mag ich nicht entklügeln, wird es uns in kurzer Frist doch die Zeit entsiegeln.«*

Was würde sein, wenn sie die Augen für immer verschloss, wie würde sie sich im Jenseits fühlen, in der Ewigkeit? Würde Clements dort mit offenen Armen auf sie warten oder Carlos sich ihrer bemächtigen wollen? Vielleicht aber war im Himmel ein anderes Fühlen, vielleicht gelang es dort, einander zu lieben, ohne einander besitzen zu wollen, auch ohne Konkurrenz zu befürchten, vielleicht gab es dort oben nichts, was den göttlichen Frieden störte, so wie die Heilige Schrift es ausdrückt: »Hosianna werden wir singen ohne Unterlass.«

Ja, dieses Wissen verschließt mir das Füllhorn, und ich werde warten müssen, bis es die Zeit entsiegelt.

Gleich am nächsten Morgen setzte sie sich an den Schreibtisch und schrieb endgültig ihr Testament mit Eifer und Freude und der Sicherheit, das Richtige zu tun. Sie vermachte alles Peter und bestimmte ihn zu ihrem alleinigen Nachfolger. Das teilte sie auch dem König mit und bat ihn, diesem jungen Mann, dem sie viel verdanke, dem sie vollends vertraue, die Nutzung jener dazumal ihr anvertrauten Privilegien zu erlauben.

»Dies verfüge ich«, sagte sie, als sie Peter hiervon in Kenntnis setzte, »dies verfüge ich im Vertrauen darauf, dass du die seither bewiesene fromme Gesinnung dein Leben lang treu bewahren wirst.«

Ich habe mein Leben abgeschlossen, dachte sie. Wenn es jetzt zu Ende geht, habe ich alles vorbereitet, um ohne Angst und ohne Traurigkeit in die andere Welt hinüberzugehen. Denn hier auf Erden bin ich nicht mehr gewesen als ein Hauch in der Geschichte des Lebens, ein Blatt im Winde, ein Grashalm, der sich zaghaft beugt, nach dieser oder jener Seite blinzelt und nicht weiß, warum er da ist und wie lange noch …

Als die Antwort des Königs mit der guten Nachricht kam, dass Peter ihr gleichgestellt war, verharrte Clementine mit dem Brief auf dem Schoß, bis Peter eintraf und ihr die Hand küsste.

»Danke«, sagte er, »ich werde mich allen Vertrauens wert erweisen.«

»Willst du mir etwas vorlesen, meine Augen flimmern, und ich erkenne nichts mehr vom Sinn dessen, das dort geschrieben steht.«

Peter nahm die Zeitung und setzte sich neben sie.

Ein Gedicht las er ihr vor, von Georg Weerth mit dem Titel »An Köln«.

Die letzten Verse lauteten:

»Ich singe noch, da lischt der Strom das Abendglühn.
Um die verwehten Kirchtürme schon die dunklen Schatten treten,
ich eile, es ist Nacht, zu beten in deinem hohen Dome.«

Clementine erhob sich vom Stuhl. Sie griff nach Peters Hand. »Bitte«, sagte sie, »führe mich zu meinem Dom, ich habe das Bedürfnis zu beten.«

Peter brachte sie bis zur fünften Bank, dort, wo sie immer beim Abendgebet in der Kathedrale saß. Sie fiel auf die Knie, klammerte sich fest an die Brüstung und blieb dort, wie aus der Zeit gefallen. Sie rührte sich nicht. Es ist, dachte sie, als wäre ich schon in ein neues Dasein eingetreten. Mein Leib fühlt sich so leicht an, mein Geist ist so licht, mein Leben liegt vor mir wie ein Bild, farbenfroh und voller Formen, nicht alles, was geschah, habe ich verstanden, aber doch bin ich gewiss, es war mein Leben.

Als sie sich umdrehte, kam Peter, reichte ihr die Hand und führte sie wieder heim.

In dieser Nacht träumte sie von Jever und Coesfeld, von Tirlemont und von Münster, aber alles vereinigte sich schließlich und vermischte sich in den strömenden Fluten des Rheines, der sie lockte, sich ihm anzuvertrauen …

Auch der folgende Morgen war wolkenverhangen. Sie blieb liegen, bis Peter voller Sorge heraufkam, um sie abzuholen, weil der Tag schon bis zum Mittag gediehen sei.

»Nein, Peter«, sagte sie lächelnd, »lass mich noch eine Weile liegen, ich muss noch Kräfte sammeln für diesen Tag.«

Sie schloss die Augen, und es kam ihr so vor, als klänge Musik durch das Fenster, ein ganzer Chor mit Klavier und Trompeten, Posaunen und die Orgel vom Dom … sie blickte auf und zum Fenster … es war hell geworden, jetzt kam der erste Sonnenstrahl in ihr Zimmer. »Du führest mich hinaus ins Weite, du machst meine Finsternis hell …« Sie hob ihren Kopf und lächelte. Dann setzte sie ihren Fuß auf die Brücke und ging hinüber an das andere Ufer.

Von dort wird sie vielleicht hinübergeschaut haben auf den langen Zug der Tausenden, die hinter ihrem Sarg herschritten auf dem weiten Weg aus der Stadt hinaus zum Friedhof Melaten. Und dass derweil das Glockengeläute des Domes sie begleitete, wird ihr wohl zur größten Freude geworden sein.

Mag sein, dass sie auch noch die Zeitungsnotiz gelesen hat, die in der Kölnischen Zeitung von ihrem Tode berichtete:

»Civilstand
Gestorben:
Maria Clementine Martin, Exkonventualin des Annunziatenordens im Kloster zu Coesfeld in Westphalen 68 J. alt, Domhof«

Wie auch die Todesanzeige, die der Testamentsexecutor in die Zeitung hatte setzen lassen:

†

Maria Clementine Martin,

eingetreten in den Annunziatenorden im Kloster zu Coesfeld am 2. Oktober 1792, bei der im Jahre 1811 erfolgten Suppression des Ordens nach Münster zurückgezogen und seit dem Jahr 1825 des Domes nächste Nachbarin.

Durch wahre Frömmigkeit ausgezeichnet, in christlicher Liebe durch Wohltat beglückt und beglückend in Tätigkeit des Geistes ungeachtet ihres schon sinkenden Lebens oft wundersam gekräftigt, schaffte sie, selbst eine viel geprüfte Dulderin, Armen und Bedrängten Linderung und Hilfe, vervollkommnete die Fabrikation des so berühmten Karmeliter-Melissengeistes und des Kölnischen Wassers und hatte vor kurzer Zeit die große Freude, ihre an des Königs Majestät gerichtete letzte Bitte, dass das für die Fabrikation des Melissenwassers und Kölnischen Wassers ihr allergnädigst verliehene Privilegium auf ihren Gehilfen Peter Schaeben übergehe, huldreichst gewährt zu sehen.

Jedem, der die Verstorbene gekannt, wird die Erinnerung an sie teuer und unvergesslich bleiben. Ihre Scheidestunde war zu vergleichen dem verklärten Übergange in ein seliges Leben.

Köln, 9. August 1843, Otto Hardung als Testamentsexecutor

Nachwort

Die Klosterfrau: Ja, es gab sie wirklich. 1775 als Wilhelmine Martin in Brüssel geboren, gestorben im August 1843 in Köln. Dazwischen liegt der Umzug mit den Eltern nach Jever, der Eintritt ins Kloster und nach dessen Schließung durch Napoleon die Arbeit als Krankenschwester in Tirlemont, auf dem Schlachtfeld in Waterloo und in Münster. Im Jahre 1825 wird sie nach Köln gerufen, zur Pflege des alten Domvikars Gumpertz, und hier entscheidet sie sich, ihrem Leben eine neue Richtung zu geben. Sie beginnt mit der Herstellung von Heilwassern, deren Qualität sie durch zahlreiche Inserate in der Kölnischen Zeitung dem werten Publikum bekannt macht, und gründet ein Unternehmen – ein Unternehmen, das bis zum heutigen Tage in Köln existiert.

Jedoch ist das Leben eines Menschen mehr als die Eckdaten seiner Vita, die Wege laufen nicht schnurgerade vom Anfang zum Ende, und nachdem ich vor Jahren eine Kurzbiografie über die Klosterfrau geschrieben hatte und später eine noch kürzere für einen Sender, ließ sie mich nicht mehr los. Ich wollte ihre Seele ergründen, ihren Sehnsüchten nachspüren, ihre Hoffnung beschreiben und ihre Zweifel, denen sie, wie alle Menschen, ausgesetzt gewesen sein wird. Die Zeiten damals waren verwirrt, und auch in den Köpfen und Herzen ging es vermutlich drunter und drüber. So wird auch die junge Wilhelmine einen Grund gehabt haben, mit siebzehn Jahren ins Kloster einzutreten. Vielleicht war es ein Junge aus einfachem Hause, den sie liebte, vielleicht hieß er Clements, und vielleicht gab es einen anderen, den sie ehelichen sollte. Nach der Französischen Revolution waren die Menschen im Aufbruch, und auch diese Nonne wird nicht unangefochten ihren Weg gegangen sein. Sie könnte Graf Spiegel, den neuen Kölner Erzbischof, aus ihrer Zeit in Münster gekannt haben. Vielleicht hat sie einen Gehilfen gehabt, der Johann hieß, bevor Peter auftauchte, der tatsächlich zu ihrem Nachfolger wurde. Und wer weiß, ob nicht irgendeine der vielen Farinas tatsächlich ihre Geheimrezeptur erschleichen wollte?

Dank

Herzlichen Dank an Stefanie Rahnfeld, Christel Steinmetz und Marion Heister, die mich und die Entstehung dieses Buches geduldig und, fast könnte man sagen, liebevoll begleitet haben.